MADEMOISELLE COCO ET L'EAU DE L'AMOUR

MICHELLE MARLY

MADEMOISELLE COCO
ET L'EAU
DE L'AMOUR

Traduit de l'allemand
par Dominique Autrand

fleuve
ÉDITIONS

Titre original :
Mademoiselle Coco und der Duft der Liebe

MIXTE
Papier issu de sources responsables
FSC® C003309
FSC www.fsc.org

L'éditeur de cet ouvrage s'engage dans une démarche de certification FSC® qui contribue à la préservation des forêts pour les générations futures.

Pour en savoir plus :
www.editis.com/engagement-rse/

ISBN : 978-2-265-14417-0

Dépôt légal : janvier 2021

Écrit à la mémoire de ma merveilleuse mère
qui m'a ouvert les yeux sur l'univers de la mode.

« Une femme mal parfumée n'a pas d'avenir. »
Coco Chanel

Prologue

1897

Un, deux, trois, quatre, cinq... Un, deux, trois, quatre, cinq...

Ses lèvres bougeaient, mais aucun son ne sortait de sa bouche. Elle comptait en silence les petites pierres du pavement. Un sol inégal et usé, piétiné depuis près de mille ans. Des cailloux de rivière y dessinaient des motifs géométriques ou des symboles religieux.

Cinq étoiles ici, cinq fleurs là-bas, un peu plus loin un pentagone. Partout ce chiffre cinq, et ce n'était pas le fruit du hasard. Elle avait appris que pour les religieux de l'ordre cistercien, le cinq avait une valeur symbolique : il représentait l'incarnation parfaite. Le nombre de pétales d'une rose est souvent un multiple de cinq, la pomme et la poire sont structurées selon cinq axes de symétrie. L'homme possède cinq sens et les prières évoquent les cinq plaies du Christ. Les religieuses ne lui avaient pas enseigné que le cinq était aussi le chiffre de l'amour et de Vénus, la somme indivisible du chiffre masculin trois et du chiffre féminin deux. Cette information, du plus haut intérêt pour une fille de quatorze ans, elle l'avait trouvée dans un livre qu'elle lisait en cachette au grenier.

La bibliothèque du monastère recelait des trésors très surprenants, souvent scandaleux, et pas destinés à tomber sous les yeux d'une gamine, comme les sermons rédigés au Moyen Âge par Bernard de Clairvaux. Il y rappelait à ses moines le rôle des substances aromatiques dans la prière et les ablutions rituelles. Le fondateur de l'ordre cistercien conseillait même à ses coreligionnaires en quête de plus de spiritualité et d'intériorité de s'imaginer les seins odorants de la Vierge Marie qu'ils célébraient dans leurs cantiques. La présence d'encens et de jasmin, de lavande et de roses sur l'autel était censée intensifier la contemplation par le biais de l'odorat.

Pour les enfants orphelins, telle la petite fille solitaire qu'elle était, les arômes extraits des plantes poussant dans le jardin du monastère demeuraient un rêve lointain, comme de se blottir contre les seins généreux d'une mère aimante. Les pensionnaires étaient régulièrement récurés au savon de Marseille dans un grand baquet d'eau afin d'être débarrassés de la saleté des travaux des champs ou de la cuisine. Il fallait juste que l'odeur de propre remplace celle de la sueur, de la peur et de la fatigue ; il n'était pas question de *sentir bon*. Les draps blancs et rêches qu'elle devait laver, repriser si nécessaire, plier et ranger en piles bien régulières dans la lingerie étaient traités avec plus de délicatesse que la peau des orphelins.

Un, *deux*, *trois*, *quatre*, *cinq*...

Compter l'aidait à passer le temps tandis qu'avec les autres filles alignées sur un rang elle attendait que le prêtre l'entende en confession. Après avoir patienté interminablement comme des soldats au garde-à-vous dans la cour d'une caserne, elles entraient tour à tour dans le confessionnal. Elle supposait que si les religieuses exigeaient cette posture raide et ce silence qu'aucun enfant ne pouvait supporter très longtemps, c'était pour que les petites finissent par trouver quelque chose à avouer. Aucune d'elles n'avait généralement commis de péché depuis la confession précédente, le dimanche d'avant. Sur ce rocher venteux où l'abbaye d'Aubazine avait été édifiée au XIIe siècle, les occasions de pécher étaient rares.

Elle vivait depuis deux ans dans ce monastère isolé de Corrèze, assez loin de la route de Paris pour que les enfants n'aient pas l'idée de s'enfuir. Plus de sept cents jours s'étaient écoulés depuis que sa mère était morte et que son père l'avait fait asseoir dans une voiture à cheval pour la déposer chez les religieuses cisterciennes. Sans façon. Comme un vulgaire paquet. Après ça, il avait disparu à jamais, et pour l'âme fragile de la petite, ce fut le début de l'horreur. Dès cet instant, elle n'avait plus eu qu'un seul désir : être assez grande pour avoir le droit de quitter le monastère et mener une vie indépendante. Peut-être l'aiguille serait-elle la clé de la liberté. Une fille opiniâtre et qui savait coudre pouvait espérer aller à Paris et entrer dans une grande maison de couture. Elle l'avait entendu dire, mais au fond elle ne savait pas ce que ça signifiait vraiment.

Pourtant, ça la faisait rêver. *Maison de couture* : ces trois mots faisaient résonner un souvenir en elle. De belles étoffes, le froufrou de la soie peut-être, des volants parfumés, de la fine dentelle. Non pas que sa mère ait été une dame : elle était blanchisseuse et son père marchand ambulant. Il n'avait jamais vendu d'articles aussi raffinés, mais chaque fois qu'elle pensait à de belles choses, elle les associait toujours à *maman**[1]. Comme elle lui manquait ! La tête lui tournait parfois, tant elle aurait aimé retrouver ce sentiment de sécurité qu'elle avait toujours ressenti auprès de sa mère.

Mais à présent, elle était livrée à elle-même, exposée à une vie rude, à une discipline de fer, aux châtiments, avec de temps en temps l'absolution divine. Tout ce qu'elle désirait, c'était un peu d'affection. Était-ce un péché qu'elle aurait dû

1. Les mots en italique suivis d'un astérisque sont en français dans le texte. *(N.d.T.)*

confesser ? Ce secret pèserait-il trop lourd sur sa conscience pour que son âme trouve un jour la paix ? *Peut-être*, se disait-elle, méditant en silence. Ou peut-être pas. Non, elle n'avouerait pas à son confesseur que l'amour était son seul but dans la vie. Pas aujourd'hui, en tout cas. Et la prochaine fois non plus, sans doute.

Elle comptait en silence les petits cailloux du pavement tandis qu'elle marchait vers l'abbatiale d'Aubazine :

Un, *deux*, *trois*, *quatre*, *cinq*…

Première Partie

1919-1920

Chapitre 1

Les phares jaunes perçaient le brouillard qui montait de la Seine et enveloppait comme une fine toile de lin blanc les frênes, les aulnes et les hêtres de la rive qui bordaient la route. *On croirait un suaire*, songea tout à coup Étienne Balsan.

Une image s'imposa à son esprit : celle d'un mort exposé, les membres brisés, la peau brûlée, recouvert d'un linge. Aux pieds du défunt une branche de buis, sur sa poitrine un crucifix. À côté de sa tête, une coupelle d'eau bénite pour faire oublier l'odeur de la mort. La lueur des bougies projetait des ombres fantomatiques sur le cadavre apprêté par les religieuses de façon qu'il ne choque pas trop la vue.

Étienne essaya malgré lui d'imaginer à quoi pouvait bien ressembler le beau visage défiguré de son ami. Il le connaissait presque aussi bien que le sien.

Il ne doit pas rester grand-chose des traits réguliers, des lèvres finement ourlées, ni du nez droit, se dit-il en réponse à sa propre question. Quand une automobile dévale un talus sans freiner, heurte une paroi rocheuse et prend feu, il n'y a presque rien à récupérer. Il aurait certainement fallu le talent d'un habile technicien pour restituer sa beauté au malheureux défunt.

Il sentit un filet d'eau sur sa joue. Pleuvait-il à l'intérieur de la voiture ? Il voulut actionner les essuie-glaces, mais son geste fut si fébrile que la voiture fit un écart. Il freina trop fort, de la boue gicla contre la vitre latérale. Le caoutchouc des essuie-glaces grinçait sur le pare-brise. Il ne pleuvait pas. C'étaient ses larmes. Une vague de lassitude et de chagrin s'abattit sur lui, menaçant de le submerger. S'il ne voulait pas finir comme son ami, il avait intérêt à se concentrer sur sa conduite.

La voiture s'était mise en travers de la chaussée. Étienne s'obligea à respirer calmement, arrêta les essuie-glaces, se cramponna des deux mains au volant. Le moteur hurla quand il appuya sur l'accélérateur, les roues tournèrent dans le vide. Après quelques à-coups, la voiture se remit en piste. Son cœur retrouva son rythme normal. Après minuit, il ne venait heureusement aucun véhicule en sens inverse.

Il se força à garder les yeux braqués sur la route. Pourvu qu'aucun animal sauvage ne traverse. Il n'avait pas envie d'écraser un renard, la chasse à courre correspondait davantage à ses goûts. Son ami était pareil, l'amour des chevaux les unissait. Arthur Capel, l'éternel adolescent qui n'avait jamais pu se débarrasser de son surnom d'enfant, « Boy », était – ou plutôt avait été – un fantastique joueur de polo. Boy était un bon vivant, à la fois intellectuel et charmeur, gentleman jusqu'au bout des ongles, un diplomate britannique promu au rang de capitaine pendant la guerre, un type que chacun se plaisait à appeler son camarade. Étienne pouvait s'estimer heureux d'être l'un de ses plus anciens et de ses meilleurs amis. Enfin, d'avoir été…

Une larme roula de nouveau sur sa joue tannée par le soleil, mais Étienne ne lâcha pas le volant pour l'essuyer. S'il voulait arriver entier à Saint-Cucufa, il ne devait plus se laisser distraire par ses pensées. Ce voyage était le dernier service qu'il pouvait rendre à son ami disparu. Il devait apporter la terrible nouvelle à Coco avant qu'elle ne l'apprenne le lendemain par les journaux ou par le coup de téléphone de quelque commère. Ce n'était vraiment pas une mission plaisante, mais il l'accomplirait avec tout son cœur.

Coco était – avait été – le grand amour de Boy. Cela ne faisait aucun doute. Pour personne, et surtout pas pour Étienne. C'est lui qui les avait présentés, un été, dans sa propriété. Boy était venu à Royallieu à cause des chevaux, et il était reparti avec Coco. Pourtant, elle était l'amie d'Étienne. Enfin, pas à proprement parler son amie, à l'époque. C'était une fille qui chantait des chansons équivoques sur la scène d'un beuglant de Moulins, une ville de garnison, et qui passait ses journées à repriser les pantalons des officiers avec lesquels elle batifolait la nuit. Douce, un peu garçonne, ravissante, heureuse de vivre, vulnérable et en même temps incroyablement vaillante et énergique. Le contraire exact de la *grande dame** à qui tant de jeunes femmes de la Belle Époque rêvaient de ressembler.

Étienne s'était amusé avec elle et l'avait accueillie quand il l'avait trouvée à l'improviste devant sa porte, mais il n'avait rien changé à ses habitudes. Au début, il ne voulait même pas l'avoir à ses côtés, mais elle, têtue, était restée. Un an, deux ans… Il n'arrivait pas à se rappeler combien de temps elle avait vécu près de lui sans qu'il la considère comme sa compagne. En fait, c'était Boy qui lui avait le premier ouvert les yeux sur la beauté intérieure et la force de Coco. Mais trop tard. Il avait donc cédé son amante, qui n'était même pas sa maîtresse attitrée, ainsi qu'on le faisait dans son milieu à l'époque de la Grande Guerre. Mais il était devenu l'ami de Coco. Et il le resterait au-delà de la mort de Boy. Il s'en fit le serment.

* * *

Il fallait qu'elle arrête de se torturer.

Gabrielle se tournait et se retournait dans son lit depuis des heures. Elle sombrait de temps à autre dans un sommeil faussement profond dont elle se réveillait en sursaut, hagarde, et encore prisonnière d'un rêve dont elle ne gardait aucun souvenir. Alors elle tâtait la place à côté d'elle dans le lit pour sentir le corps familier, si rassurant. Mais l'oreiller était froid, le drap lisse, et Gabrielle parfaitement lucide à présent.

Bien sûr. Boy n'était pas là. La veille – ou était-ce l'avant-veille ? – il était parti pour Cannes, louer une maison dans laquelle ils passeraient les fêtes ensemble. Son cadeau de Noël, en quelque sorte. Elle aimait la Côte d'Azur, et il était infiniment important pour elle qu'il passe Noël en sa compagnie plutôt qu'avec sa femme et sa petite fille. Il avait même parlé de divorcer. Dès qu'il aurait trouvé une villa qui convienne, elle le rejoindrait. Mais il n'avait pas encore appelé, pas même envoyé un télégramme pour lui faire savoir qu'il était bien arrivé.

Se pouvait-il qu'il ait changé d'avis ?

Depuis qu'il s'était marié, un an et demi plus tôt, le doute rongeait Gabrielle. Au début, elle avait été anéantie de le voir lui préférer une femme qui incarnait tout ce qu'elle n'était pas : une grande blonde, aussi pâle que blasée, riche, appartenant à l'aristocratie anglaise, et qui couronnerait l'ascension de Boy en le faisant pénétrer dans la haute société britannique. N'était-il pas déjà arrivé assez haut sans avoir besoin d'une telle alliance ? Être le fils d'un bourgeois, courtier maritime à Brighton, lui avait déjà valu de devenir conseiller du président Clemenceau et de participer à la Conférence de la paix à Paris en 1919. Alors, à quoi bon se marier avec une fille de baron ?

Et surtout, Gabrielle et lui vivaient ensemble depuis dix ans. Elle espérait bien qu'il l'épouserait un jour. Peut-être n'était-elle pas un bon parti ? Elle préférait certes jeter un voile pudique sur ses origines modestes, mais elle avait réussi à la force du poignet à acquérir une certaine célébrité.

Elle était devenue Coco Chanel, une créatrice de mode en vue, et même une femme riche.

Elle avait commencé comme modiste, grâce à un prêt de son vieil ami Étienne Balsan, et ses chapeaux aussi sobres qu'élégants avaient bientôt retenu l'attention des Parisiennes. Pas de plumes ni de décorations volumineuses et surchargées ; les dames avaient apprécié, après tout ce temps où elles avaient dû porter de véritables échafaudages sur la tête.

Les marinières amples dont elle avait eu l'idée à Deauville firent bientôt fureur. Gabrielle bannit le corset et tailla des pantalons pour femmes. Puis vinrent les années de pénurie de la Grande Guerre et elle se risqua, avec un pragmatisme certain, à créer des vêtements sobres et fonctionnels dans des jerseys de soie bon marché. Ses pyjamas confortables permettaient aux femmes d'aller se réfugier dans les caves les nuits de bombardements allemands sans rien perdre de leur élégance. Les dames distinguées s'arrachaient littéralement ses créations. Presque toutes les femmes de qualité, et même les aristocrates, venaient la trouver pour être habillées par Coco Chanel.

Pourquoi Boy avait-il besoin d'un contrat de mariage avec une représentante de ces hautes sphères ? Gabrielle s'était élevée par ses propres moyens et s'était fait un nom. Comment pouvait-il sacrifier l'amour qu'elle lui vouait pour une carrière dont il avait depuis longtemps atteint le sommet ? Gabrielle ne comprenait pas, ne comprendrait jamais. Et ce tourment la rongeait comme une maladie.

Mais il lui était revenu. Ce qui liait Boy et Gabrielle était plus fort que l'anneau d'or qu'il avait échangé avec Diana Wyndham, fille de Lord Ribblesdale. Gabrielle avait d'abord hésité, bien sûr, puis elle était retombée dans ses bras. Mieux valait accepter ce nouveau rôle que renoncer à lui tout à fait. Quelle bonne raison de refuser un tel arrangement ?

Aucune. Et pourtant. Tout se passait bien, mais le doute continuait en elle son travail de sape.

De fait, Boy vivait séparé de sa femme, il était la plupart du temps à Paris, mais il fallait bien qu'il se montre de temps en temps au côté de son épouse. Gabrielle le laissait partir parce qu'elle était sûre qu'il reviendrait. Son amour pour lui était plus fort que tout. Un amour qui tenait depuis dix ans, en dépit de tous les orages, et qui durerait toujours. S'il y avait une chose au monde qui soit éternelle, c'était ce lien entre eux. Gabrielle en était convaincue. Pourtant, les pensées les plus sombres l'assaillaient parfois et l'arrachaient à son éden sans crier gare. Comme cette nuit-là.

Elle se retourna encore, repoussa le drap avec ses pieds, frissonna, remonta la couverture jusqu'à son menton.

Pourquoi Boy ne lui avait-il donné aucune nouvelle depuis son départ ? La magie de Noël lui rappelait-elle qu'il avait une fillette de neuf mois ? Sa famille lui occupait-elle l'esprit au point qu'il en oubliait son amante reléguée dans sa maison de campagne près de Paris ? Était-il parti sur la Côte d'Azur afin de trouver une maison pour Gabrielle et pour lui, ou afin de se réconcilier avec sa femme à Cannes ? Il avait pourtant bien parlé de divorce. Gabrielle fut saisie de panique. Impossible de se rendormir.

Mais elle ne se leva pas, n'alluma pas la petite lampe sur sa table de nuit, ne chercha pas le secours d'une lecture distrayante. Elle s'abandonna à ses démons, trop lasse pour lutter. Au bout d'un moment, l'épuisement eut raison d'elle et elle s'enfonça dans un sommeil agité…

Un crissement la réveilla : le bruit caractéristique des pneus sur le gravier. Une automobile venait de freiner et de s'arrêter devant le perron. Dans le silence de la nuit, le moindre bruit pénétrait dans la chambre malgré les fenêtres fermées. Puis les chiens se mirent à japper.

Dans son demi-sommeil, Gabrielle pensa : *Boy !*

Il est revenu me chercher, se dit-elle, le cœur battant. Seul Boy pouvait avoir ce genre de folie. Elle l'aimait tant. Peu importait qu'ils passent Noël dans le Midi ou dans cette villa isolée de Saint-Cucufa. La Milanaise, imprégnée en été du parfum des lilas et des roses, était un peu sinistre en hiver. C'est pourquoi ils avaient envisagé ce séjour sur la Côte d'Azur. Mais aucun lieu ne pouvait être vraiment triste du moment qu'ils y étaient ensemble. Pourquoi ne l'avait-elle pas compris plus tôt ?

On frappa à la porte.

— Mademoiselle Chanel ?

C'était la voix de Joseph Leclerc, son domestique. Et non celle tant espérée de son amant.

D'un coup, elle fut tout à fait réveillée.

* * *

Non seulement Étienne Balsan considérait Boy Capel comme un autre lui-même, mais il connaissait Coco aussi intimement que l'avait connue son ami. Quand elle pénétra dans le salon où Joseph l'avait prié de l'attendre, il fut frappé de voir à quel point elle avait peu changé depuis leur première rencontre, treize ans plus tôt. À trente-six ans, elle était restée une femme-enfant. On aurait presque dit un jeune garçon : petite et menue, poitrine plate et hanches étroites, cheveux d'un noir de jais coupés court et aussi ébouriffés qu'après une nuit d'amour. S'il n'avait pas eu au fond de lui le souvenir de ce petit corps brûlant dans son pyjama de soie blanche, il l'aurait prise pour un être androgyne dépourvu de tout érotisme.

Une seconde plus tard, il fut saisi d'effroi. Il regarda ses yeux – et vit la mort.

Elle avait toujours su cacher ses sentiments derrière une indifférence de façade, mais ses yeux sombres révélaient dans certains cas le fond de son âme. Ce qu'ils exprimaient à présent, c'était la douleur et le désespoir. Mais aucune larme n'y brillait.

Elle se taisait. Debout devant lui, muette et tout de blanc vêtue, la tête haute : Marie-Antoinette face à la guillotine. C'était horrible. Si elle avait pleuré, Étienne aurait su quoi faire. Il l'aurait prise dans ses bras. Mais sa souffrance muette, ses yeux secs lui fendaient le cœur.

— Je suis désolé de te déranger en pleine nuit, commença-t-il.

Il s'éclaircit la voix et poursuivit d'un ton mal assuré.

— J'ai pensé que je devais à Boy de t'informer... Lord Rosslyn a téléphoné de Cannes...

Il reprit son souffle. Comment lui dire ? C'était tellement difficile.

— Boy a eu un terrible accident. Sa voiture a quitté la route. C'était lui qui conduisait, son chauffeur était sur le siège passager. Mansfield a été grièvement blessé... Pour Boy les secours sont arrivés trop tard.

C'était dit. Mais elle ne réagissait pas.

Étienne comprit avec un peu de retard que le domestique devait déjà avoir informé Coco de la mauvaise nouvelle. Évidemment. Joseph avait bien été obligé d'expliquer pourquoi il avait laissé entrer un ami en pleine nuit et tiré Mademoiselle de son lit. Mais pourquoi se taisait-elle ainsi ?

Pour rompre le silence, Étienne reprit :

— La police enquête... Pour l'instant, on ignore ce qui s'est passé exactement. En tout cas, personne encore n'est au courant à Paris. Tout ce qu'on sait, c'est que l'accident s'est produit quelque part sur la Côte d'Azur. Les freins de la voiture ont lâché, semble-t-il...

— Mademoiselle a compris, monsieur, l'interrompit Joseph.

Étienne acquiesça, le ventre noué. Jamais il ne s'était senti aussi mal à l'aise. Il voyait cette femme sangloter sans verser une larme. Chaque fibre de son corps disait son désarroi, son désespoir. Il voyait littéralement le malheur prendre possession d'elle. Mais elle ne pleurait toujours pas.

Elle fit demi-tour sans un mot et quitta la pièce. La porte se referma derrière elle. Étienne resta planté, les bras ballants.

— Puis-je offrir quelque chose à monsieur ? demanda Joseph. Vous voudriez peut-être un café ?

— Je préférerais un cognac. Double, s'il vous plaît.

La boisson fut généreusement servie. Étienne refermait les doigts autour du verre ventru pour se réchauffer et réchauffer l'alcool quand la porte du salon s'ouvrit à nouveau.

Coco. Vêtue cette fois d'une robe de voyage lui arrivant aux chevilles, son manteau sur le bras, à la main un sac dans lequel elle devait avoir fourré à la hâte quelques objets de première nécessité. Elle en serrait si fort la poignée que les articulations de ses doigts étaient blanches. C'était le seul indice qui trahissait sa tension. Son visage était toujours le même masque impassible, ses yeux vides.

— On peut partir, déclara-t-elle d'une voix ferme.

Étienne secoua la tête, interloqué.

Elle lui rendit son regard, mais ne dit rien.

Désarçonné, il acquiesça comme s'il savait où elle voulait aller. Il n'avait pourtant pas la moindre idée de ce qu'elle avait en tête. Il avala une grande gorgée de cognac, avec l'espoir que l'alcool coulant dans sa gorge aurait un effet apaisant. En vain. Il vit que sa main qui tenait le verre tremblait.

— Tu veux dire… toi et moi ? demanda-t-il, toujours aussi perplexe.

N'aurait-il pas mieux valu qu'elle s'adresse à son chauffeur, où qu'elle veuille aller ?

— On part sur la Côte d'Azur.

À nouveau cette détermination, dans sa voix, qui cadrait mal avec sa silhouette fantomatique.

— Je veux le voir. Et je veux qu'on y aille tout de suite, Étienne.

— Quoi ?

Il faillit s'étouffer, avala une nouvelle rasade de cognac.

— Mais c'est dangereux. La nuit, le brouillard sur la route…

— Le jour va bientôt se lever. Ne perdons pas de temps. C'est un long trajet.

Elle fit demi-tour et se dirigea vers la porte.

Il échangea un regard désemparé avec Joseph. Pourquoi ne demandait-elle pas à son chauffeur de prendre les dispositions nécessaires pour un départ de bon matin ? Et lui, que devait-il faire ? Le devoir d'amitié allait-il jusqu'à encourager Coco dans sa folie ? *Mais non, elle n'est pas folle*, s'avoua-t-il tristement.

Il capitula et la suivit dans la nuit sans autre commentaire.

Chapitre 2

La joyeuse atmosphère de Noël qui accueillit Gabrielle à Cannes lui parut douloureusement bruyante, agressive. Des cafés et des restaurants lui parvenaient des échos de chants de Noël en anglais et des airs de jazz endiablés. Il fallait plaire aux nombreux touristes britanniques et américains, qui devaient se sentir ici comme chez eux.

L'air était doux, il n'y avait presque pas de vent et le ciel étoilé au-dessus de la baie ressemblait à un voile de tulle bleu marine brodé de paillettes transparentes. La Croisette était le lieu de toutes les élégances, les somptueuses automobiles déversaient devant les hôtels de luxe de riches messieurs-dames en tenue de soirée. C'était le 24 décembre : les bouchons de champagne sautaient, des branches de houx et de gui ornaient les tables, on avait sorti pour l'occasion la porcelaine fine, le cristal et l'argent. On s'affairait dans les cuisines, les écaillers ouvraient les huîtres, les bûches de Noël attendaient au frais d'être servies au dessert.

À la seule idée de manger, Gabrielle eut la nausée. Elle était en route depuis près de vingt heures, mais ce long voyage n'avait rien changé à sa douleur. Elle se sentait toujours aussi abattue, hébétée, désespérée.

Quand Joseph avait frappé à sa porte, l'angoisse avait été immédiate. Boy n'aurait pas réveillé le domestique, il serait entré avec sa clé et l'aurait rejointe sans l'aide de personne.

Quelque chose de grave s'était passé. Elle l'avait deviné, mais avait d'abord essayé d'étouffer cette intuition. Boy était un héros, il ne pouvait rien arriver à un homme comme lui. C'est alors que le bon, le brave Joseph lui avait assené le coup terrible, le plus doucement possible, avec ménagement et compassion. Bien sûr. Son domestique savait garder son sang-froid en toute occasion, mais la nouvelle qu'apportait M. Balsan l'avait ébranlé lui aussi. Tout venait de basculer d'un coup. Gabrielle avait la sensation presque physique que sa vie volait en éclats.

Le premier moment de lucidité fut suivi d'un espoir fou : il devait s'agir d'une erreur. Pendant de longues et absurdes minutes, Gabrielle s'était cramponnée à cette idée. Hélas, Étienne n'aurait pas fait la route de Royallieu à Saint-Cucufa en pleine nuit sur un malentendu. Et Joseph ne serait pas venu toquer à sa porte par caprice. Non, Boy n'était plus. Et d'un seul coup, elle n'eut plus qu'un désir : le voir. Peut-être pour se convaincre qu'il était bien mort. Peut-être aussi pour vérifier qu'il n'avait pas souffert. Elle voulait veiller auprès de son cercueil. Il était son homme, même s'il n'était pas son mari. Il était ce qu'elle avait de plus précieux dans la vie, non : il était sa vie même.

Sans Boy, plus rien n'avait de sens.

Elle ne voulait rien avaler, et quand Étienne s'arrêta en route pour manger quelque chose, elle but à contrecœur le café qu'il lui apporta et n'accepta rien d'autre. Elle ne descendit même pas de la voiture, restant prostrée sur le siège en cuir sans desserrer les dents. Son ami ne méritait pas ce silence, elle le savait. Mais elle avait l'impression qu'elle ne pourrait plus prononcer désormais que les mots indispensables, comme si Boy, en partant, lui avait ôté la parole. Pour toujours.

Étienne n'engagea pas l'auto dans l'allée sinueuse qui montait vers l'entrée principale de l'hôtel Carlton, il s'arrêta en bas. Le moteur s'éteignit. Le silence s'abattit dans la voiture malgré la rumeur assourdie des festivités qui pénétrait à travers les vitres fermées. Étienne prit une longue inspiration avant de se tourner vers elle.

— J'espère que nous allons trouver Bertha. Elle loge ici, d'après ce que je sais. C'est sa sœur qui saura le mieux ce qui est arrivé à Boy et où son corps a été déposé.

— Oui, dit Gabrielle.

Et ce fut tout. Elle releva le large col de son manteau pour dissimuler son visage blême. Étienne lui toucha le bras dans un geste presque paternel.

— Il faut absolument que tu dormes un peu. Il reste sûrement deux chambres libres, et...

Dormir ! Quelle proposition inepte. Comme si elle allait accepter que sa vie continue comme avant. Comment pourrait-elle dormir sans avoir revu Boy ?

— Non. (Elle secoua vigoureusement la tête.) Non. S'il te plaît. Toi, repose-toi. Tu l'as bien mérité. Prends une chambre. Je t'attendrai ici.

Silence.

Gabrielle vit que son ami luttait pour ne pas exploser. Les muscles de sa mâchoire se contractaient, comme si, en serrant les dents, il essayait de juguler la colère qui montait en lui. Il lui en voulait. Bien sûr qu'il était fatigué après cette longue route. Deux nuits de suite sans sommeil, c'était trop, même pour un noceur tel qu'Étienne Balsan. Et elle ne faisait rien pour l'aider. Mais il se contint.

— Je reviens très vite, promit-il enfin.

Il hésita encore quelques secondes puis descendit de voiture.

Il monta l'allée d'un pas souple. Il était grand pour un Français, il dépassait même Boy d'une demi-tête. Ce physique de basketteur avait beaucoup impressionné Gabrielle au début. Il seyait à merveille à ce fringant officier de cavalerie, joueur de polo et éleveur de chevaux. Un homme qui avait de l'allure. Le meilleur ami qu'elle aurait jamais.

Tout en regardant Étienne s'éloigner, elle fouilla machinalement dans son sac en quête de son étui à cigarettes. C'était un réflexe. Elle fumait sans arrêt, elle avait commencé à une époque où c'était encore très mal vu pour une dame. La nicotine la calmait. Tenir une cigarette ou un fume-cigarette en ivoire entre ses doigts lui donnait une étrange assurance. Braver les conventions et choquer les apôtres de la morale l'amusaient, au début. Désormais la cigarette faisait partie de son image. Et personne ne s'offusquait plus de voir des femmes porter la culotte de cheval ou fumer. Coco Chanel avait fait souffler un vent nouveau.

Elle eut tôt fait de trouver son briquet dans son sac. Elle l'actionna et une petite flamme bleue vacillante perça l'obscurité de la voiture.

Une main frottant une allumette surgit tout à coup du fond de sa mémoire, une petite lumière jaune qui jaillissait dans le crépuscule bleu-gris d'un soir d'été à la campagne. Il faisait déjà presque nuit sur la terrasse, pourtant Gabrielle distinguait parfaitement, à la lueur de la flamme, la main étroite et soignée aux ongles polis…

— Une femme comme vous ne devrait jamais avoir à allumer sa cigarette elle-même, disait avec un léger accent une voix masculine un peu rauque. On aurait dit que celui qui parlait avait avalé un bouchon.

Elle n'avait pas relevé, se contentant d'inhaler sa première bouffée sans commentaire. Le regard fixé sur les doigts de l'inconnu, qui à présent secouait l'allumette, elle avait constaté :

— Vous avez des mains de musicien.

Chaque mot était accompagné d'un minuscule rond de fumée blanche.

— Je joue un peu de piano.

Sans voir son visage, elle savait qu'il souriait.

— Mais je suis bien meilleur au polo.

— C'est pour ça que vous êtes ici ?

Sa main avait décrit un large cercle qui englobait la totalité du château de Royallieu, les écuries avec les pur-sang d'Étienne et le terrain d'entraînement à la lisière du parc.

Il avait secoué la tête.

— Je crois que le destin m'a amené ici pour que je vous rencontre, mademoiselle Chanel.

— Vraiment ?

Elle avait eu un rire arrogant, sans la moindre trace de coquetterie. Elle n'avait nullement l'intention de flirter avec cet inconnu.

— Puisque vous connaissez mon nom, j'aimerais assez savoir à qui j'ai affaire.

— Arthur Capel. Mes amis m'appellent Boy.

— Coco ?

Elle sursauta.

Il fallut un moment à Gabrielle pour reprendre pied dans la réalité. Le souvenir de ce soir d'été à Royallieu l'avait submergée. Comme si Boy était là, à côté d'elle, elle venait de revivre chaque seconde de leur première rencontre. Quelle douleur de devoir constater qu'elle se trouvait dans la voiture d'Étienne et non pas sur la terrasse de sa maison ; que ce n'était pas le commencement de sa vie avec Boy, mais la fin.

Sans rien dire, elle baissa la vitre et jeta son mégot sur la chaussée.

— J'ai parlé avec Bertha, elle est inconsolable…

Il s'interrompit, fit une courte pause.

— Bien sûr qu'elle est inconsolable.

Un souffle de vent tiède pénétra dans la voiture, apportant le murmure des vagues. Une voix de baryton anglais entonna *Jingle Bells* :

Dashing through the snow
In a one-horse open sleigh…

La mélodie était approximative, mais la ferveur incontestable. Gabrielle remonta la vitre.

— Où est-ce que je peux le voir ? demanda-t-elle d'une voix blanche.

Étienne soupira.

— Tu... Nous... Je..., balbutia-t-il avant de renoncer.

Il s'essuya les yeux.

— Excuse-moi, Coco. Nous avons l'un et l'autre besoin de nous allonger quelques heures. Au moins jusqu'au lever du soleil. Bertha nous invite dans sa suite.

— Où est Boy ? demanda-t-elle, obstinée.

D'abord il ne répondit pas, puis les mots jaillirent tout seuls, véhéments, comme s'il s'en prenait à un interlocuteur invisible.

— Le cercueil est déjà fermé, ils l'ont chargé sur un bateau. La cérémonie a été célébrée ce matin à la cathédrale de Fréjus avec tous les honneurs militaires. Mme Capel était pressée. Elle a fait en sorte que toute la communauté anglaise de la Côte d'Azur soit là, mais aucun de ses amis français n'a été convié.

L'indignation l'avait fait sortir de ses gonds ; il frappa du poing sur le volant, mais se reprit aussitôt. Comme s'il ne comprenait pas lui-même comment une telle chose avait pu se produire, il murmura :

— Je suis désolé, Coco, nous sommes arrivés trop tard.

Diana a voulu m'empêcher d'assister à la cérémonie, pensa-t-elle. *Vivant, Boy était à moi ; mort, elle me l'a repris.*

Elle se mit à trembler, comme saisie de violents frissons. Et de fait elle frissonnait. Un vertige la prit. Sa vue se brouilla, derrière le pare-brise tout se fondit en une masse obscure. Son sang battait contre ses tempes douloureuses, elle avait envie de vomir, ses oreilles bourdonnaient. Elle voulut s'appuyer contre le tableau de bord, ses doigts ne rencontrèrent que le vide. Comme si tous ses sens la lâchaient d'un coup. Seules les larmes salvatrices tardaient à venir.

Étienne saisit sa main glacée.

— Abuser de tes forces ne ramènera pas Boy. Je t'en supplie, Coco, allons nous allonger et dormir un peu. Si tu ne veux pas t'installer chez Bertha, je vais te prendre une chambre…

Le cerveau de Gabrielle fonctionnait toujours.

— Est-ce que Bertha sait où l'accident a eu lieu ? articula-t-elle d'une voix à peine audible.

— Oui. Elle m'a dit que c'était sur la nationale 7, entre Saint-Raphaël et Cannes, quelque part du côté de Fréjus, non loin d'un village qui s'appelle Puget-sur-Argens.

— Je voudrais y aller.

— Demain, promit-il d'une voix brisée. Je t'y emmène dès qu'il fait jour. Mais d'ici là, sois gentille et viens te reposer avec moi.

Elle capitula. Que pouvait-elle faire ? Elle n'allait tout de même pas passer les prochaines heures à attendre Étienne dans la voiture garée en plein Cannes. La police risquait de surgir à un moment ou à un autre et toute la ville en ferait des gorges chaudes : Coco Chanel passant la nuit dans une voiture au lieu de prendre une chambre d'hôtel ! Elle brûlait de se rendre sur les lieux de l'accident, mais ne pouvait pas exiger d'Étienne qu'il reprenne le volant cette nuit. C'était trop dangereux. Et puis, il la traitait avec tant d'égards, c'était plus qu'un ami, presque un frère. Il méritait qu'elle se montre un peu raisonnable et lui accorde quelques heures de sommeil. Elle-même était incapable de se reposer, mais c'était son affaire.

Ses jambes faillirent ne pas lui obéir, puis Gabrielle réussit enfin à sortir de la voiture. Ses muscles étaient ankylosés par la longue station assise, ses os douloureux. Au premier pas elle se tordit le pied, mais Étienne lui prit le bras et elle retrouva l'équilibre.

Étienne expliqua au portier que Lady Michelham attendait Mademoiselle, et il prit une chambre pour lui au même étage.

Ils traversèrent le hall de marbre en direction des ascenseurs, suivis des regards méfiants des autres clients surpris par cette apparition fantomatique sans tenue de soirée ni bagage. Gabrielle marchait sans voir personne.

Que lui importaient les vivants ? Toutes ses pensées étaient tournées vers un mort. Elle ne dit rien quand le groom les accompagna jusqu'à la suite de Bertha. Elle avançait telle une somnambule dans le long couloir de l'hôtel, ses talons s'enfonçaient dans l'épaisse moquette qui étouffait le bruit de leurs pas.

Contrairement à Coco, la sœur de Boy était en larmes. Elle embrassa les joues sèches de Gabrielle, laissant sur sa peau un voile humide.

— C'est horrible, sanglotait Bertha. J'aurais préféré qu'on se revoie dans d'autres circonstances.

— Oui, répondit Gabrielle, peu loquace.

— Il faut que tu te reposes, ma chère. J'ai fait préparer le lit, à côté…

— Non, l'interrompit Gabrielle. Je n'ai pas besoin d'un lit.

Son regard fit le tour du salon aux élégants meubles Louis XVI et s'arrêta sur une banquette devant la fenêtre.

— Je vais m'installer là, si tu veux bien.

Déconcertée, Bertha tourna les yeux vers la porte de la seconde chambre à coucher. Ses cils mouillés de larmes papillonnèrent.

— Comment veux-tu dormir là-dessus ? Un lit sera bien plus confortable.

Gabrielle secoua la tête et se dirigea sans plus d'explications vers la banquette rembourrée. Elle s'assit avec raideur, reconnaissante à Étienne de s'être retiré dans ses propres appartements. Elle aurait eu plus de mal à résister à sa voix persuasive qu'aux vaines injonctions de Bertha.

Elle ne se déshabilla pas, refusa la chemise de nuit en soie et la robe de chambre, de même que la couverture légère que Bertha avait fait apporter. Telle qu'elle était, elle s'installa à la place qu'elle s'était choisie, le regard tourné vers la fenêtre.

De là, elle voyait le ciel. C'était le meilleur endroit pour une veillée funèbre. Puisqu'on lui avait interdit de voir une dernière fois le visage de son amant, peut-être réussirait-elle au moins à apercevoir l'âme de Boy montant au paradis.

* * *

Le soleil levant baignait d'une lueur rouge les bancs de nuages crevassés. Dans la pâle clarté de l'aube, les pins maritimes se détachaient sur le ciel comme des passepoils noirs sur une robe bleu clair. À gauche de la route qui montait en décrivant une courbe serrée puis redescendait en serpentant, la mer scintillait au loin comme un tapis de platine.

Le chauffeur que Bertha Michelham avait mis à leur disposition conduisait lentement sur la route dangereuse. Il était d'autant plus concentré qu'il pensait comme ses passagers à l'accident qui les avait amenés à Cannes. Bertha avait proposé à Gabrielle et Étienne de les faire conduire sur les lieux du drame dans sa propre voiture. Une solution prudente et qui épargnait à Étienne une recherche pénible : son domestique connaissait déjà l'endroit.

Malgré toutes ses précautions, le chauffeur ne put empêcher la voiture de faire une embardée lorsqu'il évita de justesse un lièvre surgi brusquement d'un buisson de genévriers au moment où il doublait une charrette tirée par un cheval.

Gabrielle, qui était prostrée au fond de la banquette, fut précipitée contre l'épaule d'Étienne. Elle retint son souffle malgré elle, se demandant l'espace de quelques secondes si sa dernière heure était arrivée. Un second accident, si peu de temps après le premier, sur cette même route entre Cannes et Saint-Raphaël… Un grand amour s'achevant dans ce décor entre mer et montagne. Ce serait sans doute la meilleure solution. Suivre Boy.

— Ce n'est rien, tout va bien, dit Étienne en lui caressant doucement le bras.

La voiture avait repris sa course silencieuse à travers le paysage désert.

Gabrielle regarda par la vitre. *Non*, se dit-elle soudain, *mourir n'est pas la meilleure solution.* La plus simple, peut-être, mais pas celle que Boy aurait voulue. Même si elle ignorait comment elle pourrait continuer à vivre sans lui. Sans cet homme qui lui avait offert la vraie vie. Sa vie de Coco Chanel. Boy avait été pour elle non seulement un amant, mais un père, un frère, un ami. Il faudrait qu'elle trouve une raison de ne pas le rejoindre dans la mort.

— Mademoiselle, monsieur, nous y sommes.

Le chauffeur freina, arrêta la voiture sur le bas-côté, puis il descendit pour leur ouvrir la portière.

Gabrielle eut l'impression de se dédoubler. Elle se vit, une femme dans les trente-cinq ans en train de retenir à deux mains son chapeau que le vent de l'Estérel menaçait de faire s'envoler. Une femme à la tenue de voyage toute chiffonnée et qui avançait d'un pas hésitant et gauche.

Elle découvrit les restes d'une automobile carbonisée qu'on avait remontés au bord de la route. Au-delà du fossé, des rochers escarpés aux arêtes vives. Des branches cassées d'eucalyptus et des bruyères aplaties indiquaient l'endroit où la voiture s'était écrasée.

Gabrielle était seule. Les deux hommes qui l'accompagnaient se tenaient en retrait, pleins de tact, tandis qu'elle regardait cette femme – qui était-elle ? – s'approcher de la carcasse noirâtre, de cet amas de tôle cabossée, de bois, de cuir et de caoutchouc, qui avait été un jour un cabriolet luxueux. C'était aussi irréel qu'une séquence de film.

C'est seulement lorsqu'elle fut tout près de l'épave que la vérité s'imposa à elle. Une soudaine puanteur lui monta aux narines. La voiture dégageait encore une forte odeur d'essence, de soufre et de caoutchouc brûlé, et curieusement ce fut cette perception olfactive, plus que le spectacle offert à ses yeux, qui lui fit prendre conscience de l'horrible réalité de l'accident. Inimaginable jusqu'à cet instant.

Les flambées de lumière, les taches de soleil alternant avec des ombres toujours plus longues et plus noires éblouissent l'homme au volant. Le vent humide et frais qui lui souffle au visage laisse sur sa peau un picotement irritant et se mêle à son souffle chaud qui embue ses lunettes. Pourtant il fonce à toute allure comme si la route était droite, l'éclairage idéal et la visibilité parfaite. C'est un homme qui aime la vitesse, qui ne fait rien lentement, ne prend pas le temps de réfléchir. Le vrombissement du moteur enchante ses oreilles comme une musique, tantôt scherzo, *tantôt* rondo. *Crissement des disques des freins. Frottement de l'acier contre l'acier, chuintement des pneus sur le goudron. Et soudain la voiture décolle, s'élève dans les airs, fauchant au passage arbres et buissons, elle heurte de plein fouet une arête rocheuse et explose en une énorme boule de feu.*

Gabrielle tendit une main hésitante, toucha les restes cabossés de la Rolls-Royce, s'attendant à une sensation de brûlure. Mais le métal était aussi froid que le corps de Boy dans son cercueil.

Alors elle s'effondra. Les larmes qui depuis l'arrivée d'Étienne à La Milanaise refusaient de couler lui montèrent aux yeux. Comme si toutes les vannes s'ouvraient en elle, libérant d'un coup son corps, son âme, son cœur, Gabrielle se mit à pleurer amèrement.

Chapitre 3

Marie Sophie Godebska, ex-épouse Natanson, ex-épouse Edwards, était toujours à quarante-sept ans une femme très belle et d'une élégance époustouflante. L'éducation artistique reçue dans la maison de sa grand-mère à Bruxelles, le déménagement de la gamine à Paris avec son père polonais, ainsi que le contact précoce avec les plus grands artistes de la Belle Époque avaient formé son goût. Son sens du beau associé à sa grande intelligence faisait de « Misia », ainsi qu'on l'appelait, une créature d'exception. La fortune de son deuxième mari et sa liaison avec le célèbre peintre espagnol José Sert avaient permis à la muse de s'élever au rang de reine de la haute société parisienne et de mécène. Mais c'étaient surtout sa gentillesse et sa soif de liberté qui avaient fait d'elle, deux ans après leur première rencontre, l'amie la plus intime de Gabrielle Coco Chanel.

Tandis que son chauffeur la conduisait à Saint-Cucufa en ce triste après-midi d'hiver, Misia était consciente qu'elle n'allait pas seulement présenter ses condoléances. Elle se sentait investie d'une mission : sauver une vie. Tout ce qu'elle avait entendu dire sur les dispositions d'esprit de son amie endeuillée l'inquiétait. Bien sûr qu'il faudrait du temps à Coco pour s'adapter à une nouvelle vie sans Boy. Mais ce n'était pas une raison pour la laisser devenir l'ombre d'elle-même.

Son état était assez alarmant, semblait-il, pour que Joseph ait décidé d'appeler Misia à la rescousse. Si Coco avait organisé des messes noires ou s'était mise à la nécromancie, Misia n'aurait pas été aussi bouleversée qu'en apprenant que Mademoiselle perdait la raison. Fallait-il que le domestique soit désespéré pour oser employer des mots pareils ! Personne d'autre qu'Étienne Balsan n'était au courant de la situation. Depuis son retour de la Côte d'Azur, Gabrielle n'avait vu personne, sa maison de couture était restée fermée pendant les fêtes.

Misia, qui se faisait beaucoup de souci, voulait voir de ses yeux ce qui se passait à La Milanaise. Et tandis que la voiture s'engageait dans l'allée, elle pria pour qu'il ne soit pas trop tard, pour qu'elle arrive à temps et sache protéger Coco de ses propres démons.

Joseph ouvrit la porte avec un soulagement visible. Le concert d'aboiements et de gémissements qui se déclencha derrière lui n'empêcha pas Misia de l'entendre murmurer :

— C'est heureux que vous soyez là, madame.

Il eut un geste d'excuse puis éleva la voix pour gronder les chiens :

— Allons ! Couchés !

Les deux bergers allemands se calmèrent aussitôt et battirent en retraite vers leurs couvertures à l'arrière de la villa. Seuls les deux petits terriers, un cadeau de Boy à la maîtresse de maison, continuèrent à japper et à tourner autour des jambes de la visiteuse avec une curiosité empressée.

— Comment va Mlle Chanel ? demanda Misia sans quitter des yeux Pita et Popee.

Joseph l'aida à ôter son manteau de fourrure.

— Mademoiselle me semble avoir complètement perdu la tête. Quand elle est rentrée du Midi, elle a voulu faire repeindre les murs de sa chambre en noir. Vous vous rendez compte, madame ? En noir. Carrément. (Il secoua la tête.) Elle vivait dans ses appartements comme dans un caveau.

Elle s'enfermait, il n'y avait pas moyen de lui faire avaler quoi que ce soit. C'était terrible.

— Elle *vivait* ?

Pourquoi Joseph parlait-il à l'imparfait ? Misia oublia d'un coup la contrariété que venait de lui causer un des petits terriers : d'un coup de patte malencontreux, il avait fait un accroc dans son bas de soie.

— Que voulez-vous dire ? Que lui est-il arrivé ?

— Elle est descendue tout à l'heure pour me demander de faire venir le peintre. Maintenant, elle veut une chambre rose. Elle dit qu'elle n'y remettra plus les pieds tant qu'on ne l'aura pas repeinte. Mais je me demande si le rose est un bon choix étant donné l'humeur de Mademoiselle, et si…

— Où est-elle ? l'interrompit Misia.

— Dans le salon, madame.

Joseph se pencha et prit les petits chiens tout frétillants, un sous chaque bras.

— Si vous voulez bien me suivre.

Misia jeta un coup d'œil furtif à sa fine cheville qui dépassait tout juste de sa robe. Le petit accroc dans son bas était devenu une échelle. Quelle poisse. Mais ça n'avait naturellement aucune importance en comparaison du malheur qui régnait de l'autre côté de la porte du salon. Joseph l'ouvrit avec une certaine solennité.

Misia eut l'impression de pénétrer dans une glacière. Malgré le feu qui brûlait dans la cheminée – Joseph ou sa femme, Marie, qui prenait grand soin de Coco, venait d'y ajouter une bûche –, l'atmosphère de la pièce lui donna aussitôt le frisson.

Coco était assise, ou plutôt affalée, dans un fauteuil, les yeux perdus dans le lointain. Inexpressifs. Sans vie. Quand Misia entra, elle battit deux ou trois fois des paupières, mais ne la regarda pas. Son visage était aussi blanc que la soie du pyjama qu'elle portait encore, bien que la journée fût déjà très avancée. Elle avait toujours été mince, mais cette fois Misia la trouva vraiment maigre. Sans doute n'avait-elle rien mangé depuis des jours.

— Ma chérie, je suis terriblement triste.

Misia se pencha pour poser un instant sa joue contre celle de Coco et envoyer un baiser dans le vide.

— Je suis désolée, ajouta-t-elle en se redressant et en cherchant des yeux un endroit où s'asseoir.

Elle opta finalement pour le sofa et prit garde de rabattre sa jambe sous elle de manière à dissimuler l'échelle dans son bas. Mais Coco se fichait pas mal de ce genre de détail.

— Je te remercie d'être venue, dit-elle d'une voix éteinte.

Elle avait toujours les yeux vides.

— Veux-tu que Joseph t'apporte quelque chose ? Du café ? Un verre de vin ?

Sur une desserte à portée de sa main était posée une tasse à laquelle elle n'avait visiblement pas touché, le thé devait être froid.

— Je ne veux rien tant que tu ne prendras pas quelque chose toi aussi.

Coco hocha la tête en silence.

— C'est très dur. Je sais. Mais, ma chérie…

Misia chercha les bons mots.

— Il faut te ressaisir. Nous nous faisons tous énormément de souci pour toi.

Elle ne précisa pas qui englobait ce « nous ».

Coco hocha de nouveau la tête, mais cette fois elle parla.

— La cérémonie a été célébrée ce matin à l'église de la place Victor-Hugo.

Elle regardait toujours droit devant elle, peu soucieuse de voir Misia ; c'était sans doute l'image de Boy qu'elle avait devant les yeux.

— Étienne dit que l'enterrement a lieu au cimetière Montmartre…

— Je sais, dit Misia tout bas.

Avant son départ pour Saint-Cucufa, elle avait appris par une amie que la veuve de Boy n'avait pas assisté à la messe. Diana devait s'attendre à ce que Coco vienne, mais Gabrielle non plus n'y était pas.

Comme si elle avait lu dans ses pensées, Coco poursuivit :

— Je n'ai pas voulu y aller parce que j'aurais été reléguée à l'arrière. Elle aurait triomphé et il n'était pas question pour moi de lui accorder ça… Crois-tu que j'ai eu tort, Misia ?

Enfin, elle leva les yeux vers son amie.

Misia sentit son cœur se serrer en voyant toute la douleur et le désespoir qui s'y reflétaient.

— Bien sûr que non, assura-t-elle.

Elle se déplaça vers le bord du sofa pour caresser doucement la main de Gabrielle.

— Tu as toujours fait ce que tu as estimé devoir faire, à chaque instant et en toute situation, et il s'est toujours révélé que c'était la bonne décision. Ce sera le cas cette fois encore. Ton intuition est une de tes grandes forces. Je t'admire pour ça.

— Boy comptait plus que tout pour moi. On ne faisait qu'un, on se comprenait sans parler.

— Je sais, répéta Misia dans un souffle.

Les deux amies avaient rencontré le grand amour de leur vie à peu près en même temps. Lorsque Coco et Boy étaient tombés amoureux, Misia ne les connaissait encore ni l'un ni l'autre, mais elle-même venait de succomber au charme de José Sert. Cela remontait à dix ou onze ans. José était pour elle ce que Boy avait été pour Coco, et l'idée de perdre son amant du jour au lendemain et pour toujours lui paraissait si épouvantable que non seulement elle comprenait le tourment de Coco, mais elle le partageait, elle souffrait avec elle.

Elle observa son amie, qui semblait devenir plus petite et plus frêle à chaque seconde. Son état physique était préoccupant, mais Coco semblait loin d'avoir perdu la raison. Malgré son étrange lubie de faire repeindre sa chambre dans des couleurs improbables, elle n'était pas folle du tout. Et si son corps lâchait ? *Combien de femmes sont mortes à cause d'un cœur brisé ?* se demanda Misia. Pendant la Grande Guerre, les soldats étaient tombés en masse, mais la plupart de leurs femmes avaient tenu bon. *Notre devoir est de survivre*, se dit-elle. *C'est notre amour qui permet aux morts de rester vivants dans nos mémoires.*

— Boy était formidable, dit-elle. Il n'y a aucun doute là-dessus. C'est pourquoi il aimerait que tu reprennes les choses là où vous les avez arrêtées tous les deux. Que tu continues, par amour pour lui.

— Mais comment pourrais-je faire quoi que ce soit sans lui ? s'insurgea Coco, tout le désespoir du monde dans la voix. Sans lui, je ne suis rien !

— Tu es toujours tout ce que Boy a aimé.

Coco regarda Misia d'un air surpris, comme si l'idée ne l'avait jamais effleurée que Boy puisse d'une certaine manière survivre en elle, grâce à elle.

Contente d'avoir réussi à percer au moins pour quelques instants le mur de chagrin que lui opposait son amie, Misia se hâta de poursuivre :

— Tu as emménagé récemment au 31, rue Cambon, cinq étages Chanel, et l'installation n'est même pas terminée. Boy m'a raconté qu'avec cette nouvelle adresse, tu t'es inscrite pour la première fois au registre du commerce et des sociétés en tant que *couturier** et non plus modiste. Il était très fier de toi. Tu ne peux pas abandonner parce que le chagrin te paralyse…

Elle s'interrompit, pressa la main de Coco :

— Il vient de t'arriver une chose terrible, c'est vrai. Mais ne considères-tu pas comme un devoir de réaliser ce que vous aviez projeté ensemble ? Tu dois le faire seule, oui. Mais tu *dois* le faire. Va de l'avant, Coco !

Elle ménagea une pause, attendant l'assentiment de Coco, mais son amie ne disait rien, ne bougeait pas un cil. Alors elle se fit plus pressante :

— Je ne te laisserai pas seule, tu le sais. Si tu as besoin de moi, je serai là. Je te le promets.

Le regard de Coco sembla flotter comme si elle cherchait une réponse quelque part au loin. Son corps parut vouloir se redresser, sans qu'elle y parvienne vraiment.

— Quelle est la dernière chose dont vous avez parlé ? demanda Misia.

Elle pria le ciel de lui inspirer les mots qui tireraient Coco de sa léthargie. Elle ajouta, au petit bonheur :

— Je veux dire, quels projets professionnels aviez-vous ?

— Je ne sais plus. Je ne me souviens plus en détail de ce dont nous avons parlé, Misia. Il y avait tant de…

Coco se creusait désespérément la tête, mais rien ne venait. Une larme subreptice coula de ses yeux et elle essuya sa joue comme on chasse un insecte importun. Soudain, son visage s'anima un peu.

— Il était question d'un parfum. Oui, c'est ça, nous parlions d'une eau de toilette.

Misia adressa à Dieu des remerciements muets.

La voix de Coco était étrangement monocorde, comme si elle s'écoutait parler, surprise que sa mémoire se remette à fonctionner tout à coup.

— Il y avait un article dans le journal sur ce meurtrier qu'on a réussi à arrêter parce qu'un témoin, une femme, l'avait reconnu à son parfum. L'homme utilisait *Mouchoir de Monsieur* de Jacques Guerlain, et Boy et moi avons parlé du caractère unique de ce parfum-là. Nous nous sommes demandé si je ne devrais pas proposer à mes clientes une *Eau de Chanel.* Pas en boutique, mais comme cadeau de Noël. Une édition limitée, une centaine de flacons…

Sa voix se brisa.

Misia comprit qu'il n'y aurait plus jamais pour Coco de fêtes ni de Noël qui ne lui rappellent aussitôt la mort de Boy. Craignant que son amie ne sombre à nouveau dans son chagrin, elle s'empressa de rompre le silence.

— Mais oui, dit-elle avec un enthousiasme un peu forcé, un parfum est un cadeau apprécié en toute occasion. C'est une idée magnifique. Regarde François Coty : il a gagné une fortune grâce à *Chypre* parce que les soldats américains en envoyaient des milliers de flacons chez eux. Ils en ont même emporté dans leurs bagages en rentrant au pays, comme souvenir de la France. Une *Eau de Chanel*, tes clientes vont adorer…

— M. Coty est parfumeur. Il possède une usine. Je ne suis qu'une petite couturière.

— Ne sois pas sotte, ma chérie.

Déjà la fougueuse Misia se prenait au jeu. Elle lâcha la main de Coco :

— Paul Poiret aussi n'est qu'un créateur de mode…

— Oui, mais le plus grand…

— La prétendue supériorité de Poiret ne t'a pas fait revoir tes ambitions à la baisse, que je sache, et ça doit continuer. Il faudrait que tu trouves un parfum dont la note soit aussi identifiable que ton style de vêtements. Pas un de ces parfums lourds où la rose domine. *Parfum de Rosine* de Poiret n'est au fond qu'une déclinaison olfactive de ses créations. Et qui commence à dater. Si tu as réussi, Coco, c'est parce que…

— Parce que j'avais Boy à mes côtés.

Misia soupira intérieurement.

— Oui, bien sûr. Aussi. Mais excuse-moi de te dire que ce n'est pas lui qui a conçu tes vêtements. Ce sont tes idées qui sont modernes. Ton succès vient de là. Et si tu prends en compte la particularité de ton style pour choisir les arômes de ton eau de toilette, elle sera comme un monument à la mémoire de Boy.

Misia s'arrêta, hors d'haleine, noua ses doigts sur ses genoux et attendit la réaction de Coco.

— Tu as raison. Un monument à sa mémoire, j'y ai songé aussi. Je vais le faire construire. En pierre. Sur les lieux de l'accident. Je voudrais qu'il y ait un endroit quelque part où son souvenir soit conservé.

Misia sentit le découragement la gagner.

— Pense à l'avenir, Coco ! Je t'en conjure. Cesse de regarder en arrière. Fais-le pour Boy. Pour moi. Tu n'as pas le droit de renoncer.

Coco sembla d'abord faire la sourde oreille. Mais au bout d'un long silence, elle murmura :

— Je ne dis pas qu'une *Eau de Chanel* ne serait pas une bonne idée. D'ailleurs, la proposition venait de lui – comment pourrais-je douter de son excellence ?... Mais ce n'est pas dans mes cordes, Misia. Je sais dessiner des chapeaux, tailler des robes, mais je ne connais rien au travail d'un parfumeur. C'est un métier. Je n'y arriverai jamais toute seule. Et je ne connais personne qui puisse m'épauler dans ce domaine. Il faudrait que ce soit quelqu'un à qui je puisse faire confiance. Boy m'aurait soutenue. Mais Boy n'est plus là pour me guider, pour chercher, tâtonner et découvrir avec moi ce que doit être mon parfum.

Misia n'était pas persuadée que l'amateur d'art et de littérature qu'avait été Arthur Capel aurait été le mieux placé pour aider Coco à se mouvoir dans l'univers complexe d'un laboratoire de chimie. Mais elle garda ses réflexions pour elle et décida de prendre les choses en main.

— Yvonne Coty est une bonne amie à moi. Tu la connais aussi, n'est-ce pas ? Elle t'achète des robes, si je ne me trompe ? Bref, je pourrais lui demander de parler à son mari. François Coty sera sûrement d'accord pour t'aider. Il ne refuse jamais rien à une femme, et personne ne saurait mieux t'initier aux secrets des parfums que le plus grand fabricant de cosmétiques au monde.

— Quand nous avons parlé de créer une *Eau de Chanel*, Boy a pensé lui aussi à François Coty, murmura Coco.

— Eh bien, tu vois. Il avait raison.

Coco posa sur Misia ses grands yeux insondables.

— Pourquoi un homme aussi occupé que M. Coty trouverait-il du temps à me consacrer ? Et puis on dit que c'est un tyran.

— Un tyran plutôt charmant ! (Misia sourit.) Même un François Coty a ses faiblesses, sais-tu ? Yvonne m'a raconté qu'il adorait se faire mousser. On croirait le grand-duc dans *La Chartreuse de Parme*. Plus la personne en face de lui est célèbre, plus il est content de montrer ce qu'il sait faire. Et non seulement tu es une femme célèbre, mais tu t'apprêtes à réaliser les dernières volontés de ton amant. Voilà qui en impose, non ?

Misia constata avec plaisir que les joues de Coco reprenaient un peu de couleur.

— Un parfum à la mémoire de Boy. C'est autre chose qu'un monument…

— Si tu trouves un parfum qui ne ressemble à aucun autre, ce sera un monument. À la gloire de votre amour.

Misia fut surprise de s'entendre prononcer ces mots. D'où sortaient-ils ? Qui les lui avait inspirés ? Un ange devait les lui avoir soufflés à l'oreille, car c'était exactement ce qu'il fallait dire pour ramener Coco à la vie.

— Peut-être. Soit. Mais dans ce cas, il faudrait un parfum vraiment exceptionnel.

— Oui. Le meilleur parfum du monde.

Misia rayonnait. Elle ignorait s'il existait dans la mythologie antique une déesse des senteurs. Mais le bonheur de Gabrielle était trop précieux pour en confier la responsabilité aux seules forces terrestres, aussi adressa-t-elle une prière muette, mais fervente, à toutes les divinités qui lui vinrent à l'esprit.

— Je vais commencer par t'organiser un rendez-vous avec François Coty. Je suis certaine qu'après votre rencontre, tous les obstacles seront levés.

Chapitre 4

Un parfum saurait-il combler ce néant qui l'envahissait comme un gaz remplit un espace vide ? Gabrielle se posait chaque jour la question. Surtout quand Misia, pressée de passer à l'action, la relançait avec son projet d'*Eau de Chanel*. Elle venait tous les après-midi, soit à l'atelier, soit chez elle, le trajet ne la décourageait pas.

Gabrielle n'était pas sûre que cette décision impulsive de concrétiser l'idée de Boy soit la bonne. Tout cela était allé trop vite. Mais pouvait-on résister à l'énergie de Misia ? Coco la suivait, comme hypnotisée. D'ailleurs sa vie tout entière ressemblait désormais à celle d'une marionnette dont le destin tirait les fils. Et peut-être aussi Misia. Gabrielle ne se demandait pas pourquoi elle se levait chaque matin, se mettait au travail à l'atelier comme d'habitude, et retournait se coucher le soir. Elle agissait de manière machinale. De même qu'elle se plongeait sans poser de questions dans les livres de botanique et de chimie que Misia lui apportait et auxquels elle ne comprenait quasiment rien. Elle lisait les coupures de presse sur François Coty, récentes ou plus anciennes, que Misia avait dégotées Dieu sait où et rangées soigneusement dans des classeurs. Elle faisait tout ce qu'on exigeait d'elle. Comme un automate. Par sens du devoir. Pour avoir la paix. Comme autrefois la petite orpheline obéissait aux religieuses d'Aubazine.

Lorsque Gabrielle se retrouva finalement devant le portail de l'usine de François Coty, à Suresnes, en banlieue parisienne, elle se demandait encore ce qui l'avait amenée là, quelle était sa motivation réelle. Son regard fut attiré par un bas-relief qui, dans la lumière laiteuse de cette matinée de fin d'hiver, avait quelque chose de magique. Elle se dit que tout ce qu'elle faisait était lié à Boy. À rien ni à personne d'autre.

La sculpture sur le mur était fascinante. On y voyait deux femmes pensives agenouillées devant un alambic. Belles, mystérieuses, attirantes. Des déesses en train de créer un parfum ? Ou de simples humaines rendant hommage à une senteur divine ? C'était le logo de la firme, dessiné par Lalique. Il figurait aussi en filigrane sur le papier de la lettre qu'elle avait reçue et par laquelle le directeur lui confirmait son rendez-vous d'une écriture vigoureuse. La scène symbolisait sans doute l'adoration que l'on vouait aux arômes derrière ces murs où l'on savait si bien les travailler et les sublimer. Elle scruta les détails en quête d'un chiffre magique, *un*, *deux*, *trois quatre*, *cinq*. En vain.

Un groupe de jeunes femmes qui passait à côté d'elle la bouscula presque, la ramenant à la réalité. C'était l'heure où les salariés arrivaient à l'usine. Ses recherches avaient appris à Gabrielle que Coty faisait travailler neuf mille employés et ouvriers dans ses laboratoires, ses ateliers et sa verrerie, ainsi que dans plusieurs services d'emballage à Suresnes, autant de femmes que d'hommes. Il avait créé en une dizaine d'années un centre de la parfumerie, d'autres sociétés s'y étaient agrégées au fil du temps, et la zone industrielle du bord de Seine portait désormais le nom de Cité des Parfums. Boy avait eu raison, comme toujours : c'était le meilleur endroit pour travailler à l'élaboration d'une *Eau de Chanel*.

Gabrielle se laissa porter tout naturellement par le flot des ouvrières. Elle était mieux habillée que la plupart, bien sûr, mais son allure générale ne différait guère de celles de ces jeunes femmes. La mode était aux robes descendant aux mollets, aux cheveux coupés au carré, et quand on avait la poitrine un peu forte, on en atténuait les rondeurs avec un soutien-gorge spécial. C'était le style qu'avait lancé Coco Chanel et qui, après la Grande Guerre, avait été adopté par une nouvelle génération de femmes, sûres d'elles et émancipées – et issues de toutes les couches sociales, comme elle le constatait à présent. Ce spectacle l'emplit de fierté et lui fit oublier pour quelques instants sa tristesse. Une vague de confiance monta en elle et lui réchauffa le cœur, comme le manteau bordé de fourrure qu'elle avait eu la prudence d'enfiler pour cette visite lui tenait chaud au corps.

La direction de l'empire du parfum était installée dans une villa à la lisière du terrain de l'usine et portait un nom évocateur, La Source. C'était une maison d'allure provençale avec des tuiles roses, des balcons et une rampe d'escalier en fer forgé. Un bâtiment modeste pour un homme qui avait la réputation de collectionner les châteaux Renaissance et rococo comme d'autres les timbres-poste. Cela plut à Gabrielle. Elle avait toujours détesté la frime. Peut-être s'entendrait-elle mieux avec François Coty qu'elle ne l'avait d'abord pensé.

Dans le hall d'entrée d'une sobre élégance, on était surpris de ne percevoir aucun effluve des parfums, de la poudre ou du rouge à lèvres fabriqués ici pour être commercialisés dans le monde entier. Rien ne venait flatter les narines ; on ne sentait que le courant d'air froid quand la porte s'ouvrait, et l'odeur des vêtements mouillés de tous ceux qui passaient par là pour gagner leur poste de travail. Malgré elle, Gabrielle fut déçue. Mais elle se consola en se rappelant que les lambeaux d'étoffes, les échantillons et les épingles qui jonchaient son atelier ne laissaient rien deviner non plus des vêtements qui étaient pourtant conçus, coupés et cousus entre ces murs.

Elle dut patienter un moment avant d'être introduite dans le saint des saints. Le bureau du directeur était tout en chêne, avec du mobilier baroque et des tableaux d'une valeur sans doute exorbitante, mais dont Gabrielle était bien incapable d'identifier les auteurs. Au centre, à côté de la table, trônait une vitrine où étaient mis en scène, sous un éclairage soigneusement étudié, des récipients et des flacons d'un cristal magnifique, mais aussi de banales fioles de pharmacie. Gabrielle savait que les objets en verre étaient des réalisations de René Lalique, dont le nom était connu dans le monde entier depuis des décennies ; le bijou qu'il avait créé pour la comédienne Sarah Bernhardt avait achevé de le rendre célèbre.

— Pardonnez-moi de vous avoir fait attendre, dit François Coty en portant la main de Coco à ses lèvres.

Gabrielle avait déjà eu l'occasion de le rencontrer en société ; dans sa tête, elle l'appelait « Napoléon ». En raison de sa toute-puissance, mais aussi parce qu'il était originaire de Corse : la légende le disait même apparenté à la famille Bonaparte. Coty, comme l'Empereur, était petit, et passait en outre pour un bourreau des cœurs et un homme avide de luxe. Le bruit courait qu'il conservait dans sa poche de pantalon une poignée de diamants avec lesquels il jouait comme si c'étaient des billes.

— Je n'exagère pas si je vous dis que chez nous, c'est la pagaille totale en ce moment, reprit-il.

Il retint la main de Coco un peu plus longtemps qu'il n'aurait fallu.

— Mon fournisseur de flacons n'arrive plus à répondre à la demande. Fabriquer les cent mille exemplaires que nous écoulons chaque jour est une gageure, évidemment, mais je ne suis pas prêt à réduire la production et à frustrer mes clientes sous prétexte que Lalique n'arrive pas à suivre.

Le chiffre qu'il avait glissé en passant visait à bien faire comprendre à sa visiteuse qu'il était à la tête d'un empire.

Il adore se faire mousser, se rappela Gabrielle, et elle le gratifia d'un sourire entendu.

— Je sais apprécier le privilège que vous me faites en me recevant malgré toutes vos occupations.

— À l'avenir, je vais dessiner et produire moi-même mes flacons. Le processus de fabrication sera facilité. Je viens justement de dicter à ma secrétaire une circulaire destinée à mes clients afin de les mettre au courant. Elle sera envoyée demain. Vous êtes la première informée de mon projet, mademoiselle Chanel.

— J'en suis très honorée.

Il parut ravi.

— Asseyez-vous, je vous en prie.

Tandis qu'elle s'enfonçait dans un des fauteuils moelleux, elle nota mentalement un premier enseignement. Il faudrait qu'elle dessine un beau flacon pour son parfum et qu'elle se mette en quête d'un souffleur de verre qui dispose d'un petit atelier. Les difficultés que rencontrait François Coty ne la concernaient pas. Son projet n'était pas d'inonder le marché d'*Eau de Chanel*. Pour produire une centaine de flacons, elle n'aurait pas besoin d'un René Lalique.

Coty lui proposa un café qu'elle accepta volontiers. Ils bavardèrent de choses et d'autres : Coty déplora la mort de l'écrivain Paul Adam, Gabrielle se plaignit du temps trop doux et trop humide. Puis elle en vint au fait et lui exposa sa requête. Le parfumeur hocha la tête d'un air entendu. Il tenait déjà certaines informations de Misia par l'intermédiaire de sa femme, mais il laissa Gabrielle aller jusqu'au bout.

— Avoir l'occasion d'élaborer un parfum pour vous est un honneur, mademoiselle Chanel, dit-il alors, galant. Je suis certain qu'à nous deux nous ferons des merveilles.

— C'est bien pour cela que je suis venue vous voir.

— Ma devise est la suivante : offrez à une femme le meilleur produit possible, présentez-le dans un flacon parfait, vendez-le à un prix raisonnable – et vous vous assurerez un énorme marché que le monde vous enviera.

— Je ne vise pas un énorme marché, ce serait juste un cadeau pour mes clientes.

Il repoussa cette restriction d'un revers de la main.

— Pas de problème. Remettez-vous-en à moi, et je vais…

— Certes, monsieur, dit-elle, l'interrompant de sa voix la plus aimable. Mais je tiens à préciser que je veux être associée au processus d'élaboration.

— Qu'entendez-vous par là ? demanda-t-il, visiblement surpris. Vous n'êtes pas chimiste, que je sache ? Vous…

Elle l'interrompit à nouveau.

— Bien entendu. Je laisserai faire les spécialistes, cela va de soi.

Elle fit une pause et reprit, avec son plus charmant sourire :

— Mais je voudrais accompagner chaque étape, et être informée de tout : la formule, la fabrication… C'est très important pour moi. Cette eau de toilette me tient particulièrement à cœur.

— C'est toujours le cas, mademoiselle Chanel, toujours. C'est avec le cœur que l'on respire les parfums, sinon ils ne posséderaient pas cette magie. La fascination vient d'ici (il se tapota la poitrine du plat de la main)… et non de là. (De l'index, il désignait sa tempe.) Pour que votre désir puisse être satisfait, vous devez cependant remplir une condition préalable tout à fait essentielle. Comment est votre nez ?

Elle porta machinalement la main à son visage.

— Comment ça ?

— Je vais vous montrer.

Il se leva et alla chercher dans la vitrine un flacon et trois petites fioles de pharmacie. Puis il revint s'asseoir et posa le tout sur la table, à côté des tasses à café. Il ouvrit le flacon et lui tendit le bouchon en cristal.

— Que sentez-vous ?

Elle huma. La question était facile. Elle identifia aussitôt le parfum reconnaissable entre mille.

— *Chypre*.

— Oui. C'est mon parfum. L'eau de toilette la plus célèbre au monde. J'étais sûr que vous la reconnaîtriez. Ce que je voulais savoir, c'était plutôt : quels arômes sentez-vous ?

— Il y a du jasmin..., murmura-t-elle en plissant le front.

Le disait-elle parce qu'elle le savait, ou bien percevait-elle effectivement les effluves capiteux et sucrés du jasmin ? Soudain, elle n'était plus très sûre. Elle essaya de se concentrer, sans parvenir à décomposer l'odeur afin d'identifier les autres ingrédients.

— Ça rappelle un peu la poudre...

Elle réfléchit une seconde avant d'ajouter :

— Ça m'évoque une promenade en forêt.

— Pas mal. Vous avez un bon nez, mademoiselle Chanel. Il mérite qu'on le développe un peu. La note de tête est effectivement le jasmin, viennent ensuite le patchouli, le vétiver, le santal, la bergamote et la mousse de chêne. Ce *bouillon de mousses** est le secret d'un parfum moderne. Des centaines de milliers de possibilités s'offrent à un parfumeur, vous savez. Trouver la bonne formule est un art. Il faut que vous sachiez tout cela avant d'être initiée au processus de création.

Coty s'attendait-il à ce qu'elle fasse un apprentissage de chimiste avant de l'impliquer dans la création d'une *Eau de Chanel* ?

— Je sais qu'il faut suivre une formation très difficile pour devenir parfumeur, admit-elle.

Mais rien n'est trop difficile pour qu'au moins on s'y essaie, pensa-t-elle aussitôt. Boy avait toujours admiré l'audace avec laquelle elle se lançait dans l'inconnu, là où d'autres femmes auraient capitulé. Pour plaire à Étienne Balsan et à ses hôtes, elle avait appris à monter à cheval en quelques jours. Et bientôt, à la voir en selle, on aurait cru qu'elle était née sur un cheval. Pourtant elle n'aimait pas particulièrement les chevaux.

Coty interrompit le cours de ses souvenirs en lui reprenant le bouchon de la main pour refermer le flacon. Il déboucha ensuite une des trois petites fioles brunes.

— Et ça, c'est quoi ?

Le parfum pénétrant, à la fois doux et épicé, était bien particulier.

— Du santal, dit-elle, triomphante.

— Exact.

Il changea de fiole et lui tendit un autre bouchon.

— Essayez aussi avec ça, je vous prie.

Gabrielle s'était attendue à ce qu'il lui pose des colles plus difficiles, mais elle ne pensait pas… Mon Dieu, que se passait-il tout à coup ? Son nez ne percevait rien du tout. C'était comme si elle était très enrhumée. Elle crut percevoir un très faible arôme d'orange, mais c'était peut-être une illusion. Ou bien cherchait-il à l'égarer en lui proposant une substance qui ne sentait rien ? Elle secoua la tête, perplexe.

— Je n'en ai aucune idée.

— C'était sûr.

Elle ne savait pas si elle devait sourire ou se fâcher parce qu'il était en train de la mener en bateau. Coty jouait à l'examinateur retors. C'était très bête de sa part.

Mais il reprit tranquillement :

— Le nez se ferme, au plus tard après le troisième échantillon, et souvent plus tôt quand il s'agit de parfums intenses. En fait, c'était de la bergamote.

Il tendit la main vers une boîte en porcelaine ancienne ornée de dorures. Elle avait cru qu'il y conservait ses cigares et fut surprise par l'arôme qui se dégagea quand il l'ouvrit.

— Je vous en prie, mademoiselle Chanel, humez un peu ces grains de moka. Le café libère l'odorat.

J'ai encore beaucoup à apprendre, songea-t-elle tandis qu'elle obtempérait. L'effet fut surprenant. Elle sentit son nez se dégager, redevenir réceptif aux odeurs. *Je vais m'exercer à la maison*, se dit-elle. *Comme je l'ai fait pour le cheval, je poursuivrai ma formation toute seule.* Quand elle avait appris à monter, elle ne se doutait pas qu'elle rencontrerait peu après son grand amour en la personne d'un joueur de polo. Et maintenant, si elle voulait éduquer son odorat, c'était afin de conserver cet amour pour l'éternité. Sensuelle, fraîche, impérissable – telle devait être l'*Eau de Chanel.* Gabrielle eut un sourire apaisé. Coty l'avait déjà aidée en ouvrant les vannes de son imagination.

Le parfumeur continua à la mettre à l'épreuve. Il lui fit respirer toute une série d'arômes et lui nomma des essences dont elle ignorait même l'existence, malgré toutes les lectures qu'elle avait faites pour préparer ce rendez-vous. Non seulement il se référait à des notions usuelles telles que notes de tête, notes de fond ou notes de cœur, mais il lui expliquait la distinction entre les accords et les familles de parfums. Comme toujours quand elle cherchait à s'instruire, Coco écoutait en silence, assimilant une information après l'autre. Par exemple : la manière dont une eau de toilette se combine avec la peau de la femme qui l'utilise représente le plus grand défi pour un chimiste. La plupart des substances s'évaporent beaucoup trop vite. C'est pourquoi de nombreux parfumeurs ont recours à des matières artificielles comme supports de substances naturelles.

— Mais dans votre cas, on pourra s'en passer, affirma Coty. La fabrication serait beaucoup trop onéreuse pour un si petit marché.

Ensuite, il lui fit visiter son usine. Il lui expliqua en chemin que les espèces de rose et de jasmin les plus précieuses poussaient dans le sud de la France. Il possédait une installation de tri à Grasse.

— Une centaine de femmes y travaillent chaque jour à la sélection des meilleures fleurs pour la distillation. La suite du processus se déroule ici.

Les salles qu'ils traversaient étaient d'une propreté clinique. On se serait cru dans un hôpital, et pas seulement à cause des blouses blanches que portaient tous ceux qui y travaillaient. Par une porte ouverte, elle découvrit une salle avec de longues tables devant lesquelles des femmes, une centaine peut-être, étaient occupées à sortir des flacons de verre de caisses en bois, à les examiner sous tous les angles et à les reposer dans d'autres caisses.

— Le contrôle est la voie qui mène à la perfection, dit Coty en suivant son regard.

Puis ils arrivèrent dans un hall où s'empilaient des cartons d'emballage. Des hommes dans la même tenue de travail d'un blanc immaculé procédaient au conditionnement avant l'expédition. La quantité de paquets était impressionnante.

— Et voici le laboratoire. (Coty ouvrit une porte.) Considérez cet endroit comme votre futur bureau, Mademoiselle.

Il lui fit un clin d'œil et s'effaça pour la laisser entrer la première.

Gabrielle se retrouva tout à coup enveloppée d'un nuage de parfums. Les arômes dont elle n'avait décelé aucune trace depuis qu'elle avait franchi le seuil du domaine de Coty se déployaient autour d'elle avec une intensité inouïe. C'était comme si toutes les fragrances conservées dans les flacons fermés, les fioles et les éprouvettes se mélangeaient dans l'air du laboratoire. Elle en avait presque mal à la tête. Observant les hommes et leurs assistantes en blouse blanche qui s'affairaient autour des tables immaculées, elle se demanda comment ils arrivaient à différencier les composants d'une eau de toilette dans cette atmosphère surchargée d'odeurs.

— Un nez exercé est capable de se concentrer sur une senteur particulière, dit Coty comme s'il avait deviné sa pensée. Mais ce n'est pas toujours nécessaire. Les notes de cœur résultent souvent de l'application d'une formule chimique, et dans ce cas l'odorat n'y est pas pour grand-chose. Mais vous découvrirez tout cela quand vous ferez votre apprentissage auprès de moi.

Gabrielle appuya son index à la racine de son nez et acquiesça, résignée.

Chapitre 5

Dans les semaines qui suivirent, Misia fut informée en détail des progrès accomplis par le nez de son amie. Elles se retrouvaient assez régulièrement au rayon parfumerie des Galeries Lafayette. C'était le cadre idéal pour les petits comptes rendus de Coco, qui s'exprimait de plus en plus comme une professionnelle. Misia prenait grand plaisir à l'entendre, ainsi qu'à contempler le vaste choix de parfums dont les superbes flacons rivalisaient sur les présentoirs, dans une atmosphère délicieusement odorante. Coco était en train de lui expliquer que le célèbre *Jicky*, article phare des frères Guerlain depuis des décennies, était à base de patchouli et de vanille, quand elle posa à brûle-pourpoint une question troublante à son amie.

— Qu'est-ce qui exprime l'érotisme dans un parfum ?

— Le musc, répondit Misia sans réfléchir. L'odeur associée au sexe, c'est toujours le musc.

— Je ne veux pas ouvrir un bordel, mais élaborer un parfum.

Misia leva un sourcil. Coco lui avait expliqué récemment qu'un parfum est toujours un message adressé par celle qui le porte. En cherchant la formule d'un parfum sensuel, son amie laissait-elle entendre qu'il y avait un nouvel homme dans sa vie ? Rien n'aurait fait davantage plaisir à Misia. Mais il était difficile d'imaginer Coco entamer une liaison sans que personne le sache. D'ailleurs, comment aurait-elle pu rencontrer un éventuel galant ? Elle ne sortait de chez elle que pour aller à l'atelier ou prendre ses leçons de parfumerie. On ne la voyait en société, le temps d'un dîner, d'une première au théâtre ou d'un bal, que lorsque sa présence était absolument indispensable pour l'image de la maison Chanel. Sinon, elle se tenait même à l'écart de ses meilleurs amis, à part Misia avec qui elle maintenait un contact régulier. Trois mois s'étaient écoulés depuis la disparition de Boy, mais Coco restait coupée du monde, qui continuait à tourner sans elle.

— Bon, alors pas de musc, répondit Misia d'une voix molle.

Elle attrapa machinalement le premier flacon testeur qui lui tomba sous la main. Elle l'ouvrit et des arômes suaves de rose, de jasmin et de pêche se répandirent aussitôt.

— Une femme moderne doit assumer sa sexualité. Mon style de vêtements est l'expression de la modernité, elle doit être également perceptible dans mon parfum. (Coco avala sa salive.) Je voudrais que l'amour passionné que j'ai vécu avec Boy soit un des éléments porteurs de mon parfum. C'est pourquoi j'ai parlé d'érotisme.

Misia soupira. Pas de nouvel amant, donc. Elle avait envisagé un instant que son amie eût peut-être succombé au charme de François Coty. Avec lui, peu de femmes étaient à l'abri. Mais Coco l'était, apparemment. Ou alors son désir obsessionnel d'élever un monument à la gloire d'un mort avait refroidi le parfumeur. Comme n'importe quel autre homme, sans doute.

Misia admirait son amie pour cet amour inconditionnel. Elle-même aimait José Sert au point que son propre bonheur lui importait moins que le sien. Et l'homme avec qui elle vivait le méritait. Elle en était convaincue. Mais pouvait-on dire la même chose d'Arthur Capel ? On n'était pas censé penser de mal d'un mort, certes, mais la publication récente par le *Times* du contenu de son testament avait donné lieu à des spéculations qui ne relevaient pas seulement du commérage. Les héritières principales de sa fortune, d'un montant de sept cent mille livres, étaient comme il se doit son épouse et sa fille. Quelques biens allaient à ses sœurs. Jusque-là, rien d'anormal. Ce qui faisait jaser, en revanche, c'étaient ses legs à Gabrielle Chanel et à une certaine princesse Yvonne Giovanna Sanfelice, veuve Yvonne Viggiano – exactement la même somme de quarante mille livres à chacune. Depuis, tout le monde se demandait si Boy n'avait pas mené une vie non pas double, mais triple. Sans compter qu'on venait d'apprendre que sa veuve était enceinte d'un second enfant. Boy s'apprêtait-il vraiment à quitter sa femme, comme le prétendait Gabrielle ? Ou bien était-il empêtré dans ses liaisons multiples ? Sans espoir de trouver une issue ? Peut-être que son accident n'en était pas un…

Le soupçonner de suicide constituait un péché beaucoup plus grave qu'une simple diffamation. Misia fut effrayée d'être allée aussi loin. Pour détourner son esprit des frasques d'Arthur Capel, elle fixa son attention sur l'étiquette jaune d'or du flacon qu'elle venait de humer : *Mitsouko*, le nouveau parfum de Guerlain. Elle referma le flacon sans l'avoir humé une seconde fois. Elle cherchait une réponse raisonnable au monologue de Coco.

— J'ai lu il y a très longtemps que Cléopâtre s'était parfumée avec du bois de santal avant sa première rencontre avec Marc Antoine, et qu'elle faisait brûler de la myrrhe, de la cannelle et de l'encens dans ses appartements. Ce sont peut-être les substances que tu cherches, dit-elle enfin.

— Mme de Pompadour aussi s'en remettait au pouvoir des aphrodisiaques. Mais elle préférait ceux qui se mangent.

Coco se déridait enfin.

Plus encore que ses pensées peu charitables, les lourds parfums commençaient à mettre Misia mal à l'aise. Il était temps d'aller respirer un peu d'air frais.

— À propos, ça te dirait d'aller manger quelque chose ? J'ai une petite faim, on pourrait peut-être dégoter quelques huîtres dans un bistrot du quartier. Les dernières belons de la saison.

Elle prit son amie par le bras comme s'il fallait entraîner Coco de force pour lui faire quitter le rayon parfumerie des Galeries. Mais Gabrielle n'avait rien contre une petite dégustation.

— Quand on aura trouvé une table, je te parlerai de ma nouvelle maison.

Misia, qui se dirigeait déjà vers la sortie, se figea.

— Tu vas déménager ?

— J'ai trouvé une villa à Garches, répondit Coco d'un ton léger. C'est une excellente occasion d'investir l'argent que Boy m'a légué.

Misia ne savait pas si elle devait être contente que Coco ait des projets ou furieuse de n'y avoir pas été associée plus tôt. Sur le moment, elle se sentit plutôt vexée.

— Pourquoi as-tu gardé le secret ?

— Mais, voyons, je suis justement en train de t'en parler. Et je te demanderai même de m'aider à l'aménager, si tu le veux bien. Allez, viens, Misia, on va au Café de la Paix. Je suis sûre qu'ils ont des huîtres. Et on fixera une date pour que tu viennes voir ma propriété.

Elle va de l'avant, pensa Misia. *Enfin.*

Elle se hâta vers la rue en compagnie de Coco sans se douter de ce que cachait en réalité l'acquisition de cette maison.

* * *

— Tu as… quoi ?

Misia oscillait entre l'incrédulité et la colère. Sa voix résonna dans le salon vide.

Gabrielle ne s'attendait pas à une telle stupéfaction. Pourquoi Misia s'offusquait-elle de la voir acheter la maison de Boy ?

En même temps que le testament d'Arthur Capel, le *Times* avait publié le détail de ses propriétés. En lisant l'article, Coco avait remarqué cette maison, qui n'était pas loin de La Milanaise. Sa première réaction avait été la contrariété : pourquoi ne lui en avait-il jamais parlé ? Puis elle avait chargé un courtier d'enquêter. Elle avait appris que Boy avait fait l'acquisition de Bel Respiro peu de temps avant sa mort. S'il avait acheté cette superbe villa de trois étages, sobre et de bon goût, c'était pour elle, Coco en était persuadée. Pour qui d'autre, sinon ? Il avait sans doute eu l'intention de la lui offrir pour Noël. Comme il n'avait pas eu le temps de la désigner officiellement comme propriétaire, elle avait usé d'un subterfuge. Le prix de vente s'élevait à quarante mille livres ; la transaction s'était faite par l'intermédiaire d'un avocat, et c'est seulement en voyant la signature au bas de l'acte que la veuve de Boy avait découvert l'identité de l'acheteuse. Gabrielle avait préféré prendre ses précautions pour éviter que Diana, jalouse, ne fasse machine arrière et ne renonce à vendre.

— La Milanaise ne m'appartient pas, je n'en suis que locataire, expliqua-t-elle d'un ton posé même si le peu d'enthousiasme de Misia l'agaçait.

Pour être honnête, elle ne s'était pas attendue non plus à ce que son amie l'approuve sans réserve. C'est pourquoi elle n'avait pas révélé tout de suite les dessous de l'affaire, préférant mettre Misia devant le fait accompli à l'occasion de cette première invitation dans sa nouvelle maison. Gabrielle partait du principe que Misia et José Sert, comme la plupart de ses autres amis, lui auraient déconseillé cet achat. Elle ajouta crânement :

— L'acquisition de cette propriété est un bon placement pour l'argent que m'a laissé Boy.

— Pourquoi pas plutôt une maison sur la Côte d'Azur ? objecta Misia d'un ton pincé.

Gabrielle s'entêta :

— C'est un bon investissement.

— Je me répète peut-être, mais tu devrais cesser de vivre dans le passé et l'oublier un peu, au lieu de te terrer dans tes souvenirs. Au sens propre, Coco. C'est ce que tu es en train de faire ! Au lieu de vivre.

Gabrielle fut surprise de recevoir les critiques de Misia comme un coup d'épée dans le cœur.

— Je n'ai pas envie d'oublier quoi que ce soit. Et je vis, figure-toi. Je vis même très bien. Tu ne le vois pas ?

Les deux femmes se fusillèrent du regard.

Gabrielle savait que Misia n'avait pas tout à fait tort. Mais elle n'avait plus l'espoir d'être vraiment heureuse un jour, quels que soient les efforts de son amie pour la ramener à la vie. Dans la maison que Boy avait cherchée, trouvée et achetée était enclose une partie du goût et de l'imaginaire de son amant. Entre ces murs, Gabrielle espérait retrouver un peu du sentiment de sécurité qu'elle ressentait autrefois dans ses bras. En laisser la jouissance à quelqu'un d'autre, à un étranger, aurait été le trahir. Mais c'était une chose qu'elle ne pouvait dire à personne. Pas même à Misia. Elle eut peur un instant de la voir tourner les talons et la quitter sans même lui dire au revoir.

Mais comme son amie était toujours figée à la même place et ne faisait pas mine de répliquer, Gabrielle revint à des propos plus conciliants.

— J'ai une idée pour l'aménagement intérieur. Que des couleurs très claires, et du bois très foncé. Qu'est-ce que tu en penses ?

Misia haussa les épaules avec une indifférence apparente, mais une lueur d'intérêt s'était allumée dans son regard.

— Noir et blanc. Pourquoi pas ? Ça peut avoir de la gueule.

— J'ai l'intention de faire peindre aussi l'extérieur en blanc, poursuivit Gabrielle avec enthousiasme, et les volets en noir.

— Des volets noirs ?

Misia retomba dans la stupeur d'où elle venait à peine de sortir.

— Non, je t'en supplie, tu ne peux pas faire ça. C'est contraire à tout ce qu'on a l'habitude de voir.

— Depuis quand est-ce que je me préoccupe de « ce qu'on a l'habitude de voir » ?

— Tes voisins vont te détester.

La voix de Misia tremblait.

Un éclair de fierté passa dans les yeux de Gabrielle.

— Je sais.

Après un assez long silence, Misia capitula.

— Bon. Je t'aime et tu peux compter sur moi. Je vais concevoir pour toi la décoration la plus belle et la plus originale qu'on ait jamais vue.

Elle ouvrit les bras et Gabrielle s'y précipita.

Le rire des deux amies résonna entre les murs nus.

Deuxième Partie

1920-1921

Chapitre 1

— Bienvenue à Venise, mademoiselle !

Gabrielle sursauta et regarda d'un air hagard le visage souriant du contrôleur qui venait d'entrouvrir la porte du compartiment. Un cauchemar l'avait accompagnée pendant les dernières heures de son voyage. Malgré les nombreux mois écoulés depuis l'accident, son subconscient s'obstinait à réactiver les dernières minutes de la vie de Boy. Le grincement strident des freins résonnait encore dans sa tête quand elle fermait les yeux. C'était comme si un double d'elle-même, assis sur la banquette arrière de la voiture, assistait au drame qui se répétait au rythme monotone des roues du train. Quand la locomotive freina avant de s'arrêter dans la gare de Santa Lucia, le bruit la transperça comme le terrible fracas du cabriolet s'écrasant contre les rochers.

Il fonce à toute allure, c'est un homme qui aime la vitesse, qui ne fait rien lentement, ne prend pas le temps de réfléchir. Le vrombissement du moteur enchante ses oreilles comme une musique, tantôt scherzo, *tantôt* rondo. *Crissement des disques des freins. Frottement de l'acier contre l'acier, chuintement des pneus sur le goudron. Et soudain la voiture décolle, s'élève dans les airs, fauchant au passage arbres et buissons, elle heurte de plein fouet une arête rocheuse et explose en une énorme boule de feu.*

Le choc retentissait encore dans sa tête quand l'employé de la Compagnie des wagons-lits Simplon-Orient-Express la ramena à la réalité.

Elle se ressaisit. Son regard allait et venait entre la vitre de son compartiment luxueux et le contrôleur. Sur les quais régnait déjà l'agitation chaotique propre à toutes les gares : des voyageurs en retard couraient pour attraper leur train, d'autres tout juste descendus se hâtaient vers la sortie, encombrés de valises, de sacs et de paniers qu'ils portaient parfois sur leur tête quand ils n'arrivaient pas à fendre la foule. D'une voix encore plus rauque que d'habitude, après ce sommeil court et peu réparateur, elle dit à l'employé :

— S'il vous plaît, trouvez-moi quelqu'un qui s'occupe de mes bagages.

— Tout est déjà réglé, Mademoiselle, se hâta-t-il de répondre d'un ton léger. Vos valises seront portées directement au bateau du Grand Hôtel des Bains du Lido. (Il hésita avant d'ajouter :) Vous allez bien, Mademoiselle ? J'ai cru vous entendre crier.

— Vous avez dû vous tromper.

Elle congédia l'employé des chemins de fer d'un geste impatient.

— Je vous remercie.

C'est seulement quand la porte du compartiment se fut refermée derrière lui qu'elle commença à se détendre. Elle avait peut-être crié, l'idée n'était pas aberrante. Sans doute n'était-elle pas demeurée une observatrice silencieuse du drame qu'elle avait revécu en rêve. Gabrielle se laissa aller sur la banquette et ferma un instant les yeux. Fort heureusement, les images de son cauchemar ne flottaient plus que comme une vague brume derrière ses paupières. Mais pourquoi maintenant ? Pourquoi ici ? Que se passait-il en elle pour que les souvenirs viennent la harceler pendant ce voyage, à la manière d'un amant importun et maladroit ?

Elle ne se rendait pas sur la Côte d'Azur, mais dans un lieu où elle n'avait encore jamais mis les pieds. Rien en Italie, et à plus forte raison à Venise, ne pouvait lui rappeler Boy.

Dans sa volonté farouche d'arracher Gabrielle à son chagrin, Misia n'avait pas hésité à l'embarquer dans son voyage de noces. Misia Edwards avait épousé José Sert à la fin du mois d'août à Paris, au cours d'une cérémonie simple et sans chichis, et ils étaient partis en Italie aussitôt après non sans avoir prié Gabrielle de les rejoindre. Quelle drôle d'idée, aussi incongrue que touchante ! Gabrielle n'avait accepté ce voyage que pour ne pas décevoir son amie. Ils étaient si gentils, tous les deux ; décliner leur invitation aurait été impoli. Et peut-être le soleil et les beautés de l'art vénitien l'aideraient-ils à lâcher prise. Gabrielle sentait bien que son désespoir minait peu à peu son corps.

Elle poussa un profond soupir et rouvrit les yeux. Elle attrapa son sac, en sortit un miroir et examina son visage. Elle venait d'avoir trente-sept ans, et si autrefois on lui donnait toujours dix ans de moins que son âge, maintenant elle en paraissait au moins quarante. Ce teint olivâtre et terne, les sourcils noirs comme deux traits de fusain au-dessus des yeux battus, cernés de rouge à force de larmes, les coins de la bouche qui pendaient – on aurait dit une vieille femme. Elle essaya de s'adresser un sourire, en vain.

Quand elle descendit du train, elle fut d'abord déçue. Ce quai de gare était quelconque, banal, gris, bruyant. Rien n'annonçait les canaux et les *palazzi*, aucun doge à l'horizon, escorté de sa suite d'hommes chamarrés et de courtisanes affriolantes. Les wagons de première classe du Simplon-Orient-Express dégorgeaient sur le quai un flot d'Américains bruyants et d'Anglais qui, dès la première seconde de leur séjour dans le Sud, luttaient contre les suées. La forte chaleur du mois de septembre stagnait sur les voies, se mêlait à la puanteur du charbon brûlé et de la transpiration humaine et envahissait tout l'espace de la gare, jusqu'à la verrière du toit.

Le nez fin de Gabrielle se rebiffa malgré elle contre ces odeurs. Elle retint sa respiration, sans succès : la puanteur la cernait. Comme elle n'était pas grande, les voyageurs, les employés des chemins de fer et les chariots à bagages formaient un mur autour de sa petite silhouette frêle et lui bouchaient la vue. Si Misia et José étaient venus la chercher, ils devaient être là, quelque part, noyés dans la masse. Et ce bruit ! La cacophonie de voix où toutes les langues se mêlaient, le sifflement des locomotives, les lointains bruits de moteurs de bateaux… ce brouhaha lui perçait les tympans. En comparaison, la gare de Nice était un havre de paix. Elle s'était déjà résignée à ne pas retrouver ses amis dans la foule quand, soudain :

— Coco !

Pour Gabrielle, ce cri fut comme un manteau protecteur qu'on aurait posé sur ses épaules.

Elle découvrit Misia au bout du hall, sous un panneau portant la mention « Vaporetto ». La vue de sa belle et élégante amie lui mit du baume au cœur : sa chevelure blonde cachée sous un grand chapeau de soleil tout simple à large bord, sa longue silhouette fine mettant en valeur une robe chemisier descendant aux mollets – de la maison Chanel, bien sûr… Misia attirait les regards des voyageurs, admiratifs mais un peu étonnés aussi de voir une femme aussi fraîche et pimpante dans un pareil environnement. Gabrielle sourit malgré elle.

Elle tomba dans les bras de Misia.

— C'est tellement bon de te retrouver.

— Tu as une mine épouvantable, répondit son amie avec sa franchise habituelle.

Elle la prit par la taille et l'entraîna vers la sortie.

— On va te changer les idées, tu vas voir. Venise est la ville idéale pour repartir du bon pied.

Gabrielle n'eut pas le temps de réagir : à cet instant, les portes vitrées de la gare s'ouvrirent devant elle, et ce fut l'éblouissement. À son regard s'offrit enfin ce décor incroyable qu'elle ne connaissait qu'en photo, et qui dépassait tout ce qu'elle avait pu imaginer.

Le Canal Grande scintillait, d'un bleu d'acier sous le soleil de l'après-midi. Deux gondoles glissaient sur l'eau en silence, traversant le nuage de vapeur rejeté à petites bouffées par les cheminées des bateaux qui attendaient la foule à l'embarcadère de la gare. De l'autre côté du ruban d'eau s'élevaient de somptueux palais dont les façades se détachaient sur le bleu du ciel, jaunes ou de ce rouge doré que l'on appelle « rouge Titien » parce que le peintre vénitien aimait à l'utiliser pour la chevelure des femmes. Une légère brise apportait l'odeur d'algue et de goudron typique des villes portuaires. Le tumulte des voix ne s'arrêtait pas aux portes de la gare, mais dehors il était moins tonitruant. La foule se répartissait entre les différents bateaux à vapeur qui ressemblaient un peu aux péniches de la Seine. Quand Gabrielle voulut suivre le flux, Misia l'arrêta et lui fit prendre une autre direction.

José Sert les attendait sous un petit baldaquin bleu frangé de houppettes dorées. L'Espagnol, qui avait une légère tendance à l'embonpoint, leur adressa de grands gestes de loin puis serra Gabrielle dans ses bras et l'embrassa sur les deux joues.

— Le taxi vous attend, mademoiselle Coco, dit-il d'un ton solennel.

Il rit en désignant le petit canot à moteur en bas de la passerelle.

— Les bagages sont transportés au Lido sur le bateau de l'hôtel. Pendant ce temps-là, nous nous offrons le moyen de locomotion le plus commode. Ce n'est pas le plus romantique, mais chaque chose en son temps.

Le matelot au buste moulé dans une marinière bleue et blanche tendit la main à Gabrielle pour l'aider à monter à bord. Elle hésita une seconde, elle aurait bien aimé savoir où se trouvaient ses bagages, contrôler peut-être leur transport, puis elle décida de faire confiance au destin. Ou du moins au porteur vénitien, à la Compagnie des wagons-lits, au Grand Hôtel des Bains – et à son ami José Sert. Sans se retourner, elle prit pied sur les planches et s'assit sur la banquette, dans le sens de la marche.

Bienvenue à Venise, Coco Chanel, pensa Gabrielle. *Bienvenue dans ta nouvelle vie.*

Chapitre 2

Gabrielle connaissait Deauville, Biarritz, Cannes et Monte-Carlo. Elle connaissait la mer toujours recommencée, les plages à perte de vue avec leurs cabines multicolores, les résidences somptueuses, les hôtels de luxe et leur clientèle prestigieuse. Il y avait un peu de tout cela au Lido, mais aussi autre chose. Même quand on était sur une plage de la petite île, face au large, on gardait en tête l'image du décor fabuleux qu'on avait derrière soi : l'église de San Giorgio Maggiore tel un portail ouvrant sur le Canal Grande. Les innombrables et inestimables trésors artistiques qui s'offraient de l'autre côté du canal Orfano suffisaient à électriser les conversations menées sur le sable chaud ou sur la terrasse ombragée à colonnade du Grand Hôtel des Bains, mieux que ne l'aurait fait le plus excitant scandale politique ou mondain.

Pourtant, le public qui hantait les bords de l'Adriatique différait peu de celui qu'on aurait trouvé dans d'autres lieux comparables. Il était composé en grande partie des nombreux émigrés russes qui, depuis la révolution et la chute de l'empire du tsar, avaient investi les stations balnéaires de l'Atlantique et de la côte méditerranéenne et n'en finissaient pas de célébrer leur survie dans une débauche de fêtes et de champagne. Tandis qu'elle somnolait sous un parasol en compagnie de Misia et de José, Gabrielle percevait dans le brouhaha autour d'elle la mélodie particulière et les accents gutturaux de la langue russe se mêlant çà et là au français et à l'anglais. Ces sonorités lui étaient maintenant familières, même si elle ne comprenait pas un traître mot de russe. D'ailleurs, la plupart des réfugiés appartenaient aux couches supérieures de la société et parlaient le français. Le cœur de Gabrielle s'était ouvert à ces gens depuis que les premiers princes ou comtes venus de Petrograd ou de Moscou avaient fait leur apparition à Paris. Elle trouvait particulièrement séduisants les hommes slaves, souvent grands et minces, mais elle appréciait surtout l'élégance, la culture et le goût raffiné de cette aristocratie déchue. La plupart de ces malheureux avaient pourtant perdu tous leurs biens et se retrouvaient pauvres comme des rats d'église. Aussi vivaient-ils au jour le jour, de la générosité de mécènes, d'amants ou de maîtresses, et des dons de leurs amis. Misia elle-même collectait de l'argent par le biais d'un comité de soutien et subventionnait en particulier les Ballets russes, une troupe de danseurs qui faisait déjà des tournées dans l'ouest de l'Europe avant la Grande Guerre. Les Sert étaient d'ailleurs censés rencontrer en début de soirée l'imprésario des Ballets, le célèbre Serge Diaghilev, en entraînant Gabrielle dans leur sillage.

Être en quelque sorte l'ombre de ses amis pendant ces journées vénitiennes ne la dérangeait pas, elle qui n'aimait pas être au centre de l'attention et préférait écouter, alimenter son imagination et aiguiser son jugement en s'imprégnant des échanges spirituels et enrichissants des autres. Ce voyage à Venise était comme un baume sur son âme blessée. Elle n'était responsable de rien, n'avait rien à organiser ni aucune tâche à accomplir comme dans son atelier, ne rencontrait personne qui attende d'elle quoi que ce soit. Elle n'avait plus à exercer son odorat et sa concentration pour élaborer ce fameux parfum qu'elle cherchait, sans succès pour l'instant malgré tous les efforts de François Coty. Elle vivait pour la première fois sans projet ni obligation, en prenant les choses comme elles venaient.

Cela lui faisait un bien immense, tout comme les visites d'églises et de musées dont la beauté l'impressionnait autant que les commentaires intarissables et savants de Sert sur la moindre peinture, sculpture ou façade de palais. Ces promenades culturelles se terminaient toujours par un délicieux repas dans un des nombreux restaurants de la ville. Gabrielle ne pleurait plus autant que pendant les mois précédents à Paris. Elle était en général trop épuisée par les visites et les dîners passablement arrosés. Mais si les nuits où elle sombrait dans le chagrin se faisaient plus rares, c'était aussi parce qu'elle arrivait à penser à autre chose qu'à son terrible deuil. Et plus elle retrouvait le calme intérieur, plus son visage reprenait de couleurs, plus ses yeux redevenaient brillants.

— On a rendez-vous avec Serge Diaghilev pour l'apéritif au Café Florian, déclara Misia.

Leur bateau-taxi fendait les eaux de la lagune en direction du soleil couchant. Les clochers et les dômes de Venise étaient baignés d'une lumière dorée, les échos d'un saxophone leur parvenaient de l'embarcadère au bord de la *piazzetta*. Un musicien des rues jouait un ragtime qui cadrait mal avec la façade du Palazzo Ducale et s'accordait davantage au commentaire de José Sert :

— Napoléon disait que la *piazza* San Marco était la plus belle salle des fêtes du monde. C'est encore vrai aujourd'hui.

Sous les arcades des Procuraties se pressaient touristes et autochtones venus déguster un *espresso*, une *ombra* – un petit verre de vin – ou un chocolat. Gabrielle aurait préféré s'installer dans une des salles et admirer les lambris, les murs et les miroirs peints. Elle aimait que la peinture se mêle intimement à l'architecture intérieure. Mais elle ne protesta pas lorsque José proposa de s'asseoir à une table en terrasse.

L'imprésario russe fit son apparition avant qu'ils aient passé commande, escorté d'un jeune inconnu. Serge Diaghilev était un bel homme élégamment vêtu, à peu près de l'âge de José. Le jeune homme qui l'accompagnait, mince et délicat, ne devait pas avoir plus de seize ans. Il s'appelait Boris Kochno.

Les deux Russes la saluèrent poliment, mais ce fut là toute l'attention qu'ils lui portèrent. Elle n'était visiblement pas assez importante aux yeux du célèbre patron des Ballets russes et de son secrétaire. Diaghilev semblait n'avoir jamais entendu parler de Coco Chanel, et le gamin n'arrivait pas même à prononcer son nom. Gabrielle ne se vexa pas, elle en fut plutôt amusée. Elle se sentait à l'aise avec les artistes. Dans ce milieu-là, on se moquait bien de savoir d'où elle sortait, ce que faisait son père et où elle avait été élevée. Personne n'irait l'interroger sur le beuglant et les fréquentations masculines de sa jeunesse. Quelle que soit la raison pour laquelle Diaghilev se montrait aussi peu prévenant à son égard, ce n'était pas lié à ses origines. Aussi, comme Misia s'apprêtait à fournir quelques informations sur son amie, Gabrielle lui donna un petit coup de pied discret sous la table.

Ainsi cantonnée au rôle d'auditrice quasi invisible, Gabrielle s'adossa à sa chaise et savoura son verre de vin blanc frais. La conversation tournait autour de la grande-duchesse Maria Pavlovna, née princesse de Mecklembourg-Schwerin, récemment décédée à Paris. Mariée au frère de l'avant-dernier tsar de Russie, elle avait été une éminence grise à la cour de Saint-Pétersbourg.

— Elle a été la plus remarquable des grandes-duchesses de Russie, expliquait un Diaghilev enthousiaste. Revoir mon ancienne protectrice ici, à Venise, au début de l'année, a été un des plus beaux moments de ma vie. Elle avait réussi à surmonter l'épreuve de la fuite, mais sa santé en avait pâti, malheureusement. Sa mort est une perte terrible.

Il attrapa sa pochette d'un blanc immaculé pour s'en tamponner les paupières.

— Ce mouchoir est le dernier cadeau qui me reste d'elle.

Ce ne fut qu'un souffle, mais grâce à l'enseignement de François Coty le nez de Gabrielle perçut instantanément le parfum qui se dégageait du mouchoir. Fleuri et boisé en même temps, épicé, avec une infime note suave. Comme une promesse et un accomplissement à la fois. Un mélange insolite d'un grand nombre d'arômes que Gabrielle avait du mal à distinguer les uns des autres. C'était vraiment surprenant ! Elle dut se retenir pour ne pas rapprocher sa chaise de celle de Diaghilev.

— Quand je pense à la grande-duchesse, je revois la première du *Sacre du printemps*, disait Misia.

— Quelle soirée ! s'exclama Diaghilev. Musique de Stravinsky, décor de Picasso, costumes signés Poiret. C'était une splendeur. Une perle jetée aux cochons, si l'on songe au snobisme et à l'ignorance du public parisien.

Gabrielle se rappela alors qu'elle avait assisté à ce fameux spectacle. C'était un an à peu près avant la guerre, en l'une des rares occasions où elle avait accepté de renoncer à la compagnie de Boy. Elle était allée au théâtre avec une des clientes de sa boutique de chapeaux. Ce qui l'intéressait en fait, c'étaient les costumes : elle voulait voir les créations de Paul Poiret. Elle s'était tellement concentrée sur les tissus et la coupe, les broderies et les passepoils savants, cette symphonie de couleurs avec une dominante rouge éblouissante, qu'elle avait à peine pris conscience du scandale. Certes, elle aussi avait été un peu surprise par les gesticulations étranges des danseurs, et déconcertée d'entendre les musiciens malmener leurs instruments au point d'en tirer des sons à la limite de l'audible. L'accueil fut désastreux, le public plus horrifié qu'admiratif. Huées, sifflets et protestations fusèrent, si bien que l'intendant du tout nouveau Théâtre des Champs-Élysées fit rallumer les lumières tandis que les danseurs sur la scène et les musiciens dans la fosse d'orchestre continuaient imperturbablement le spectacle. Un bide sans pareil, qui fit connaître Igor Stravinsky dans le monde entier, mais écorna la réputation de tous ceux qui y étaient impliqués. Sauf Poiret, qui occupait déjà une place incontestée au sommet du panthéon de la mode.

— La grande-duchesse n'avait-elle pas financé cette représentation à Paris ? demanda Misia.

Diaghilev remit le petit mouchoir dans la poche de poitrine de son veston et le parfum se dissipa, au grand dam de Gabrielle.

— Je n'oublierai jamais la générosité de Son Altesse en cette occasion, soupira Diaghilev. On n'imagine plus ça, de nos jours.

— L'art ne devrait pas être une question d'argent, intervint José Sert.

— Je voudrais inscrire *Le Sacre* à notre programme de l'automne, en souvenir de la grande-duchesse. Léonide Massine, le chorégraphe, est déjà en train de répéter avec la troupe, mais le coût d'une telle reprise est énorme. Ne serait-ce que pour un orchestre symphonique comme celui dont Stravinsky a besoin, *mon Dieu**, vous n'imaginez pas la somme ! L'argent, toujours l'argent ! Il n'est pas sûr, hélas, que nous y arrivions, madame Sert, malgré votre fervente collecte.

Diaghilev se pencha et prit la main de Misia qu'il porta à ses lèvres en un geste gracieux.

— Pourtant, je sens que les temps sont mûrs à présent pour *Le Sacre*...

Il s'abîma dans un silence éloquent, secoua la tête et souleva son verre.

— On trouvera un moyen pour que vous puissiez mener à bien cette nouvelle version du *Sacre*, affirma Misia.

Toutefois, on ne la sentait pas tout à fait convaincue elle-même.

— Il est tellement dommage que notre dernière tournée en Angleterre, si brillante du point de vue artistique, n'ait pas été un plus grand succès financier…

Gabrielle n'écoutait que d'une oreille. Elle se fichait pas mal des Ballets russes ! Le parfum lui trottait dans la tête, ou plutôt y flottait, telle l'émanation légère d'un souvenir. C'était exactement cet effet qu'elle attendait de son *Eau de Chanel*. Son regard s'arrêta sur la pochette du maître de ballet ; on aurait dit une rose fanée. Il fallait absolument qu'elle découvre quel était ce parfum qui produisait un envoûtement aussi durable. Mais pouvait-elle interrompre de but en blanc la conversation entre Diaghilev et ses amis sans se montrer affreusement impolie ? Gabrielle hésitait, mais elle demeurait convaincue que la reprise du *Sacre du printemps* ne pouvait pas être plus importante pour la compagnie des Ballets russes que l'était pour elle la mise au point de la formule de son *Eau de Chanel*.

— Le monde entier connaît son nom, et pourtant Stravinsky et sa famille sont contraints de supporter des conditions matérielles déplorables, se lamentait Diaghilev. Cet immense compositeur vivote comme un paysan pauvre. Ah, nous vivons une époque terrible.

— *¡Pues bien!* l'interrompit Sert en levant son verre.

Il trouvait apparemment que la morosité avait assez duré.

— Allons, mes amis, levons plutôt nos verres à la vie et à l'amitié ! *¡Salud!*

Gabrielle comprit qu'elle se serait ridiculisée en interrogeant Diaghilev sur sa pochette. D'ailleurs, savait-il même quel parfum avait utilisé la grande-duchesse ? Elle trinqua donc avec les autres en silence, et sans qu'on lui accorde plus d'attention. *Un jour, je ferai en sorte que tu me voies, Serge Diaghilev*, se jura-t-elle en secret. *Si je réussis à créer un parfum à la senteur aussi inimitable que celui qui imprègne le mouchoir de la grande-duchesse de Russie, plus rien n'empêchera le succès du* Sacre du printemps *monté par les Ballets russes. J'en ferai mon affaire.*

Un léger sourire flotta sur ses lèvres ; sa propre grandiloquence la faisait rire.

Chapitre 3

Contrairement à ses amis, Gabrielle était une lève-tôt. Elle avait l'habitude de se mettre au travail à sept heures, et même quand elle était en vacances, son horloge intérieure la tirait du lit de bon matin.

Durant ses premiers jours à Venise, elle était restée sur la terrasse ou dans le jardin de l'hôtel avec un livre jusque tard dans la matinée. Mais même le nouveau roman de Colette sur l'amour impossible entre une femme mûre et un très jeune homme ne pouvait la détourner indéfiniment des beautés de la cité lacustre. Venise et ses vieux murs, témoins muets d'innombrables histoires, l'attiraient comme un aimant. Si bien qu'un beau matin, elle laissa *Chéri* sur sa table de nuit, attrapa son sac à main et partit en direction de l'arrêt du vaporetto, direction *piazza* San Marco. Pour la première fois seule, et comme une touriste ordinaire.

L'impression de magie qui l'avait saisie lors des promenades et des visites de fin d'après-midi en compagnie des Sert n'était pas moins prégnante sous le soleil clair du matin. Sur la *piazza* San Marco, les touristes affluaient des ruelles adjacentes et il faisait déjà très chaud. Même les pigeons s'envolaient mollement, déjà fatigués semblait-il, quand ils picoraient des grains sur les pavés et que les enfants qui sautaient partout les effarouchaient. Les murs se taisaient. Gabrielle sentait des gouttes de sueur perler sous le bord de son chapeau, son chemisier de soie trempé collait à son dos. Elle résolut toutefois de poursuivre sa promenade. Toutes les tables des cafés étaient occupées, dans les restaurants on mettait déjà le couvert pour le déjeuner. Bon gré mal gré, elle dut s'immerger dans la foule qui errait dans les ruelles. Quand le hasard l'amena près d'un embarcadère négligé par les touristes, elle s'arrêta face au Canal Grande et observa le va-et-vient incessant d'une gondole transportant des passagers d'une rive à l'autre, un *traghetto*.

Le seul passager de la longue barque qui faisait la navette entre le Sestiere Dorsoduro et San Marco était pour l'heure un petit chien couleur cognac qui ressemblait un peu à un renard. Quand le gondolier accosta, l'animal sauta sur le quai, tout joyeux, dressant sa petite queue en tire-bouchon, puis s'assit et regarda autour de lui avec curiosité. Au bout d'un moment, il trottina vers l'entrée d'une maison, où quelques ordures jonchant le sol retinrent son attention. Il les flaira, leva la patte, puis retourna à l'embarcadère, toujours trottinant.

Entre-temps, un couple avec un jeune enfant était monté à bord, mais le gondolier attendait patiemment son petit passager. Sur une impulsion, Gabrielle se dirigea vers le bateau et s'y installa à son tour. Elle n'avait pas de raison particulière de traverser le canal, mais elle aimait les chiens. Les siens étaient ses meilleurs amis, lui apportant un réconfort précieux dans les moments difficiles. Elle était particulièrement attachée à Pita et Popee, que Boy lui avait offerts. Son couple de domestiques à Paris s'occupait des bêtes en son absence et elle savait pouvoir leur faire confiance. Pourtant, une nostalgie inattendue l'envahit. Une envie subite de caresser leurs petites têtes, de sentir le poil doux sous ses doigts, la truffe humide contre sa peau. Elle fut donc attirée comme par magie par le petit coquin qui venait de sauter à bord. Sans oser tendre la main vers lui, craignant que le moindre geste ne fasse chavirer la barque, elle se borna à observer le charmant quadrupède. Il se tenait à la proue, debout sur le siège en bois, la truffe au vent, comme s'il flairait déjà l'autre rive.

La traversée ne dura que quelques minutes et s'effectua sans encombre. Gabrielle descendit du *traghetto* à regret et se mit à déambuler au hasard, sans se laisser emporter cette fois par le flot des touristes. Elle suivit l'ombre fraîche, parcourut des ruelles étonnamment désertes qui débouchaient toujours sur des placettes inondées de soleil, avec un arbre ou un banc invitant à la pause. Mais elle n'accordait pas de repos à son corps trempé de sueur : la marche lui vidait la tête. Arrivée à un petit canal latéral où une barque était à l'ancre, lourdement chargée de fruits et de légumes multicolores d'une fraîcheur appétissante, elle s'arrêta enfin pour admirer le spectacle.

Une ménagère rondelette et un groupe de jeunes gens dans des tenues assez voyantes se joignirent à elle. L'Italienne se mit à discuter haut et fort avec le vendeur de légumes, visiblement pour marchander. Les autres étaient des touristes, aussi charmés que Gabrielle par cette scène de la vie quotidienne à Venise.

C'est alors qu'une colonne de fillettes d'environ six ans, en blouses délavées, passa sur le quai devant le bateau, en rang par deux, conduites par une femme en habit de religieuse. Les petites avaient le teint plus pâle que les enfants qu'on voyait s'ébattre sur la plage du Lido ou pourchasser les pigeons de la *piazza* San Marco. Elles jetèrent au passage un regard d'envie sur les fruits à l'étal. Mais la religieuse les faisait avancer comme un troupeau de moutons.

Gabrielle ferma les yeux. La tenue misérable des enfants lui avait suffi pour deviner leur sort : des orphelines. Elles devaient vivre dans quelque monastère des environs, tourmentées par une faim constante et en proie à une solitude insondable. Gabrielle sentit ses larmes monter. Chaque fois qu'elle voyait des enfants, filles ou garçons, dans la situation où elle s'était trouvée elle-même jadis, elle ne pouvait s'empêcher de pleurer.

— Mademoiselle...

Sur le moment, elle perçut juste la douceur de la voix.

Puis elle distingua à travers un rideau de larmes un bout de batiste blanche dans une main masculine manucurée. Quelqu'un lui tendait son mouchoir.

Elle ne le prit pas, mais s'essuya les paupières avec ses doigts.

— Moi aussi, je suis toujours ému quand je vois des orphelins, déclara en français le jeune homme serviable debout à côté d'elle. Je vous comprends, mademoiselle... (Il hésita avant d'ajouter :) Mademoiselle Chanel, n'est-ce pas ?

Stupéfaite, elle le regarda vraiment pour la première fois. Il était grand et dégingandé, son corps qui n'en finissait pas semblait mal assorti à sa petite tête aux traits anguleux, aux yeux cernés couleur vert d'eau et aux cheveux châtain clair. Il était très séduisant. Avec une expression sensible, un peu triste, qu'elle trouvait précisément attirante. Cet homme n'était pas de ceux qu'on oublie facilement.

— S'il vous intéresse, disait la célèbre soprano Marthe Davelli, je vous le cède, mademoiselle Chanel. Il me coûte un peu trop cher, à la longue.

La diva l'avait invitée à un dîner chez elle à Paris quelques mois plus tôt, et Gabrielle n'avait pas pu dire non. On lui avait présenté à cette occasion la récente conquête de son hôtesse : le grand-duc Dimitri Pavlovitch Romanov, un cousin du dernier tsar, vingt-neuf ans, un peu timide, mais charmant. Très sportif, cavalier accompli, il avait participé aux Jeux olympiques et était entouré d'une aura d'aventure et de scandale. Il faisait partie des conjurés qui avaient assassiné Raspoutine et il avait fui la révolution bolchevique, d'abord à Téhéran, puis à Bombay et à Londres.

Gabrielle se souvenait d'avoir eu une brève conversation avec lui, et qu'à table elle avait cherché à attirer son regard. Elle était peut-être son type : Marthe Davelli cherchait depuis des années à imiter le style de Coco Chanel. Mais Gabrielle en était restée là et avait rejeté catégoriquement la proposition sans ambiguïté de la chanteuse. Elle était en deuil de celui qu'aucun autre ne remplacerait jamais. D'ailleurs, elle n'osait pas imaginer ce qu'un homme comme Dimitri Romanov dirait s'il apprenait qu'elle était la fille d'un camelot.

Elle se força à sourire.

— Je ne vous ai pas oublié moi non plus, Dimitri Pavlovitch.

Aurait-elle dû l'appeler par son titre ? Une confusion totale régnait dans sa tête. Tout à coup, ses pensées oscillaient entre deux réalités : les tragédies de sa vie passée et le souvenir de ce souper chez la Davelli. Ses yeux allaient de la colonne d'orphelines qui s'éloignait au bel homme qui la dépassait de deux têtes.

— Je suis heureux de vous revoir, mademoiselle Chanel. (Il esquissa une courbette.) C'est une surprise qui me réjouit, vraiment.

— Dimitri, qu'est-ce que tu fabriques ? cria une voix féminine qui n'était pas celle de Marthe Davelli.

Elle appartenait à une des jolies jeunes femmes du groupe. Il ne se retourna pas et lança, sans quitter Gabrielle des yeux :

— Pas maintenant. Je vous rejoins plus tard.

— Votre amie va se fâcher, dit Gabrielle.

— Ma sœur Maria me pardonne tout, répondit-il en souriant.

Du coin de l'œil, Coco regarda les jeunes Russes qui s'apprêtaient à lever le camp avec force chuchotements et commentaires à voix basse. La sœur de Dimitri observait Gabrielle à la dérobée. Celle-ci, en revanche, ne pouvait dissimuler son intérêt pour Maria. La grande-duchesse était une femme racée et son chapeau de paille à large bord ne passait pas inaperçu. Coco trouvait toutefois que le voile de tulle qu'elle portait en dessous était de trop. Sa tenue laissait par ailleurs fort à désirer ; la sœur de Dimitri s'habillait comme une paysanne.

Leurs regards se croisèrent. Tout autre que Gabrielle aurait peut-être baissé les yeux, mais les deux femmes continuèrent à s'examiner avec un mélange de défi et de curiosité.

Au bout d'un long moment, la Russe se détourna soudain. La tête haute, elle emboîta le pas à ses amis, et ils traversèrent le petit canal au bord duquel était ancrée la barque du maraîcher. Gabrielle la suivit des yeux, observa au passage la démarche des autres femmes de la bande de Maria et de Dimitri, et se dit que les princesses russes feraient d'excellents mannequins.

— Je serais honoré que vous acceptiez mon mouchoir, disait Dimitri Pavlovitch.

Gabrielle se tourna vers lui, la politesse l'exigeait. Ses paroles étaient si délicieusement surannées, son geste si romantique, que le sourire qu'elle lui adressa cette fois fut sincère.

— Je suis désolée, dit-elle en prenant le mouchoir et en tamponnant ses yeux tout à fait secs à présent, d'être dans un tel état au moment où je vous rencontre.

— Je suis touché, vous savez, de voir une dame pleurer devant de pauvres orphelines. Moi aussi, j'ai grandi sans mes parents. Ma sœur est la seule famille qui me reste.

— Je suis comme vous : moi aussi j'ai été élevé par des étrangers.

La voix de Boy résonnait dans la tête de Gabrielle. Aussi proche et aussi familière que le choc sourd des sabots sur le terrain gazonné où galopaient les chevaux, ou que le bruit sec du maillet frappant la balle. C'était la première fois qu'il parlait de lui. Ils étaient debout côte à côte à la lisière de l'enclos du château de Royallieu, à la fin d'un match de polo, à regarder paître les poneys.

Entendre Dimitri prononcer la même phrase que Boy autrefois l'ébranla. Elle se demanda que répondre, comment compatir sans trop se livrer. Le trouble où elle était, les souvenirs qui l'assaillaient, tout l'empêchait de trouver la formule adéquate. Elle éluda :

— Votre sœur est une très belle femme.

— Oh oui. Et très talentueuse, aussi. Elle dessine et brode admirablement. L'artisanat d'art russe est devenu chez elle une obsession. Elle tient absolument à ce que notre culture ancestrale ne tombe pas dans l'oubli.

Gabrielle pensa à Diaghilev et à ses projets.

— La sauvegarde de vos anciennes valeurs est une noble mission.

— Oui. D'autant plus que les espoirs de la plupart des émigrants se sont définitivement envolés. Jamais nous ne retournerons à Petrograd, nous ne retrouverons pas nos vies d'antan. Les bolcheviks ont gagné.

Tout en parlant, il l'avait prise par le bras avec beaucoup de naturel. Ensemble, ils traversèrent la place et s'engagèrent dans une ruelle déserte. Gabrielle ignorait où leurs pas les mèneraient et elle s'en moquait. Marcher lui faisait du bien, et d'autant plus au côté de ce grand-duc.

En évoquant la victoire des bolcheviks, il avait donné un coup de pied rageur dans une pierre sans doute détachée d'un mur lépreux comme il y en avait tant à Venise. Le caillou avait rebondi sur le sol avec un son mat. À part cela, le silence régnait autour d'eux. L'animation des zones plus touristiques ne venait pas jusque-là.

Ils cheminèrent un long moment sans rien dire. Gabrielle appréciait de n'avoir pas à échanger de propos futiles avec Dimitri comme on est censé le faire quand on se promène avec un inconnu. Sa compagnie silencieuse lui plaisait et l'intriguait. Les barrières sociales qui les auraient séparés dans le monde d'avant-guerre étaient-elles vraiment tombées ? Allait-il l'inviter à boire un verre ? Qui demanderait l'addition ? Elle avait une certaine habitude des hommes, bien sûr, et jusqu'à présent c'étaient plutôt eux qui avaient payé pour elle. De quels moyens disposait le grand-duc ? Les aristocrates russes en exil étaient plutôt démunis, mais il lui semblait que Dimitri travaillait à Londres comme représentant d'une marque de champagne. Gagnait-il assez pour courtiser une riche roturière ?

— Vous ne m'avez toujours pas dit pourquoi la vue de ces orphelines vous a fait pleurer, *vous* ?

Il interrompit les pensées de Gabrielle. Sa voix était si douce et mélodieuse que les mots ne résonnèrent même pas dans l'étroite ruelle.

Jamais elle ne lui dirait la vérité. Elle ne l'avait encore avouée à personne, pas même à Boy ni à Misia. Honteuse de ses origines et de ce que son père lui avait infligé, elle s'était réfugiée dans une légende à laquelle elle avait presque fini par croire. C'était une invention pure, comme tous les autres épisodes fantaisistes dont elle avait enjolivé sa biographie. Depuis l'enfance, elle se cramponnait aux mensonges salvateurs. La réalité lui demeurait aujourd'hui encore insupportable.

— Je compatis au malheur de ces pauvres petites et je suis reconnaissante de n'avoir pas eu à subir le même sort, bien que j'aie perdu mes parents très tôt, moi aussi, affirma-t-elle crânement. Après la mort prématurée de ma mère, mon père a émigré aux États-Unis où il est devenu un riche homme d'affaires. Il ne pouvait naturellement pas m'emmener. Il m'a confiée à la garde de ma tante avant de partir. Je ne l'ai jamais revu.

Seule cette dernière phrase était exacte.

— Nous sommes donc tous les deux orphelins, constata Dimitri. Cela crée des liens. Vous ne trouvez pas ?

En disant ces mots, il avait effleuré du bout des doigts, comme par inadvertance, la peau douce au creux du coude de Gabrielle.

Un léger frisson la parcourut. Elle avait réagi à ce contact comme la corde d'un instrument de musique depuis longtemps inutilisé. Le besoin de sentir des mains d'homme sur son corps s'était réactivé d'un coup. Mais si elle fut prise de vertige, c'était aussi pour une autre raison : le cousin du dernier tsar de Russie se sentait proche de la fille bâtarde d'une blanchisseuse et d'un vendeur ambulant. Et en plus, il lui rappelait Boy.

Les doigts de Gabrielle jouaient avec le mouchoir blanc. Elle hésitait entre le rire et les larmes.

Chapitre 4

— Il a huit ans de moins que moi.

— Qui s'en soucie ? répliqua Misia d'une voix ensommeillée. Oublie l'âge, c'est juste un chiffre.

— C'est un grand-duc russe.

— Et… ?

— Il est pauvre comme Job.

— Tu as de l'argent pour deux.

— Il pourrait être le nouveau tsar.

— Oh, Coco !

Misia leva la tête, envoya une pichenette dans le sable du bout de ses orteils et regarda les petits grains ruisseler sur sa jambe nue.

— La vieille aristocratie rencontre la femme d'affaires moderne. C'est ça, le nouveau monde, *ma chère**.

Ayant dit son dernier mot, elle se rallongea dans sa chaise longue.

Gabrielle avait espéré trouver en Misia une complice, une amie qui partagerait ses réserves sur l'opportunité d'une liaison avec le grand-duc Dimitri Pavlovitch Romanov. Pour tout dire, elle voulait que Misia la convainque de ne pas toucher à cet homme. Elle se savait attirée par lui au point de n'avoir pas la force d'empêcher ce qui serait la suite logique et inévitable de leur première rencontre. La question n'était pas *si*, mais *quand*. Or elle ne se sentait pas prête. Son chagrin était toujours là. Si elle pensait à un mort une fois dans ses bras, ce serait la catastrophe. Et puis il serait injuste à l'égard de Dimitri de le comparer à Boy. D'ailleurs, était-elle capable d'éprouver de l'amour pour un autre homme ? Certes pas l'amour passionné qu'elle avait eu pour Boy, mais une vraie tendresse ? Elle redoutait son propre échec. Son corps avait des besoins de caresses à assouvir, et puis il y avait son âme, à qui l'attention, l'admiration d'un homme faisaient du bien. Dimitri était séduisant, cultivé, élégant. Un vrai prince, pas un prince de conte de fées. Bien sûr qu'il lui plaisait.

Elle avait profité de cette heure de détente sur la plage pour se confier à Misia. José était resté à l'hôtel, il avait des coups de fil à passer, l'occasion était donc favorable à une petite conversation entre filles. Elles étaient allongées côte à côte sous leur parasol, tout près de l'eau, bercées par le clapotis des vagues, loin des autres baigneurs. Gabrielle avait commencé par lire les dernières pages de *Chéri* et s'était sentie étrangement concernée. L'histoire d'amour entre une femme expérimentée et son jeune amant finissait mal. Elle était précisément en train de lire ce livre quand elle avait rencontré Dimitri. Était-ce un mauvais présage ? La différence d'âge était de toute façon un obstacle majeur à ses yeux, même si Misia ne voulait pas l'entendre.

— Il n'est pas Boy, murmura-t-elle.

La main de Misia, qui était en train de jouer avec le sable, vint se poser sur la sienne. Elle sentit les petits grains sur sa peau. Son amie se taisait. Qu'aurait-elle pu opposer à cet argument-là ?

— Je ne suis pas prête pour un nouvel amour, voilà tout, ajouta Gabrielle avec un soupir.

Misia retira sa main.

— Qui te parle d'amour ? Il s'agit juste de t'amuser un peu. C'est pour ça qu'on est à Venise. Du moment que Dimitri Pavlovitch t'adore, ce que tu ressens n'a aucune importance.

Elle poursuivit avec plus de douceur :

— Il faut que tes blessures cicatrisent, Coco. Cet homme me fait l'effet d'être le baume idéal.

Misia avait raison, mais Gabrielle pouvait-elle enfouir son chagrin dans un coin de son cœur comme Diana avait enterré le corps de Boy au cimetière Montmartre ? Avoir oublié son grand amour pendant quelques heures était déjà une trahison impardonnable. Elle se sentait affreusement coupable.

Elle avait arpenté avec Dimitri les jolies petites ruelles de Dorsoduro et de San Polo. Ils avaient parlé, admiré, échangé impressions et commentaires. Ici, la particularité d'une façade ou d'un pont avait retenu leur attention, ailleurs ils s'étaient amusés du spectacle d'un chat ronflant sur le rebord d'une fenêtre, et ils avaient observé un long moment les manœuvres d'une gondole dans un canal étroit. Ils avaient aussi abordé des sujets plus graves : la peur de l'abandon, l'abus de confiance. Ils avaient beau venir de deux milieux opposés, ils avaient beaucoup en commun, et leur ressenti était le même.

La mère de Dimitri, la princesse Alexandra de Grèce et de Danemark, était morte quelques jours après sa naissance. Et malgré l'interdiction du tsar, son père avait épousé peu après une femme de la petite noblesse campagnarde qui était sa maîtresse depuis des années. Contraint de quitter la Russie, le couple avait émigré à Paris, laissant Maria et Dimitri à Moscou. Leur oncle Sergueï Alexandrovitch Romanov, gouverneur général de Moscou, les avait pris en charge. Mais cette vie de famille relativement douce n'avait pas duré. Sergueï était mort, victime d'un attentat, quand Dimitri avait treize ans. Les enfants s'étaient retrouvés à nouveau déracinés. Leur éducation s'était poursuivie à la cour, Dimitri étant passé sous la protection directe de la famille du tsar. Cela avait signifié pour lui le début précoce d'une carrière d'officier.

— L'orphelinat ne doit pas être si différent de la caserne, j'imagine, déclara Dimitri.

Gabrielle acquiesça aussitôt. Elle voyait très bien ce qu'il voulait dire, mais elle ne se confia pas à lui pour autant, même si la part la plus sombre de sa vie s'était déroulée à peu près au même âge.

Ils marchèrent pendant des heures à travers Venise, parlèrent beaucoup, et une réelle intimité commença à s'installer entre eux. Mais il fallut bien que Gabrielle regagne le Lido ; les Sert allaient s'inquiéter si son absence se prolongeait. Elle prit congé de Dimitri à l'embarcadère.

Il lui baisa la main et lui demanda dans quel hôtel elle était descendue. Elle le lui dit, bien sûr. Et le lendemain, comme elle partait pour la plage avec Misia, le portier lui remit un message du grand-duc : un billet écrit de sa main, par lequel il demandait à la revoir le soir même. Dimitri lui proposait une visite au casino du Lido, installé au Grand Hôtel Excelsior, non loin de l'hôtel où logeait Gabrielle. Elle préférerait sans doute un rendez-vous qui ne l'obligerait pas à se déplacer trop loin. Une preuve de plus, s'il en fallait, de son exquise politesse. Une petite promenade après dîner, casino ou pas, ressemblait à un jeu de hasard... Toutes les possibilités restaient ouvertes.

Mais Gabrielle avait bien conscience de l'enjeu. Accepter ce rendez-vous était une décision lourde de conséquences. Attention, *rien ne va plus**...

— Qu'est-ce que tu crains ? demanda Misia gentiment. Jusque-là, tu étais pourtant la seule personne de ma connaissance qui n'ait jamais peur de rien.

Évidemment, pensa Gabrielle. *Je n'avais pas besoin d'avoir peur, j'avais Boy.*

Mais elle sut à l'instant même que ce n'était pas vrai. Ses premiers pas vers la liberté, elle les avait faits toute seule. Lorsqu'elle avait eu le courage de quitter le monastère.

Et plus tard, c'était sa propre décision et son espoir d'une vie meilleure qui l'avaient conduite à la grille de la propriété d'Étienne Balsan à Royallieu. Elle avait déjà couché avec lui deux ou trois fois, mais rien ne l'autorisait à une telle hardiesse. Pourtant, quand il lui avait ouvert, un monde nouveau s'était présenté à elle. Elle en avait entrepris la conquête avec courage, audace et endurance. Cette porte l'avait menée au bonheur. Et à sa pire défaite.

Elle chercha à exprimer ses sentiments tumultueux et les pensées qui se bousculaient dans sa tête, à expliquer son hésitation, mais rien ne vint. Soudain, José Sert surgit à côté de la chaise longue de Misia, escorté d'un serveur chargé d'un plateau avec des verres de limonade et un bol en argent où les cubes de glace commençaient déjà à fondre.

— Mesdames, que diriez-vous d'une petite virée à Rome ?

— Pourquoi Rome ? demanda Misia en réajustant ses lunettes de soleil.

— Pour aller rendre hommage au Bernin et à Michel-Ange, parbleu, répondit José avec un large sourire.

Misia lui rendit son sourire et se tourna vers Gabrielle :

— Tu devrais te dépêcher d'accepter ton rendez-vous, Coco. Sinon nous serons partis avant même le premier baiser.

— J'ai raté quelque chose ? demanda José.

— Non, se hâta de répondre Gabrielle. Rien du tout.

Elle attrapa un verre sur le plateau et mit un point final à la conversation en avalant une longue gorgée de limonade glacée.

Du champagne, se dit-elle, *ce soir nous boirons du champagne*. Un délicieux picotement lui parcourut le corps.

Chapitre 5

Les verres s'entrechoquèrent avec un léger tintement.

— *Santé !** dit Dimitri en regardant Gabrielle droit dans les yeux.

Pendant quelques secondes, le temps parut suspendu, comme si la musique s'était tue et que les nombreux clients au bar de l'Hôtel Excelsior s'étaient changés en figures de cire. Même l'air semblait immobile, les cimes des palmiers ne tremblaient plus dans la brise tiède, les grillons étaient silencieux, les vagues venaient mourir sans un bruit contre les piliers du môle. Gabrielle n'entendait que la voix douce de Dimitri, dont le regard pénétrait jusqu'au fond de son âme.

— *Cheers*, répondit-elle.

Pourquoi, instinctivement, en anglais ? Le mot lui venait de Boy.

La magie se dissipa, le décor retrouva son fond sonore. L'orchestre jouait *Whispering*, le chanteur sifflait le refrain tandis que les couples évoluaient sur la piste de danse. Les serveurs se hâtaient de table en table. Le bar et le restaurant étaient en plein air, dans un espace délimité par des murs d'inspiration mauresque et un jardin luxuriant qui donnait sur la mer. Le ciel scintillant d'étoiles complétait le tableau.

— Comment dit-on « À la vôtre » en russe ? demanda Gabrielle en reposant sa flûte de champagne après une première petite gorgée.

— Nous parlions tous français, à la cour. On trinquait dans votre langue.

Dimitri faisait tourner le pied de son verre entre ses doigts, songeur. Tout à ses souvenirs, il resta silencieux un moment puis sourit.

— Le français a ses avantages. *Santé !** est une formule beaucoup plus courte que ce qu'on pourrait dire en russe, où l'on se croit obligé de boire à la joie, à la vie, à la santé, et Dieu sait quoi encore. Ça n'en finit plus. Mais on dit aussi chez nous que boire sans porter de toast est indigne.

— J'aime ce genre d'histoire.

Elle lui sourit à son tour.

— Ce sont des histoires tristes, en vérité, qui renvoient au passé et non à l'avenir.

— Quel toast porteriez-vous en russe aujourd'hui ? demanda-t-elle en reprenant son verre.

— *Sa lubov !*

— Ce qui veut dire ?

Ses yeux lui répondirent avant sa voix :

— À l'amour !

Gabrielle hésita. La musique résonna soudain à ses oreilles, tout devint plus net, plus réel, comme sous une loupe, y compris le regard de Dimitri. C'était une invitation à saisir ce moment, à l'absorber en elle dans son évidence imparable. Il fallait qu'elle se décide, alors son cœur capitula et elle laissa son corps prendre le dessus. Cette fois, elle ne trinqua pas avec Dimitri, mais laissa parler ses yeux, qui se noyèrent dans les siens tandis qu'elle sirotait son champagne.

Peu après, elle était dans ses bras. Ils évoluaient sur la piste de danse tandis que l'orchestre jouait une version jazzy de *O sole mio*. Dimitri était un merveilleux danseur, à la fois élégant et fougueux. Il la guidait avec une discrète autorité, une fermeté prometteuse qui éveilla son désir. Elle sentait jouer sous ses doigts les muscles de ses épaules, respirait son parfum, sa chaleur se diffusait en elle. Elle le laissa la serrer de plus près, si bien que leurs hanches se touchèrent. Leurs cuisses se mouvaient à l'unisson, comme s'ils ne formaient plus qu'un seul être. Ils se mirent à tourner plus lentement, sur un rythme qui n'était plus celui de la musique, mais le leur.

Comme ils retournaient à leur table main dans la main, le regard de Gabrielle survola par hasard l'entrée de la salle, un petit passage ouvert dans le mur ornementé. Encore sous l'effet hypnotique de la danse, elle dut s'y reprendre à deux fois pour reconnaître Serge Diaghilev. Accompagné de plusieurs hommes, dont son secrétaire Boris Kochno, il se dirigeait vers la table que leur avait désignée le maître d'hôtel. À les voir marcher, on distinguait tout de suite les danseurs, avec leur dos très droit et leurs pas aériens, des autres, plus balourds, qui devaient être des hommes d'affaires. Vraisemblablement, ils paieraient la note à la fin du repas. L'intérêt que Diaghilev leur portait devait être proportionnel à la généreuse subvention qu'il espérait leur soutirer.

Dimitri avait suivi le regard de Gabrielle.

— Vous connaissez Sergueï Pavlovitch Diaghilev ? Aimeriez-vous aller le saluer ?

— Oui. Non. Je veux dire, ce n'est pas nécessaire.

Pourtant, elle ne parvenait pas à détourner les yeux de l'imprésario. Quand Diaghilev sortit son petit mouchoir de sa poche de poitrine pour s'éventer quelques secondes, Gabrielle soupira.

— Ce que j'aimerais surtout, c'est savoir quel parfum utilisait sa grande-duchesse, dit-elle, se parlant à elle-même.

— Quelle grande-duchesse ?

Gabrielle regarda Dimitri. Quelle idiote. Pourquoi n'avait-elle pas pensé plus tôt à interroger son soupirant ? La grande-duchesse Maria Pavlovna était sa tante, si elle avait bien compris l'exposé de Misia sur l'arbre généalogique des Romanov.

Ces aristocrates russes étaient tous grand-duc ou grande-duchesse, on s'y perdait… Et puis, un neveu connaissait-il le nom du parfum qu'utilisait sa tante ? Rien n'était moins sûr. Mais elle pouvait toujours tenter sa chance.

— La grande-duchesse Maria Pavlovna, née princesse de Mecklembourg, dit-elle en priant le ciel que Misia ne se soit pas trompée.

— Je pense que c'était *Le Bouquet de Catherine*, répondit Dimitri sans hésiter. Ma sœur l'utilise aussi.

Gabrielle ouvrit des yeux ronds, tellement stupéfaite qu'elle en resta sans voix.

Il attendit que le serveur qui remplissait à nouveau leurs flûtes se soit éloigné avant de demander :

— Pourquoi cela vous intéresse-t-il ?

La langoureuse torpeur qui s'était emparée de Gabrielle fit place à une fièvre soudaine, l'efficacité de la femme d'affaires ressurgit d'un coup. Même quand Dimitri alluma une cigarette et la lui tendit sans un mot, mais avec un regard éloquent, la magie érotique ne fonctionna pas. Gabrielle inhala une bouffée et dit :

— Lors d'une rencontre avec M. Diaghilev, j'ai cru sentir une fragrance très particulière. Le mouchoir offert par la grande-duchesse et qu'il utilise comme pochette est imprégné d'un parfum qui ne ressemble à rien de ce que je connais. Rien à voir avec ces effluves de roses qui ne visent qu'à masquer les odeurs corporelles. Ce doit être un mélange très insolite, et merveilleux. Il rappelle un peu *Chypre* de Coty, mais en beaucoup, beaucoup mieux. Je n'ai malheureusement pas pu interroger M. Diaghilev là-dessus, l'occasion ne s'est pas présentée.

Dimitri sortit une autre cigarette et l'alluma pour lui. Il répéta en soufflant des petits ronds de fumée :

— C'était *Le Bouquet de Catherine*, j'en suis certain. Le nom est un hommage à la Grande Catherine. Au début de la guerre, on s'est souvenu des origines allemandes de l'impératrice et on a rebaptisé le parfum du nom du fournisseur attitré de la cour ; il est devenu *Rallet N° 1*. Seules les plus grandes dames de Petrograd et de Moscou avaient le droit de le porter.

— Je félicite ces dames pour leur bon goût.

— Elles en raffolaient. Aucune cour d'Europe n'a jamais accordé autant d'importance aux parfums.

Il parut s'abandonner une nouvelle fois à ses souvenirs. Les yeux perdus dans le vague, il fixait sans les voir les silhouettes des danseurs évoluant sur la piste. Puis il revint à Gabrielle et lui sourit.

— Vous ne m'avez pas répondu. Pourquoi vous intéressez-vous à ce parfum ? Vous n'en portez pas vous-même, n'est-ce pas ?

— C'est exact. Je n'utilise que du savon.

— Parce que vous attendiez le parfum qui ne ressemblerait à aucun autre... (Il secoua tristement la tête.) Je vous offrirais volontiers un flacon du *Bouquet de Catherine*, mais je crains qu'il ne soit devenu introuvable. Ce parfum est comme la vieille Russie, il n'est plus qu'un souffle éphémère dans notre mémoire. En fait, il a disparu à jamais.

— La formule chimique me suffirait, objecta Gabrielle avec un pragmatisme qui parut le surprendre.

Il leva un sourcil, mais ne dit rien, attendant visiblement des explications.

Gabrielle s'en voulut d'avoir parlé trop vite. Il ne s'agissait plus de sa vie personnelle. Avait-elle raison de faire confiance à cet homme, de lui révéler ses projets professionnels ? Elle sentit la panique monter et battit en retraite :

— Je vous expliquerai tout quand on se reverra. C'est trop pour une seule soirée.

Comme elle écrasait son mégot dans le cendrier, il lui prit tendrement la main.

— Vous me rendez heureux, mademoiselle Chanel.

Elle espérait que la magie renaîtrait, mais pour l'heure, si son cœur battait plus vite, ce n'était pas à cause de cet homme séduisant. C'était à cause d'un parfum dont elle connaissait maintenant le nom. Elle sourit gentiment à Dimitri.

— Si nous allions jouer ?

Son regard était clair, sa phrase sans ambiguïté. Pourtant, elle ne put s'empêcher de se demander ce qui se passerait s'il se méprenait sur le sens de sa phrase. Mais Dimitri Pavlovitch était un homme droit qui avait peu de goût pour le double sens.

* * *

Gabrielle perdit. Puis gagna. Perdit encore davantage. Mais même si elle finit par perdre à la roulette le double de sa mise, elle se montrait moins imprudente avec son argent que Dimitri. Il dilapidait ses jetons avec une désinvolture incroyable, comme s'il y avait encore une cour à Saint-Pétersbourg. Le plaisir de regarder avec lui la petite boule sautiller, le plaisir d'espérer, de jubiler quand elle s'arrêtait dans la bonne case ou d'être immensément déçu pendant quelques secondes dans le cas contraire valait bien toutes ces lires perdues. C'était merveilleux et enivrant de rire avec lui, de se montrer gaspilleur et généreux en même temps. Gabrielle s'amusait beaucoup et oubliait son chagrin.

Quand elle le pressa finalement de partir et qu'il la raccompagna à son hôtel, cette soirée était déjà beaucoup plus qu'un épisode de voyage parmi d'autres. Ils se tenaient par la main, leurs doigts s'étaient trouvés tout seuls. Ils marchaient du même pas et Gabrielle remarqua de nouveau la facilité avec laquelle leurs corps accordaient leur tempo.

— J'ai envie de faire sauter avec vous la banque du casino de Monte-Carlo, dit-il.

Il avait parlé tout bas, mais sa voix résonna dans le silence nocturne. À cette heure, ils étaient quasi seuls à cheminer sur le front de mer. On n'entendait que le clapotis des vagues et le bruit des rares voitures qui passaient.

Je rêve, pensa-t-elle, *ce n'est qu'un rêve.* À un moment ou à un autre, elle allait se réveiller et se retrouver dans son ancienne vie.

— Monte-Carlo, c'est une bonne idée, répondit-elle presque malgré elle.

— Alors partons tout de suite.

— Demain je vais à Rome avec les Sert. Juste pour quelques jours. Peut-être qu'une occasion se présentera à mon retour... Je veux dire, pour Monte-Carlo.

Arrivés devant l'entrée du Grand Hôtel des Bains, ils restèrent face à face en silence. En attente. Elle se dit qu'il était en train de chercher la bonne question à poser, celle dont la réponse lui ouvrirait sa chambre. Quelques mots suffiraient. Passer la nuit ensemble était la suite naturelle d'une telle soirée. Ils étaient deux adultes qui savaient ce qu'ils faisaient. Ils n'enlèveraient rien à personne et avaient beaucoup à se donner l'un à l'autre.

C'est alors qu'il l'attira à lui et l'embrassa sur les deux joues. Un baiser empreint d'amitié et de confiance, sans rien de la tendresse passionnée d'un amant, mais d'autant plus bouleversant. C'était le baiser respectueux d'un homme qui savait attendre.

— Il ne nous reste hélas que très peu de temps pour aller à Monte-Carlo. Je suis invité au Danemark et je ne peux pas dire non à l'ambassadeur d'Angleterre à Copenhague. Il est plus qu'un ami, il m'a sauvé la vie quand je fuyais les Rouges. J'aurai quitté Venise quand vous reviendrez...

Il fit une pause, comme s'il était en train de changer d'avis, puis conclut d'une voix ferme :

— Mais nous nous reverrons. Je vous le promets.

Sans lui laisser le temps de répondre, il tourna les talons et s'éloigna d'un pas léger. Un homme susceptible de devenir tsar de Russie part visiblement du principe qu'une femme le croira sur parole.

Ce qu'elle fit.

Coco le suivit des yeux en souriant. *C'est un maître dans le jeu de l'amour*, songea-t-elle. Un gentleman qui sait se maîtriser et attendre, au lieu d'exiger avec effronterie et bêtise ce que beaucoup de mâles estiment leur être dû. Dimitri n'ignorait pas que c'était le meilleur moyen d'atteindre son but. Elle l'avait lu dans l'éclat de ses yeux, un éclat qui l'électrisait, qui attisait sa joie anticipée. Son désir l'incitait à le rappeler. Peut-être espérait-il d'ailleurs qu'elle ferait le premier pas. Mais elle n'en fit rien et poussa la porte de l'hôtel.

Gabrielle aussi était devenue experte au jeu de l'amour.

Chapitre 6

L'Italie transforma Gabrielle. Ce premier flirt ne fut suivi d'aucun autre, mais quand elle rentra à Paris elle se sentait reposée, plus en forme que jamais et riche d'un nouvel appétit de vivre.

Il lui semblait se réveiller d'un cauchemar. Le seul fait d'avoir été traitée avec autant de respect par un Dimitri Pavlovitch Romanov l'aiguillonnait. Boy était certes beaucoup plus riche que l'émigré Dimitri, mais il était issu de la grande bourgeoisie et non de la noblesse. Dans la France d'avant-guerre, les Russes blancs qui avaient fui Saint-Pétersbourg et Moscou fascinaient. Gabrielle ne se sentait pas seulement des affinités avec cet homme en particulier, elle avait toujours eu de l'attirance pour la culture russe et la mélancolie de « l'âme slave ». Elle ne pouvait être sûre de revoir Dimitri, mais cette rencontre avait fait renaître sa sensualité et lui faisait l'effet d'un rêve enchanté dont elle s'était réveillée plus forte.

Cette force nouvelle, elle la devait aussi en partie à José Sert. Grâce à lui, elle avait tout appris sur la peinture italienne de la Renaissance et sur les sculpteurs baroques. Le mari de Misia était un expert dans son domaine et avait initié son élève en pédagogue avisé. Un nouveau monde s'était ouvert à Gabrielle, un peu comme la littérature bien des années auparavant.

Jeune femme, elle engloutissait tous les livres qui lui passaient entre les mains, les navets comme les chefs-d'œuvre. Elle avait l'impression que chaque texte recelait un petit quelque chose qui la ferait avancer. Boy lui avait fait découvrir les classiques, si bien qu'elle avait acquis une réelle culture. Grâce à José, c'était un nouveau territoire artistique qui s'offrait à elle, et elle se passionna aussitôt. Non qu'elle fût tentée d'acquérir tableaux ou statues pour décorer sa maison. Elle trouvait les objets d'art bien plus à leur place et mieux conservés dans les musées où elle pouvait aller les admirer.

Elle se mit aussi à rêver de pouvoir apporter sa contribution à une pièce de théâtre ou à un ballet, comme Paul Poiret l'avait fait jadis pour *Le Sacre du printemps*. Elle ignorait comment s'élaborait un décor, mais elle se savait capable de créer des costumes. Pour que l'occasion lui en soit donnée, il fallait qu'elle retienne l'attention d'hommes tels que Diaghilev, qu'elle s'attire la même admiration que son amie Misia. Travailler avec un artiste célèbre serait pour elle une chance inespérée de remplir un peu le vide que la mort de Boy avait creusé. Les Sert lui avaient fait rencontrer un certain nombre de peintres connus, Picasso par exemple, mais c'étaient pour la plupart des solitaires. Ils avaient des amis, bien sûr, peut-être aussi un galeriste, mais n'avaient besoin de personne pour peindre. Une troupe de ballet, en revanche, ne pouvait fonctionner sans des soutiens et des subsides.

Tandis qu'elle était plongée dans ces réflexions, elle prit conscience de l'immense cadeau que les Sert lui avaient fait avec ce voyage en Italie : elle recommençait à exister par elle-même, et non plus en fonction de l'homme qu'elle avait aimé plus que sa vie.

Depuis son retour, elle était très accaparée par son travail à l'atelier, mais n'en continuait pas moins à rêver d'un avenir qui lui ouvrirait les portes du monde de la bohème.

Le théâtre lui apparaissait comme un jeu magnifique, une sorte de maison de poupées avec des personnages grandeur nature. Trop pauvre, enfant, pour avoir des poupées, elle avait aujourd'hui envie de compenser ce manque avec des jouets en chair et en os. Misia et Sert avaient prolongé leur voyage : après Venise, ils visitaient les Balkans. Ils n'étaient pas près de rentrer à Paris, c'était l'occasion pour Gabrielle de s'engager seule sur les traces de son amie. Et elle avait encore une autre mission à remplir.

Une fin d'après-midi, debout devant son miroir, elle ajustait son chapeau de paille noir pour se donner du courage avant de se lancer dans sa nouvelle opération de mécénat. Elle quitta son atelier dès dix-sept heures, deux heures plus tôt que d'habitude. L'heure du thé n'était-elle pas le meilleur moment pour une visite impromptue ? *Cette pensée doit être un vestige de l'enseignement prodigué par mon mentor anglais*, se dit-elle soudain avec un sourire amusé.

Gabrielle était surprise de constater qu'elle pouvait maintenant penser à Boy sans trop souffrir. Le cœur serré, oui, mais plus de désespoir. Il aurait ri si elle lui avait fait part de la réflexion qu'elle venait d'avoir. Pouvait-on traiter son propre chagrin avec un peu de distance et d'humour ? En tout cas, regarder vers l'avenir rendait le sentiment de perte moins insupportable. S'enterrer ne ramènerait pas son cher disparu. Elle l'avait compris au cours des dernières semaines.

Elle remontait d'un pas vif la rue Saint-Honoré en direction de la rue Royale. C'était une douce journée de septembre, quasi estivale et idéale pour une promenade, d'autant que son trajet la faisait passer par l'une des plus anciennes et des plus belles rues de la capitale. Mais Gabrielle n'était pas d'humeur à flâner, elle fonçait droit vers son but : la place de la Concorde. Elle avait bien écouté Serge Diaghilev à Venise et avait retenu qu'à son retour il logerait à l'hôtel Crillon.

Le Crillon était tout aussi luxueux, mais un peu moins grandiose que le Ritz, où elle passait parfois la nuit quand il était trop tard pour regagner sa villa de Garches. Installé dans un des plus beaux palais de la capitale, il bénéficiait d'un aménagement moderne : il s'agissait d'une maison particulière transformée en hôtel peu avant le début de la Grande Guerre. Gabrielle se demanda une fraction de seconde comment Diaghilev parvenait à payer sa chambre. En tout cas, il était plus agréable de s'annoncer à la réception d'un hôtel de luxe que d'avoir à parlementer avec la patronne suspicieuse d'un quelconque boui-boui.

L'ascenseur la mena au premier étage. Longeant des couloirs aux murs couleur ivoire, elle arriva devant la suite qu'occupait le maître de ballet. Boris Kochno ouvrit la porte et s'inclina dans les règles de l'art.

— M. Diaghilev vous attend.

L'imprésario était debout à la fenêtre du salon. Le contre-jour donnait à sa silhouette un halo pictural. *On dirait un tableau vivant de la Résurrection, le Sauveur du Ballet*, songea Gabrielle.

— Mademoiselle Chanel..., commença-t-il, je regrette, mais votre nom ne me dit rien du tout. Nous nous sommes déjà rencontrés ? À Venise, peut-être ? Quoi qu'il en soit, une amie de la merveilleuse Misia Sert est naturellement la bienvenue chez moi.

Elle lui adressa un sourire aimable et se contenta de répondre :

— Bonjour, monsieur Diaghilev.

Il continua visiblement à fouiller sa mémoire pour retrouver où il avait bien pu rencontrer cette femme, puis il capitula, secouant la tête avec tant de vigueur que sa chevelure, comme électrisée, se hérissa dans tous les sens. Il tenta de la dompter d'une main et désigna de l'autre une série de fauteuils.

— Impossible de me souvenir d'où nous nous connaissons. Mais nous allons trouver, n'est-ce pas ? Prenez place. Que puis-je faire pour vous ?

— C'est moi qui souhaiterais faire quelque chose pour vous, répondit Gabrielle en s'asseyant.

Il leva un sourcil pour toute réponse.

Elle nota qu'il ne lui proposait rien à boire, faux pas probablement dû à son trouble plus qu'à son impolitesse. Elle décida d'en venir au fait et sortit de son sac le petit étui en cuir où se trouvait son chéquier.

— Je voudrais vous aider à reprendre *Le Sacre du printemps*, déclara-t-elle d'un ton ferme en posant le carnet sur la table.

Le premier chèque était déjà rempli et signé de sa main. Elle le poussa vers Diaghilev.

— Cette somme devrait vous le permettre.

C'était un montant à six chiffres.

Le sourcil de Diaghilev se leva un peu plus haut encore. Il saisit son monocle pour vérifier qu'il avait bien lu.

— Mademoiselle !

Dans son exclamation se mêlaient l'indignation d'un homme qui se croit berné, la surprise, et une étincelle de joie incrédule.

— Vous pensez que ce ne sera pas suffisant ?

— Trois cent mille francs !

Il fit main basse sur le chèque comme s'il avait peur qu'elle le reprenne.

— Je vous en prie, mademoiselle Chanel, c'est trop généreux de votre part.

De sa main libre, il sortit sa pochette et la pressa contre son nez, comme si le parfum de la grande-duchesse était à la fois un élixir de vie et un calmant. Gabrielle vit qu'il tremblait.

— Tiens, Boris, prends ça et mets-le en sécurité, dit-il.

Gabrielle vit alors que le jeune secrétaire était resté debout derrière le fauteuil de son patron pendant leur échange. Il obéit à sa requête en s'inclinant légèrement.

— Je suis estomaqué, avoua Diaghilev. Je vous promets qu'en échange, vous assisterez au meilleur spectacle que la compagnie des Ballets russes ait jamais donné.

— Je n'en doute pas un instant. (Elle lui sourit.) Il y a une chose que je voudrais vous demander.

Elle ménagea une petite pause, pour le plaisir de le torturer un peu. Mais quand elle vit son visage passer du rose poudre au rouge foncé, elle se hâta d'enchaîner :

— Il s'agit de votre pochette. J'imagine que vous n'êtes pas disposé à vous séparer définitivement du cadeau de la grande-duchesse, mais j'aimerais vous l'emprunter.

Elle avait longuement réfléchi au moyen de découvrir la composition du parfum de Maria Pavlovna. Comme Dimitri lui avait donné peu d'espoir de dégoter un flacon du *Bouquet de Catherine*, il fallait trouver la formule autrement. Il lui paraissait logique d'utiliser pour cela le petit mouchoir où l'arôme était encore prisonnier. Elle espérait que le laboratoire de François Coty disposerait d'un chimiste assez habile pour isoler les différentes essences. Sans vraiment savoir si son plan était réaliste, elle se devait d'essayer. Et s'il était impossible d'identifier tous les composants, ce serait du moins une base à partir de laquelle expérimenter. Un échantillon de cet arôme extraordinaire suffirait peut-être à un spécialiste pour inventer à force de tâtonnements une formule nouvelle, mais aussi proche que possible de l'original.

Dans les yeux bruns de Diaghilev se lut tout à coup la perplexité, la méfiance. Il referma les doigts sur sa pochette comme s'il craignait que sa visiteuse ne s'en empare de force.

— Il n'arrivera rien à votre mouchoir, dit Coco pour le rassurer. Je vous le rendrai évidemment dès que possible, et intact.

— Que voulez-vous en faire ? demanda-t-il d'une voix rauque.

Gabrielle trouva la question un peu déplacée après le don généreux qu'elle venait de lui faire. Mais sa réticence montrait aussi son attachement profond envers sa protectrice disparue. Un homme doté d'une telle loyauté ne pouvait que lui plaire.

Elle lui raconta donc ses succès en tant que créatrice de mode.

— J'ai commencé il y a de nombreuses années à fabriquer des chapeaux pour les femmes qui fréquentaient les dîners donnés par mon ami Étienne Balsan. À une époque où ces malheureuses étaient condamnées à porter de véritables meringues sur la tête, mes modèles tout simples ont été remarqués dans la société parisienne. J'ai donc fabriqué encore plus de chapeaux, et grâce au soutien d'Étienne, j'ai fini par ouvrir une première boutique de modiste rue Cambon. Puis je me suis mise à la couture, d'abord des marinières et des jupes-culottes. Je privilégiais toujours la sobriété, des lignes pures dont je puisais l'inspiration dans le Moyen Âge. En tout cas, mes créations plaisaient beaucoup, si bien qu'un an avant la guerre, j'ai ouvert des boutiques à Deauville puis à Biarritz. Aujourd'hui, j'ai mon atelier rue Cambon et une clientèle parmi les dames de la haute société. J'aimerais faire un cadeau à mes plus fidèles clientes, une eau de toilette tout à fait originale. Aussi originale que le parfum de votre amie la grande-duchesse. Pour trouver la formule, j'ai besoin du mouchoir… (Elle ménagea une pause.)… et de votre absolue discrétion. Je vous prierai de bien vouloir garder le silence sur tout ce dont nous parlons aujourd'hui. Mon aide financière aussi doit rester un secret entre nous. Même notre amie Misia ne doit pas être au courant.

Diaghilev acquiesça et lui tendit la pochette.

— Je comprends. Le parfum de la grande-duchesse, c'était *Rallet N° 1*, qu'on appelait jadis *Le Bouquet de Catherine*…

Elle le coupa :

— Je sais.

Que dirait Dimitri Pavlovitch si elle faisait fabriquer une nouvelle version du parfum de la tsarine ? Pas une copie, ce n'était pas son genre, mais une variante actualisée, moderne, sorte de signature parfumée. De la même façon qu'une reprise du *Sacre du printemps* ne serait pas la reproduction du spectacle d'avant-guerre. Que dirait-il s'il savait qu'elle finançait cette reprise d'une œuvre inspirée du vieux folklore russe ? C'était comme si l'avenir de Gabrielle et le passé de Dimitri se rencontraient.

Je pense trop à lui, se dit-elle soudain avec effroi. *Il faut que j'arrête*. Il y avait plus important dans sa vie que la recherche d'un nouvel homme.

Elle fourra le mouchoir dans son sac en même temps que son carnet de chèques.

Chapitre 7

Les premiers doutes assaillirent Gabrielle quelques jours plus tard tandis qu'elle traversait le bois de Boulogne en voiture. Elle regardait sans les voir les arbres aux couleurs d'automne défiler derrière la vitre et se demandait si elle n'était pas allée trop vite en besogne. Payer une somme pareille pour un mouchoir dont le laboratoire ne tirerait peut-être rien du tout était stupide. Ce n'était pas l'unique raison de son soutien financier à Diaghilev, mais cette histoire de parfum frisait la folie.

Boy s'en serait beaucoup amusé, sans doute, mais ne lui aurait-il pas reproché sa précipitation ? L'*Eau de Chanel* était une idée qu'ils avaient eue ensemble, mais ce n'était pas la seule. Elle avait passé de nombreuses soirées lovée dans ses bras devant la cheminée, à écouter crépiter les flammes en lui exposant ses projets, qu'il appuyait ou critiquait avec des arguments pertinents. Ils n'évoquaient que leur avenir professionnel, ne parlaient à peu près jamais de leur vie privée. Il est vrai qu'il n'y avait rien à en dire : pour Gabrielle du moins, il était clair qu'elle passerait le reste de sa vie au côté de Boy. Et elle pensait qu'il en allait de même pour lui. Quand elle avait poussé pour la première fois la porte du 31, rue Cambon, elle était persuadée non seulement que la maison Chanel serait là pour l'éternité, mais aussi que jamais elle n'aurait à lâcher la main aimée qui la guidait alors. Pourquoi donc se focaliser sur un parfum quand d'autres idées aussi bonnes ne demandaient qu'à être concrétisées ? Par exemple cette petite robe élégante et toute simple qu'une femme pourrait porter à n'importe quelle heure du jour…

Une larme perla au coin de son œil. Gabrielle fut tentée d'utiliser le fameux mouchoir, mais se contenta de l'essuyer du bout des doigts en prenant garde de ne pas abîmer son maquillage. Elle étendait chaque matin sur son visage cette précieuse poudre avec une houppette au manche en or blanc, afin d'éclaircir un teint qu'elle jugeait trop mat. C'était un produit de la maison Coty, de même que la version compacte qu'elle avait dans son sac. Le parfumeur régnait sans partage sur le marché des cosmétiques. Gabrielle était maintenant accueillie à la villa La Source comme une vieille connaissance. Elle était venue si souvent au cours des six derniers mois qu'aux yeux des collaborateurs de François Coty elle faisait presque partie de la maison. Aujourd'hui encore, on la conduisit sans encombre jusqu'au saint des saints, où le patron l'attendait déjà avec une tasse de moka fumant.

— Rien de tel qu'un bon arabica pour démarrer la journée, dit-il d'un ton joyeux en portant la main de Coco à ses lèvres. Cela vous ouvre le nez et l'âme. Je suis ravi de petit-déjeuner en votre compagnie. Voulez-vous un croissant ?

Elle secoua la tête.

— Qu'est-ce qui vous ôte l'appétit au point de refuser un croissant tout chaud ? Quand vous m'avez demandé de vous recevoir au plus vite, je vous ai sentie bien fébrile, ma chérie. Je le suis moi aussi, car vous n'avez pas voulu m'en révéler davantage. Me direz-vous enfin de quoi il s'agit ?

— Bien sûr.

Elle sourit puis, au lieu d'ouvrir son sac à main, en tapota le fermoir avec ses doigts repliés.

— Pourriez-vous isoler les différents éléments composant une eau de toilette à partir d'un mouchoir sur lequel elle a été vaporisée, François ?

— Non, répondit-il sans hésiter. C'est impossible.

Elle poursuivit sans se démonter :

— J'ai ici une pochette imprégnée d'un parfum dont je voudrais qu'il serve de base au mien. Il faudrait donc l'analyser.

— Il n'existe aucun procédé chimique permettant d'extraire les différentes substances d'un parfum sur un morceau d'étoffe. (Coty la regardait d'un air perplexe.) Mais ce mouchoir devait bien appartenir à une femme, ajouta-t-il en faisant virevolter sa tasse de moka. Pourquoi ne lui demandez-vous pas tout simplement un échantillon de son parfum ?

— Elle est morte.

— J'en suis navré.

Gabrielle éluda ; son geste visait moins à évacuer le décès de la grande-duchesse qu'il ne trahissait son impatience d'aller de l'avant. Elle n'avait pas de temps à perdre avec des détails sans importance, et aucune intention de renoncer si vite.

— Il doit s'agir du *Bouquet de Catherine* de Rallet, mais…

— C'est le parfum des Romanov, l'interrompit Coty.

Il reposa enfin sa tasse. On voyait qu'il réfléchissait.

— Quand on s'intéresse un peu au sujet, on sait qu'il y a une histoire derrière ce parfum. Rallet l'a sorti à Moscou avant la guerre, et on a prétendu qu'il s'était inspiré de *Quelques fleurs* de Houbigant. Ou l'inverse. Peut-être la ressemblance est-elle due au hasard, de même que la sortie des deux parfums à un an d'écart. On ne saura jamais la vérité.

— Vous connaissez donc ses composants ? demanda Gabrielle, reprenant espoir.

— C'est un mélange très inhabituel. Je n'en sais pas davantage. Personne ne sait. La formule aura probablement disparu dans la débâcle de l'empire du tsar. Et si ce n'est pas le cas, elle est entre les mains des bolcheviks. J'ai entendu dire que l'ancienne fabrique de Rallet à Moscou a été rebaptisée *Usine de savons et de parfums n° 5*. Il paraît même que les Rouges veulent y élaborer un nouveau parfum qui s'appellerait *Liberté*. Incroyable, non ?

Sans attendre sa réponse, il demanda :

— Mais pourquoi vous focaliser sur ce très vieux parfum ?

— Il me plaît. Je voudrais lui donner une nouvelle vie.

Coty soupira.

— Le plus simple serait de dégoter un flacon de *Rallet*. Ce serait plus commode pour moi, je travaillerais mieux qu'à partir d'un mouchoir.

— Ce mouchoir est tout ce que j'ai.

— Il est vrai que les stocks d'eau de toilette doivent être épuisés.

Il éclata soudain d'un rire sonore.

— Vos exigences ressemblent à une plaisanterie, si je puis me permettre, mademoiselle Coco Chanel. Mais votre humour me plaît.

— Je n'ai jamais été aussi sérieuse.

Elle ouvrit son sac et en sortit la pochette, qui répandit aussitôt son parfum unique.

— Vous voulez donc jouer un méchant petit tour aux bolcheviks. (Coty sourit.) Je ne crois pas que nous puissions y arriver à partir de ce bout de tissu, mais nous allons essayer. Disons que mon cœur parle plus fort que ma raison.

Il la raccompagna jusqu'à la porte en lui promettant de lui faire signe au plus vite.

Chapitre 8

— Qu'est-ce que tu fais ? s'enquit José Sert, surpris.

Sa femme était en train de sceller une enveloppe où elle venait de remettre le carton qu'elle en avait sorti. Il n'avait pas eu besoin de voir l'écriture, un bref coup d'œil à l'épais papier chiffon lui avait suffi pour savoir de quoi il s'agissait. Il se tenait derrière Misia qui, assise à son secrétaire, semblait se livrer à quelque opération solennelle, pour ne pas dire sacrée.

Elle était penchée sur une pile de courrier arrivé pendant leurs longs mois d'absence. La plupart des lettres avaient été triées puis réparties en plusieurs petits tas, mais celle-ci bénéficiait d'un traitement spécial.

Sans lever les yeux de sa tâche, elle expliqua :

— Je retourne à l'envoyeur notre invitation au bal costumé du comte de Beaumont.

— Je le vois bien, mais je ne comprends pas pourquoi tu fais ça.

— Je refuse d'aller à cette fête.

— Ce sera le plus grand événement de la saison !

Misia tourna la tête et lui adressa un petit sourire mystérieux.

— C'est possible, mais nous allons faire en sorte que ce soit aussi le plus grand scandale de la saison.

— Ah bon.

Déconcerté, José se demanda ce qu'on pouvait bien reprocher au comte de Beaumont. C'était l'un des plus grands mécènes de l'art moderne. Cet aristocrate collectionnait des tableaux de Pablo Picasso, de Juan Gris et de Georges Braque, assurant aux peintres une certaine sécurité financière. Les Beaumont et les Sert étaient en outre liés par leur amitié commune avec le poète Jean Cocteau. José avait beau réfléchir, il ne voyait pas quel impair avaient pu commettre Beaumont ou sa femme Édith pour encourir les foudres de Misia. Au contraire. Le palais du comte, dans le 17e arrondissement de Paris, était un haut lieu de la culture où Misia s'était jusqu'alors estimée heureuse de briller.

— Pourquoi faire ça ? Je veux dire, qu'est-ce qui nous amènerait à déclencher un scandale ?

— Étienne et Édith de Beaumont refusent de mettre Coco Chanel sur la liste de leurs invités.

La voix de Misia tremblait d'indignation. D'un geste presque automatique, sa main agrippa les doigts de José, posés sur son épaule, comme si elle cherchait à s'assurer de son soutien.

— C'est incroyable ! Je vais m'assurer qu'aucun de nos amis n'y aille. Tout ce que Paris compte d'artistes importants restera calfeutré chez soi ou, mieux encore, ils iront faire la fête ailleurs. Picasso et Cocteau sont déjà au courant et partagent tout à fait mon point de vue.

— Oh. Une cabale.

— Non. Une déclaration de guerre.

— Tu ne crois pas que les Beaumont ont le droit d'inviter qui bon leur semble ? Certes, il est regrettable qu'ils ne veuillent pas de Coco à leur bal. Mais, *¡Dios mio!*, ce n'est pas une raison pour leur déclarer la guerre.

— Si. Je trouve que c'en est une.

Elle lâcha sa main et tambourina du bout des doigts sur l'enveloppe.

— Édith de Beaumont fait faire ses tailleurs par Coco mais ne veut pas la fréquenter. Et Étienne pense comme elle. Je suis furieuse.

José aimait Misia, et il aimait Coco parce que c'était une femme hors du commun et parce que Misia l'aimait. Il comprenait que sa femme prenne le parti de son amie, mais de là à en faire un drame…

— Ne te fais pas d'illusions : de toute façon, Coco n'irait pas à ce bal. Je doute qu'elle soit d'humeur à danser, malgré les progrès qu'elle a faits.

— Bien sûr que si, elle nous accompagnerait, et tu le sais très bien.

— Peut-être, admit-il à contrecœur. Nous n'irons pas au bal masqué des Beaumont, si c'est ce que tu souhaites. Je n'y vois pas d'inconvénient. Mais pourquoi ne déclines-tu pas tout simplement l'invitation au lieu de leur renvoyer leur carton ?

— Parce que je veux que ces prétendus aristocrates prennent bien conscience de leur bassesse.

Elle se retourna sur sa chaise pour lui faire face. Ses beaux yeux bleus étincelaient.

— Ils ne veulent pas voir Coco chez eux parce que ce sont d'horribles snobs, un point c'est tout. Monsieur le comte et madame la comtesse ne la jugent pas assez bien née ni assez distinguée pour fréquenter leur cercle. Pourtant, je ne connais pas de femme qui se comporte de manière aussi délicieuse que Coco. Je ne veux plus rien avoir à faire avec toute cette hypocrisie. Il faut les mettre au pilori.

La loyauté indéfectible de sa femme l'émut. Il se pencha vers elle et l'embrassa doucement sur la bouche.

— Ce problème n'affecte pas que les Beaumont. Arthur Capel lui-même n'a pas pu faire l'impasse sur le passé de Gabrielle. Tu le sais, Misia. Je crains que cette histoire ne nous cause encore pas mal de migraines à tous.

— Coco est comme une sœur pour moi. Je ne peux pas supporter qu'on manque de respect à une personne aussi merveilleuse. C'est pour ça que nous allons déclencher un scandale. Et je veillerai à ce qu'Édith de Beaumont n'ait jamais la moindre goutte du parfum que Coco veut faire fabriquer pour ses clientes.

— D'accord, vas-y, murmura José en lui caressant tendrement la joue.

Mais Misia l'ignora.

— François Coty est un enfant illégitime, insista-t-elle. Ça n'empêche pas le monde entier de le vénérer comme un empereur.

José soupira, pressé de mettre un terme à cette conversation désagréable.

— Coty est un homme riche et puissant.

— Coco m'a dit que son revenu imposable s'élèverait cette année à dix millions de francs. Elle aussi est une femme riche et puissante.

Et bientôt une femme respectée, espérons-le, songea José. Il se pencha de nouveau vers Misia et la fit taire d'un long baiser.

Chapitre 9

Coco dut attendre plusieurs semaines avant que François Coty la rappelle. Et quand elle entendit enfin sa voix grave au bout du fil, ce fut la douche froide.

— Nous n'avons obtenu aucun résultat, mademoiselle Chanel. Pourtant, nous avons tout essayé. On identifie bien quelques arômes floraux, mais il manque un composant essentiel, que nous n'arrivons pas à isoler. J'imagine qu'il s'agit d'une molécule de synthèse, mais il est impossible au laboratoire d'analyser ce produit à partir d'un simple mouchoir.

— C'est quoi, une molécule de synthèse ? demanda Gabrielle.

— C'est une substance artificielle obtenue par des procédés chimiques trop compliqués pour que je vous les explique ici.

Coty soupira ; Coco l'imagina qui secouait la tête dans son bureau.

— Je me trompe peut-être. Il est assez inhabituel de créer un parfum à partir d'une substance chimique, ne serait-ce qu'à cause du prix de revient très élevé. Mais ce n'était sans doute pas un problème pour la famille impériale. D'un autre côté, je me demande si la science était déjà capable d'isoler la molécule à l'époque où a été composé ce parfum ; je croirais plutôt le contraire. Quoi qu'il en soit, on ne peut rien tirer de plus de ce mouchoir. Nos expériences ne nous ont pas apporté les connaissances nécessaires pour élaborer un parfum qui ressemblerait à celui que vous souhaitez.

Gabrielle était anéantie, mais ne voulut pas le montrer à Coty. Au lieu de hurler sa déception, elle dit d'une voix posée :

— Je vous remercie de vous être donné tout ce mal. J'enverrai demain mon chauffeur récupérer le mouchoir.

— Vous pouvez continuer à utiliser mon laboratoire autant que vous le voudrez, promit le roi du parfum avant de raccrocher.

Au moins, Diaghilev sera content de récupérer son bien, songea Gabrielle avec amertume. Il lui avait déjà demandé plusieurs fois des nouvelles de son mouchoir. Avec tact et gentillesse, certes, mais elle se sentait coupable de le priver de son talisman dans cette phase importante de la préparation de son ballet. Diaghilev l'avait invitée à plusieurs reprises, par le biais de Boris Kochno, à assister à des répétitions. Jusqu'à présent, Gabrielle avait toujours décliné.

Le jeune secrétaire se présentait à son atelier, lui transmettait l'invitation et lui donnait des nouvelles de son patron. Agenouillée par terre, un bracelet porte-épingles au poignet et deux ou trois épingles entre les lèvres, en train de draper des lés d'étoffe sur un mannequin de couturière, Coco faisait mine d'être absorbée par son travail, mais n'en écoutait pas moins avec attention Kochno lui parler de choses et d'autres, guettant le moment où il allait s'enquérir du mouchoir, l'air de rien. Elle piquait alors quelques épingles et l'invitait une fois de plus à patienter, mais elle se sentait de plus en plus gênée à chaque visite du jeune homme. Les Russes étaient des gens superstitieux, elle le savait par Dimitri. C'est pourquoi elle évitait Diaghilev et cherchait toujours des prétextes pour renvoyer gentiment son secrétaire bredouille à l'hôtel Crillon.

Mes débuts de mécène ne sont pas brillants, songea-t-elle. *Et comme créatrice de parfum, je ne vaux guère mieux.*

Quand elle raccrocha après l'appel de Coty, son regard tomba par hasard sur le guéridon sous le téléphone mural. Sur son agenda relié de cuir noir, ouvert à la page des rendez-vous de la semaine, étaient posés en vrac quelques bouts de papier couverts de notes manuscrites.

Elle fouilla parmi ses pense-bêtes du bout du doigt et trouva ce qu'elle cherchait. Bien qu'elle ait décliné l'invitation, elle avait noté sans trop savoir pourquoi le lieu, la date et l'heure d'un souper que Diaghilev organisait pour ses amis afin de fêter le bon avancement des répétitions du *Sacre du printemps*. Après les mauvaises nouvelles que venait de lui donner François Coty, ce dîner serait une occasion de restituer le mouchoir à son propriétaire.

Elle se dirigea d'un pas résolu vers son bureau, s'assit et sortit une feuille de papier à lettres. Le mot qu'elle écrivit à Diaghilev était bref : elle avait changé d'avis et se rendrait volontiers à son invitation. Elle ne mentionna pas la pochette, elle préférait lui faire la surprise.

* * *

Diaghilev avait rassemblé autour de lui au La Gaya ses amis artistes et une poignée de collaborateurs triés sur le volet. Bien que ce bar fût tout proche de son atelier, Gabrielle arriva en retard. Les autres invités prenaient l'apéritif sous un gigantesque lustre chandelier, répartis en petits groupes joyeux et bavards démultipliés par les miroirs qui couvraient les murs.

Elle repéra tout de suite José Sert en pleine conversation avec Pablo Picasso. Il l'aperçut, lui adressa un petit signe de la main et se tourna à nouveau vers son interlocuteur, qui à son tour salua Coco d'un bref hochement de tête avant de poursuivre sa discussion. Picasso ne parlait pas seulement avec la bouche, il faisait de grands gestes et agitait la cigarette qu'il tenait entre les doigts. Gabrielle était fascinée par l'aura que dégageait cet homme par ailleurs pas spécialement aimable, et parfois même à peine poli. Elle connaissait le compatriote de José grâce à ses amis et avait noué une relation plus étroite avec sa femme. Olga Stepanovna Khokhlova, danseuse dans la troupe de Diaghilev avant son mariage avec Pablo, portait des robes de Gabrielle, et pas seulement pour briller en société comme une jolie poupée de vitrine douée de vie. Trois ans plus tôt, Pablo avait peint la toute jeune Mme Picasso dans un maillot de bain qui venait aussi de la maison Chanel. Le tableau s'intitulait *La Baigneuse*, preuve d'amour immortalisée sur la toile. Pour l'heure, Olga Picasso était debout à la fenêtre avec Misia, un verre à la main auquel elle touchait à peine. Gabrielle savait que l'ancienne première danseuse était enceinte, bien que sa robe-housse dissimulât ses rondeurs naissantes. Olga et Misia étaient entourées d'une nuée d'admirateurs.

Gabrielle prit une coupe sur le plateau que lui présentait un serveur et se choisit un poste d'observation entre la porte et le piano. Le La Gaya était connu pour sa musique, Darius Milhaud y jouait souvent avec ses amis du Groupe des Six. Mais aujourd'hui, aucun accompagnement musical ne venait couvrir le brouhaha des voix. Diaghilev avait invité une bonne vingtaine de personnes, des hommes pour l'essentiel, dont beaucoup de danseurs reconnaissables à leur façon de se mouvoir, souple et déliée. Gabrielle sirotait son champagne en humant l'atmosphère qui, curieusement, semblait se charger d'électricité, comme si derrière l'élégance de façade couvaient des drames intimes qui ne demandaient qu'à éclater.

Diaghilev en personne vint mettre un terme à son rôle d'observatrice muette. Il l'aperçut et accourut les bras grands ouverts.

— Mademoiselle Coco ! Quelle joie de vous voir.

Cet accueil tonitruant ne passa pas inaperçu, d'autant qu'il fut complété par des baisers qui claquèrent dans le vide à droite et à gauche des joues de Gabrielle.

— Je suis ravie d'être ici. (Elle s'empressa d'ajouter :) Je suis avant tout venue pour vous restituer un petit quelque chose.

Elle lui tendit le mouchoir.

Diaghilev s'en empara d'un geste théâtral et le porta à sa bouche et à son nez avec une émotion telle qu'il en oublia de dire merci.

Gabrielle se sentait un peu gênée : la plupart des conversations autour d'eux s'étaient tues. On n'entendait plus que la voix de Picasso, reconnaissable aux accents gutturaux de la langue espagnole.

— Je vous avais promis de vous le rendre intact.

— Coco !

Misia planta là ses amis pour se précipiter vers Gabrielle.

— Qu'est-ce que tu fais là ? lui murmura-t-elle à l'oreille en la serrant dans ses bras. J'ignorais que tu connaissais le maître.

Elle avait beau parler tout bas, Coco perçut la légère note de dépit dans sa voix.

— Je te signale que c'est toi qui me l'as présenté à Venise, lui rappela Coco avec un sourire.

— Oui, mais bon…

Ne sachant quoi ajouter, Misia se tut. Ses yeux allèrent de Coco à Diaghilev.

Il venait d'enlever de sa poche le mouchoir qui s'y trouvait et de le laisser négligemment tomber par terre pour le remplacer par la précieuse relique de la grande-duchesse.

— Misia, il faut absolument que votre merveilleuse amie fasse la connaissance de Stravinsky, tonna-t-il.

Et déjà il entraînait les deux femmes vers le groupe posté devant la fenêtre. Une douzaine de paires d'yeux les suivirent.

— Qu'est-ce que tu fais là ? répéta Misia qui semblait vraiment contrariée.

Quelle concurrence redoutait-elle ? Pour la première fois, Gabrielle soupçonna que son amie pouvait être jalouse. Misia Sert était la bienfaitrice numéro un des Ballets russes et entendait le rester. Se doutait-elle que la subvention qui avait permis à Diaghilev de monter *Le Sacre* émanait de Coco Chanel ?

— M. Diaghilev a eu l'amabilité de m'envoyer une invitation, et je l'ai acceptée, dit Coco comme si elle devait se justifier.

— Mais tu ne m'en as pas parlé ! protesta Misia.

— J'ai oublié.

— Mais… on se dit tout, d'habitude.

Gabrielle n'écoutait déjà plus les récriminations de Misia. Son attention venait d'être attirée par les yeux d'un homme debout à côté d'Olga Picasso, qui la fixaient derrière des lunettes à monture dorée. On aurait cru qu'il venait d'être frappé par la foudre. De taille moyenne et plutôt mince, dans la quarantaine, il avait le front haut et le haut du crâne un peu dégarni, des lèvres pleines surmontées d'une moustache. Son costume, que l'on devinait d'excellente facture, était usé jusqu'à la corde. Il était pâle ; son physique trahissait un homme dans une mauvaise passe, mais habitué à mener une tout autre vie.

— Voici Igor Stravinsky, le compositeur, dit Diaghilev. Mlle Coco Chanel, créatrice de mode.

Le regard pénétrant la scruta.

— Bonsoir.

Il s'inclina pour un baisemain comme s'ils se trouvaient à un bal du tsar de Russie.

Stravinsky dégageait quelque chose d'à la fois oppressant et séduisant. Une certaine autorité, aussi, sembla-t-il à Gabrielle, malgré son costume miteux. Elle se sentait tiraillée entre l'aversion et la curiosité. On lui présenta le chorégraphe des Ballets russes Léonide Massine ainsi que le critique d'art et scénographe Alexandre Benois, mais son attention restait focalisée sur Stravinsky. Quant aux danseurs qui faisaient partie du petit groupe entourant Misia et Olga Picasso, elle oublia aussitôt leurs noms.

— Je voudrais que vous soyez assise à côté de moi au dîner, mademoiselle Chanel, décréta Stravinsky.

— Ne devrions-nous pas plutôt laisser notre hôte décider du plan de table ?

— Mais non. Pourquoi donc ?

Quand il tourna la tête, les verres de ses lunettes étincelèrent à la lumière des lampes comme des lames d'épées sous le soleil.

— Les invités sont libres de savourer la soirée comme ils l'entendent. Ou bien n'aurions-nous été conviés que pour rendre service à notre hôte ?

Gabrielle fut dispensée de répondre. L'échange entre Sert et Picasso venait manifestement de dégénérer, car la voix courroucée du peintre se détacha soudain sur le brouhaha paisible des conversations.

— Max Jacob dit que le style, pour un poète pur, c'est l'absence de clichés, et je partage absolument ce point de vue.

Coco se dit qu'elle pensait la même chose. José Sert, quant à lui, avait un certain goût pour l'exubérance, qui n'excluait pas toujours le poncif.

— L'exaltation espagnole, commenta Stravinsky, amusé. Tout le contraire de la mélancolie russe. Ce qui ne veut pas dire que nous soyons incapables de passion.

Gabrielle sourit intérieurement. Elle n'était plus tout à fait avec Stravinsky, dont la remarque avait fait surgir dans son esprit l'image d'un autre homme. Dimitri Romanov ne dissimulait-il pas lui aussi un tempérament de feu sous une retenue apparente ? Chez Stravinsky, cette dualité sautait aux yeux. *N'oublions pas que c'est un artiste*, songea-t-elle, *tandis que Dimitri n'a guère connu avant son exil que le cérémonial compassé de la cour et les rigueurs de la vie militaire*. Au fond, elle préférait la réserve slave à la franchise méditerranéenne. Boy aussi était un homme distant au premier abord, d'une retenue et d'un flegme très britanniques, mais le feu couvait sous la cendre. Au souvenir de son amant, son cœur se mit à battre plus vite, mais elle se ressaisit.

— Tu es à côté de Stravinsky ? demanda Misia, surprise, quand elles arrivèrent devant la table.

Elle scrutait les petits cartons placés derrière chaque assiette, dont le formalisme tranchait avec l'atmosphère décontractée qui régnait jusque-là dans le bar. Ses fins sourcils se levèrent. Elle se pencha vers Gabrielle et lui susurra :

— Méfie-toi de la contagion. Sa femme souffre d'une affection pulmonaire chronique. La tuberculose, à mon avis. Ce n'est pas très surprenant dans les conditions précaires où ils vivent, mais c'est triste pour les enfants. Ils sont quatre. Et en bas âge, je crois. La phtisie, c'est drôlement contagieux.

Gabrielle se contenta de sourire sans répondre. Son amie jalouse pouvait bien dire ce qu'elle voulait. Misia occupait d'ailleurs la place d'honneur à côté de leur hôte, elle n'avait pas lieu de se plaindre. Pourtant, Gabrielle aurait été assise à côté de n'importe qui, fût-ce le plus obscur des membres de la troupe, que Misia en aurait pris ombrage de la même façon. En réalité, elle était furieuse que Gabrielle soit là sans que ce soit grâce à elle. Ainsi était Misia, Gabrielle en avait pris son parti. C'était la nature même de leur amitié en dents de scie, avec des hauts et des bas. Mais Gabrielle était convaincue que leurs petites fâcheries ne mèneraient jamais à une véritable brouille.

Pendant que le serveur apportait les entrées, elle bavarda avec Stravinsky. Il était étonnamment disert, et fort intéressant lorsqu'il parlait d'histoire de la musique en général et des tendances stylistiques modernes en particulier, des nouvelles façons d'aborder le rythme en musique classique. Gabrielle était suspendue à ses lèvres, comme elle l'avait été à celles de Boy, ou de José Sert lorsqu'il parlait beaux-arts.

Stravinsky ne la quittait pas des yeux en discourant, comme pour s'assurer de son attention constante et vérifier qu'elle comprenait bien ses explications. Quand il dut s'interrompre un instant parce que le jeune maladroit qui servait le poisson venait de répandre quelques gouttes de sauce sur son veston, Gabrielle en profita pour changer de sujet et interroger le compositeur sur sa famille.

— Ma femme Ekaterina est souffrante et alitée la plupart du temps, répondit-il d'un ton lugubre.

Puis ses yeux s'éclairèrent lorsqu'il ajouta avec une fierté paternelle non dissimulée :

— Mes enfants vont très bien, en revanche. Ils sont merveilleux. Deux garçons et deux filles, treize, douze, dix et six ans.

— Quel dommage que votre femme ne puisse pas vous accompagner pour un dîner comme celui-ci.

Les yeux du musicien glissèrent sur la robe élégante et sobre de Gabrielle. La soie crème ornée d'applications noires épousait son corps mince et s'harmonisait avec son teint mat et ses cheveux bruns.

— Elle n'est pas assez vigoureuse, et sans doute n'aurait-elle rien à se mettre qui convienne pour une pareille occasion. Et puis il faut bien que quelqu'un s'occupe des enfants.

Soudain embarrassé, Stravinsky détourna le regard et se concentra sur son assiette.

Gabrielle remarqua que Misia les observait. Comme elle trônait à l'autre bout de la table et que tous les invités étaient en pleine conversation, elle ne devait pas avoir entendu ce que disait Stravinsky. C'était pourtant ce qui semblait l'intéresser au plus haut point. Gabrielle secoua discrètement la tête et, se tournant ostensiblement vers son voisin de table, posa la main sur son bras comme s'ils étaient déjà des amis intimes.

— Avez-vous trouvé à Paris un logement agréable pour vous et pour votre famille ? demanda-t-elle, alors qu'elle savait très bien que ce n'était pas le cas.

Le compositeur hésita, ce qui était déjà une réponse. Il dit ensuite avec une franchise désarmante :

— Je n'ai malheureusement pas les moyens d'offrir à ma femme et à mes enfants un logement convenable. Nous avons dû nous contenter de ce qui se présentait dans les circonstances actuelles. Gustave Lyon, le directeur de la fabrique de pianos Pleyel, a l'amabilité de nous accorder son soutien. La situation n'en reste pas moins fâcheuse, même si je la sais irrévocable.

— Comment arrivez-vous à travailler dans ces conditions ?

Stravinsky haussa les épaules.

— Ça va. Plus ou moins. Mais ne vous inquiétez pas pour moi.

— Je suis une grande admiratrice de votre musique, vous savez. De sa puissance dramatique. Elle n'a pas la légèreté à laquelle beaucoup de nos contemporains aspirent après cette terrible guerre. Mais *Le Sacre du printemps* m'a beaucoup impressionnée, et j'en garde un souvenir inoubliable. Je me réjouis beaucoup de la reprise de ce ballet.

Quand elle avait posé la main sur son bras, il était en train de soulever sa fourchette et avait interrompu son geste. Sa main droite lui effleurait à présent les doigts.

— Vous êtes merveilleuse, mademoiselle Chanel.

Amusée, elle lui déroba sa main. Il ne comprenait évidemment pas qu'elle était en train de flirter avec lui juste pour le plaisir d'agacer sa meilleure amie. C'était un petit jeu, entre elle et Misia, qui au fond n'avait pas grand-chose à voir avec Igor Stravinsky. Elle devinait sans le voir le regard furibond de Misia. Pourquoi son amie prenait-elle ombrage de ce petit badinage avec un artiste charmant et au demeurant tout à fait inoffensif, puisqu'il était marié ? Misia possédait ce que Coco n'avait pas, un homme qui l'aimait et qui l'avait épousée. Quelle injustice.

Gabrielle ne put éviter de croiser de nouveau le regard de Misia. Elle fut étonnée d'y lire plus de surprise que de fureur. Son amie observait, médusée, les nouveaux liens qui se tissaient sous ses yeux.

Gabrielle se tourna de nouveau vers son voisin de table et dit d'une voix sonore, qui s'adressait plus à Misia qu'au compositeur :

— Vous savez quoi ? Je vous invite, vous et votre famille, dans ma maison de campagne près de Paris. Vous pourrez y loger et y travailler, et je suis certaine que ce changement de lieu sera bénéfique à votre femme et à vos enfants.

— C'est une proposition très généreuse de votre part. Vous êtes sûre ? demanda-t-il, stupéfait.

Sans doute se demandait-il s'il avait bien entendu.

— Évidemment que je suis sûre !

Elle rit d'un rire un peu forcé et sans joie. Au fond, elle trouvait la situation plutôt attristante. À cause de Misia. Et aussi à cause de Boy, qui avait acheté cette maison pour y faire entrer la vie et non la tristesse d'une femme esseulée.

— La maison est à Garches. Là-bas, il y a de la place pour une grande famille.

Misia allait piquer une crise quand elle apprendrait que Gabrielle était la nouvelle mécène de Stravinsky, mais elle comprendrait que le triste sort de cette famille rappelait à Gabrielle la perte de sa mère. La mention des enfants et l'étincelle dans les yeux du musicien quand il parlait d'eux l'avaient émue. Elle avait envie de les arracher au destin qui les menaçait. Si elle ne faisait rien pour aider Stravinsky et son épouse malade, si ces petits devenaient à moitié orphelins et atterrissaient dans un foyer, elle se sentirait en partie responsable et ne se le pardonnerait jamais.

— Je parle très sérieusement.

— Mademoiselle Chanel !

Stravinsky n'en dit pas davantage, trop heureux pour trouver ses mots.

— C'est ma façon de vous remercier pour cette musique magnifique. Et pour votre compagnie et votre conversation ce soir à cette table. Comment avez-vous trouvé le poisson, monsieur Stravinsky ? ajouta Coco avec un sourire charmeur.

Se voir en protectrice des arts et mécène de Stravinsky lui semblait flatteur et réconfortant. Et en plus, elle allait sauver une famille.

Une sensation de bonheur l'envahit, une chaleur qui se répandit dans tout son corps et qu'elle n'avait plus connue depuis longtemps.

Chapitre 10

— Je ne sais pas vraiment pourquoi je t'appelle, Coco. Peut-être qu'il est temps que je te pardonne.

Gabrielle contemplait l'écouteur ; elle compta jusqu'à trois dans sa tête.

Elle n'avait pas eu de nouvelles de Misia depuis près de quinze jours. Son amie était blessée, vexée à mort. Elle l'avait senti le soir même du dîner au La Gaya, où elles s'étaient quittées très froidement. Gabrielle s'attendait donc à ce que Misia lui fasse la tête quelque temps, mais elles n'avaient jamais passé plus de dix jours sans se donner signe de vie. Le plus surprenant, c'était que Misia puisse refréner aussi longtemps sa curiosité. Elle avait certainement appris par Diaghilev ou quelque autre de leurs amis que Stravinsky avait emménagé à Bel Respiro. Il était curieux qu'elle n'ait pas cherché à avoir plus de détails. Gabrielle se rendait compte que son amie lui manquait et craignait de devoir faire le premier pas, aussi fut-elle soulagée quand Misia reprit :

— J'ai entendu dire que Stravinsky et sa famille logeaient chez toi. C'est drôlement généreux de ta part. Tu arrives à supporter quatre enfants qui n'arrêtent pas de piailler ?

Gabrielle sourit. Le ton était celui d'un simple bavardage entre copines, tout allait bien.

— Je travaille, répondit-elle. Je suis dans mon atelier toute la journée, je n'ai pas affaire aux enfants.

— Et lui, il joue du piano toute la nuit ? Ça ne t'empêche pas de dormir ?

Gabrielle se mordit la lèvre pour ne pas rire.

— J'aime la musique d'Igor Stravinsky, répondit-elle avec tout le sérieux dont elle était capable.

— Oui. Bon. D'accord, moi aussi.

Misia semblait prise de court, mais elle n'hésita pas plus d'une seconde avant de repartir à l'attaque :

— Si belle que soit sa musique, je serais incapable d'entendre ça toutes les nuits pendant des heures.

Coco buvait du petit-lait, mais n'en montra rien.

— J'héberge Stravinsky et sa famille, c'est vrai, mais je n'habite pas chez moi en ce moment. Ils sont seuls, moi je dors au Ritz.

Elle se garda bien de dire que Stravinsky était venu la voir à son hôtel la veille au soir pour lui jouer un nouveau morceau qu'il venait de composer, un hommage à Claude Debussy. Il y avait un piano à queue dans le salon de sa suite, plutôt pour le décor, mais par chance il était accordé. Ce concert privé flatta Gabrielle, la conforta dans son rôle de bienfaitrice. Elle s'interrogeait déjà sur les autres projets artistiques qu'elle allait soutenir. Elle avait suffisamment d'argent pour ne pas se contenter de financer la reprise du *Sacre du printemps* et les frais de subsistance du compositeur. Aider les artistes était un plaisir, à ce détail près que Stravinsky était un oiseau de nuit, contrairement à Gabrielle. Comme il ne faisait pas mine de s'en aller, elle avait dû le pousser gentiment dehors pour pouvoir aller se coucher. C'était un peu ennuyeux, d'autant qu'il l'avait regardée dans les yeux avec un peu trop d'intensité, avait gardé sa main dans la sienne un peu trop longtemps, et lui avait dit au revoir d'une voix un peu trop rauque. Elle s'était efforcée de n'y voir que l'expression de sa reconnaissance et l'avait renvoyé avec autorité auprès de sa femme, chez lui. Ou plutôt chez elle.

— Notre arrangement est très pratique, expliqua-t-elle à Misia. Je n'ai qu'un pas à faire pour être à mon atelier. Tous ces trajets en voiture commençaient à me taper sur les nerfs.

— Échanger ta maison contre un hôtel…

Misia hésita avant de préciser sa pensée.

— Je trouve ça bizarre.

— Non, c'est pratique, répéta Gabrielle.

— Bon, enfin bref. Je ne t'appelais pas pour prendre des nouvelles de tes protégés.

Gabrielle retint son souffle un quart de seconde.

— Je feuilletais ce matin le catalogue de Drouot et je suis tombée sur l'annonce d'une vente qui pourrait t'intéresser.

— Des enchères sur des paravents ?

Gabrielle collectionnait les laques chinois dits « de Coromandel ». Rien n'était pour elle de meilleur goût pour décorer un salon qu'un paravent de Coromandel, un bel objet qui attirait les regards et offrait en même temps un espace de rangement, puisqu'on pouvait dissimuler derrière tout un capharnaüm. Elle avait fait transporter un de ces panneaux de son appartement à son atelier, au premier étage, et un second de l'autre côté de la rue, au Ritz, quand elle y avait pris ses quartiers. Son regard se porta malgré elle sur le mur garni de rayonnages, en face du bureau, devant lequel était autrefois posé le paravent. Elle avait mis à la place un fauteuil de velours couleur sable, mais l'impression de vide demeurait. Elle allait donc pouvoir se procurer une nouvelle pièce de collection.

Mais Misia la tira aussitôt de son erreur.

— Non, ce n'est pas de paravents qu'il s'agit. Une amatrice comme toi en aurait d'ailleurs été informée avant moi. Non. Il s'agit de papiers. De très anciens documents manuscrits…

Gabrielle n'entendit pas la suite, car on venait de frapper à sa porte. Elle posa la main sur le combiné, cria « Entrez ! » et vit apparaître sa styliste.

— Je vous demande une seconde, dit-elle à l'employée en lui faisant signe d'attendre.

Elle retourna à sa conversation téléphonique.

— On a besoin de moi à l'atelier. Reparlons de ça une autre fois. De toute façon, je ne suis pas intéressée par les livres anciens.

— Mais je ne t'ai pas dit qu'il s'agissait de livres ! protesta Misia. Ce sont des manuscrits ayant appartenu à deux reines, Catherine et Marie de Médicis. Avec des formules alchimiques. On a découvert ces papiers à l'occasion de travaux de restauration dans une bibliothèque du château de Chenonceau.

— Et que veux-tu que j'en fasse, Misia ?

— Figure-toi qu'on y trouve, paraît-il, la formule du fameux parfum magique des Médicis. Ce n'est pas moi qui suis en quête d'une eau de toilette exceptionnelle, c'est toi, non ?

Les pensées se bousculèrent dans la tête de Gabrielle. La découverte de Misia méritait-elle le temps et l'argent d'une enchère ? Elle l'ignorait. En fait, elle ne savait pas grand-chose sur Catherine ni sur Marie de Médicis, si ce n'est qu'elles étaient toutes deux nées à Florence et montées sur le trône de France. Elles avaient joué un rôle essentiel dans le développement des ateliers de tissage de la soie à Lyon, et aussi de la ganterie et de l'industrie du parfum à Grasse. Cependant, les conseils de Misia étaient toujours judicieux. Aussi ne réfléchit-elle pas plus longtemps et demanda :

— Elle a lieu quand, cette vente aux enchères ?

* * *

Gabrielle passa les soirées suivantes à lire. Elle s'était procuré toute une documentation sur les deux reines dont les papiers allaient être vendus à Drouot. Confortablement installée sur un sofa, les jambes repliées sous elle, un verre de vin posé sur la table basse à côté de la lampe, elle avait appris beaucoup de choses. La parfumerie moderne était née en Italie au XVIe siècle. Les alchimistes avaient eu l'idée de mélanger à de l'alcool les huiles parfumées en provenance d'Arabie que l'on connaissait déjà à l'époque, et les premières manufactures avaient vu le jour dans des monastères. Catherine de Médicis avait été toute sa vie à la recherche de la pierre philosophale, une hypothétique substance alchimique censée guérir toutes les maladies. Cinquante ans plus tard, la très séduisante Marie de Médicis avait fait mener des recherches sur une teinture magique censée rendre la beauté éternelle. La formule d'une eau de toilette semblait très loin des préoccupations de ces deux dames du temps jadis, mais qui sait.

Gabrielle en était à se demander s'il existait des procédés chimiques permettant à un spécialiste comme François Coty de fabriquer un parfum moderne à partir d'une recette de la Renaissance, quand on frappa à sa porte. Surprise, elle posa son livre. Elle n'attendait personne, n'avait rien commandé, ce n'était donc pas le service d'étage, et un visiteur inattendu se faisait en principe annoncer par le portier. Elle envisageait de faire la sourde oreille et de ne pas répondre à l'importun, qui s'était peut-être trompé de porte, lorsqu'on frappa de nouveau, plus fort cette fois.

Elle se leva, traversa pieds nus le salon et le minuscule vestibule.

— Bonsoir, mademoiselle Coco.

C'était Igor Stravinsky.

— Mais qu'est-ce que vous faites là ?

Sans même songer que ce n'était pas une heure pour une visite, elle fit un pas de côté pour le laisser entrer.

— Il faut que je vous parle.

Gabrielle s'affola. Toutes les catastrophes imaginables lui passèrent par la tête. Un enfant qui tombe gravement malade, la mort subite de sa femme, la maison en feu. Mais en cas de malheur, elle aurait été informée par téléphone, et Stravinsky serait autrement bouleversé. L'inquiétude fit place en elle à la curiosité.

Arrivé au milieu du salon, il se tourna vers elle.

— Je suis venu vous avouer que je vous aime, déclara-t-il.

Dans sa voix se mêlaient le pathos slave, la préciosité du dandy et une autosatisfaction indéniable.

Gabrielle eut bien du mal à ne pas éclater de rire.

— Et votre femme, elle en dit quoi ? fit-elle, moqueuse.

— Elle vous admire beaucoup.

L'impudence de sa réponse la laissa sans voix. Il fallait le renvoyer sur-le-champ, son comportement était inouï. Pourtant, il ne semblait craindre ni l'impertinence ni le ridicule.

Stravinsky se tenait devant elle, mieux vêtu que lors de leur première rencontre et visiblement en meilleure santé. Une alimentation régulière et de qualité, un cadre luxueux et un minimum de sécurité financière avaient produit leurs effets. Elle avait en face d'elle un homme sûr de lui, qui savait ce qu'il voulait. Son regard intense captivait Gabrielle, elle n'arrivait pas à s'y soustraire.

— Ekaterina sait que je vous aime, ajouta-t-il comme une évidence, désireux d'aller jusqu'au bout de son aveu.

Ce doit être l'âme slave, songea-t-elle. *Peut-être que l'amour n'a pas du tout le même sens pour les Russes que pour nous, Européens de l'Ouest.* Son invitation avait peut-être été mal interprétée. Elle aurait voulu mieux comprendre ce qui se passait dans la tête de cet homme, et de sa femme. Elle restait plantée sur le seuil de sa chambre, passant d'un pied sur l'autre, aussi indécise qu'un garçon d'étage qui ne sait pas où il doit déposer le plateau avec le champagne commandé par une cliente.

— Vous avez donc parlé de moi avec Mme Stravinsky…, dit-elle enfin pour gagner du temps.

— Bien sûr. Avec qui parlerais-je d'un sujet aussi important que mon amour pour vous, si ce n'est avec elle ?

Gabrielle avait connu bien des hommes. Des aventuriers déchus comme son père, des officiers neurasthéniques comme son premier amant, des messieurs raffinés comme son grand amour. Dans l'atelier de couture où elle raccommodait des pantalons quand elle était toute jeune, elle avait appris non seulement à coudre, mais à se comporter avec les clients. Plus tard, la chanteuse de beuglant s'était habituée à tenir à distance un admirateur importun aussi bien qu'à entonner tous les soirs les mêmes rengaines. À présent, elle avait mûri, elle était une dame, trop vieille pour être émue par les adolescents transis et trop aguerrie pour capituler devant des hommes mariés en quête d'aventure. La hardiesse avec laquelle Stravinsky jetait son dévolu sur elle… elle n'avait jamais vu ça. Quand elle prit conscience que celui qui la désirait passionnément était rien moins qu'un artiste éminent, un musicien célèbre, une sorte de fierté l'envahit. Il l'aimait… Mais elle se reprit aussitôt. Ce n'était pas possible, il devait s'agir d'une erreur, il se trompait très certainement sur ce qu'il éprouvait, confondait la reconnaissance et l'amour, l'amour et l'admiration. Un malentendu qui devait s'expliquer par sa culture. Voilà tout.

Pendant un long moment, elle soutint son regard pénétrant sans rien dire. D'abord avec difficulté, puis avec la même détermination que lui. Enfin, elle dit d'un ton ferme :

— En tant qu'ami, vous êtes toujours le bienvenu chez moi, monsieur Stravinsky. Je vous loge dans ma maison, ce qui vous donne une place particulière dans ma vie. Il ne faudrait pas qu'un sentiment aussi éphémère que l'amour vienne troubler notre profonde amitié.

Il voulut répliquer, mais elle l'en dissuada d'un geste.

— Je suppose que vous êtes venu me jouer une de vos magnifiques œuvres. (Sa main encore levée désigna le piano.) Je ne peux concevoir d'autre raison à votre visite, monsieur Stravinsky. (Ses yeux étincelaient comme des diamants noirs.) Ne pensez-vous pas que nous ferions bien d'en rester là ?

Il hocha à peine la tête ; le fit-il seulement ? En tout cas, il renonça.

— Très bien, mademoiselle Chanel. Dans ce cas, je voudrais vous jouer une de mes dernières versions du *Sacre du printemps*. J'ai retravaillé plusieurs passages.

Il lui sourit avec la légère arrogance du génie. Mais c'était un sourire franc, sans rien de déplaisant ou d'équivoque. Ce qui ne l'empêcha pas d'ajouter :

— Bel Respiro est imprégné de votre présence, c'est elle qui m'a inspiré cette nouvelle version – c'est vous.

— Je n'en crois rien, répliqua-t-elle, mais je le prends comme un grand compliment.

— Écoutez vous-même.

D'un pas vif, il alla s'asseoir au piano. Quelques secondes plus tard se répandit dans la suite du Ritz une musique puissante, aux sonorités plus sensuelles et plus bouleversantes que le souvenir qu'elle gardait de la partition du *Sacre*.

Elle obéit à son instinct. Au lieu d'aller s'asseoir à une distance prudente, sur le canapé, elle vint se placer à côté de l'instrument. Elle regardait son hôte et se disait qu'un piano était décidément un accessoire parfait pour un prétendant. La musique aurait rendu beau le plus repoussant des hommes, surtout quand il jouait pour une femme, rien que pour elle. Et quand il était lui-même l'auteur des suites de notes que ses doigts égrenaient, l'expérience était à couper le souffle. Cette inspiration, cette force, ce mélange d'autorité et de vulnérabilité... L'énergie créatrice passait directement du corps de l'instrument au corps de l'auditrice. C'était tout autre chose que d'entendre un interprète exécuter un morceau écrit par un autre.

Ce n'était pas la première fois que Gabrielle entendait jouer Stravinsky, pourtant elle éprouva à cet instant une admiration inattendue. Elle se sentait plus proche que jamais du compositeur, comme si un sortilège les fondait en un seul être. Elle songea qu'il devait être merveilleux de vivre dans une maison où résonnait cette musique tous les jours, à n'importe quelle heure, dès que le quotidien le permettait. Rien qu'elle et lui. L'illusion ne se dissipait pas, menaçait de supplanter la réalité…

Chapitre 11

Gabrielle aurait aimé parler à Misia de « l'amour » de Stravinsky – ou ce qu'il nommait ainsi –, mais s'abstenait d'y faire la moindre allusion. Elle ne lui dit pas un mot de leur liaison, ni même de cette nouvelle version du *Sacre du printemps* sur laquelle il travaillait. Misia n'aurait peut-être pas compris que sa relation avec Stravinsky était plutôt de nature spirituelle, même si, en sa présence, elle sentait son corps revivre. C'était une sensation différente de ce qu'elle avait pu éprouver avec les hommes de son passé, y compris Boy. Dans son esprit, Stravinsky ne représentait pas une concurrence pour son amant défunt ; le plaisir qu'elle trouvait auprès de lui n'atténuait en rien son chagrin. Sa réconciliation avec Misia rendait Gabrielle si heureuse qu'elle ne voulait pas risquer d'enfoncer un coin dans leur complicité retrouvée.

Le cœur léger, elle parcourait en compagnie de son amie les salles d'exposition de l'hôtel Drouot, qui jouissait à Paris du monopole des ventes aux enchères. Le bâtiment d'aspect industriel avec ses salles aux très hauts plafonds recelait plus d'objets précieux que bien des musées. Meubles anciens, tableaux, sculptures, lustres en verre de Venise, tapis orientaux, sans parler des vieux manuscrits et des bijoux. Gabrielle se demanda combien d'exilés russes avaient réussi à emporter dans leur fuite leurs biens les plus précieux ; la plupart de ces objets avaient dû être proposés aux enchères ici même.

Dans une salle aux épais tapis rouges, les lots qui feraient l'objet de la prochaine vente étaient présentés sous une douce lumière tamisée. Gabrielle et Misia s'arrêtèrent devant une vitrine où étaient disposés en éventail les fameux manuscrits pour lesquels elles étaient venues. Des feuillets de papier à la cuve recouverts de caractères à l'encre noire, dans un excellent état de conservation, mais quasi impossibles à déchiffrer, à l'exception des chiffres si l'on était doué d'une bonne vue.

— Personne n'est capable de lire un truc pareil, dit Misia, déçue.

— Mais si. Il doit bien exister des gens qui s'y connaissent en manuscrits anciens.

— Certes. Je veux seulement dire que personne dans notre cercle n'en est capable. On ne pourra pas se contenter de jeter un œil là-dessus en sifflant une coupe de champagne dans ton salon. (Misia soupira.) Il va falloir que tu trouves un spécialiste, un historien ou un paléographe, et encore, tu ne seras jamais sûre qu'il te dise la vérité. Coco, je suis désolée mais je pense que ces documents ne sont pas pour toi.

Misia avait raison, comme toujours. Investir autant d'argent à l'aveuglette, c'était du gaspillage. Mais Gabrielle n'avait pas la froide lucidité de son amie. Ces feuillets jaunis exerçaient sur elle un attrait irrésistible. Il faut dire qu'elle en savait désormais un peu plus long sur les deux reines : Catherine de Médicis avait fait venir à Paris son parfumeur florentin, Renato Bianco, qui avait installé sa boutique sur le Pont-au-Change. C'était à lui que l'on attribuait l'introduction en France de la culture du parfum. Dans *La Reine Margot* d'Alexandre Dumas, c'est son astrologue et parfumeur René Bianchi que Catherine de Médicis charge d'empoisonner ses ennemis. Gabrielle se souvenait de ces détails ; ils l'avaient frappée à l'époque où elle dévorait tous les livres que lui conseillait Boy, et dont elle avait oublié la plupart.

Ses lectures plus récentes lui avaient aussi appris que Marie de Médicis avait fait installer le premier laboratoire de Grasse, sur la Côte d'Azur, pour que des alchimistes y travaillent à la distillation de parfums.

Gabrielle colla son nez contre la vitrine. Dans le fatras de lettres et de chiffres, elle repéra ce qui ressemblait à une liste d'ingrédients et de quantités. Et si c'était la composition du fameux parfum magique de Marie de Médicis ? Celui qui était censé préserver à jamais la beauté des femmes ? Quelle découverte ce serait !

— Regarde. Je suis certaine que c'est une recette.

— C'est possible, admit Misia. Mais tu admettras que rien n'indique qu'il s'agit d'une eau de toilette et pas d'un plat de nouilles.

C'était tout Misia. Elle pouvait passer d'une seconde à l'autre de l'enthousiasme total au réalisme le plus impitoyable. Gabrielle sourit. Elle était tiraillée entre sa fascination pour le manuscrit et sa raison, qui lui soufflait que les doutes de Misia étaient justifiés.

Son regard s'arrêta sur la plaquette qui portait le numéro du lot.

— Quel chiffre lis-tu, Misia, s'il te plaît ? Je vois mal.

Misia fouilla son sac et en sortit son lorgnon cerclé d'argent. Les fenêtres étaient occultées et la pièce faiblement éclairée pour protéger les manuscrits.

— Cinq. C'est le lot numéro cinq.

— Mon chiffre fétiche.

Le cœur de Gabrielle se mit à battre plus fort. En réalité, elle avait bien lu, mais elle avait besoin de la confirmation de son amie pour oser y croire. *Un*, *deux*, *trois*, *quatre*, *cinq*… Le seul bon souvenir qui lui restait du monastère d'Aubazine.

— Je vais acheter ce manuscrit. Et ne me donne pas des coups de coude quand tu m'entendras enchérir. Le numéro de ce lot est un signe du destin.

Misia prit un air navré.

— Mon Dieu, mais tu en es tombée raide dingue.

— Quel rapport avec Igor ? murmura Gabrielle qui n'écoutait que d'une oreille, occupée qu'elle était à essayer de déchiffrer le document.

— C'est pas possible !

Gabrielle leva la tête.

— Quoi donc ?

— Il s'en passe de belles, on dirait.

Le sourire de Misia démentait l'expression de ses yeux, qui jetaient des éclairs.

— Tu as une liaison et tu me le caches ! Coco, ce n'est vraiment pas chic !

— Je n'ai pas…

Gabrielle ravala la fin de sa phrase. Elle avait la gorge sèche. Quelle idiote. En interprétant de travers la réflexion de Misia et en répondant sans réfléchir, elle venait de se piéger elle-même.

Désemparée, elle détourna les yeux. Les acquéreurs potentiels déambulaient dans la salle, chacun venant examiner le ou les objets qu'il espérait s'offrir. C'était un va-et-vient incessant et feutré, aussi régulier que le cours de la Seine un jour d'automne. Des petits groupes s'arrêtaient plus longuement devant telle ou telle vitrine, un attroupement s'était formé autour d'une statue de bronze sur un piédestal. Mais chacun restait concentré sur l'objet de sa convoitise, personne ne s'intéressait à personne. Seuls les agents de la sécurité et les huissiers gardaient une vue d'ensemble. On n'entendait guère que le grincement du parquet sous les pas des visiteurs, personne ne parlait ; Misia semblait bien être la seule à s'intéresser aux ragots dans un endroit pareil.

Gabrielle baissa la voix, mais répondit crânement :

— Je n'ai pas de liaison.

Ce qui lui était arrivé l'autre soir tandis qu'elle écoutait jouer Stravinsky, debout à côté du piano, était une expérience étrange. Comme une petite mort. Comme cette brève perte de conscience qui suit l'orgasme. Tout son corps s'était liquéfié comme s'ils avaient été allongés ensemble, dans les bras l'un de l'autre. Et lorsqu'ils l'avaient été pour de bon, un peu plus tard, elle avait eu un sentiment d'évidence. C'était sans conteste le début d'une aventure. Cette nuit-là, elle l'avait renvoyé auprès de sa femme, mais elle savait que la fois suivante elle n'en aurait pas la force et le garderait auprès d'elle jusqu'au matin.

Le souvenir du plaisir lui donna la chair de poule. Elle referma involontairement les bras autour de son buste comme si elle avait froid. Mais le froid était plutôt du côté de Misia, dans son regard glacial.

Elle pointa le doigt vers le manuscrit.

— Si ça se trouve, ce n'est pas la formule d'un parfum magique, dit-elle d'un petit ton pointu, mais celle d'un philtre d'amour. Marie de Médicis avait autant besoin d'un aphrodisiaque que d'une eau de jouvence. Elle était d'une immoralité totale. Elle couchait avec tous les hommes de sa cour, mariés ou pas, les uns après les autres.

La réprobation de Misia était palpable.

— Je l'achète quand même.

— Tu veux dire que c'est pour ça que tu l'achètes, dit Misia en regardant Gabrielle de son air le plus candide.

Chapitre 12

Gabrielle avait invité la quasi-totalité de la bohème parisienne à fêter dans son atelier de la rue Cambon la première de la reprise du *Sacre du printemps* au Théâtre des Champs-Élysées. Ce qui était au début une innocente réunion amicale en l'honneur de Diaghilev et de sa troupe se transforma au fil de la nuit en une orgie digne de la Rome antique. À la fin, il ne subsista plus du buffet que des bataillons de verres vides, des piles d'assiettes sales et de plats en argent souillés de restes de nourriture, des bouteilles vides roulant sur les tapis. Les convives encore présents étaient tous ivres morts, ou presque, sans plus aucune décence ni retenue, exaltés et désespérés.

Diaghilev et son chorégraphe et amant du moment, Léonide Massine, étaient en train de jouer la grande scène du II. Massine avait visiblement entamé une liaison secrète avec une danseuse pendant les répétitions, et celle-ci venait de quitter la troupe. Diaghilev écumait de rage et de jalousie. Pour un peu, il aurait déchiré en lambeaux le porte-bonheur de la grande-duchesse. Tandis que Gabrielle jugeait plus prudent d'aller mettre le mouchoir en sûreté dans un tiroir, la tension monta encore d'un cran. Massine déclara qu'il ne travaillerait plus jamais pour les Ballets russes et partit en claquant la porte.

La gracieuse comtesse de Greffuhle détendit un peu l'atmosphère quand Jean Cocteau l'entraîna dans un cancan effréné.

Ils furent bientôt imités par d'autres danseurs, les mannequins de couturière remplaçant au pied levé les partenaires manquants. Tout le monde se mit à applaudir, on riait aux larmes. Seul Diaghilev sanglotait dans son verre d'absinthe. Le compositeur Georges Auric s'était mis au piano. Il jouait des airs d'Offenbach avec une telle fougue qu'il se blessa les doigts sur le clavier, son sang goutta sur le tapis crème. Misia jugea le moment opportun pour couper les cheveux d'Ernest Ansermet, le chef d'orchestre des Ballets. Il zigzaguait à travers le salon comme une poule effarouchée, poursuivi par Misia armée de ciseaux. Profitant de l'émoi causé par la blessure d'Auric, il s'empara d'une pièce d'étoffe qu'il enroula autour de sa tête et s'enfuit dans la rue ainsi enturbanné, sans manteau ni chapeau.

Épuisée par le cancan, Gabrielle se mit à son aise dans un fauteuil, jambes allongées, les pieds posés sur une table basse. Sa jupe retroussée découvrait ses genoux, mais elle s'en moquait bien, et pas seulement parce qu'elle était ivre. *Le regard que les danseurs posent sur les jambes d'une femme est de nature strictement professionnelle*, se disait-elle. Quant aux autres hommes, ils n'avaient de toute façon plus les yeux en face des trous. La plupart voyaient flou, ou double. Gabrielle se souvint vaguement d'une vieille légende entendue autrefois au monastère où il était question de quadrupèdes humains, mais de quoi s'agissait-il exactement ? Impossible de se rappeler. Elle rit toute seule et s'en étonna, étant plutôt d'humeur à pleurer.

Ses pensées la ramenèrent au début de la soirée et au spectacle. La musique passionnée de Stravinsky ne s'était pas seulement incarnée dans les corps mouvants des danseurs, Gabrielle avait senti chaque son pénétrer en elle jusqu'à la moelle. C'était comme si la main du compositeur gravait les notes une à une dans sa chair. Une impression inoubliable et terrifiante. Son corps vibrait, une étrange faim la consumait.

En même temps, l'image du compositeur s'était comme effacée de sa mémoire. Elle entendait la musique, elle ne voyait plus l'homme. La caresse émanait du son lui-même, perçu comme des doigts courant sur sa peau. En sortant du théâtre, elle titubait presque d'émotion et de désir. Mais Stravinsky était venu à la première accompagné de sa femme, et Gabrielle se voyait mal se jeter à son cou sous les yeux d'Ekaterina.

Mme Stravinsky s'était fait raccompagner à Garches par le chauffeur de Gabrielle dès la fin du spectacle, elle voulait rejoindre ses enfants. Igor était resté à Paris, et à la fête il avait bu force vodka, beaucoup d'absinthe aussi, sans doute – elle ne l'avait pas surveillé de près. Toujours est-il qu'il était parti à un moment donné, poussé peut-être par les démons de l'alcool, ou par son désir inassouvi, ou par ses scrupules, la conscience de ses obligations de père de famille.

Gabrielle se demanda soudain ce qu'il adviendrait de la femme du musicien et de ses enfants si elle continuait à piétiner ses devoirs d'hôtesse et à coucher avec lui en cachette. Les larmes lui montèrent aux yeux. C'était tellement triste. Pourquoi avait-elle rencontré cet homme merveilleux, son égal sur le plan artistique, dans des circonstances aussi peu favorables ? Pourquoi tous les hommes bien étaient-ils mariés ou prêts à en épouser une autre ? En même temps, ces hommes-là étaient d'une faiblesse incroyable. Quand ils étaient face à elle, elle en faisait ce qu'elle voulait. Il y aurait eu de quoi rire si ça n'avait pas été aussi triste. Elle ravala un sanglot.

— *Mesdames et messieurs !**

Gabrielle sursauta, comme à Aubazine lorsqu'elle entendait tonner la voix de la mère supérieure.

— Nous avons acheté *Le Figaro* de ce matin !

Mais d'où sortait Stravinsky ? Il était au milieu de la pièce, entouré de ses amis ; à côté de lui, Boris Kochno tenait une pile de journaux. Les autres accoururent, à quatre pattes quand leurs jambes ne les portaient plus. Brouhaha, bruissements de papier froissé. Et soudain la voix de Misia, curieusement sobre :

— Silence, maintenant ! Igor va vous faire la lecture.

Gabrielle se redressa dans son fauteuil, posa les pieds par terre. La page Spectacles ! Pourquoi n'y avait-elle pas pensé ? Stravinsky voulait prendre connaissance le plus tôt possible de la première critique parue dans la presse. Tous les verres qu'il avait ingurgités n'y changeaient rien. Les Russes tiennent bien l'alcool. Il était parti à la recherche d'un marchand de journaux en compagnie du secrétaire de Diaghilev. Il n'était pas retourné auprès de sa femme, comme Gabrielle le craignait, il ne l'avait pas abandonnée au terme de cette nuit étrange. S'il était revenu, c'était pour elle, et pas pour ses amis.

Quelqu'un frappa une touche du piano.

Un silence presque total se fit, on n'entendait que le souffle un peu laborieux de José Sert.

Stravinsky ajusta ses lunettes et commença :

Le concert d'hier au Théâtre des Champs-Élysées a donné lieu à une soirée grandiose d'une très haute qualité musicale et chorégraphique...

Tonnerre d'applaudissements, cris de joie et de soulagement. Les membres de la troupe tombèrent dans les bras les uns des autres, on étreignait et embrassait Stravinsky et Diaghilev à tour de rôle. Curieusement, ils paraissaient tous moitié moins soûls qu'un instant plus tôt.

Le compositeur poursuivit sa lecture à voix haute :

Le concert d'hier soir a libéré cette œuvre du bannissement auquel on l'avait condamnée. La musique a été brillamment retravaillée, la chorégraphie modifiée, et le résultat est un spectacle grandiose...

Gabrielle bondit de son fauteuil.

— Champagne !

Mais sa voix cassée par les excès de la nuit ne parvint pas à couvrir l'explosion de joie que ces compliments imprimés noir sur blanc avaient fait naître. Elle monta sur son fauteuil et répéta avec de grands gestes :

— Champagne ! Il nous faut du champagne !

Personne ne la contredit.

Stravinsky n'alla pas jusqu'au bout de l'article. Repoussant les amis qui se pressaient autour de lui, il se dirigea vers Gabrielle, les bras grands ouverts pour qu'elle s'y jette quand elle sauterait de son fauteuil. Au su et au vu de tous. Et elle s'en moquait bien.

* * *

Le tambourinement de la pluie sur les carreaux tira Gabrielle d'un sommeil sans rêves. Jamais encore la pluie ne l'avait réveillée dans sa chambre du Ritz. Un vent fort ébranlait les vitres et faisait craquer les chambranles. L'obscurité régnait, à l'exception d'un trait de lumière grise perçant à travers les rideaux fermés. Sa couche était dure, rien à voir avec le lit moelleux où elle dormait d'habitude. Elle avait froid. Et il y avait une drôle d'odeur, forte et douceâtre comme le musc, et en même temps un peu aigrelette, comme celle que dégageait l'épave qu'elle avait vue dans le port de Deauville à marée basse. Un frisson désagréable lui parcourut le dos. Elle prit peu à peu conscience qu'elle était nue, avec juste un pan de soie légère en guise de drap. Les muscles de ses cuisses affermis par la pratique de l'équitation étaient tendus, son épaule douloureuse comme après une chute de cheval. Elle était couchée dans une drôle de position, un peu tordue, et se sentait tout ankylosée. Un objet métallique lui piquait le bras. Elle s'en saisit, c'était une paire de lunettes.

La brume qui obscurcissait son esprit se dissipa à l'instant même et les verres épais cerclés de métal lui tombèrent des mains. Elle n'eut pas besoin de se retourner pour savoir que ce n'était pas le vent contre les fenêtres qui faisait ce bruit. C'était un homme, les ronflements d'un homme qui avait beaucoup bu. La mémoire lui revint par bribes. Elle avait tout oublié des heures décisives de la nuit, mais savait très bien ce qui s'était passé ensuite. Elle était nue sous son piano, recouverte par un morceau de tissu. Le cadre où elle se trouvait lui était familier. Son corps fourbu, cette odeur de sexe et de vin dans son bureau… Il ne lui en fallait pas plus pour comprendre qu'elle avait couché avec Igor Stravinsky, qu'il n'était pas parti avec les autres, et que les trois quarts de ses invités avaient dû le constater de leurs yeux.

Elle réussit à s'extraire de son drap sans le réveiller. Elle voulait d'abord faire le point. Par quels mots allait-elle l'accueillir quand il se réveillerait ? Lui dirait-elle que leur situation lui paraissait aussi trouble que ce matin gris ? Que l'homme marié et le père de famille qu'il était ne devait pas entretenir au grand jour une liaison avec une femme célibataire, qui par-dessus le marché en aimait un autre de tout son cœur ? Un autre qui était mort, mais ça ne changeait rien.

Dans son article, le critique du *Figaro* qualifiait Stravinsky de « compositeur d'un talent exceptionnel et de plus éminent novateur en matière de musique ». Cette nuit avait fait de lui un artiste non seulement célèbre, mais « éminent ». Comment pouvait-elle dire à un tel homme que tout cela n'était qu'un malentendu ? Elle acceptait de s'abandonner à sa sensualité, mais pas en public. Il n'était pas question pour elle de vivre sous les yeux de ses amis un amour qu'elle n'éprouvait pas vraiment. Elle admirait le génie de Stravinsky. Peut-être aussi sa virilité. Mais ça ne suffisait pas. Elle allait s'employer à étouffer la rumeur dans l'œuf.

Elle se dirigeait vers la fenêtre pour faire entrer un peu plus de lumière dans la pièce quand elle entendit un léger froissement sous son pied. Le journal qui encensait la reprise du *Sacre*. Quel triomphe ! Elle se pencha, lissa la page et s'approcha de la fenêtre où la pluie tambourinait toujours.

Quand elle eut entrouvert les rideaux, elle constata que ce n'était pas la page Spectacles qu'elle avait ramassée, mais celle des actualités internationales. Une photographie lui sauta aux yeux. Une calèche en morceaux, plusieurs automobiles dont une renversée sur le flanc, des badauds bouleversés, essentiellement des hommes. À côté de l'image, un gros titre : « ATTENTAT À NEW YORK ». Elle parcourut avec effroi le bref article. Une bombe avait explosé devant le siège de la banque J.P. Morgan & Co, au 23 Wall Street. La charge explosive était cachée dans un chariot en stationnement. On déplorait trente-huit victimes et près de quatre cents blessés parmi les employés de la banque et les passants. La police soupçonnait les cercles anarchistes. Gabrielle serra les dents. En tant que femme d'affaires, elle pouvait être visée comme n'importe quel homme sur le trajet de sa banque. Son activité professionnelle était inhabituelle pour une femme de sa génération, mais le courage et la force de caractère étaient dans sa nature. Elle était indépendante, et elle réussissait. Elle n'était pas une tricheuse. Rien que pour cela, elle ne se voyait pas non plus en briseuse de ménage.

Son regard s'arrêta sur la date en haut de la page du journal :

« Mercredi, 15 décembre 1920 »

Mon Dieu, elle avait complètement oublié qu'on n'était pas dimanche. Quelle heure était-il ? Elle devait descendre au plus vite dans son atelier, où il fallait espérer que le ménage avait été fait et qu'il ne restait plus trace de la fête. En principe, elle était là tous les jours dès sept heures. Mais *en principe*, elle arrivait du Ritz, où elle avait d'abord fait une toilette méticuleuse dans sa salle de bains. Elle ne courait pas à travers son bureau nue comme un ver et épuisée par une nuit blanche. Et *en principe*, aucun compositeur célèbre ne dormait sur son tapis. Aucun homme ne faisait ça. Boy préférait le sofa. Mais ce réfugié russe avait sans doute connu des lits plus rudes que ce précieux kilim. Un sourire triste passa sur les lèvres de Gabrielle.

— Coco !

Elle se retourna.

Stravinsky était adossé à un pied du piano. Ses cheveux étaient emmêlés, ses joues rouges, ses yeux injectés de sang. Il avait visiblement la gueule de bois, mais on devinait le feu qui couvait en lui.

Ce qu'elle lisait dans ses yeux à cet instant lui était encore plus agréable que ne l'avait été le contact de ses mains caressant ses petits seins et ses cuisses fines. Gabrielle avait gardé de son adolescence un corps sec et nerveux de jeune garçon. À l'époque où les femmes rondes incarnaient l'idéal féminin, sa silhouette presque enfantine avait conquis plus d'un homme. Stravinsky, habitué pourtant à l'opulence des femmes slaves, ne semblait pas y être indifférent non plus. C'était grisant.

Ne confonds pas ce sentiment avec l'amour, lui souffla une petite voix intérieure. *Tu sais bien qu'il n'y a pas de relation durable possible avec cet homme.*

Elle dut se faire violence pour rompre la magie de ces instants.

— Fini de rêver, monsieur Stravinsky. L'heure est venue de vous lever et de retourner auprès de votre famille.

Le ton était presque moqueur, mais sa voix tremblait légèrement. Il hocha la tête d'un air grave.

— Je vais dire à Ekaterina que je veux t'épouser.

— Non !

C'était presque un cri d'effroi qui venait de lui échapper, et elle comprit trop tard qu'il pouvait être blessant. Elle ajouta avec plus de douceur :

— Tu ne peux pas quitter ta femme, Igor. C'est impossible.

— Mais tu es l'amour de ma vie. Un amour que j'ai trouvé trop tard, hélas, mais tu ne...

— Va rejoindre tes enfants, dit-elle, lui coupant la parole, et ne reviens plus ici.

Elle lui tourna le dos pour lui cacher ses larmes. Ainsi, un homme prétendait vouloir l'épouser. Un homme merveilleux, célèbre. Et une fois de plus, ce n'était pas le bon moment.

— Coco !

Le mot, dans sa bouche, lui donnait l'air d'un gamin qui supplie.

— Je t'aime. Ta maison est devenue le foyer de mes enfants. Qu'on le veuille ou non, nous voilà étroitement liés. Ne détruis pas ce lien, je t'en prie. Je ne pourrai pas vivre sans toi.

Il ne bougea pas, ne fit pas un pas vers elle, et elle lui en sut gré. Le moindre effleurement de sa part aurait ébranlé sa résolution. Elle ravala ses larmes et déclara d'un ton ferme :

— Je ne retournerai pas à Bel Respiro. Tu peux rester là-bas avec ta famille tout le temps que tu voudras. Mais ne me demande pas de jouer l'hôtesse.

— Sans toi, je vais mourir.

Elle secoua la tête en silence.

Ça lui brisait le cœur, mais qui s'en souciait ?

Chapitre 13

Le tourbillon de Noël était passé. Les fêtes terminées, Paris s'enfonçait dans une douce torpeur hivernale. Gabrielle avait l'impression de pouvoir reprendre enfin son souffle. Dans les jours précédant Noël, elle avait cru étouffer chaque fois qu'elle mettait le nez dehors tant la foule était dense sur les grands boulevards, aux abords des grands magasins. Dans son atelier et dans la boutique adjacente, ses collaboratrices travaillaient d'arrache-pied, les messieurs se pressaient en quête d'un cadeau de dernière minute pour leur épouse, leur maîtresse, leur mère, ou pour leurs sœurs et leurs filles. Les familles nombreuses étaient alors presque la règle.

Pour Gabrielle, Noël n'était pas synonyme de joie. C'était l'anniversaire de la mort de Boy et elle revivait ces heures terribles, revoyait en boucle Étienne Balsan lui apprenant qu'elle avait perdu son amour à jamais. Dans ces moments-là, elle regrettait d'avoir éconduit Stravinsky. Entre ses bras elle aurait pu oublier, au moins quelque temps. Des amis ne remplaçaient pas un amant, malgré tout le mal que se donnaient Misia et José, malgré l'invitation d'Étienne à Royallieu. Pourtant, au lieu de faire entrer Igor dans sa vie, elle avait envoyé des cadeaux à sa femme et à ses enfants. Plus tard seulement, elle avait appris que les chrétiens orthodoxes fêtaient Noël le jour de l'Épiphanie et non le 25 décembre.

Les catholiques et les protestants, eux, se ruaient dans les boutiques, et le parfum semblait être le cadeau à la mode. Le lundi suivant Noël, comme elle se promenait au rayon parfumerie des Galeries Lafayette, Coco contempla les étagères vides là où, quelques semaines plus tôt, s'empilaient les jolies boîtes contenant les précieux flacons. François Coty semblait avoir tiré son épingle du jeu, mais Paul Poiret et les frères Guerlain avaient fait d'excellentes affaires eux aussi. Gabrielle enrageait d'avoir dû leur laisser le champ libre, elle qui continuait à chercher désespérément la recette de son propre parfum. Les documents de Catherine et Marie de Médicis lui avaient coûté six mille francs sans répondre à ses attentes. L'historien dont elle avait sollicité les services avait fait chou blanc comme les chimistes de François Coty : il n'avait rien déchiffré qui se rapporte à un quelconque élixir magique. Une fois de plus, Misia avait eu raison, et elle, tort de ne pas l'avoir écoutée.

Devant l'entrée principale des Galeries Lafayette, un portier lui appela un taxi. Le fin grésil lui ôtait toute envie de marcher, alors qu'elle ne se trouvait qu'à deux pas du Café de la Paix où elle avait rendez-vous avec Misia.

Le café au rez-de-chaussée du grand hôtel était moins fréquenté que d'ordinaire. L'immense salle aux plafonds décorés de fresques et aux colonnes ouvragées était le plus souvent comble, l'on ajoutait des chaises là où manquaient les places, si bien que les couloirs eux-mêmes étaient encombrés et que les garçons peinaient à circuler. Mais aujourd'hui, les clients étaient si peu nombreux que Gabrielle repéra aussitôt son amie, à moitié cachée derrière un palmier en pot. Il est vrai que le chapeau Chanel en feutre sur sa tête ne passait pas inaperçu.

— Tu es en avance, constata Gabrielle après l'avoir embrassée sur les deux joues.

— Et toi en retard, rétorqua Misia du tac au tac. Avec un peu de chance, le café que j'ai commandé pour toi ne sera qu'à moitié froid.

Gabrielle haussa les épaules avec un air contrit. Puis elle s'assit sur la chaise que lui avançait le serveur empressé.

— J'étais au rayon parfumerie des Galeries Lafayette, j'ai perdu la notion du temps, avoua-t-elle.

Comme le jeune homme dans son dos lui présentait la carte, elle secoua brièvement la tête :

— Je me contenterai de ce café pour commencer. Merci.

— Plus tard on prendra du champagne, déclara Misia quand le serveur se fut éloigné. Stravinsky a cessé de te harceler, il faut fêter ça.

— Je ne l'ai pas revu depuis la première, dit Gabrielle un tout petit peu trop vite.

Elle se sentait mal à l'aise. Le début de cette conversation ne lui plaisait guère. Pourquoi son amie lui parlait-elle de Stravinsky précisément aujourd'hui ? Depuis la soirée mémorable qui avait suivi la première, les rumeurs concernant Igor et elle allaient bon train, mais Gabrielle n'avait pas raté une occasion de les démentir. Elle n'avait plus donné prise aux ragots, personne n'avait pu la prendre en défaut, et elle espérait que le tourbillon des fêtes détournerait d'elle l'attention des gens malintentionnés. Tout le monde avait bien trop à faire et à penser en cette période de l'année, qui s'encombrerait l'esprit d'une histoire aussi insignifiante que brève ?

— Cet homme est insupportable, reprit Misia. Un génie, mais humainement insupportable. Tu peux te réjouir d'en être libérée.

Gabrielle, pensive, remuait son café bien qu'elle n'y ait mis ni lait ni sucre. Son amie n'avait visiblement pas lâché l'affaire, et sa curiosité restait vive.

— Les Stravinsky habitent toujours dans ma maison, dit-elle, plutôt pour elle-même.

Après une pause, elle leva la tête.

— Mais si tu veux porter un toast au fait qu'il me fiche la paix, d'accord. Il tient effectivement ses distances.

Même si ce n'était pas forcément ce qu'elle avait espéré, s'avoua-t-elle en silence.

— Voilà, tu es contente ? conclut-elle avec une pointe de mauvaise humeur.

Misia éluda d'un geste.

— Nous ne cherchons que ton bonheur, Coco. Il faut que tu me croies. José lui a parlé de toi, il a fait appel à sa conscience.

Gabrielle ouvrit de grands yeux. C'était donc là que Misia voulait en venir. Il y avait du nouveau. Des rebondissements dont elle n'avait pas été informée.

— José a fait *quoi* ?

— Il a expliqué à Stravinsky que Boy t'avait confiée à lui, José. C'est bien le cas, non ? Il se sent responsable de toi. Nous nous sentons tous les deux responsables de toi.

— Ah… oui, marmonna Gabrielle.

Elle ne se rappelait rien de tel ; Boy ne l'avait confiée à personne, mais le zèle de José partait toujours d'un bon sentiment. D'ailleurs, elle soupçonnait plutôt Misia de tirer les ficelles.

— Mon cher époux a traité Stravinsky de… (Misia pouffa.) Enfin, il a employé un mot qu'une honnête femme ne saurait répéter.

Elle se pencha vers l'oreille de Gabrielle et répéta pourtant avec une délectation évidente :

— Connard. Il l'a traité de connard.

Gabrielle hésitait entre le rire et la fureur.

— Parce qu'il s'estime responsable de moi, José a traité Stravinsky de connard ?

Sa voix tremblait un peu.

— Non, bien sûr que non, ce n'est pas la raison.

Misia eut un petit rire idiot, se redressa et s'adossa à sa chaise.

— Il l'a qualifié ainsi parce que c'est le terme qui convient. Notre ami est un… tu sais quoi.

— N'est-ce pas un jugement un peu lapidaire ?

— Excuse-moi, mais c'est un homme marié. Père de quatre enfants. Et ça ne l'empêche pas de raconter à qui veut l'entendre qu'il t'aime et qu'il veut t'épouser. La perspective qu'il puisse abandonner sa femme sans ressources et gravement malade est odieuse.

— Je sais.

Gabrielle baissa les yeux. Son regard l'aurait trahie. Elle ne voulait pas que Misia voie à quel point cette conversation la bouleversait.

Son amie avait raison sur le fond, il n'y avait pas le moindre doute. Gabrielle n'en voulait pas à José Sert de défendre maladroitement ses intérêts, mais la passion avec laquelle Misia et lui se mêlaient de sa vie amoureuse la dérangeait. Elle n'était pas moins intrusive que l'adoration que lui vouait Stravinsky. Elle était même agaçante, carrément horripilante. Et puis, ne s'agissait-il vraiment que de la protéger ? Son amie n'était-elle pas plutôt jalouse de se faire souffler un second artiste de son cercle, après Diaghilev ?

— Je ne suis pas amoureuse de Stravinsky. Jamais je ne l'épouserai. Mais j'ai bien aimé coucher avec lui, dit-elle pour mettre les choses au point.

— Si ce n'était que ça. (Misia soupira.) Il voit apparemment votre… romance d'un autre œil. Diaghilev dit que Stravinsky se meurt littéralement d'amour pour toi.

Une étrange satisfaction s'empara de Gabrielle. Un peu comme après ses deux défilés de mode annuels, où elle présentait ses nouvelles collections à un public choisi.

La reconnaissance et l'admiration étaient son élixir magique. Si les reines françaises de la Renaissance étaient à la recherche du parfum qui leur apporterait la sagesse et la beauté éternelle, Gabrielle avait besoin du succès et des applaudissements pour se sentir exister, sur le plan professionnel comme dans sa vie privée. Elle en avait fait l'expérience dès sa première apparition sur la scène du beuglant : elle avait chanté ses chansons ineptes et le public l'avait ovationnée. Plus tard, elle était montée en selle pour prouver à Étienne Balsan, ce dingue de chevaux, qu'elle était une cavalière parfaite et donc la partenaire idéale pour lui, même si leur relation avait vite tourné court. Ensuite était venu son succès comme créatrice de mode, et cette excitation inouïe quand elle avait compris qu'elle était dotée d'un flair exceptionnel. Mais même l'enthousiasme de ses clientes ne pesait pas lourd face à l'adulation d'un compositeur génial. Être aimée de cet homme, elle la petite orpheline au passé douteux, au point qu'il était prêt à tout quitter pour elle, quel adoubement !

— Aucune dame convenable ne franchirait plus le seuil de ton atelier.

La voix de Misia semblait venir de très loin. Elle avait dû continuer à parler pendant que Gabrielle suivait le fil de ses pensées.

— Et même les femmes moins convenables te battraient froid, Coco. Stravinsky ne pense qu'à lui, et pas au tort qu'il te causerait en faisant de toi une voleuse de mari.

— Rien de mon côté n'accrédite une telle hypothèse.

— Encore heureux !

C'était le cri du cœur. Le serveur accourut, croyant que Misia l'avait appelé. Elle le regarda sans comprendre.

— Oui ?

— Apportez-nous donc une bouteille de champagne, dit Gabrielle, tirant son amie et le garçon de ce quiproquo. Mme Sert souhaiterait porter un toast.

Ses lèvres esquissèrent un petit sourire quand elle se remémora un certain dîner à l'hôtel Excelsior de Venise.

— Est-ce que tu savais que les Russes ont des formules à rallonge quand ils portent des toasts ?

— *Ma chère**, aurais-tu oublié que je suis née à Saint-Pétersbourg ? Je n'ai certes pas grandi dans l'empire du tsar et je n'ai jamais vécu là-bas par la suite, mais mon père a veillé à ce que je connaisse la mentalité slave sous toutes ses facettes.

Misia suivait des yeux le serveur qui s'empressait d'exécuter la commande de Gabrielle.

— Je parie que ce charmant jeune homme a des ancêtres russes. On voit des émigrés partout à Paris, où que l'on regarde.

— Je commence à me passionner pour la culture slave. Elle me rappelle l'Auvergne de mon efance. Ça peut paraître étrange, mais ne sommes-nous pas les plus orientaux des Français ?

Misia éclata de rire.

— Quelle drôle d'idée ! Je n'ai jamais entendu dire quoi que ce soit de ce genre, Coco.

Soulagée d'avoir détourné la conversation de Stravinsky, au moins pour un temps, Gabrielle s'emballa tout à coup pour un projet qui lui était venu tandis qu'elle repensait à la merveilleuse soirée passée avec Dimitri Romanov.

— Je me demande si je ne devrais pas embaucher des réfugiées russes comme mannequins. Elles vivent en grand nombre à Paris, comme tu le disais si justement, et ce sont toutes des aristocrates.

— Coco, tes créations incarnent l'élégance française. Je ne sais pas si tes clientes apprécieraient cet hommage à la cour du tsar.

Gabrielle haussa les épaules.

— Je ne vais pas les déguiser en cosaques. Quoique…

Elle marqua une courte pause et son regard pétilla.

— Quelques broderies folkloriques, ça pourrait être tout à fait charmant. En tout cas, ça apporterait une touche esthétique très nouvelle à ma collection.

— Songe que la nouvelle version du *Sacre du printemps* doit justement son succès à l'abandon de ces éléments folkloriques.

— Il faut arriver au bon moment, c'est tout, objecta Gabrielle sans se troubler. La plupart de ces jeunes filles bougent très bien parce qu'elles ont étudié la danse et qu'on leur a enseigné l'étiquette. Je pense que si ma prochaine collection était présentée par des princesses et des duchesses, l'effet serait on ne peut plus charmant.

L'idée lui était venue à l'instant, mais elle l'emballait tellement qu'elle aurait aimé pouvoir la mettre en pratique le soir même, commencer à recevoir les candidates, à les interroger et à les regarder évoluer dans son atelier.

Le serveur revint et posa sur la table un seau à champagne et des coupes. Le bouchon sauta et le vin moussa dans les verres. Gabrielle et Misia observaient les gestes du garçon sans rien dire. Elles ne levèrent leurs coupes que lorsqu'il se fut éloigné.

— À l'empire tsariste défunt, et à toutes les possibilités qu'il nous offre, dit Gabrielle.

— Soit, répliqua Misia sans conviction. Si tu ne mets pas Stravinsky parmi ces possibilités, je veux bien trinquer à tous les tsars de Russie depuis Ivan le Terrible.

Gabrielle, qui portait déjà la coupe à ses lèvres, la reposa.

— Pourrais-tu cesser de ramener tout ce que je te dis à Stravinsky, s'il te plaît ?

— Excuse-moi. (Misia semblait sincère.) Mais cet homme m'inquiète vraiment. Il est complètement perturbé parce que tu l'as éconduit, et se comporte de manière impossible. C'est ridicule. Tout le monde pense comme moi.

— Tout le monde ? (Gabrielle haussa le sourcil.) C'est qui, *tout le monde* ?

— Les amis, les connaissances. Même Picasso y est allé de son commentaire. On ne se comporte pas comme un adolescent transi d'amour quand on a trente-huit ans et une famille à charge.

— À t'entendre parler de lui, j'en arriverais presque à le prendre en pitié.

— On n'a pas pitié d'un homme de cet âge, Coco. Il est d'une obstination incroyable. Ça la fiche mal, vraiment. Mais tu n'as pas à t'en préoccuper, ce n'est pas ton problème. *Na zdorovié* !

Elle vida sa coupe d'un trait.

Gabrielle s'attendait à ce qu'elle balance le verre par-dessus son épaule, mais Misia ne fit rien de tel. Elle regarda avec des yeux rieurs son amie tremper délicatement les lèvres dans la mousse de son champagne. Gabrielle répondit à son coup d'œil avec la même gaieté apparente, mais au fond de son cœur elle était beaucoup moins tranquille.

Elle était touchée que Stravinsky soit entiché d'elle à ce point. Cette pensée qui flattait sa coquetterie était une caresse aussi douce que les mains de son amant sur son corps.

— *N'oublie jamais que tu es une femme, disait Boy.*

— *Ma vie, c'est ma boutique. Ma vie, c'est mon indépendance, avait-elle répliqué, avant d'ajouter d'une voix plus douce : Ma vie, c'est toi.*

Mais de cette vie, il ne restait plus rien.

Était-il judicieux de repousser un amant qui brûlait de passion pour elle ? L'amour, même s'il n'allait pas au-delà du plaisir physique, n'était-il pas le moyen le plus efficace de combattre ce chagrin qui la minait aussi inexorablement que sa flamme non partagée dévorait le cœur de Stravinsky ?

Elle l'imaginait au piano, devant son pupitre. Un compositeur d'exception. Un homme d'une grande richesse intérieure. Un génie. Elle ne pouvait pas le laisser devenir ainsi la risée de la bohème parisienne. Il fallait qu'elle mette un terme à ce cirque. L'approbation de Misia et de José lui importait peu. L'opinion des autres ne lui avait jamais été aussi indifférente qu'à cet instant où elle venait de prendre sa décision : elle sauverait l'honneur d'Igor Stravinsky, son honneur d'homme. Elle y laisserait peut-être sa réputation, mais elle préférait ne pas s'appesantir sur cette idée. Même si Misia avait raison, comme d'habitude.

Chapitre 14

Elle ne révéla évidemment rien de ses intentions à Misia. Gabrielle déploya tout le tact possible. Bien qu'Igor habitât chez elle, elle évita le contact direct avec lui, par égard pour sa famille. Elle ne manquerait sûrement pas de croiser un jour le regard accusateur d'Ekaterina, mais d'ici là, elle épargnerait au moins à la femme d'Igor d'être mariée avec un homme dont tout le monde faisait des gorges chaudes. Elle se débrouilla pour croiser la route d'Ernest Ansermet et profita de l'occasion pour demander au chef d'orchestre de transmettre un message :

— Dites de ma part à Igor Stravinsky qu'il peut venir me voir à n'importe quel moment.

Ansermet joua le *postillon d'amour** avec tant de zèle que Stravinsky apparut au Ritz le soir même, resta jusqu'au matin et vint dès lors la retrouver chaque nuit.

Mais les nuits sans sommeil que lui imposait son nouvel amant ne tardèrent pas à épuiser nerveusement Gabrielle. Le mode de vie de Stravinsky ne s'accordait pas du tout avec son rythme de travail. Être sa maîtresse relevait du marathon. Il ne la laissait jamais tranquille, la prenait plusieurs fois par nuit, et même cela ne semblait pas lui suffire. Gabrielle étouffait. Stravinsky cherchait à l'accaparer, réagissait à son indépendance par des accès de jalousie incontrôlés et exigeait avec autant de passion que de désespoir de pouvoir disposer d'elle à tout moment, alors que lui-même avait des obligations de tous ordres qui rendaient la chose impossible. Mais il voulait Gabrielle tout entière. Son corps, son esprit, son cœur, tout son être et tout son temps. C'était comme s'il cherchait à lui extorquer de l'amour alors que Gabrielle n'éprouvait plus envers lui que ce mélange de compassion, de fierté et de bravade qui l'avait poussée à l'accepter dans son lit.

Stravinsky n'en démordait pas : il était l'homme de sa vie. Elle tenta de lui parler de Boy, mais il ne voulut rien entendre. Il estimait être son avenir, que lui importait son passé ? Pourtant, elle supposait que s'il tenait tant à se montrer en public à ses côtés, c'était avant tout pour se confronter à l'ombre de ce grand amour qu'elle avait eu, dont il ne parlait jamais, mais qui l'obsédait en secret. Gabrielle céda et sortit quelquefois en sa compagnie, mais telle une vieille gouvernante célibataire elle prenait soin de ne jamais être vue seule avec lui. Misia n'approuvait pas encore leur relation, mais elle était toujours prête à aller entendre un concert avec eux. Gabrielle appréciait beaucoup la présence d'Igor dans ces occasions, et Misia aussi. Être initiée aux arcanes de la musique classique par un compositeur de génie était un privilège rare. Il familiarisa Gabrielle avec la musique de Richard Wagner et de Beethoven. Elle partagea sa fascination pour les opéras de Wagner, mais pas pour les symphonies de Beethoven. C'était un compagnon extrêmement distrayant, à qui les deux femmes pardonnaient ses petites bouffées d'arrogance et son besoin d'avoir toujours raison. Mais tout cela n'avait rien à voir avec l'amour.

— Diaghilev et les Ballets russes sont invités à faire une tournée en Espagne, annonça Stravinsky une nuit de janvier, lors d'une des rares pauses qu'il s'accordait pendant leurs ébats. Les Espagnols veulent absolument voir la nouvelle version du *Sacre du printemps*.

Gabrielle était allongée sur le côté, tournée vers lui, mais les yeux fermés. Elle somnolait.

— Je sais, murmura-t-elle. Serge m'en a déjà parlé.

— Il faut que je les accompagne. Personne n'est mieux placé que moi pour diriger ma musique ! Tu imagines un peu si elle était mal interprétée. C'est inconcevable.

— Oui. Tu as raison.

Elle était si fourbue qu'elle n'avait pas vraiment prêté attention à ce qu'il disait.

— Mais je ne peux pas partir ! s'exclama-t-il.

Il y avait presque des larmes dans sa voix.

— Comment te laisser seule, Coco ?

Une pensée encore informe s'ébaucha dans l'esprit de Gabrielle. Une pensée étrangement réconfortante. Elle savait que cet *amour fou** ne lui manquerait pas. Mais il y avait autre chose… une idée qui ne parvenait pas à percer la brume de son cerveau.

— Je ne comprends pas, marmonna-t-elle.

D'abord il ne dit rien, et Gabrielle espérait déjà qu'elle allait pouvoir enfin s'abandonner aux bras de Morphée. C'est alors qu'il déclara :

— Je ne pars pas à Madrid sans toi. Tu m'accompagnes.

— C'est impossible, répondit-elle du tac au tac.

À la seconde même, elle sut qu'elle avait tort. Il ne verrait dans sa résistance qu'une raison supplémentaire d'imposer sa volonté. Mais il était hors de question qu'elle parte en tournée avec lui. À cause de sa femme. À cause des ragots. Et d'abord et avant tout parce qu'elle n'en avait pas envie.

Elle ouvrit les yeux, à présent tout à fait réveillée. La lumière des lampadaires de la place Vendôme filtrant à travers les rideaux éclairait le visage courroucé d'Igor. Il en voulait visiblement à son destin qui lui accordait la gloire en tant que compositeur, mais prétendait le séparer de son amante.

— Je ne peux pas quitter Paris comme ça, expliqua-t-elle en se forçant à rester calme. Je dirige une maison de couture. Tu l'as oublié ? Si je m'absente, je dois prendre des dispositions. Nombreuses. Il faut du temps.

— Je ne peux pas envoyer ma musique se balader toute seule dans les théâtres étrangers.

— Je comprends. (Elle se redressa et s'appuya sur ses coudes.) C'est pour ça qu'il faut que tu ailles en Espagne. Sans moi, mais avec ta musique.

La perspective des soirées tranquilles, et surtout des longues nuits de sommeil que lui offrirait l'absence d'Igor, la réjouissait d'avance. Mais elle n'en montra rien ; il fallait jouer fin et ne pas le vexer.

— Faut-il que je m'agenouille ? Tu veux que je te supplie à genoux de venir avec moi ?

Elle soupira intérieurement. Pitié, mon Dieu !

— Non, dit-elle posément. Bien sûr que non. Ne sois pas ridicule.

— Ça me serait complètement égal.

— À moi pas.

Ils se regardaient fixement sans se voir. Elle l'entendait grincer des dents.

Sur une inspiration subite, elle promit :

— Je viendrai dès que j'aurai réglé quelques problèmes urgents à l'atelier.

Il parut surpris. L'hypothèse qu'elle le rejoigne plus tard ne lui était pas venue à l'esprit. Sa délicate main de musicien lui saisit l'avant-bras avec une violence qui lui fit pousser un cri.

— Tu me fais mal !

Il ignora sa protestation.

— Tu es à moi, Coco, à moi et rien qu'à moi ! Jure-moi que tu régleras tes problèmes aussi vite que possible et que tu viendras à Madrid ! Jure-le-moi sur la Vierge Marie !

Coco ferma les yeux. Elle vit un pavement… des cailloux de rivière.

Un, *deux*, *trois*, *quatre*, *cinq*, compta-t-elle dans sa tête. Elle aurait un mensonge à confesser à l'église le lendemain matin. Elle rouvrit les yeux, le regarda :

— Je te le promets.

Troisième Partie

1921

Chapitre 1

D'une main rapide et sûre, Gabrielle prélevait une épingle après l'autre sur le coussinet de velours fixé à son poignet et la piquait dans la toile écrue pour fixer les plis. Tout en sculptant la robe autour du mannequin, elle considérait son œuvre d'un œil critique, ôtait une épingle, la coinçait entre ses lèvres serrées, à côté de sa sempiternelle cigarette. Elle commençait toujours par un moulage en volume, n'arrêtait le choix du tissu qu'ensuite. Une toile de coton directement positionnée sur le mannequin était à ses yeux le secret d'une bonne coupe – avec le drapé, qui devait partir du dos. Gabrielle était convaincue que la mobilité du corps émanait du dos, c'était là qu'il fallait donner de l'ampleur.

L'image se brouilla quelques secondes devant ses yeux. Ses jambes flageolèrent, l'épuisement menaçait d'avoir raison de son endurance. Elle travaillait depuis des heures au modelé d'une robe du soir sans arriver à un résultat satisfaisant. La jeune femme imperturbable sur laquelle elle était en train d'épingler sa création tenait la pose aussi patiemment qu'un modèle de peintre, c'est Gabrielle qui craignait de perdre sa concentration. Il n'était pourtant pas question d'avouer ses faiblesses, surtout pas dans son atelier.

Elle poursuivit donc obstinément sa tâche et s'attaqua à une manche en plaquant un pan de tissu sur le bras de la jeune femme, qui la dépassait d'une bonne tête. Les Russes étaient pour la plupart beaucoup plus grandes qu'elle, et étonnamment minces. Celle qui lui servait de modèle ce jour-là se disait princesse. C'était peut-être vrai, à moins qu'elle ne soit que comtesse ou baronne. Gabrielle avait appris que le titre dont on se targuait à Paris ne correspondait pas toujours au statut qu'on avait à la cour de Saint-Pétersbourg, mais le passé de cette aristocrate lui importait peu. L'essentiel était qu'elle ait de la classe et qu'elle joue son rôle de mannequin de couturière vivant comme les autres filles de même origine qu'elle avait engagées. Quand on avait appartenu à la cour de Russie, on avait l'habitude des défilés et des parades, et on était capable de rester longtemps debout à attendre. C'était exactement ce dont Coco avait besoin : elle élaborait toujours ses collections sur mannequin ou sur un corps de femme vivant, jamais sur une table à dessin. Elle prétendait que c'était le seul moyen de faire des vêtements accordant une vraie liberté de mouvements à celles qui les porteraient.

— Aïe !

La jeune femme sursauta.

— Désolée, marmonna Gabrielle sans lever les yeux.

La couture de l'épaule partait de travers. Elle n'avait décidément plus le compas dans l'œil. Il était temps de faire une pause. Midi n'avait pas sonné et elle était déjà aussi épuisée qu'en fin de journée. Pourtant, elle était encore loin d'avoir atteint son objectif du jour.

— Oups !

Sa cigarette lui tomba des lèvres et atterrit sur le parquet où son extrémité incandescente fit une petite marque brune, une de plus. Cette fois, c'était dans son propre doigt que Gabrielle venait de piquer. Elle soupira.

— Arrêtons-nous un peu. Vous pouvez vous détendre, Elena.

Gabrielle observa le corps de la jeune femme qui s'affaissait d'un coup. *Rompez les rangs !* pensa-t-elle, amusée de s'imaginer en général passant ses troupes en revue. Dire que ces filles russes de si noble extraction n'avaient fui la dictature du prolétariat que pour venir obéir au doigt et à l'œil à la fille d'un camelot. *C'est le monde à l'envers*, songea-t-elle tandis qu'elle se baissait pour ramasser sa cigarette puis s'en allumait une autre.

Elle tenta de se défatiguer les yeux en regardant par la fenêtre. Il n'y avait pas grand-chose à voir rue Cambon en cette morne journée de février. La pluie tambourinait contre les vitres ; la bruine typique de Paris avait cédé la place à un véritable déluge et des filets d'eau ruisselaient dans les rainures le long de la fenêtre.

Gabrielle avait bien l'intention de braver les intempéries, elle sortirait tout à l'heure pour aller à pied jusqu'à la librairie Auguste-Blaizot. La perspective d'une nouvelle soirée à lire tranquillement sans être dérangée par Stravinsky la ravissait. Que se passerait-il quand il rentrerait d'Espagne ? Elle l'ignorait. À ses télégrammes et à ses appels téléphoniques, à ses demandes pressantes de le rejoindre à Madrid, elle opposait la même réponse invariable :

— Je ne suis pas encore prête, laisse-moi un peu de temps, mon travail d'abord…

Mais contrairement à lui, elle savait depuis le début qu'elle n'avait pas la moindre intention de tenir sa promesse.

Un léger bruit dans son dos la tira de ses pensées. Puis un silence. Elle sentit qu'il se passait quelque chose d'anormal.

Regardant par-dessus son épaule, elle vit que ses collaboratrices, couturières et mannequins, s'étaient immobilisées d'un coup. Toutes les activités de la ruche bourdonnante semblaient figées, tous les regards étaient braqués sur celui qui venait de franchir le seuil. Les jolies aristocrates russes s'inclinèrent, leur front semblait près de toucher le sol.

La jeune femme sur laquelle Coco était en train de modéliser une robe fit de même, malgré les épingles qui menaçaient de lui piquer la peau. Contaminées par cette obséquiosité insolite, les autres employées se confondaient elles aussi en courbettes devant l'homme qui débarquait ainsi à l'atelier sans s'être annoncé.

Gabrielle était bouche bée. La fumée de sa cigarette lui piquait les yeux, mais elle ne cilla pas. Elle croyait rêver.

Elle avait oublié qu'il était aussi impressionnant, aussi éblouissant. Un colosse. Radieux, séduisant, sportif. Le comble de l'élégance. Debout dans l'encadrement de la porte, il souriait. D'un geste à peine esquissé, il fit signe aux jeunes femmes de se relever.

— Je vous en prie, ce n'est pas nécessaire.

Puis il traversa l'atelier en direction des fenêtres, comme s'il cherchait la lumière pour nimber sa noble silhouette.

Il s'arrêta devant Gabrielle et s'inclina très bas ; on aurait cru que c'était elle la tsarine et non pas lui l'héritier du trône, et que l'empire russe était encore debout.

— *Bonjour**, dit Dimitri.

Gabrielle sentit ses genoux flageoler. Son cœur battait à se rompre. Elle ne s'attendait pas à la violence des sentiments qui l'assaillirent quand elle le vit ressurgir ainsi dans sa vie tel un ouragan balayant la taïga sibérienne. Quand elle se tourna vers lui, elle dut se faire violence pour garder son sang-froid. S'il n'y avait pas eu tous ces yeux braqués sur eux, elle se serait jetée dans ses bras.

— *Bonjour*, *monsieur**, articula-t-elle.

— Excusez-moi, mademoiselle Chanel, je n'ai pas pu retenir Son Altesse, alors je me suis dit…

C'était l'hôtesse de l'accueil qui venait d'apparaître dans la foulée du prince, hors d'haleine et le rouge aux joues. Gabrielle ne se souvenait pas d'avoir vu son employée, une princesse russe désargentée elle aussi, en proie à une telle émotion quand une comtesse ou une marquise venait à l'atelier pour des essayages. Car la maison Chanel comptait parmi ses clientes un certain nombre de dames appartenant à l'aristocratie française.

La cendre de sa cigarette tomba sur le tapis. Tout en cherchant des yeux un cendrier, Gabrielle invita son visiteur à la suivre dans son bureau. Un regard de reproche à l'hôtesse lui signifia que c'est à l'étage qu'elle aurait dû conduire d'emblée Dimitri Pavlovitch Romanov.

— Je vous avais promis que nous nous reverrions, dit le grand-duc tandis qu'ils montaient l'escalier. Eh bien me voici.

— C'est ce que je vois. D'ailleurs je n'en ai jamais douté. (Gabrielle sourit.) Même si je ne m'attendais pas à ce que vous vous empariez de mon atelier par cette attaque surprise.

Il feignit l'indignation sans réussir à cacher la gaieté qui éclairait son regard.

— Me pardonnerez-vous de n'avoir pas voulu attendre une seconde de plus ? Mes pas m'ont mené tout droit chez vous. Nous venons d'arriver à Paris.

— Nous ?

Le cœur de Gabrielle se serra. Aurait-il trouvé le moyen de se marier entre Venise, le Danemark, Londres et Paris ? Sa visite surprise n'avait-elle d'autre but que de l'informer au plus vite de sa nouvelle situation familiale ?

— Mon serviteur Piotr et moi-même.

— Oh… ah bon, je…

Le feu lui monta aux joues et ses jambes faillirent se dérober sous elle. Dieu du ciel, quelle bécasse… Heureusement, ses réflexes d'hôtesse la tirèrent d'embarras. Elle ouvrit la porte de son bureau, lui laissa le temps d'entrer et d'apprécier l'ameublement de cette pièce dont elle était si fière.

— Puis-je vous offrir quelque chose ? Café ? Champagne ? demanda-t-elle avec une politesse machinale.

Dimitri ne fit aucun commentaire sur le mobilier et déclina la proposition d'un signe de tête. Il ne prit même pas la peine de s'asseoir.

— J'ai quinze mille francs, déclara-t-il de but en blanc. Pensez-vous que ce soit suffisant pour faire sauter la banque du casino de Monte-Carlo ?

Quel homme. Quelle légèreté bienfaisante. Il ne lui adressait pas de reproches, et surtout il n'exigeait rien. Gabrielle ne pouvait s'empêcher de le comparer à Igor Stravinsky, et force était de constater qu'il l'emportait haut la main.

— Si je mets quinze mille francs sur le tapis moi aussi, ça nous fait trente mille. Avec ça, nous devrions pouvoir nous amuser un petit moment.

Il la regarda dans les yeux et tous deux éclatèrent de rire. Comme si tout à coup un sort venait d'être levé.

— Quand partons-nous ? demanda Dimitri avec une simplicité irrésistible.

— Pas tout de suite. Il faut d'abord que je règle quelques…

— Vos affaires. Bien sûr.

Le ton était compréhensif, mais une ombre de déception passa sur son visage. Il fouilla la poche de son veston.

— Tout à la joie de nos retrouvailles, j'allais oublier de vous donner cette petite chose-là. (Il lui tendit un bout de papier.) Voilà qui va peut-être accélérer notre départ.

Un peu surprise, elle déplia la feuille. Elle ne s'attendait à rien de précis, mais en tout cas pas à ça : une adresse qui ne lui disait rien à La Bocca, un faubourg industriel de Cannes. Elle leva les yeux vers lui avec un haussement d'épaules perplexe.

— Qu'est-ce que c'est ?

Dimitri eut un petit sourire en coin, on aurait dit un adolescent très content de sa blague.

— C'est l'adresse d'Ernest Beaux, le parfumeur à la cour du tsar qui a créé *Le Bouquet de Catherine*.

— Mais je pensais... (Gabrielle faillit s'étrangler.) Je croyais que la formule du parfum avait disparu en Russie en même temps que son inventeur ?

— Beaux a servi dans l'Armée blanche, mais a réussi à s'enfuir de Mourmansk. Il travaille depuis peu chez Chiris. On m'a dit que les ateliers de fabrication de Chiris se trouvaient à Grasse, mais le laboratoire serait à Cannes. Si vous voulez faire la connaissance d'Ernest Beaux, c'est facile. Il vous suffit de venir avec moi dans le Midi.

L'insouciance communicative de Dimitri était exactement ce dont Gabrielle avait besoin après ces semaines fatigantes passées avec celui qui avait été jusque-là son amant russe. Et puis le prince était libre, contrairement à Stravinsky, et la perspective d'un petit séjour sur la Côte d'Azur en sa compagnie était idyllique. Il n'aurait même pas eu besoin de déployer tant d'arguments pour la persuader. Mais Gabrielle était très consciente du cadeau que Dimitri lui faisait en lui offrant l'occasion de rencontrer le parfumeur du tsar. Non seulement elle était convaincue que la formule du *Bouquet de Catherine* lui donnerait la clé de sa propre eau de toilette, mais le simple fait que Dimitri ait fait des recherches et se soit donné la peine de retrouver la trace de Beaux la faisait fondre.

Elle effleura son bras dans un geste où se mêlaient la tendresse et la reconnaissance.

— Alors, ne perdons pas de temps. Je me lance sans plus tarder dans les préparatifs de notre voyage.

Elle fit une courte pause, avala sa salive puis décréta :

— Il nous faut une voiture. Ce serait bien si nous pouvions nous passer de mon chauffeur...

Mais une soudaine inquiétude lui fit retirer sa main :

— Vous savez conduire ?

— À votre service, Mademoiselle. (Il s'inclina.) Je sais monter à cheval, mener une calèche et conduire une automobile.

— C'est magnifique. Dans ce cas, partons tout de suite et allons acheter la voiture qu'il nous faut.

Il fronça les sourcils.

— Là, maintenant ?

— Disons après le déjeuner. Attendez-moi ici, je vous prie. Je vous fais apporter un café. Ou une autre boisson si vous préférez. J'ai deux ou trois choses à régler à l'atelier.

Elle pensait au moulage de la robe qu'il lui fallait terminer. Le travail irait plus vite, à présent. Sa fatigue s'était envolée, les plaisirs qui s'annonçaient lui donnaient des ailes. Sa vie s'illuminait d'un coup.

Elle se mit sur la pointe des pieds et effleura la joue de Dimitri du bout des lèvres.

— Restez, je vous en prie. Je reviens dans un instant et nous déjeunerons ensemble au Ritz.

Comme elle se détournait, il la prit par le bras et l'attira à lui. Sa main était ferme et son geste impétueux, mais au moment où il allait poser les lèvres sur sa bouche, il s'arrêta. Dans l'attente. Plein d'une soudaine retenue. Son souffle lui caressait la joue et Gabrielle sentit le besoin de sincérité qui émanait de cet homme. Elle se pressa contre lui, prit le temps de savourer son désir empreint de respect. Rien de possessif dans cet amour, mais une douceur, une délicatesse qui la touchèrent au plus profond d'elle-même. Quand elle se détacha de lui, elle sentit sur sa langue la promesse d'autre chose, de beaucoup plus.

Une sensation délicieuse.

Chapitre 2

Comme on pouvait le prévoir, ils devinrent en un rien de temps le sujet de conversation numéro un. Dimitri Pavlovitch Romanov était beaucoup trop connu pour pouvoir s'afficher avec Gabrielle sans attirer l'attention. On commentait ses faits et gestes dans les salons, les richissimes Américaines qui rêvaient de devenir d'authentiques princesses à particule lui tournaient autour comme des papillons de nuit autour d'une lampe, et beaucoup d'hommes lui vouaient une certaine admiration en raison de son rôle dans l'assassinat de Raspoutine, qui lui conférait l'aura mystérieuse d'un héros ambigu. Il suffit de deux dîners au Ritz pour que *le Tout-Paris** bruisse de rumeurs sur Dimitri et Coco, d'autant qu'une femme de chambre bavarde s'empressa de raconter que le grand-duc était entré dans la suite de Mlle Chanel dans l'après-midi et n'en était ressorti que le lendemain matin.

Gabrielle ne prêtait aucune attention aux messes basses dans la salle de restaurant de l'hôtel, pas plus qu'aux regards curieux de ses clientes et de ses employés. Elle s'était toujours moquée de ce que les gens disaient d'elle. Il fallait bien qu'ils trouvent quelque chose à se mettre sous la dent. En ce moment, c'était sa liaison avec Dimitri. Et alors ?

Elle lui demanda s'il était contrarié d'être ainsi exposé aux ragots.

— Non.

Il sourit, se leva et posa tendrement les bras sur ses épaules étroites. Ils étaient en train de prendre le petit déjeuner dans sa suite ; la table avait été dressée près de la fenêtre bien que la journée de février fût grise et maussade.

— S'il y a une femme avec laquelle je suis heureux qu'on me voie, c'est bien Coco Chanel.

Son cœur bondit malgré elle. Tandis qu'il posait le front sur le dessus de sa tête, elle se risqua à évoquer ce qui la préoccupait depuis la veille, depuis que Misia lui avait rappelé qu'aurait lieu ce soir même le bal masqué du comte de Beaumont.

— Est-ce que tu as envie de t'amuser un peu ?

— Oui, bien sûr. Je suis toujours partant.

Il déposa un baiser sur ses cheveux et se redressa.

— De quoi s'agit-il ? demanda-t-il en retournant s'asseoir.

— De défendre mon honneur.

— Au pistolet ou à l'épée ?

— Notre présence sera notre arme. (Elle sourit.) Dixit Misia.

— Si c'est ton amie qui le dit, elle doit avoir raison, admit-il.

Il fronça tout de même les sourcils :

— Qu'est-ce qui lui fait dire ça ?

— Oh, c'est une longue histoire. Un peu stupide peut-être, et Misia se sent plus blessée que moi…

Plongée dans ses pensées, Gabrielle émiettait machinalement la pointe de son croissant dans son assiette. Soudain, elle n'était plus très sûre de vouloir braver ainsi la haute société. Fallait-il provoquer un scandale parce que la fine fleur de la bourgeoisie parisienne voyait toujours en Coco Chanel la petite modiste d'autrefois ? Une femme ordinaire, une femme qui, malgré sa créativité reconnue de tous et son pouvoir d'innovation en matière de mode, était encore loin derrière des hommes d'affaires puissants et respectés tels que Paul Poiret ou François Coty, et qui ne supportait pas non plus la comparaison avec les génies de la littérature ou de la peinture ? Et surtout : avait-elle raison d'entraîner Dimitri dans une histoire qui ne regardait qu'elle ? C'est alors qu'un petit génie farceur lui souffla quelques mots à l'oreille. Ils transformèrent d'un coup ses scrupules et ses hésitations en bravade. Au diable les conventions, et tant pis pour le prix à payer.

D'une voix d'abord hésitante, puis de plus en plus ferme, elle raconta à Dimitri comment Édith de Beaumont lui avait passé commande de plusieurs costumes pour son bal masqué annuel.

— Madame la comtesse était emballée par mes vêtements, mais son enthousiasme n'est pas allé jusqu'à m'envoyer une invitation. Misia prend cette marque de snobisme comme une atteinte personnelle et a décidé de perturber le jeu. Pour ce faire, elle a battu le rappel de tous les artistes célèbres parmi nos amis. Et comme je ne voudrais pas la décevoir, je serai là aussi.

— Mais pourquoi ne m'as-tu pas dit que tu tenais tellement à aller à cette soirée ? (Il avait l'air consterné.) Je nous aurais procuré une invitation et...

— C'est gentil, mais ce n'est pas la question, dit-elle, lui coupant la parole avec un sourire. La question, c'est ma position, ma réputation de femme indépendante. Je me disais juste que tu pourrais peut-être être là aussi, si l'on veut provoquer un scandale.

— Eh bien... oui... mais... je..., balbutia Dimitri.

Il n'alla pas plus loin. Sa gêne, son désarroi le rendaient presque touchant.

Ils restèrent silencieux un long moment. Il paraissait plongé dans des pensées qui l'emmenaient très loin. La situation de Dimitri n'avait rien à voir avec la sienne. Même si dans son exil il dépendait de l'argent des autres, il n'avait jamais perdu son statut privilégié. Tandis qu'elle-même avait du mal à relier les deux pôles de son existence : ses débuts misérables et la vie luxueuse qu'elle menait aujourd'hui.

Bref, il ne pouvait pas la comprendre, et elle s'en voulait de l'importuner avec ses problèmes. Pourquoi lui rappeler ainsi le fossé qui les séparait ? S'il jugeait la situation compromettante, s'il voyait en Misia une dangereuse agitatrice – ce qu'elle était –, s'il condamnait son projet et refusait de venir « s'amuser » à cette soirée, Gabrielle n'aurait d'autre choix que de le quitter. Et pourtant elle aimait être avec lui. Quelle bêtise de lui avoir parlé de tout ça.

Résignée, elle attendait sa réponse, attendait la fin de leur histoire qui venait pourtant à peine de commencer, et dont le point d'orgue aurait été ce séjour sur la Côte d'Azur dont elle s'était fait une telle joie.

Il la regarda un long moment dans les yeux puis dit, à sa grande surprise :

— Je sais comment l'on se sent lorsqu'on est traité comme un paria.

Après une courte hésitation, il poursuivit :

— Quand Félix Felixovitch Ioussoupov a cherché un camarade de combat pour assassiner Raspoutine, j'ai aussitôt répondu présent. Je pensais comme lui que la mort de ce dangereux charlatan était la seule issue, le seul moyen de sauver la Russie. Il exerçait une influence délétère sur ma tante la tsarine et causait un immense dommage à notre pays. La tsarine a été furieuse, bien sûr, et elle a réclamé notre exécution. Mais les lois en vigueur à l'époque interdisaient d'arrêter et de traduire en justice des membres de la famille du tsar ou d'autres grands princes. Ioussoupov a été banni et assigné à résidence dans son domaine de Rakitnoïe, dans le sud de la Russie. Après l'abdication du tsar, il est revenu à Petrograd et a même réussi à emporter des bijoux et des tableaux de valeur quand il s'est exilé à Londres, si bien que c'est un des rares émigrés à n'avoir pas de problèmes financiers. Aujourd'hui, le meurtre de Raspoutine lui vaut même d'être honoré en Angleterre.

Son ton était dur ; Gabrielle retint son souffle, car elle devinait déjà ce qui allait suivre.

— Pour moi, ç'a été différent. J'ai beau être un parent direct du tsar, j'ai été jugé et condamné. J'ai évité la peine de mort parce que le peuple se réjouissait de la mort de Raspoutine. Pourtant j'ai pensé à l'époque que la pendaison aurait mieux valu que le cachot. Personne n'a pu faire changer d'avis la tsarine. J'ai été traité comme n'importe quel meurtrier, bien que je n'aie pas touché à un seul cheveu de Raspoutine. Je m'étais borné à monter la garde pour mes amis. Mais j'ai été le seul à être mis au ban de ma classe sociale. (Il eut un sourire amer.) Enfin, à quelque chose malheur est bon : au bout d'un certain temps, j'ai bénéficié d'un aménagement de peine et on m'a envoyé sur le front perse, sans privilège et à un grade subalterne. Ce qui m'a sauvé la vie. J'étais trop loin pour être dans le collimateur des bolcheviks. Les Rouges ont fusillé mon père et mon demi-frère tandis que je fuyais à Téhéran. Tu connais la suite. Aujourd'hui je suis ici et…

Il s'arrêta et déglutit avant de terminer sa phrase :

— … et je suis infiniment reconnaissant de t'avoir rencontrée.

Elle hocha la tête en silence. Il n'avait pas encore assené le coup fatal à leur histoire. Elle referma les doigts sur la main qu'il lui tendait par-dessus la table.

— Je t'accompagnerai ce soir, bien sûr. Un Romanov n'a jamais reculé devant un duel, quelles qu'en soient les armes. Nous avons un proverbe, en Russie : « Dans le risque est l'honneur. » Alors allons-y, Coco, en avant pour le scandale.

Les mauvaises langues allaient pouvoir s'en donner à cœur joie. Gabrielle fut submergée d'un bonheur qu'elle n'avait plus connu depuis longtemps.

* * *

La file de véhicules progressait au pas dans la rue Pierre-Demours en direction de l'entrée du château des Ternes. L'embouteillage de l'avenue des Ternes se prolongeait dans toutes les rues adjacentes. Limousines et cabriolets avançaient pare-chocs contre pare-chocs pour venir déposer leur contingent de nobles et de nantis, mêlés aux célébrités de la bohème parisienne, sous le portail voûté de ce château du XVIIIe siècle illuminé de dizaines de flambeaux et de bougies. Les coups de klaxon, les claquements étouffés de portières et le brouhaha des voix résonnaient dans ce quartier huppé du 17e arrondissement. On entendait des éclats de rire un peu niais, qui deviendraient hystériques après quelques coupes de champagne. Plusieurs des hautes fenêtres étaient ouvertes et déversaient les rythmes syncopés d'un air de jazz. Quand le chauffeur des Sert s'arrêta à son tour devant le portail, des valets en livrée se précipitèrent pour ouvrir les portières.

— Votre invitation, s'il vous plaît, demanda fort poliment l'un des domestiques à José, qui venait de descendre de voiture.

— Nous n'en avons pas, dit Misia d'une voix flûtée.

Assez haut pour être entendue des invités qui s'acheminaient vers l'entrée en rangs aussi serrés que leurs véhicules un peu plus tôt.

— N'est-ce pas Misia avec José Sert ? murmura une femme tout excitée.

— Bonjour, Misia, à tout à l'heure pour une coupe de champagne ! s'écria une autre.

— Je ne peux pas vous laisser entrer sans invitation, madame.

Le valet se sentait visiblement dépassé. Édith de Beaumont avait tenté d'inculquer à ses domestiques les usages de la cour, mais ne les avait pas armés pour affronter une Misia déchaînée et vindicative.

— Pardonnez-moi, madame, mais j'ai des consignes.

— Nous le savons, dit José avec le plus grand calme. D'ailleurs nous préférons faire la fête sur le trottoir avec les chauffeurs.

Tandis que le pauvre valet ne savait plus à quel saint se vouer, Gabrielle descendit de voiture à son tour. Elle jeta un bref coup d'œil autour d'elle et fut un peu déçue qu'on ne la reconnaisse pas tout de suite. Mais vivre incognito n'était-il pas préférable à cette popularité qui vous poursuivait partout ? Elle avait lu quelque part que Misia était aussi connue à Paris que l'obélisque de la Concorde. Pour le scandale qui se préparait, la célébrité de son amie était en tout cas un atout précieux.

Plusieurs invités ayant entendu l'échange entre les Sert et le domestique retenaient leur souffle et attendaient la suite. Ce fut comme une réaction en chaîne. Toutes les têtes se tournèrent vers eux, et bientôt les chuchotements, commentaires, suppositions et remarques diverses se propagèrent jusqu'au bout de la file. Comme Dimitri descendait de voiture après Gabrielle et se dirigeait vers le groupe des chauffeurs rassemblés un peu à l'écart, la rumeur se mit à enfler. On sentait venir l'orage.

— Puis-je vous offrir une cigarette ? demanda le grand-duc au chauffeur de Mme de Noailles.

Gabrielle reconnut l'homme, car Madame était une mécène de Jean Cocteau et faisait à l'occasion véhiculer son protégé à travers Paris dans sa propre voiture. Elle serait surprise d'apprendre que Cocteau avait préféré ce soir-là l'invitation de Misia à celle d'Étienne de Beaumont.

Après avoir fait le tour des chauffeurs en leur offrant des cigarettes, Dimitri tendit à Gabrielle celle qu'il venait d'allumer, avec un petit sourire satisfait. Puis il enflamma une autre allumette. Après avoir inhalé une longue bouffée, il se pencha vers elle et murmura :

— Regarde autour de toi, on dirait que ça marche.

Misia se tenait au milieu des domestiques comme une aristocrate dans un roman de Balzac. Belle, sûre d'elle et inflexible. À côté d'elle José Sert, qui se détacha de son ombre pour aller saluer Picasso avec force salamalecs. Le peintre jouait le jeu, ce qui était fort distrayant pour les gens alentour, on se serait cru au théâtre. Le cortège avançait de plus en plus lentement. La rue offrait manifestement plus de divertissements que la plupart des invités n'espéraient en trouver dans la salle de bal du château. Les amis de Gabrielle semblaient du même avis, et Dimitri à côté d'elle avait la mine du gamin qui jubile de faire une chose défendue.

Gabrielle observait la scène en silence. Elle repéra parmi les nouveaux arrivants de vieux amis de Boy qu'elle connaissait plus ou moins de vue. Elle avait déjà croisé les belles femmes qui s'avançaient au bras de ces riches messieurs, mais ne leur avait jamais été présentée. Boy l'avait toujours tenue à distance des noceurs et de leurs cocottes.

— Ils ont l'air sympathiques. Pourquoi ne les invitons-nous pas ? demanda Gabrielle.

Ils cheminaient côte à côte le long de la Seine. En sortant de Chez Maxim's, ils avaient croisé un couple qui à l'évidence aurait bien aimé les revoir. Mais Boy n'était visiblement pas de cet avis, il les avait salués brièvement et avait aussitôt entraîné Gabrielle dans la rue Royale ; c'était tout juste s'il ne fuyait pas. Ils avaient traversé la place de la Concorde d'un pas rapide, et c'est seulement arrivés sur le quai qu'ils avaient ralenti l'allure.

— Jamais de la vie !

Son ton sec l'avait surprise.

— Et pourquoi pas ?

— Parce que tu n'es pas comme ces femmes.

— Celle-ci est beaucoup plus jolie que moi.

— *C'est possible, mais rien ni personne à mes yeux n'est plus beau que toi. Et d'ailleurs tu devrais éviter la société des cocottes, car nous allons nous marier…*

Ils ne s'étaient pas mariés, et aujourd'hui les cocottes étaient accueillies au château des Ternes comme des princesses tandis que leur couturière était exclue de la fête. Une couturière dont *Vogue* avait pourtant salué dernièrement « le goût parfait ». Gabrielle sentit la bile lui remonter dans la gorge.

Elle observait Dimitri du coin de l'œil. Il était plongé dans une discussion animée avec deux chauffeurs sur les avantages comparés de différentes marques de voitures, comme s'il était l'un des leurs. Les gens chics lui jetaient des regards interloqués. Le grand-duc se ridiculisait. Sans le moindre doute. *Et c'est pour moi*, pensa Gabrielle. *Il fait ça pour moi. Pour la petite* midinette* *snobée par la bonne société parisienne.* Cette pensée lui réchauffa le corps et le cœur. *Il m'aime*, se dit-elle.

Comme si elle avait parlé tout haut, Dimitri se retourna et lui adressa un sourire radieux.

— Ça va ?

— Je ne sais pas.

Elle ne lui avoua pas son amertume d'être invisible aux yeux des autres, y compris de ses clientes. C'était une des rares circonstances où elle aurait aimé qu'il en soit autrement.

— Je boirais bien quelque chose.

Dimitri n'hésita qu'un court instant. Il lisait dans ses yeux comme dans un livre ouvert. Il se retourna et cria à la cantonade :

— Champagne ! Quelqu'un pourrait-il m'apporter un verre de champagne pour mademoiselle Chanel ?

Il y eut des oh ! et des ah !, un frisson courut parmi la foule. Tous les regards se braquèrent sur elle. Des regards surpris. Indignés ? On entendit plusieurs dames murmurer avec plus ou moins de discrétion :

— Mademoiselle Chanel, qui fait des robes si élégantes… Pourquoi ne l'a-t-on pas invitée ?

— Il y aurait donc bien quelque chose entre Coco Chanel et le grand-duc ?

— *Mon Dieu**, mais quelle honte ! s'écria une voix.

Gabrielle aurait volontiers répondu à cette dame, qu'elle entendait mais ne voyait pas, qu'elle avait fichtrement raison. C'était une honte, oui. Pour elle. Pour les autres invités. Mais d'abord et avant tout pour le comte et la comtesse de Beaumont. Le plan de Misia avait fonctionné.

Malgré sa tension, Gabrielle commençait à vraiment s'amuser. José avait pensé à tout, il leur fit servir en pleine rue le champagne qu'il avait transporté dans une glacière au fond du coffre de sa voiture. Ce fut une soirée d'une folle gaieté, d'autant plus que certains invités des Beaumont s'étaient joints aux « rebelles » et trinquaient sans façon avec les chauffeurs et les artistes qui continuaient d'affluer. Les fenêtres au-dessus d'eux s'ouvraient une à une, les spectateurs ébahis regardaient Coco Chanel danser à la lueur des réverbères, d'abord avec Cocteau, puis avec Picasso, sur les airs de charleston qui filtraient par les fenêtres de la salle de bal du château. Plus tard, elle valsa sur le pavé dans les bras de Dimitri. C'était une nuit assez douce pour la saison, mais malgré l'ambiance survoltée et l'excitation générale, elle se mit tout à coup à frissonner.

— Il est temps qu'on parte pour le Midi, lui murmura-t-elle à l'oreille.

Il la serra plus fort contre lui.

Cette réponse lui suffit.

Chapitre 3

Chaque fois qu'elle franchissait le seuil du 23, rue La Boétie, Misia était surprise de voir à quel point la vie de Picasso avait changé. Son appartement n'avait plus rien à voir avec l'atelier un peu délabré d'un artiste ambitieux mais désargenté, aux amours instables, aux amis forts en gueule et plus ou moins chanceux, peu fiables financièrement et parfois malheureux au point de se tuer. C'était la résidence seigneuriale d'un prince de la peinture. Son galeriste et mécène Paul Rosenberg l'avait louée trois ans plus tôt à proximité de sa galerie. C'était en quelque sorte son cadeau de mariage pour célébrer le nouveau départ de Picasso, qui venait d'épouser la belle Olga.

Ce changement de cadre n'avait pas entamé la productivité du peintre. Sur le plan privé en revanche, rien n'était plus pareil. On murmurait qu'il avait commencé à s'éloigner de sa femme. C'était peut-être en rapport avec l'arrivée du couple Murphy, venu de New York se joindre à la petite bande qui entourait le peintre. Sara Murphy en particulier semblait accaparer Picasso. Mais l'attitude distante de Pablo était peut-être aussi la conséquence de la grossesse d'Olga. Elle avait accouché au début du mois d'un garçon censé parfaire le bonheur du jeune couple, mais les amis s'interrogeaient : la présence d'un nourrisson au foyer allait-elle les éloigner plus encore l'un de l'autre, ou bien éveillerait-elle au contraire des sentiments insoupçonnés chez un homme qu'on tenait pour dur et peu attentionné ?

Misia voulait se faire sa propre opinion. D'ailleurs, une visite de courtoisie s'imposait après la naissance du bébé.

Une domestique lui ouvrit la porte et prit son manteau.

Chargée de cadeaux destinés à Olga et au petit Paulo, elle suivit l'employée dans la pièce où la jeune accouchée tenait salon. Impossible d'appeler cela autrement : la ballerine disparaissait non seulement dans un océan de coussins de soie, mais aussi sous son nouveau rôle de mère.

Olga Picasso trônait sur une méridienne, charmante, pâle et épuisée, mais les yeux brillants. Elle salua Misia en soulevant à peine sa petite main blanche, fit un vague signe des doigts vers le berceau dans le coin près de la cheminée.

Le feu qui crépitait jetait des ombres sur le drap bordé de dentelle et sur le petit minois de l'enfant. Conformément à la tradition russe, le bébé était emmailloté des pieds à la tête, telle une matriochka. En France, on langeait les bébés de manière différente, et Misia se demanda si ce pauvre enfant n'étouffait pas. Elle ne voyait que ses paupières fermées et ses joues délicates, qui luisaient d'un éclat rosé à la lueur des flammes.

— Il est absolument ravissant, s'empressa-t-elle de déclarer.

C'était ce qu'on attendait d'elle, mais le peu qu'elle voyait de l'enfant ne lui permettait pas d'en juger vraiment.

Elle chercha du regard un endroit où se débarrasser de ses paquets. Elle transpirait, la pièce était surchauffée. La seule table était encombrée de toutes sortes d'objets, une petite icône, un livre et les affaires du bébé. Après avoir finalement déposé ses cadeaux sur un fauteuil, elle ôta le foulard qui lui serrait le cou et se tourna vers la jeune mère.

— Vous ne trouvez pas que Paulo est le plus beau petit garçon du monde ? demanda Olga.

— Mais naturellement, assura Misia.

— Il est magnifique, poursuivit Olga comme si elle n'avait pas entendu, et je suis sûr qu'il sera très intelligent. Ça se voit déjà, non ?

— Mais oui, Olga.

— Si vous pouviez voir ses mains. On devine qu'il deviendra un grand artiste. Avec des mains pareilles, il ne peut que peindre ou diriger un orchestre. Il a la créativité dans le sang, forcément.

— Bien sûr, Olga.

Misia était de plus en plus agacée. Ne ferait-elle pas mieux de s'en aller ? La conversation tournait au monologue ; elle en avait l'habitude, avec Olga Picasso, mais cette fois elle ne se sentait pas la bienvenue. Elle se serait volontiers assise, mais la jeune mère oublia de le lui proposer. D'ailleurs, la pièce n'offrait pas tant de possibilités. Sur le second fauteuil gisait un déshabillé, jeté là avec une négligence calculée qui lui fit penser à une nature morte de Renoir. Et Misia s'y connaissait : dans sa jeunesse, il avait fait un portrait d'elle. Assise. Déjà à l'époque, elle n'aurait pas apprécié de devoir rester debout comme ça, à piétiner.

Elle se dirigea d'un pas décidé vers la fenêtre, prit les livres sur la chaise qui se trouvait là et les déposa sur le fauteuil à côté de ses cadeaux. Puis elle transporta le siège près de la méridienne d'Olga et s'assit.

— Je n'aurais pas cru qu'on pouvait aimer à ce point un si petit être. Vous n'avez pas d'enfant, vous ne pouvez pas comprendre ce que ressent une femme qui…

— Comment va Pablo ? demanda Misia, impatiente de changer de sujet.

— Le père de Paulo ?

Olga parut déconcertée, comme s'il lui fallait quelques secondes pour se rappeler qu'il s'agissait de son mari.

— Je ne le vois pas beaucoup. Il passe l'essentiel de son temps à peindre ou à sculpter. Car il s'est mis à la sculpture, figurez-vous. Je ne sais pas comment il va. Sert est sûrement plus au courant que moi.

Comment interpréter la pointe d'ironie de cette dernière phrase ? Olga était-elle blessée, honteuse, furieuse ? Voilà qui confirmait en tout cas les rumeurs sur le désamour de Pablo. Au cours de la soirée devant le château des Ternes, il avait d'ailleurs éludé les questions de Misia concernant sa femme. Elle fut prise d'un soudain élan de compassion pour la jolie danseuse. Même si elle prenait trop à cœur son rôle de jeune mère, ce n'était pas une raison pour qu'il la délaisse ainsi. Misia se voulut rassurante :

— Il faut sans doute que Pablo s'habitue à son nouvel état de père. Les hommes éprouvent parfois quelques difficultés, au début.

— Comme si vous pouviez le savoir…

Misia soupira. Elle dirait à leur ami commun Diaghilev qu'elle avait fait son possible, mais qu'Olga était têtue comme une mule. Si elle se montrait aussi peu conciliante avec son mari, on ne pouvait pas en vouloir au peintre de passer plus de temps dans son atelier qu'auprès de sa femme et de son enfant. Elle décida de lever le camp dans cinq minutes. Elle commençait à avoir mal à la tête.

Dans une dernière tentative pour lui changer les idées, et pour rendre ces cinq dernières minutes un peu plus amusantes, Misia entreprit de conter à Olga les derniers potins.

— Coco Chanel s'apprête à partir sur la Côte d'Azur avec son nouvel ami…

— Je croyais que Stravinsky était en tournée en Espagne, fit Olga, surprise.

— Vous n'y êtes pas du tout, dit Misia en riant. Elle a laissé tomber Stravinsky. Vous n'imaginerez jamais qui est son nouvel amant.

— Picasso ? dit Olga, soudain alarmée.

— Bien sûr que non, mon chou. Non, pas Picasso. J'espère bien que vous le sauriez si votre mari flirtait avec une autre femme au vu et au su de tous.

Misia se demanda si la sueur qui ruisselait dans sa nuque était uniquement due au chauffage.

— Non, ma chère. Coco part en voyage avec le grand-duc Dimitri Pavlovitch Romanov.

— Oh ! fit Olga, visiblement impressionnée.

Misia était ravie de son petit effet, elle se retrouvait enfin dans son élément.

— Ils se montrent en public depuis une semaine. Ils dînent ensemble au Ritz, et chacun sait bien que la soirée ne s'achève pas avec le dessert. Et le soir du petit scandale chez le comte de Beaumont, il était là aussi.

Olga ne posa pas de question sur le scandale, un autre aspect de l'événement semblait l'intéresser davantage.

— Je croyais que si Consuelo Vanderbilt poussait le duc de Marlborough au divorce avec tant d'énergie, c'était parce qu'elle sortait avec Son Altesse. La liaison de son époux ne suffit pas à expliquer sa hâte.

Cette dernière remarque agaça Misia, mais elle se tut. Elle était adepte de la clarté et de la franchise dans les rapports amoureux. Une attitude à laquelle elle s'était tenue aussi bien dans son premier mariage que lorsqu'elle s'était séparée de son deuxième époux. Les relations triangulaires n'étaient pas son fort. C'était d'ailleurs la raison pour laquelle elle désapprouvait la liaison de Coco avec Stravinsky.

— Non, non, non. Dimitri est un homme libre, répondit-elle avec une certaine satisfaction. Il fait ce qui lui plaît. Et de toute façon, Consuelo Vanderbilt, ou plutôt Lady Spencer-Churchill, a déjà des vues sur Louis-Jacques Balsan.

Le nouvel amant de la célèbre multimillionnaire américaine était le frère d'Étienne. *Comme le monde est petit*, songea Misia. Si petit qu'elle se demanda soudain si Stravinsky savait déjà qu'il avait perdu Coco au profit d'un grand-duc célibataire.

— Consuelo Vanderbilt a des vues sur Louis-Jacques Balsan, répéta Olga, songeuse, avant d'ajouter en soupirant : Depuis que j'ai accouché, je ne suis plus au courant de rien. Rien du tout. Vous savez si la tournée en Espagne se passe bien ? J'espère tellement que Diaghilev, Stravinsky et les Ballets font un triomphe.

Misia la regarda, soudain inquiète. N'aurait-elle pas mieux fait de tenir sa langue ? Pourvu que l'idée ne vienne pas à Olga ou à Pablo Picasso de révéler au musicien le nom du nouvel amour de Coco. C'était à elle, Misia, de se faire la messagère de tous les secrets. Les rumeurs se répandaient si vite, et elle ne détestait rien tant que d'être sur la touche. Elle devait garder le rôle central, apparaître toujours comme la mieux informée. Pour l'instant, c'était le cas, puisque Olga s'adressait à elle pour avoir des informations sur la tournée.

— Oui, ils sont ovationnés partout où ils passent.

— À ce point ? C'est merveilleux.

Misia n'écoutait plus. La conversation commençait à l'ennuyer pour de bon. Elle décida qu'elle avait accompli son devoir.

Dans un brusque élan d'affection, elle saisit la main étonnamment froide d'Olga.

— Ma chérie, je vais devoir m'en aller.

— Promettez-moi de revenir pour constater les progrès de Paulo. Vous savez, notre fils s'éveille de jour en jour.

Misia lui répondit par un sourire et lui pressa gentiment la main. Elle n'était pas disposée à en faire davantage. Puis elle quitta l'appartement de cette soi-disant amie avec une hâte qui ressemblait plutôt à une fuite.

Arrivée dans la rue, elle inspira à pleins poumons l'air hivernal chargé d'humidité. Le froid lui parut incroyablement agréable au sortir de cette atmosphère surchauffée.

Elle n'agrafa même pas son manteau de fourrure et laissa le vent glacé s'engouffrer sous ses vêtements. Ses maux de tête se calmaient déjà, elle n'avait plus le crâne serré dans un étau. Enfin libérée de la compagnie oppressante d'Olga Picasso, elle poussa un soupir de soulagement et regarda son souffle se condenser en un petit nuage de vapeur.

Elle se promena un long moment à travers le 8e arrondissement, admirant au passage les beaux immeubles haussmanniens, un spectacle dont elle ne se lassait jamais. Elle aperçut un bureau de poste. Comme poussée par une main étrangère, elle y entra. Elle ne s'expliquait pas pourquoi elle agissait ainsi. Tout ce qu'elle savait, c'est qu'elle devait faire quelque chose pour mettre un terme à ce qu'elle considérait depuis le début comme une erreur et un péché. Pour le bien de toutes les personnes concernées.

Elle fonça droit vers le guichet, demanda un formulaire de télégramme et un crayon. La table haute réservée aux clients venait d'être libérée par un monsieur d'un certain âge. Elle s'y installa, posa l'imprimé devant elle, remonta l'anse de son sac sur son coude pour pouvoir prendre appui sur son avant-bras, et écrivit :

Coco Chanel préfère les grands-ducs aux artistes.

Sans se laisser le temps de changer d'avis, elle courut au guichet, bousculant une femme qui protesta, indignée, quand elle lui passa sous le nez.

— Excusez-moi, c'est une urgence, affirma-t-elle.

Au fond, c'était un peu vrai. S'adressant à l'employée :

— Je vous prie de câbler ce message sans délai au Palace Hotel à Madrid, à l'attention de M. Igor Stravinsky.

Chapitre 4

Le moteur de la Rolls-Royce Silver Ghost bleu nuit, une couleur peu courante pour ce modèle, ronronnait avec la régularité d'une machine à coudre. Les arbres encore dénudés par l'hiver défilaient de part et d'autre de la route. Le vent froid de la course entrait par les vitres ouvertes, faisait claquer la toile de la capote fermée et jouait dans les cheveux qui dépassaient sous le chapeau de Gabrielle. Les rayons du soleil perçaient sous les nuages gris comme un avant-goût du printemps méditerranéen. Ils faisaient étinceler la statuette du bouchon de radiateur et l'aluminium poli du tableau de bord.

La veille déjà, le temps était si clément que Dimitri avait pris un coup de soleil en faisant une petite virée d'essai à Rouen. À son retour à Paris, le concierge de l'hôtel avait failli ne pas le laisser entrer, le croyant ivre à cause de son visage cramoisi. On s'était expliqué, Gabrielle et Dimitri avaient bien ri, mais elle espérait que les vexations s'arrêteraient là : elle avait suffisamment exposé son aristocrate d'amant.

Elle lui caressa la joue du bout des doigts.

— Il est interdit de toucher le chauffeur, plaisanta-t-il sans quitter la route des yeux. Tu cours le risque que je lâche le volant pour t'embrasser.

Elle lui enserra le buste avec ses bras.

— Je ne sais pas si je vais tenir jusqu'à Menton.

— Moi non plus. C'est pourquoi je propose qu'on fasse une pause à mi-parcours.

Pourquoi pas en Auvergne ? songea-t-elle. Elle avait souvent fait ce trajet vers le Midi en voiture avec Boy, mais jamais ils n'avaient fait halte dans la région où elle avait grandi. Curieusement, c'était la première fois qu'elle éprouvait le désir de revoir les lieux de son enfance et où sa mère était morte. Comme pour proclamer à la face des volcans, des collines couvertes de prairies, des villes aux maisons de basalte noir et des chaumières de campagne remplies de courants d'air que la fillette timide qui avait été élevée dans le dénuement le plus complet était devenue une femme riche et puissante, qui pouvait se permettre un séjour prolongé sur la Côte d'Azur en compagnie d'un prince de sang.

Ils passeraient d'abord quelques jours dans un hôtel de Menton où personne ne les connaissait. Menton n'était pas une ville très mondaine. Ils n'avaient pas à redouter les cancans qu'ils ne manqueraient pas de susciter à Monte-Carlo, Cannes ou Antibes. Dimitri surtout aspirait à l'anonymat, et pas uniquement pour éviter les ragots. Il avait confessé à Gabrielle qu'il se croyait surveillé non seulement par la police et ses indics, mais aussi par des espions bolcheviques. Une connaissance du ministère de l'Intérieur lui avait appris qu'il existait un dossier à son nom dans lequel étaient notés tous ses faits et gestes.

— La France et la Russie me tiennent à l'œil pour des raisons différentes, j'imagine, mais les deux pays usent des mêmes procédés. On me soupçonne de je ne sais quelles manigances politiques, dit-il avec colère. Alors que je cherche seulement à être avec toi, Coco, et à profiter un peu du soleil.

Tu passerais plus inaperçu en Auvergne qu'à Menton, pensa Gabrielle.

— Et si nous…

— Que veux-tu que…

Ils avaient parlé en même temps. Leur couple était trop neuf encore pour que chacun devine les pensées de l'autre avant même qu'il les formule. Gabrielle se demanda malgré elle si ce serait le cas un jour. Avec Boy, elle avait connu cette osmose, cette impression de ne former qu'un seul être...

— Toi d'abord, décida Dimitri.

Elle avait perdu le fil. Le souvenir de Boy menaçait de tout envahir. Oubliée, son enfance en Auvergne. La dernière fois qu'elle était allée dans le Midi en voiture, c'était avec Étienne Balsan, qui avait choisi un autre itinéraire. C'était la nuit, un voyage tout différent de celui-ci. En l'espace d'une seconde, elle se retrouva comme au fond d'un tunnel obscur, ramenée aux heures les plus douloureuses de son existence.

— Que voulais-tu dire ? insista Dimitri.

Elle sursauta comme s'il la réveillait d'un cauchemar.

— Je ne sais plus, murmura-t-elle.

Pendant un long moment, on n'entendit plus que le ronronnement du moteur et le vent de la course. Gabrielle regarda Dimitri à la dérobée. Lui en voulait-il de s'être absentée en esprit pour se focaliser aussi ostensiblement sur autre chose, sur quelqu'un d'autre ? Leur relation était encore aussi fragile qu'un patron de robe tout juste épinglé, ils n'avaient pas passé assez de temps ensemble. Mais le visage de Dimitri était impénétrable, il regardait la route. Rien n'indiquait qu'il fût blessé. Elle ferma les yeux, souhaitant être déjà arrivée.

— Je me suis avisé que tu ne m'avais pas vraiment dit ce que tu attendais d'Ernest Beaux, dit-il tout à coup. J'ai organisé un rendez-vous avec lui et j'ai dit que je viendrais accompagné d'une dame qui s'intéresse à un parfum dans le style du *Bouquet de Catherine*. Mais je ne connais pas le fin mot de l'histoire.

— Oh, je croyais t'avoir expliqué à Venise que je voulais créer une *Eau de Chanel*.

— Tu t'es contentée de propos très vagues.

— Ce n'est qu'un petit projet. Je voudrais juste faire fabriquer une centaine de flacons. À offrir pour Noël à mes meilleures clientes.

Dimitri tourna la tête vers elle.

— Tu te donnes tout ce mal pour ces bonnes femmes qui t'ont battu froid au château des Ternes ?

— Eh bien oui, on dirait, admit-elle. C'est justement pour ça que je voudrais le produit le plus extraordinaire qui puisse sortir d'un laboratoire.

Il lui adressa un large sourire.

— Alors je suis ravi de pouvoir t'y aider.

— Tu ferais mieux de regarder la route si tu veux être en mesure de le faire.

Il lui obéit en riant.

Chapitre 5

La baguette se brisa sur le pupitre avec un bruit sec. Igor Stravinsky regarda son outil de travail d'un air consterné. De la baguette de trente centimètres ne lui restait plus dans la main qu'un moignon.

Il se tourna, furieux, vers ses musiciens :

— Vous ne savez pas lire ? Il y a un changement, on passe à une mesure à 6/4. Pourriez-vous me faire le plaisir de jouer la partition ?

Il agitait dans tous les sens son bâtonnet ridicule, qu'il finit par jeter de toutes ses forces au milieu de l'orchestre. Par bonheur, son projectile n'atteignit personne.

Serge Diaghilev respira. Il s'était glissé discrètement dans une loge d'avant-scène du Teatro Real et assis sur une des chaises du fond, juste à temps pour assister non pas à la répétition, mais au coup de sang du compositeur. Il s'attendait bien sûr à ce que Stravinsky accuse le coup après le télégramme reçu de Paris. Voilà pourquoi il le tenait à l'œil. Mais il n'aurait pas imaginé une réaction aussi violente.

— Il fait une dépression nerveuse, constata Bronislava Nijinski, à côté de Diaghilev.

La danseuse, qui s'était récemment lancée dans la chorégraphie, avait assené son diagnostic comme s'il s'agissait d'une maladie fatale.

— Stravinsky est jaloux, murmura Diaghilev.

Ses pensées le ramenèrent malgré lui quelques années en arrière, à l'époque de sa collaboration avec Vaslav Nijinski, frère de Bronislava et tout aussi génial qu'elle. Collaboration qui avait débouché sur une liaison amoureuse bouleversante.

Bronislava savait de quoi elle parlait. Lors d'une représentation privée des Ballets russes à Saint-Moritz deux ans plus tôt, Vaslav s'était brusquement effondré ; il avait fini par être interné dans une clinique psychiatrique à Zurich. Diaghilev avait alors appris que Nijinski souffrait de schizophrénie ; le choc avait été encore plus rude que son désespoir à l'époque où le danseur l'avait quitté pour une femme qu'il avait ensuite épousée. Vaslav, qui avait laissé un souvenir inoubliable dans *Petrouchka* et que l'on considérait comme le plus grand danseur du monde, ne s'était jamais rétabli ; il vivait toujours enfermé dans un asile.

Stravinsky risquait-il de finir aussi mal à cause d'un chagrin d'amour ? Diaghilev sortit sa pochette et s'épongea les lèvres d'un geste nerveux.

Tandis que Stravinsky hurlait à un malheureux machiniste d'aller lui chercher séance tenante une nouvelle baguette, Bronislava demanda :

— C'est à cause de Mlle Chanel ?

Diaghilev voyait avec angoisse l'agitation se propager parmi les musiciens, qui s'estimaient accusés à tort. Il n'aurait plus manqué qu'ils se révoltent contre leur chef d'orchestre ! Jusque-là, la tournée avait très bien marché. Jusqu'à l'arrivée de ce fichu télégramme. L'envoi étant anonyme, l'imprésario avait vivement conseillé à Stravinsky d'oublier au plus vite le contenu du petit bleu. Mais l'amant qui se croyait désormais trahi ne l'entendait pas de cette oreille.

— Il a enquêté.

La voix de Diaghilev était étouffée par le mouchoir de la défunte grande-duchesse Maria Pavlovna, qu'il pressait toujours contre sa bouche.

— Et il n'a pas eu de mal à vérifier que le mystérieux délateur disait la vérité. Il a suffi à Igor Fiodorovitch de passer un coup de fil chez Coco à Garches. Ekaterina lui a aussitôt raconté qu'un certain Piotr, un serviteur du grand-duc Dimitri Pavlovitch Romanov, venait d'emménager à Bel Respiro. Une armoire à glace, qui fait preuve d'une patience infinie avec les enfants, paraît-il. Théodore, Ludmilla, Sviatoslav et Milena jouent à longueur de journée avec la fillette du couple de domestiques. En voilà au moins quatre qui sont heureux.

— Mais la présence de ce domestique chez elle ne prouve pas que Coco Chanel entretient une liaison avec Son Altesse.

Diaghilev secoua la tête d'un air soucieux. Il rangea le petit mouchoir dans sa poche de veston.

— Non. Mais le hic, c'est que ce Piotr est installé à Garches parce que Coco et son nouvel ami sont partis faire un séjour en tête à tête sur la Côte d'Azur.

— Dans ce cas, effectivement..., reconnut Bronislava. C'est donc la fin du couple Stravinsky-Chanel.

— J'aime ton réalisme, fit Diaghilev dans un soupir.

L'acoustique de la salle faisait porter la voix de Stravinsky jusqu'au tout dernier rang.

— Allez-y ! Qu'est-ce que vous attendez ? criait-il au premier violon. Et faites-moi le plaisir de regarder la partition. Vous êtes là pour jouer la musique que j'ai écrite et pas celle qui vous arrange.

Ulcérés par ces reproches offensants, les autres violonistes se mirent à frapper avec leur archet contre leur instrument ou leur pupitre en signe de protestation. Bientôt les altos et les violoncelles en firent autant. La solidarité entre cordes se transforma en soulèvement général. Comme l'orchestre entier était rassemblé pour cette répétition, les instruments à vent entrèrent à leur tour dans la danse. C'était à qui taperait le plus fort sur son pupitre.

— Une émeute ? rugit Stravinsky. C'est moi le compositeur. Je suis le seul à savoir comment cette musique doit être interprétée. Vous êtes dans l'erreur. Tous ! Vous jouez faux !

Diaghilev repoussa sa chaise.

— Il faut que j'aille m'occuper d'Igor avant qu'on en arrive à un boycott général de l'orchestre.

* * *

Stravinsky faisait tourner son verre entre ses doigts, un verre à eau rempli de vodka à ras bord. La lumière de l'après-midi tombant à travers le vitrail de la coupole se réfractait dans sa boisson en milliers de points multicolores. Il était assis avec Diaghilev dans la grande salle de l'hôtel, sous la rotonde soutenue par des colonnes. En fait, il n'était pas assis, mais effondré dans un des sièges baroques.

Le Christ de douleur, songea Diaghilev en sirotant une gorgée de champagne pour se donner du courage avant la conversation qui s'annonçait. Il allait devoir réconforter le compositeur, mais ne savait vraiment pas quoi dire. Une phrase comme « Coco n'en vaut pas la peine » ou même « Tu sais bien que Coco est une traînée » ? Impossible. Ces mots-là ne franchiraient pas ses lèvres. Sa loyauté envers sa mécène le lui interdisait.

— C'est une menteuse ! hurla Stravinsky. Une menteuse et une tricheuse.

— Allons donc, protesta Diaghilev. Tu sais bien que les femmes ne savent jamais ce qu'elles veulent. Un jour ceci, un jour cela. Il leur faut sans arrêt autre chose. *Ou quelqu'un d'autre*, ajouta-t-il in petto.

— Elle m'a trahi, je vais la tuer, gronda Stravinsky.

Il attrapa son verre et avala une grande gorgée.

— Si ça peut t'aider, vas-y. Mais en pensée seulement.

Stravinsky lui jeta un regard inquiétant.

— Comment ça ? Je vais la tuer pour de bon, qu'est-ce que tu crois.

Il reposa son verre et leva ses mains tremblantes, les doigts écartés.

— Je vais serrer son petit cou blanc entre ces mains-là et je vais l'étrangler.

Le sérieux avec lequel il avait dit ça fit courir un frisson d'effroi dans le dos de Diaghilev. La Grande Guerre et la révolution n'avaient-elles pas fait assez de morts ? Il y avait eu trop de violence, trop de gens admirables y avaient laissé leur vie pour qu'on puisse s'amuser aujourd'hui à tuer quelqu'un par pur caprice.

Diaghilev connaissait la douleur d'être quitté. Il avait chassé Vaslav Nijinski de la troupe par jalousie. Et Léonide Massine aussi avait dû partir parce que lui, Sergueï Diaghilev, n'avait pas supporté sa liaison avec une danseuse. Depuis, il avait regretté de s'être séparé de ces deux artistes. Pas à titre personnel, mais pour le ballet, en tant qu'imprésario. Pourtant, ça ne l'empêchait pas de vivre. S'il avait tué l'un ou l'autre de ses rivaux, ç'aurait été la fin de tout, et il n'aurait jamais pu se le pardonner.

— Laisse Coco tranquille, dit-il d'un ton las. De toute façon, ça ne change pas…

Il s'interrompit : le pianiste du bar venait de prendre son service au piano à queue placé en bordure de la rotonde. Les premières notes résonnèrent à travers la salle. Curieusement, le musicien ne proposait pas aux clients de l'hôtel les habituels standards du jazz, mais des airs folkloriques. Il improvisa d'abord un flamenco, puis un air de *Carmen*. *Quand on pense que le plus espagnol de tous les opéras a été composé par un Français…*, songea Diaghilev.

Stravinsky se sentait visiblement inspiré par la mélodie, car il déclara :

— Je pourrais aussi la poignarder.

Il scruta le fond de son verre comme s'il espérait y trouver la réponse à ses interrogations.

— Mon ami, tu vis un drame, certes, mais tu n'es pas au théâtre.

— Quelle longueur doit avoir une lame pour être efficace ?

— Igor, je t'en prie ! À quoi penses-tu ? Tu parles d'une femme, et le meurtre est une chose atroce. Le vrai sang est beaucoup plus dégoûtant que le mélange de glycérine, de gélatine et de fuchsine qu'on utilise sur scène.

Stravinsky avala une autre gorgée de vodka.

— Bon, d'accord. Pas de couteau. Tu as raison, Sergueï. Je vais l'étrangler.

Et il vida son verre.

Dieu du ciel, soupira Diaghilev. *Le pire, c'est qu'il est sérieux.*

Chapitre 6

Menton se révéla un mauvais choix. L'hôtel Riviera-Palace sur lequel Gabrielle avait jeté son dévolu ne manquait pas d'allure, sorte de château fort accroché à un rocher, avec un jardin magnifiquement aménagé, des terrasses ornées de palmiers et de citronniers dans d'énormes pots en terre cuite. Mais l'édifice lui-même avait quelque chose de sévère et de sombre qui aurait mieux convenu à un manoir écossais et qui s'accordait mal avec l'idée riante que Gabrielle se faisait de la Méditerranée et de ces vacances avec Dimitri. La mélancolie provenait peut-être aussi des nombreux clients venus du nord de l'Europe chercher ici un climat particulièrement doux, même pour la Côte d'Azur, afin de soigner leurs maux – grippe, tuberculose ou rhumatismes.

Gabrielle se sentait cernée par la maladie pendant la journée, et poursuivie par ses démons durant la nuit. Ses cauchemars la tenaient éveillée, elle ne s'endormait qu'à l'aube et restait au lit jusqu'à midi. Dimitri ne se plaignait pas, il se levait de bon matin et allait seul jouer au golf ou passer du temps au bord de la mer. Il lui faisait plus tard son compte rendu : il avait assisté au retour des pêcheurs ou observé des familles italiennes, regardé les jeunes enfants jouer avec des galets sur la plage. Gabrielle s'en voulait. Par sa faute, ils ne passaient pas ensemble chaque heure de ce précieux séjour. Le voir contraint de se plier à son besoin de sommeil la vexait.

— Notre voyage démarre plutôt mal, non ? dit-elle avec un soupir.

Ils prenaient un déjeuner léger en tête à tête sur la terrasse de l'hôtel. De sa place, elle voyait la mer couleur saphir miroiter sous les rayons d'un soleil printanier étonnamment chaud.

— Je voudrais te rendre heureux, mais je crains que ce ne soit un peu raté.

Il lui prit la main en souriant.

— Mais si, Coco, tu me rends heureux. Je suis très touché de tes attentions, tu te soucies de mon bien-être…

— Madame ?

Un garçon s'approcha de la table.

— Mademoiselle, corrigea-t-elle sans réfléchir, oubliant qu'elle était ici incognito.

Elle s'était inscrite sous un autre nom, Devolle, le nom de jeune fille de sa mère Eugénie. Ici, elle n'était plus la créatrice de mode célèbre à Paris, mais la personne qui accompagnait publiquement le grand-duc Dimitri Romanov et méritait à ce titre plus de considération que la roturière Coco Chanel.

— Pardonnez-moi, mademoiselle, je croyais que…

Le jeune homme était non seulement déconcerté, mais penaud.

— Un appel téléphonique de Paris, poursuivit-il d'une voix hésitante. La personne dit que c'est urgent.

Dimitri haussa le sourcil.

— Des problèmes à l'atelier ?

— Cette personne a-t-elle donné son nom ? demanda Gabrielle, qui se levait déjà.

— Oui, madame… euh… mademoiselle. Son nom est Leclerc. M. Joseph Leclerc.

— Des ennuis à la maison, résuma-t-elle en s'apprêtant à suivre le domestique à l'intérieur de l'hôtel.

D'un geste, elle dissuada Dimitri de l'accompagner.

— Qu'est-ce qu'il se passe ? demanda-t-elle sans préambule quand elle fut dans la petite cabine, l'écouteur pressé contre l'oreille.

Il y eut un peu de friture, puis la voix familière de Joseph :

— Pardonnez-moi de vous déranger, Mademoiselle, mais M. Diaghilev m'a expressément demandé de vous prévenir dès que possible, où que vous soyez.

— Serge ?

Gabrielle se laissa tomber sur le petit banc aménagé dans la paroi de la cabine. En quelques secondes, elle passa en revue les scénarios les plus plausibles, sans rien trouver d'assez grave pour justifier cet appel alarmiste.

— Il est malade ? Il va bien ?

— Je crois, Mademoiselle. M. Diaghilev a d'abord envoyé un télégramme puis il a appelé au téléphone, expliqua le fidèle serviteur de Gabrielle.

Elle entendit un bruissement de papier.

— Le mieux est que je vous le lise. (Joseph se racla la gorge.) *Ne viens pas à Madrid stop Stravinsky veut te tuer.*

Sur le moment, elle crut avoir mal entendu.

— Pardon ? Vous avez bien dit *tuer* ?

— M. Diaghilev a répété les mêmes mots au téléphone, Mademoiselle. Je l'ai rassuré en lui disant que vous n'aviez pas l'intention d'aller à Madrid, que vous aviez d'autres projets. J'espère que j'ai bien fait.

— Vous avez bien fait, Joseph, naturellement.

Gabrielle tripotait nerveusement les branches de ses lunettes de soleil, qu'elle avait ôtées en entrant dans le hall plongé dans la pénombre. Depuis qu'elle avait quitté Paris, il s'était écoulé suffisamment de temps pour que Stravinsky comprenne qu'elle ne le rejoindrait plus. Était-il donc mordu au point de la menacer de meurtre pour une promesse non tenue ? Ou bien avait-il eu vent de sa liaison avec Dimitri Romanov ? À Paris, ils ne s'étaient pas vraiment cachés, et il était bien possible que la rumeur se soit répandue jusqu'à Madrid. Pourtant, elle avait du mal à prendre au sérieux le désir de vengeance de son ancien amant.

— Si M. Diaghilev rappelle, dites-lui s'il vous plaît que je me porte comme un charme et que j'ai bien l'intention que ça continue. Et confirmez-lui qu'il n'est pas dans mes projets de me rendre à Madrid.

— Comme vous voudrez, Mademoiselle. Mais…

Joseph s'interrompit, puis reprit un ton plus bas :

— Faites attention à vous.

— Mais naturellement ! (Son rire joyeux sonnait faux.) Autre chose, Joseph ?

— M. Diaghilev a parlé d'un télégramme anonyme qui aurait été envoyé d'une poste du 8e arrondissement à l'adresse de M. Stravinsky au Palace Hotel de Madrid. Ce télégramme disait… (Joseph dut toussoter avant de pouvoir finir sa phrase.)… que Mademoiselle préférait les grands-ducs aux artistes.

Misia !

L'expéditeur ne pouvait être que Misia, Gabrielle en eut la certitude immédiate. Elle ne connaissait personne d'autre qui ait cette manie de vouloir infléchir le destin. La punaise. Il lui fallut un moment pour reprendre ses esprits.

— Merci, Joseph, dit-elle après un long silence. Comment vont les chiens ?

— Ils se portent à merveille, Mademoiselle. Tout va très bien ici. Mais peut-être apprécierez-vous aussi de savoir que M. Stravinsky a appelé il y a quelques jours. C'était un appel longue distance de Madrid, et il a parlé longuement avec Mme Stravinsky. C'était inhabituel. Il ne le fait jamais.

Il a voulu la faire parler, songea Gabrielle.

— Je comprends, dit-elle. Saluez Mme Stravinsky et Marie de ma part, je vous prie. Au revoir, Joseph.

Après avoir raccroché, elle resta un moment sur son banc à fixer le téléphone muet. Puis elle se leva, ouvrit la porte de la cabine et demanda à la jeune fille derrière le comptoir de lui appeler un numéro à Paris.

* * *

— Misia nie en bloc, dit Gabrielle en conclusion de son récit.

Jouant avec une cigarette qu'elle n'avait pas encore allumée, elle se laissa aller contre le dossier de son fauteuil en rotin. Pendant qu'elle était au téléphone, Dimitri avait quitté leur table et la terrasse pour des sièges plus confortables dans le jardin.

— Elle est furieuse que je l'accuse d'avoir envoyé ce télégramme à Stravinsky et elle ne veut plus m'adresser la parole. Plus jamais. Autrement dit, je traduis : je n'aurai plus de ses nouvelles jusqu'à la fin de nos vacances. (Elle sourit intérieurement.) Quand je serai de retour à Paris, tout rentrera dans l'ordre.

— Tu crois que la menace de Stravinsky est à prendre au sérieux ?

Il enflamma une allumette et se pencha vers elle pour lui donner du feu.

Elle inhala une longue bouffée et regarda d'un air songeur les petits ronds de fumée qui sortaient de sa bouche et s'évanouissaient dans la brise printanière. Puis elle tourna les yeux vers Dimitri.

— Oui, non. Franchement, je ne sais pas, avoua-t-elle. Stravinsky peut se montrer assez despotique. Il est très possessif. Mais c'est un artiste. Les compositeurs ne sont jamais des gens brutaux, n'est-ce pas ? Je veux dire : les musiciens ont bien trop peur d'abîmer leurs mains pour étrangler qui que ce soit.

Elle se fit aussitôt la réflexion qu'elle ignorait totalement comment un être humain se transforme en meurtrier. L'homme avec lequel elle partageait en ce moment sa table et son lit dans la plus grande insouciance lui avait certes juré qu'il n'avait pas tué Raspoutine. Mais il était impliqué dans le complot qui avait abouti à ce crime. Dimitri était élégant, prévenant, attentionné – et pourtant il était coresponsable d'un assassinat. Et pas du genre à regretter son geste, même quatre ans plus tard. Gabrielle fut parcourue d'un étrange frisson. *Ce vent de printemps n'est pas si chaud que ça*, se dit-elle en entourant son buste de ses bras.

— Tu as peur ?

— Non, répondit-elle aussitôt.

Car c'était à lui, Dimitri, qu'elle pensait. Et non, elle n'avait pas peur de lui. Le meurtre de Raspoutine avait des motivations politiques, aucun rapport avec un malentendu amoureux. Mais Dimitri voulait parler de Stravinsky, bien sûr. Et Igor était un génie intransigeant, un homme aux émotions tumultueuses.

Elle tira sur sa cigarette et répéta avec conviction :

— Non.

— Mais tout de même, tu t'inquiètes, insista Dimitri.

Elle écrasa son mégot dans le cendrier en soupirant.

— Si tu tiens absolument à le savoir : oui, je m'inquiète. Pour Igor. Pas pour moi. Je crains qu'il ne se ridiculise encore une fois, et je n'aime pas voir un homme aussi admirable se comporter de façon pathétique.

— Il y a un proverbe russe qui dit à peu près « Être sensé, c'est bien, mais avoir un ami sensé, c'est encore mieux ». (Il lui adressa un sourire malicieux.) Dès l'instant où Stravinsky rencontrera une autre femme intelligente, il retrouvera la raison.

— Il est marié, Dimitri, lui rappela Gabrielle d'un ton grave.

— Dans ce cas, espérons que Misia atteigne son but et qu'il retourne vers sa famille. Vas-tu le laisser habiter chez toi, étant donné les circonstances ?

Elle hocha la tête.

— Bien sûr. Où iraient Ekaterina et les enfants ?

— Et toi ? Veux-tu habiter sous le même toit que Stravinsky quand il sera de retour à Paris ?

Sa première réponse fut un haussement d'épaules. Elle réfléchit un moment et ajouta à mi-voix :

— Je crois que l'achat de Bel Respiro n'était pas une bonne idée. J'aime bien ma suite au Ritz, mais une résidence à Paris serait beaucoup plus pratique qu'une maison de campagne.

Elle se tut, surprise d'avoir pu prononcer aussi facilement une phrase pareille. Était-elle vraiment prête à renoncer à cette propriété à Garches que Boy avait achetée pour eux deux – pour qui d'autre ? Son bonheur n'avait jamais résidé à cette adresse.

— À bien y réfléchir, poursuivit-elle, je crois que je préférerais une villa sur la Côte d'Azur...

Elle s'interrompit. Pourquoi parlait-elle toute seule comme si Dimitri n'était pas là ? Elle rit, un peu trop fort.

— Ce que j'apprécie à Menton en ce moment, ce n'est pas le marché immobilier, affirma-t-elle avec un rire de plus en plus artificiel.

Ce n'était pas à lui que ce rire s'adressait : elle se moquait d'elle-même, de ses mauvais choix et des démons qui la persécutaient. Et son amertume n'était pas feinte quand elle songeait que les menaces de Stravinsky allaient lui faire passer une nuit blanche de plus.

— Nous devrions aller à Monte-Carlo, proposa Dimitri comme s'il avait lu dans ses pensées. Si nous nous installions là-bas, au Riviera-Palace, qu'en dis-tu ? Un hôtel au même nom que celui-ci, aucun effort de mémoire à faire !

Il lui adressa un clin d'œil puis, se penchant, désigna le vieux couple d'Anglais en train de feuilleter une édition du *Times* qui n'était pas celle du jour :

— Les gens sont un peu plus marrants à Monaco, espérons que ça t'aidera à retrouver la paix. Et puis nous n'aurons pas un long trajet à faire pour aller voir Ernest Beaux à Cannes.

— Entièrement d'accord, répondit-elle, les yeux brillants.

Chapitre 7

Sous le couvert d'un pseudonyme, Gabrielle et Dimitri avaient pu passer inaperçus à Menton, ville essentiellement bourgeoise. Il en allait autrement à Monte-Carlo, que fréquentaient la crème de la haute société parisienne et une aristocratie qui connaissait très bien Dimitri. Se cacher derrière une fausse identité n'aurait servi à rien.

Gabrielle avait déjà pu constater à Paris la notoriété de son amant, mais elle allait découvrir pour la première fois l'inconvénient majeur d'être le point de convergence de tous les regards et de toutes les conversations. Les ragots suscités par leurs soupers au Ritz n'étaient qu'un timide avant-goût de ce qui les attendait à Monaco. Les clients du Riviera-Palace, un hôtel sur les hauteurs de la ville, les promeneurs des vieux quartiers et les joueurs qui hantaient la place du Casino guettaient avec une curiosité avide la moindre apparition de ce couple dissemblable et disséquaient chacun de leurs gestes. Dimitri ne tarda pas à proposer qu'ils prennent leurs repas dans leur suite plutôt que d'être l'attraction du restaurant. Gabrielle n'avait pas d'argument valable à lui opposer, mais elle se demanda une fraction de seconde si elle n'aurait pas préféré être vue en public le plus souvent possible en compagnie du grand-duc.

Regardez un peu ce qu'est devenue la petite bâtarde auvergnate. La femme que dédaigne la bonne société parisienne est vénérée par Dimitri Pavlovitch de Russie.

Mais le cœur qui battait dans sa poitrine était encore celui de la fillette timide qui se contentait d'écouter en silence. Aussi accepta-t-elle de prendre sagement ses repas dans la suite, avec vue sur le port et la ville dont les lumières scintillaient comme des vers luisants. Les bougies blanches plantées dans des candélabres d'argent se reflétaient en rougeoyant dans les verres de cristal remplis de vin de Bourgogne. Ils dégustaient des huîtres et du caviar, et Gabrielle se souciait aussi peu du prix de ce luxe qu'au début de sa carrière de modiste, quand elle ignorait tout de l'argent et n'avait pas la moindre notion de comptabilité.

À l'époque, elle ne se préoccupait que de ses chapeaux, de ses employées et de ses clientes, elle vouait à son travail une passion exclusive. Contrairement à aujourd'hui, elle ne savait pas combien d'argent elle avait sur son compte, qui y avait accès, et si son solde à la fin du mois était ou non créditeur.

Le temps était très humide à Paris ce printemps-là. La pluie tambourinait sur les vitres du petit restaurant de Saint-Germain-des-Prés où elle dégustait avec Boy les dernières huîtres de la saison. Gabrielle se réjouissait de l'ouverture de sa première boutique rue Cambon ; pour la première fois de sa vie, elle avait l'impression d'être quelqu'un d'important, que l'on prenait au sérieux. Plus personne ne l'appelait par son prénom, ni même Coco. Pour tous, elle était désormais Mademoiselle, une personne respectée et dont les dames les plus distinguées prenaient l'avis en compte quand il s'agissait de choisir un chapeau.

Tout à sa joie, elle s'était soudain écriée :

— Je gagne beaucoup d'argent. Les affaires marchent incroyablement bien. C'est archi facile : j'ai juste à signer des chèques !

— Oui, c'est bien.

Mais le ton de Boy, sa voix sourde, l'avaient inquiétée.

— Si ce n'est que… (Il avait hésité.) Tu as des dettes auprès de la banque.

Elle l'avait regardé un moment sans comprendre puis elle s'était mise en colère.

— Qu'est-ce que ça veut dire ? Je gagne de l'argent. Beaucoup d'argent, je le sais très bien. Et si ça ne suffisait pas, la banque ne me donnerait rien, non ? C'est ça ?

Sous le regard pénétrant de Boy, elle avait terminé sa question dans un souffle.

— La banque te donne de l'argent parce que j'ai fait le dépôt de garantie correspondant.

Elle faillit s'étrangler.

— Tu veux dire que l'argent que je dépense, je ne l'ai pas gagné par mon travail ?

— Il appartient à la banque.

Il lui avait pris la main par-dessus la table.

— Le directeur m'a appelé hier. On m'a dit que tu te servais un peu… copieusement, disons. Il fallait que tu le saches, mais je ne veux pas que tu t'inquiètes. (Il lui caressait tendrement les doigts.) Ce n'est pas plus grave que ça.

Son geste se voulait réconfortant, mais produisit l'effet inverse. Gabrielle était hors d'elle. Sa joie, sa fierté s'étaient envolées. Ainsi, son nouveau statut reposait sur des mensonges. Rien que des mensonges. Elle était redevenue la misérable cousette, la petite oie blanche montée de sa campagne et qui se faisait entretenir par un type riche. Tout ce qu'elle refusait d'être ! Elle travaillait pour être indépendante et reconnue. Pour une femme comme elle, l'argent était la clé, la liberté de faire ce qu'on voulait et d'être qui on voulait. Boy lui-même en était la preuve vivante.

— Et pourquoi le type de la banque t'a téléphoné, à toi et pas à moi ? (Elle fulminait.) Le compte est à mon nom, que je sache. Ou bien je me trompe ?

Cette fois, elle n'avait pas posé sa question dans un souffle, mais d'une voix forte et qui tremblait de colère. D'un geste brusque, elle lui avait retiré sa main.

— Parce que j'ai déposé des titres, je me suis porté garant pour toi, avait-il répondu sans élever le ton. Je te l'ai dit.

Elle avait passé le reste de la soirée à ruminer dans son coin. Boy l'avait trompée, elle n'avait plus envie de lui parler. Pourquoi lui avait-il permis d'ouvrir un commerce sans lui en expliquer les implications économiques ? Elle ne créait pas des chapeaux pour passer le temps.

Après une nuit houleuse, elle s'était rendue à l'atelier le lendemain encore plus tôt que d'habitude. Elle avait débarrassé une table, y avait rassemblé tous les cahiers et les factures qu'elle avait pu trouver. Les heures suivantes avaient été consacrées à l'étude des chiffres. Dans un premier temps, elle n'y avait rien compris du tout, mais au bout d'un moment les tableaux avaient commencé à prendre un peu de sens. Le calcul mental ne lui suffisait pas, elle comptait sur ses doigts : un, deux, trois, quatre, cinq...

Dès son arrivée au bureau, elle avait eu une conversation franche et directe avec Angèle, la jeune femme dont elle avait fait son bras droit.

— Je n'ai pas créé cette maison pour m'amuser, avait-elle déclaré. Fini de jeter l'argent par les fenêtres. À partir d'aujourd'hui, plus personne ne dépensera un centime sans mon autorisation. Je veux contrôler toutes les sommes qui rentrent et qui sortent et vérifier la comptabilité tous les jours.

Six ans plus tard, elle avait remboursé à Boy la totalité de son apport pour l'ouverture de la boutique. Avec son aide, elle s'était initiée aux mécanismes commerciaux et bancaires, et contrôlait avec succès ses recettes et ses débours. Dès le milieu de la guerre, elle avait épongé ses dettes et employait trois cents couturières. À présent, elle jouissait d'une indépendance totale et pouvait même se permettre d'entretenir le grand-duc.

Mais Dimitri apportait aussi sa contribution, à sa manière. Il lui assurait une considération sociale qu'aucun argent au monde ne pouvait acheter...

— Coco !

C'était la voix tendre de Dimitri.

— Où es-tu ?

S'arrachant à ses pensées, elle lui sourit.

— Ici. Avec toi.

Elle leva son verre de champagne pour trinquer avec lui.

— Non. Non, non, non. À l'instant, là, tu n'étais pas avec moi.

Elle garda ses souvenirs pour elle.

— J'étais rue Cambon. À l'atelier. Jamais de ma vie je n'avais pris d'aussi longues vacances. C'est très nouveau pour moi.

Il leva son verre à son tour.

— Eh bien, buvons à cette parenthèse d'insouciance. (Il prit une gorgée.) J'ai réfléchi à la suite de notre programme. Si nous allions faire un tour à Nice, demain, qu'en dis-tu ? J'aimerais te montrer la cathédrale russe orthodoxe.

Elle faillit lui demander s'il ne craignait pas que sa visite perturbe la vie de la paroisse, que son apparition déclenche peut-être une émeute, mais elle ravala ses doutes. La perspective était beaucoup plus excitante que leurs balades habituelles dans l'arrière-pays. Et puis il semblait tenir à être vu avec elle dans ce lieu qui symbolisait sa foi.

Elle en était infiniment touchée.

Chapitre 8

La douceur de ce printemps quasi estival leur permettait de rouler sur la route de la corniche avec le toit ouvert. Dimitri prenait un plaisir manifeste à négocier les virages serrés tandis que Gabrielle admirait la vue plongeante sur les rochers crevassés et la mer d'azur qui scintillait au-delà. L'air sentait l'acacia et le cyprès. Ils croisaient peu de véhicules, si bien que Gabrielle fermait les yeux de temps à autre et se donnait l'illusion d'être seule au monde avec Dimitri, seule avec l'homme qu'elle aimait dans ce petit coin de paradis. Un rêve. Quand elle rouvrit les yeux, ils longeaient déjà le Cap Ferrat. Elle aperçut un bateau blanc posé sur la ligne d'horizon, là où la mer rejoignait le ciel sans nuages. La distance ne lui permettait pas de distinguer s'il s'agissait d'un ferry pour la Corse, d'un cargo ou d'un yacht. Elle s'imagina à bord ; à l'occasion, elle demanderait à Dimitri s'il aimait la voile.

Une fois à Nice, elle s'étonna de l'aisance avec laquelle Dimitri s'orientait à travers la ville, puis se rappela que ce n'était pas la première fois qu'il séjournait sur la Côte d'Azur. Il pilotait la Rolls avec assurance dans les larges avenues bordées de majestueux bâtiments en grès blond ou en pierre naturelle, entourés de luxuriants jardins plantés de palmiers, ou dans le dédale de ruelles ombreuses aux bicoques sombres et penchées. On le sentait chez lui.

Ils avaient depuis longtemps laissé derrière eux la promenade des Anglais, et Gabrielle n'avait plus le repère de la côte pour s'y retrouver au milieu de ce fouillis de ruines romaines, d'édifices médiévaux et de villas de style classique. Ils eurent bientôt quitté la vieille ville ; la voiture traversait à présent un quartier résidentiel aux maisons plus élégantes les unes que les autres. De belles voitures étaient garées le long des trottoirs, les passants étaient vêtus avec goût. Il y avait peu d'animation, mais on voyait au premier coup d'œil que les riverains étaient riches et raffinés. Un tramway passa en grinçant et le conducteur klaxonna, car la Rolls était sur les rails. Dimitri obliqua sans se troubler et s'engagea dans une rue étroite. Gabrielle n'était jamais venue jusque-là.

Elle retint son souffle. Ils longèrent des jardins plantés de cyprès, de palmiers et de robiniers, de hautes haies de lauriers roses, puis la rue décrivit une courbe. Gabrielle aperçut au loin cinq bulbes de tuiles vernissées surmontés de croix dorées qui se dressaient dans le bleu du ciel.

— Voici la cathédrale Saint-Nicolas, déclara son chauffeur avec fierté, le plus grand édifice orthodoxe russe construit hors de Russie.

Le spectacle était grandiose. Les tours aux toits exotiques offraient un décor de briques roses, de marbre gris et de céramiques aux couleurs vives. Une haute grille en fer forgé entourait l'édifice, en partie caché par les chênes-lièges et les oliviers qui poussaient dans une sorte de parc. Une large allée centrale menait à la cathédrale.

Dimitri s'arrêta devant le portail.

— Veux-tu que je te dépose à l'entrée ?

L'allée était manifestement interdite à tout véhicule, mais peut-être ces restrictions ne s'appliquaient-elles pas au petit-fils du tsar Alexandre II ? À son premier coup de klaxon, un pope allait sûrement surgir et ouvrir le portail. Un tel privilège mit soudain Gabrielle mal à l'aise. Elle se rappela le couvent de son enfance ; le profond respect pour la foi qu'on lui avait inculqué refit surface.

— Je préfère marcher un peu.

Dimitri ne fit pas d'objection et gara la voiture. Il ouvrit la portière de Gabrielle et lui tendit la main pour l'aider à descendre à son tour.

— La cathédrale se trouve à l'emplacement de l'ancienne villa Bermond où la famille du tsar passait ses vacances, lui expliqua-t-il. Mon malheureux cousin Nicolas II a mis le terrain entier à la disposition de la paroisse il y a dix ou douze ans, et la cathédrale a été inaugurée peu avant la guerre. Beaucoup de mes compatriotes fréquentent Nice depuis longtemps. À cause du climat méditerranéen et de la fraîcheur du bord de mer en été.

Il ne mentionna pas les réfugiés qui affluaient sur la Côte d'Azur depuis la révolution bolchevique. Comme toujours quand il parlait du glorieux passé et de l'éclat de l'ancienne Russie, la tristesse perçait dans sa voix.

Gabrielle lui pressa la main. Elle comprenait son sentiment de perte, et c'était justement pour cette raison qu'elle se taisait. Elle craignait de montrer trop d'empathie et préférait garder ses émotions pour elle.

Le portail n'était pas fermé, il grinça quand Dimitri le poussa. Des moineaux pépiaient dans un cèdre. Ils étaient seuls.

— Saint-Nicolas est inspiré de la cathédrale Saint-Basile à Moscou, expliqua Dimitri. Mon arrière-grand-mère, la tsarine Alexandra Feodorovna, a fait construire ici un premier édifice religieux il y aura bientôt soixante-dix ans. Elle était de santé fragile et séjournait souvent à Nice après avoir dû abandonner son palais près de Yalta à cause de la guerre de Crimée. (Il tendit le doigt.) C'est la chapelle blanche que tu vois là-bas. La cathédrale elle-même a été construite beaucoup plus récemment, ainsi que je te l'ai dit.

Mon arrière-grand-mère... Il parlait de sa royale famille avec le même naturel qu'elle aurait eu pour mentionner sa propre aïeule, blanchisseuse comme sa mère. Le fossé qui la séparait de Dimitri lui parut à cet instant plus profond que jamais. Son cœur se serra. Cet édifice somptueux représentait le monde inaccessible du grand-duc, et pourtant elle ne s'était jamais sentie aussi proche de lui.

Son attention ne s'attarda pas sur le petit oratoire de l'impératrice Alexandra Feodorovna à l'arrière-plan. La riche façade de la cathédrale, avec ses majoliques éclatantes, ses tours et ses colonnes, attirait irrépressiblement le regard. Elle n'avait jamais vu d'édifice religieux aussi exubérant. La double porte d'entrée, à elle seule, avec ses caissons de bois sculpté, était si belle qu'on pouvait passer des heures à admirer le travail délicat et inspiré des artisans. Elle suivit pourtant Dimitri dans un minuscule vestibule, où elle fut aussitôt éblouie par la lumière du soleil tombant à travers les vitraux et par les icônes dorées qui ornaient les murs. Une vieille femme vêtue comme une paysanne russe, assise derrière une table, vendait des objets de piété.

— Bonjour.

Dimitri la salua en français, puis en russe :

— *Dobri dièn.*

La vieille dame, qui ne lui avait d'abord pas prêté attention, le regarda mieux et se figea soudain. Elle recula sa chaise si brusquement qu'elle la fit craquer ; une seconde plus tard, elle était à genoux sur le pavement de mosaïques, aux pieds de Dimitri. Ses doigts osseux agrippèrent les jambes de pantalon du grand-duc et elle s'inclina jusqu'au sol pour en embrasser l'ourlet.

— *Mat*..., dit-il.

Ce premier mot fut suivi d'un flot de paroles en russe auxquelles Gabrielle ne comprit rien. Son ami obtint que la femme le lâche enfin et regagne sa chaise en rampant sur les genoux.

— C'est la tradition qui veut ça, murmura-t-il à Gabrielle. Le lien entre l'Église orthodoxe et le tsar de Russie est très fort. Plus fort même que celui qui existe entre la couronne d'Angleterre et l'Église anglicane, dont le roi est le chef suprême. Plus fort aussi que ce ne fut jamais le cas en Prusse ou pour les Habsbourg d'Autriche. Ici, en France, c'est différent : on connaît les mauvaises relations de Napoléon avec la papauté... Comme tu le vois, ma famille compte encore beaucoup pour les Russes croyants.

Elle acquiesça en silence, un peu déconcertée tout de même. Elle avait certes constaté maintes fois la ferveur que les Russes vivant à Paris manifestaient à *leur* grand-duc. Les mannequins de la maison Chanel ne s'étaient toujours pas habituées à le voir surgir à l'atelier. Mais une dévotion comme celle de cette vieille femme... Elle n'avait encore jamais vu ça.

— Viens, entrons.

Dimitri poussa Gabrielle avec douceur.

L'intérieur de la cathédrale n'avait rien à envier à l'extérieur. Gabrielle repensa malgré elle à la sobriété de l'abbaye cistercienne d'Aubazine ou même à celle de Notre-Dame de Paris, imposante mais dépouillée, sans rien du faste et des splendeurs rutilantes qui s'étalaient ici.

Le mur en face de la porte d'entrée était presque entièrement recouvert d'icônes. Une porte y était ménagée. Devant elle se dressaient des petites colonnes surmontées de croix d'une forme inhabituelle, avec une seconde barre horizontale, plus courte, au-dessus de la première, et une petite barre transversale en bas. À la clarté des dizaines de bougies, Gabrielle remarqua l'absence d'autel. Il n'y avait pas non plus de chaises ni de prie-Dieu, juste un petit banc. L'architecture de la nef semblait obéir aux canons habituels si ce n'est que les deux bras du transept étaient très courts, au point qu'on se trouvait presque dans un espace carré.

Du coin de l'œil, elle vit Dimitri se signer. Ses doigts effleurèrent son front, son ventre, et enfin ses épaules, la droite puis la gauche. C'était l'inverse du signe de croix qu'elle avait appris enfant.

Dimitri remarqua son étonnement.

— Nous avons des rites un peu différents, murmura-t-il, la main sur le cœur.

Puis, désignant le splendide mur d'icônes :

— Chez nous, il y a cette autre particularité : l'autel est séparé des fidèles par ces images, qui sont disposées dans un certain ordre. On appelle cette cloison une iconostase. On entend tout ce que le prêtre dit au cours de la célébration eucharistique, mais on ne le voit pas. C'est une façon de signifier aux fidèles, de la manière la plus concrète, que Dieu est inaccessible sans l'entremise du Christ.

Elle ne connaissait rien à la liturgie orthodoxe et ne chercha pas à en apprendre davantage. Sa question fut terre à terre :

— Ils sont où, les fidèles, pendant la prière ?

— Ils sont debout. (Il sourit.) Comme nous en ce moment.

Gabrielle se revit soudain plantée devant le confessionnal d'Aubazine, attendant son tour pendant des heures, ou à genoux pendant la messe qui n'en finissait pas. Au moins les icônes multicolores de l'iconostase offraient-elles un spectacle plus amusant que le pavement d'Aubazine avec ses cailloux noirs et blancs. Elle chercha en vain autour d'elle un rappel de son fameux chiffre cinq.

Les lèvres de Dimitri la tirèrent de ses réflexions. Il l'embrassa sur la bouche.

— Te voilà repartie loin de moi, lui reprocha-t-il d'une voix tendre.

— Prends garde à ce que tu fais.

Elle lui rendit son sourire et ajouta comme une boutade :

— Je suis catholique ; pour moi, un baiser dans une église… ce pourrait être une promesse.

Il hésita un long moment.

— Je sais, dit-il enfin, presque grave. Sur ce point, l'Église orthodoxe russe ne diffère pas de l'Église catholique romaine.

Pendant un long et délicieux moment, le regard de Gabrielle s'abîma dans les yeux gris-vert de Dimitri, et elle se prit à penser qu'un jour peut-être ils se marieraient et vivraient ensemble, elle et lui. Un authentique prince. Le rêve de toutes les petites filles. Malgré l'assurance qu'elle avait acquise grâce à ses succès professionnels, Gabrielle redoutait encore au plus profond de son cœur d'être restée une « femme de harem », comme elle disait. Elle aspirait en secret à une respectabilité bourgeoise. Ne plus être la maîtresse d'un homme, mais son épouse.

Une petite voix intérieure la ramena à la réalité : attention, mirage ! Quelles que soient les intentions de Dimitri, savait-elle seulement ce qui était le mieux pour elle ? Pas encore. La mort de Boy avait profondément ébranlé sa vie affective, et la confusion de ses sentiments persistait. Suffisait-il de se sentir bien auprès d'un homme pour envisager un avenir commun ? D'éprouver cet élan, d'avoir envie à ce point de lui faire confiance ? *Si seulement je connaissais la réponse*, songea-t-elle.

Ils restèrent encore un moment dans la cathédrale Saint-Nicolas et Gabrielle s'immergea dans cette étrange atmosphère byzantine, prit le temps d'observer de près les icônes sacrées. Dimitri acheta des cierges à la vieille femme à l'entrée, qu'ils allumèrent et disposèrent dans un brûle-cierge devant l'iconostase. Ils regardèrent les petites flammes vaciller, silencieux, chacun plongé dans ses pensées.

Gabrielle se sentait comme aspirée par la magie de ce monde inconnu. Les ornements bleus et dorés de la coupole se transformaient dans sa tête en broderies sur des tuniques, sur de longues vestes et des manteaux bordés de fourrure. La décoration intérieure de cette cathédrale la fascinait, stimulait son imagination, attisait sa créativité. L'éclat des bougies faisait scintiller le portrait de saint Marc flanqué de son attribut iconographique, le lion. C'était aussi le signe astrologique de Gabrielle.

Dimitri se signa à sa manière, Gabrielle fit de même, mais selon le rite catholique. Il était temps de s'en aller.

Tandis qu'ils se dirigeaient main dans la main vers la voiture, il proposa soudain :

— Si on allait dîner ce soir chez Ciro, à Monte-Carlo ?

Elle le regarda, interloquée.

— Tu n'as pas peur de te montrer avec moi dans un restaurant aussi chic ? Tout le monde va te reconnaître, et moi aussi, peut-être.

— Eh bien, tant pis, répondit-il d'un ton léger. Il est un peu tard pour jouer à cache-cache, tu ne crois pas ?

Il lui donna un autre des petits baisers tendres dont il avait le secret.

— Nous devrions profiter du temps que nous passons ici, Coco, et laisser dire les mauvaises langues. Que nous importe ?

Son sourire prouvait sa sincérité.

* * *

Gabrielle réfléchissait de plus en plus concrètement à une collection qui inclurait des éléments slaves. La date du rendez-vous avec le parfumeur Ernest Beaux approchait à grands pas, mais son esprit était moins occupé par l'élaboration de son parfum que par celle de sa nouvelle ligne de vêtements. Peut-être cherchait-elle intentionnellement à se distraire, car la perspective de cette rencontre avec Beaux la rendait aussi nerveuse qu'une jeune fille à la veille de son premier rendez-vous amoureux. Penser à autre chose, exercer sa créativité, lui faisait plus de bien que de se demander pour la énième fois si son vœu allait enfin s'exaucer, si elle allait trouver la recette miracle de son *Eau de Chanel*.

Tandis que Dimitri jouait au golf, une passion qu'elle ne partageait toujours pas, Gabrielle, restée à l'hôtel, dessinait au calme. Elle esquissa plusieurs modèles : une robe noire simple et légère, une tunique avec des manches pagode inspirée de la *rubashka* des paysans russes avec, sur le devant et aux poignets, des broderies au point de croix comme sur les costumes folkloriques, une veste longue avec le col haut et droit des anciens uniformes d'officier, bordée d'un large galon de style slave. Ces fantaisies ne correspondaient guère à l'élégance sobre qui était devenue sa marque, mais elle était certaine que cette incursion dans le folklore de son amant, transposée dans le vocabulaire de Coco Chanel, ne manquerait pas de séduire ses clientes.

Quand elle eut terminé, elle s'installa sur le balcon et exposa avec volupté ses épaules tendues et lasses à la douce chaleur du soleil. Les croquis avaient surgi très vite sous son crayon tandis qu'elle était assise devant le joli petit secrétaire aux lignes délicates, mais ce meuble était plutôt fait pour de brefs moments de lecture ou la rédaction de quelques lignes de correspondance, il ne se prêtait pas à un travail aussi long et concentré. Elle avait les vertèbres cervicales douloureuses et les muscles des bras ankylosés. Le soleil lui fit du bien. Elle s'assoupit et vit en rêve ses nouveaux modèles, présentés par des mannequins qui tenaient à la main des flacons de parfum semblables à des carafes de vodka.

— Je suis de retour !

Ces mots suivis d'un baiser la réveillèrent.

— Excuse-moi de rentrer si tard, ajouta Dimitri. J'ai fait un score exceptionnel et j'ai dû payer ma tournée au bar après un *hole-in-one*. Et toi, qu'as-tu fait pendant que j'inscrivais mon nom dans les annales du club de golf de Monte-Carlo ?

Elle se redressa et remit en place ses lunettes de soleil.

— J'ai fait quelques croquis. Tu sais, j'aimerais créer des vêtements et des tailleurs avec des broderies d'inspiration slave qui...

Il l'interrompit d'un éclat de rire.

— Je croyais que tu voulais lancer un parfum ?

— Oui. Bien sûr. Ça aussi. Mais je vais continuer à faire des vêtements. Et pourquoi pas une collection qui illustre les traditions de ton pays ?

Il s'assit à côté d'elle et lui prit la main.

— C'est merveilleux que tu t'intéresses à l'artisanat russe. J'en suis profondément touché. (Il déposa un baiser sur sa main.) Il faut absolument que tu fasses la connaissance de ma sœur, ajouta-t-il avec un tendre sourire qui s'adressait moins à Gabrielle qu'à Maria. Personne n'en sait aussi long qu'elle sur l'art des brodeuses. Dès qu'on est de retour à Paris, j'organise une rencontre.

Tandis qu'ils bavardaient tranquillement, Gabrielle se demanda ce que Diaghilev dirait de ses nouvelles idées. Si elle s'intéressait d'aussi près au folklore russe, il lui confierait peut-être un jour le soin de dessiner des costumes pour les Ballets russes. Du Coco Chanel sur la scène d'un théâtre. Ce serait une consécration. Mais peut-être Stravinsky chercherait-il à contrecarrer ses projets. Le musicien travaillait en association étroite avec la compagnie de Diaghilev. Non seulement les deux hommes étaient amis, mais ils formaient un tandem artistique particulièrement créatif et inspiré.

Joseph avait entre-temps fait parvenir à Gabrielle les télégrammes de l'imprésario, et il était manifeste que son amant délaissé n'avait pas renoncé à ses envies de meurtre. Plus elle se montrait en public avec Dimitri, plus il était vraisemblable que la rumeur se soit propagée et qu'elle ait fini par atteindre Madrid. Igor devait suivre les progrès de sa nouvelle romance. *Peut-être a-t-il même appris à quel point je suis heureuse*, se dit-elle. De ce bonheur paisible et plein qu'elle éprouvait au côté de Dimitri et que Stravinsky, beaucoup trop centré sur lui-même, aurait été bien en peine de lui donner. En fait, il était comme sa musique : ombrageux, puissant, excessif. *Espérons qu'il a compris que je ne suis pas celle qu'il lui faut*, se dit-elle.

Non sans surprise, elle constata qu'elle songeait au bonheur pour la première fois depuis la mort de Boy. Un sentiment éphémère, certes. Elle était bien placée pour le savoir. Mais tellement bon, précieux. Indispensable. Elle noua ses doigts à ceux de Dimitri, reconnaissante au destin de lui avoir envoyé cet homme pour sécher ses larmes.

Chapitre 9

— Le premier succès d'Ernest Beaux a été un parfum pour hommes, *Bouquet de Napoléon*, expliquait Dimitri. Je l'aimais beaucoup quand j'étais élève officier. Et aussi plus tard, à l'époque des Jeux olympiques de Stockholm, quand je participais aux épreuves d'équitation. C'était une sorte d'eau de Cologne où auraient infusé des fleurs. Ensuite, *Le Bouquet de Catherine* est arrivé sur le marché. Il m'a plu encore davantage parce qu'il me rappelait les odeurs de mon enfance, et ma tante qui a été comme une mère pour moi.

Gabrielle connaissait déjà ces anecdotes, mais les réécoutait volontiers. Dimitri la sentait nerveuse, et elle savait qu'il tentait simplement de la distraire avec ses souvenirs. Pourquoi la visite prochaine au laboratoire d'Ernest Beaux l'angoissait-elle à ce point ? *Ce n'est qu'un laboratoire de chimie*, se répétait-elle. *Pas plus impressionnant que l'usine de François Coty à Suresnes.*

Pourtant une question la taraudait : que ferait-elle si elle ne trouvait pas auprès d'Ernest Beaux ce qu'elle avait cherché en vain chez Coty ? Devrait-elle renoncer à son rêve, à ce projet qui était son dernier lien avec Boy ? Gabrielle se demanda ce qu'elle redoutait le plus : ne pas trouver un parfum original ou devoir constater que Boy était définitivement mort. Elle n'aurait su le dire.

— *Zut** ! pesta Dimitri. Nous longeons le terrain de l'aéroclub de Cannes, nous sommes allés beaucoup trop loin. J'ai dû rater l'embranchement.

Elle posa la main sur son bras.

— Ce n'est pas grave. On va faire demi-tour.

Après s'être fourvoyés une seconde fois, ils finirent par trouver le laboratoire. Il était installé dans une maison minuscule sans rien de commun avec l'édifice grandiose qui abritait le laboratoire de François Coty.

Dimitri parut déçu.

— Tu aurais dû voir l'usine Rallet à Moscou. Elle était immense. Rien à voir avec cette bicoque. Chiris a racheté Rallet, soit, mais pourquoi loger son laboratoire dans un bâtiment aussi insignifiant ? Comment croire que des parfums de renommée mondiale naissent dans un cadre aussi ordinaire ? Espérons que le magasin de Grasse est un peu plus imposant.

Il suivit Gabrielle avec des hochements de tête sceptiques ; à l'intérieur non plus, rien n'évoquait les splendeurs du passé.

— Léon Chiris était un grand industriel du parfum et un homme politique important, un député, dit Gabrielle, soucieuse de défendre son compatriote. Je suis certaine que son établissement de Grasse a meilleure allure.

Au fond d'elle-même, elle s'étonnait surtout du calme plat qui régnait à La Bocca.

Dans le hall d'entrée était accroché un petit tableau devant lequel Dimitri tomba en arrêt.

— Regarde ! dit-il seulement.

Gabrielle comprit aussitôt que cette toile devait illustrer encore un chapitre de la prodigieuse histoire familiale du grand-duc.

On y voyait un site industriel qui paraissait immense, au point que même le royaume de Coty semblait ridicule à côté. Des dizaines de bâtiments de plusieurs étages entouraient une usine surdimensionnée, construite en carré autour d'une cour intérieure. La façade était de style classique et badigeonnée de blanc, le reste de l'édifice en brique, de même que la cheminée qui se dressait fièrement dans le ciel. Des espaces verts avaient été aménagés tout autour, avec un parc arboré sur un des côtés et de larges allées séparées par des parterres de pelouse à la française qui n'auraient pas déparé Versailles.

Si tout était à cette échelle dans l'ancienne Russie, Dimitri doit se sentir en France comme dans une maison de poupées, songea Gabrielle. Était-ce la raison pour laquelle il avait jeté son dévolu sur une petite femme menue comme elle ? Cette idée la fit sourire, et elle sentit soudain son regard posé sur elle. Elle plongea les yeux dans les siens et y vit le reflet de son sourire.

Ce moment de complicité silencieuse fut interrompu par Ernest Beaux, qui salua Dimitri avec les habituelles marques de respect dont Gabrielle ne s'étonnait plus.

Le parfumeur était un homme séduisant d'une quarantaine d'années, *avec une épaisse crinière noire et un teint si mat qu'il pourrait être mon frère*, se dit Coco. Un homme affable, poli, à l'œil vif. Son costume avait connu des jours meilleurs, mais il était en grande partie dissimulé sous une blouse blanche impeccable. Au premier coup d'œil, Gabrielle se sentit en confiance. Beaux avait l'air de connaître son affaire, et quand il déclara qu'il avait fait procéder à plusieurs essais sur la base des informations tirées de leur abondante correspondance, elle eut le sentiment qu'elle allait peut-être enfin voir le bout du tunnel.

Beaux emmena ses visiteurs dans son laboratoire, une pièce tout en longueur où dominait la couleur blanche. Les murs étaient blanchis à la chaux, les nombreux rayonnages et même les poutres du plafond étaient peints en blanc. Dans les placards sans portes et dans une vitrine s'alignaient en rangs serrés des fioles de pharmacie et des récipients en métal ou en porcelaine contenant, d'après les étiquettes, des essences et des fleurs. Une longue table de réfectoire en bois clair occupait le centre de la pièce. On y voyait des flacons de verre de différentes tailles, des fioles, des béchers, des cylindres doseurs et des ballons. Au milieu, une antique balance Roberval. Gabrielle fut frappée par la propreté qui régnait ici, comme elle l'avait été lors de sa première visite chez Coty. On se serait cru dans un hôpital, n'était le léger parfum de fleurs qui flottait dans l'air. Deux laborantins, un homme et une jeune femme, debout près d'une paillasse aménagée contre un mur latéral, étaient plongés dans une discussion animée sur une question apparemment compliquée. Quand leur patron entra avec ses visiteurs, ils se turent le temps de les saluer poliment puis reprirent leur conversation.

— Venez, je vous en prie, mademoiselle Chanel.

Beaux la conduisit à l'autre extrémité de la pièce, jusqu'à une desserte. L'y attendait une série de tubes à essai dans un support en métal, fermés par des bouchons de liège.

— Je vous ai préparé dix échantillons. Deux fois cinq…

— Oh !

L'exclamation lui avait échappé. Encore une fois son chiffre fétiche… Mais cet homme ne pouvait pas savoir.

— Vous avez ici les échantillons numérotés de un à cinq, et là, de vingt à vingt-quatre, expliqua le parfumeur en désignant les tubes de verre.

Soudain, il se figea.

— Je suis désolé, j'ai complètement oublié de prendre votre manteau. La visite de Son Altesse, et la vôtre, Mademoiselle… Je suis un peu perturbé. Pardonnez-moi.

— Ne vous souciez que de Mademoiselle, répliqua Dimitri, qui se tenait derrière Gabrielle. Ma présence est sans importance. Tenez, faites comme si j'étais invisible, monsieur Beaux.

Gabrielle sourit à Ernest Beaux.

— C'est moi qui suis tellement perturbée que j'ai oublié d'enlever mon manteau.

Après quelques échanges de politesses, une fois le manteau et le sac à main de Gabrielle dûment rangés sous la table, Beaux lui tendit un pot contenant des grains de café. Elle connaissait déjà la procédure et s'empressa de débarrasser son nez des odeurs de la rue, de remettre à zéro ses récepteurs olfactifs, en quelque sorte. Elle vit le regard étonné de Dimitri, mais le laissa à ses interrogations pour le moment. Rien ne devait perturber le cérémonial qui commençait.

Son cœur se mit à battre plus vite quand le parfumeur déboucha le premier tube. Des arômes de rose et de jasmin lui montèrent aux narines. Gabrielle s'efforça de se concentrer au maximum et de ne rien laisser paraître. Beaux ne devait pas se rendre compte de son émotion, et elle ne voulait pas non plus se précipiter et donner trop vite son avis. La patience n'était pas son fort, mais en l'occurrence elle était indispensable. François Coty lui avait appris à ne pas trancher à la hâte : un parfum a besoin de temps pour se développer.

Avec l'échantillon numéro un, elle n'hésita pas longtemps. Ce n'était pas le parfum qu'elle cherchait. Beaucoup trop sucré, vieillot. Cette composition appartenait en gros à la famille olfactive dont elle avait défini les caractéristiques dans ses lettres au parfumeur, mais elle était encore très éloignée du *Bouquet de Catherine*.

Gabrielle rendit le bouchon de verre qu'elle venait de humer sans faire de commentaire. Le processus se répéta à trois reprises avant qu'elle ne recoure au pot de grains de café. Elle avait beau avoir éduqué son nez, une pause était nécessaire au bout de quatre échantillons si elle voulait « désaturer » ses récepteurs olfactifs.

Après un long moment de silence total, la discussion entre les deux préparateurs à l'autre bout du laboratoire avait repris. Gabrielle commençait à percevoir d'autres bruits. Un tintement de verre. Le tic-tac d'une horloge quelque part. Des sabots qui claquaient sur le pavé, le grincement des roues d'une charrette.

Elle prit conscience de la présence de Dimitri derrière elle, mais ne se retourna pas. Sa respiration était si légère, son immobilité si parfaite qu'on l'entendait à peine. Mais le simple fait de le savoir là donnait à Gabrielle l'assurance nécessaire pour faire ce qu'elle avait à faire.

Elle prit le cinquième échantillon et dut se retenir pour ne pas laisser exploser sa joie.

C'était *Le Bouquet de Catherine*.

Non, rectifia-t-elle aussitôt, pas tout à fait. Ce n'était pas exactement l'odeur du mouchoir de Diaghilev. C'était mieux.

Plus actuel.

Plus neuf.

Plus frais.

Et autre chose encore. Ce parfum n'était-il pas l'expression parfaite, authentique, de la femme moderne ?

Depuis que Diaghilev l'a reçu en cadeau, le mouchoir est passé entre de nombreuses mains, songea Gabrielle, *y compris les miennes*. Des effluves corporels avaient forcément interféré avec l'odeur d'origine. Du parfum vaporisé un jour sur la fine batiste ne subsistait sans doute plus qu'un souvenir déformé. Gabrielle s'étonna de n'y avoir pas pensé plus tôt.

Elle rendit l'échantillon à Ernest Beaux sans rien laisser paraître. Elle se sentait observée, pas par Dimitri. Une personne inconnue la scrutait.

Elle jeta un coup d'œil par-dessus son épaule. La laborantine s'était approchée et se tenait derrière Dimitri, à demi cachée par sa haute silhouette. Gabrielle croisa une seconde le regard intense, empreint d'une attente presque anxieuse, que posait sur elle la jeune femme. Celle-ci détourna aussitôt la tête, le visage aussi blanc que les murs de la pièce.

Ce fut au tour des essais numéro vingt et vingt et un, puis Gabrielle se « rinça » de nouveau le nez avec des grains de café avant de s'attaquer aux trois échantillons restants. Ces parfums appartenaient toujours à la même famille, mais étaient structurés différemment des cinq premiers qu'elle avait testés. Elle hésita une ou deux fois, mais aucun de ces mélanges ne lui parut aussi convaincant que le numéro cinq.

— Vous voudriez peut-être prendre des notes ? demanda Beaux quand elle eut reposé le dernier tube à essai.

Gabrielle secoua la tête.

— Non. Non, ce ne sera pas nécessaire. En revanche, j'aimerais bien tester à nouveau la première série.

— Vous pouvez proposer des modifications si vous le désirez, mademoiselle Chanel, déclara Beaux en lui tendant l'échantillon numéro un. La création d'un parfum est comme une sorte de puzzle. Il ne faut pas hésiter à déplacer les pièces, à les agencer différemment jusqu'à ce qu'elles s'emboîtent à la perfection. Si vous avez une suggestion, si vous souhaitez ajouter un autre composant, pourquoi pas ? Nous essaierons volontiers. Le laboratoire est à votre disposition.

— C'est très aimable, intervint Dimitri avec la politesse sobre et un brin hautaine du prince s'adressant à un fournisseur de la cour.

Gabrielle accepta avec reconnaissance la proposition de Beaux, elle prenait grand plaisir à l'expérience.

Dimitri prit congé pour aller fumer une cigarette dehors. Elle l'aurait bien suivi, mais c'était évidemment exclu : la nicotine tue l'odorat. Certes, elle pensait avoir trouvé ce qu'elle cherchait, le parfum des parfums. Mais sa soif d'expérimentation n'était pas encore assouvie.

Au côté d'Ernest Beaux, elle continua donc à explorer diverses possibilités. Elle constata que le parfumeur était sur la même longueur d'onde qu'elle et suivait parfaitement sa démarche. Ils se tenaient maintenant devant la longue table de réfectoire. Il lui présentait l'un après l'autre de petits flacons contenant les différentes huiles essentielles à partir desquelles on était censé obtenir les « notes de cœur ».

— Cette famille olfactive combine les arômes les plus précieux au monde, expliqua-t-il. Rose, jasmin, ylang-ylang, et aussi santal, pour son contraste avec les notes fleuries, plus sucrées. Il s'agit de substances aromatiques traditionnelles, mais assemblées ici de manière différente, originale.

Elle humait, les yeux fermés, et l'écoutait en silence. Pour finir, elle proposa tel ou tel ajout ou modification, mais sans résultat probant. Rien n'égalait le sentiment d'évidence qu'elle avait eu en découvrant l'échantillon numéro cinq. Au bout d'un moment, elle posa la question à Beaux : ce parfum qui la ravissait à ce point, qu'avait-il donc de spécial ?

— Une forte teneur en aldéhyde, répondit le parfumeur.

— Ce sont des molécules de synthèse, n'est-ce pas ? demanda Gabrielle.

Elle remercia intérieurement François Coty de l'avoir initiée à quelques secrets.

Ernest Beaux acquiesça. Son regard effleura la laborantine qui se tenait au côté de Gabrielle et l'assistait.

— Vous connaissez le métier, mademoiselle Chanel.

— Je fais illusion, répondit-elle en riant. Je sais que ce sont des composants chimiques, mais c'est bien tout.

Beaux se lança alors dans des explications détaillées :

— Sans doute avez-vous déjà eu l'occasion de constater ce qui se passe quand du vin reste exposé à l'air trop longtemps. Il se transforme en vinaigre. L'hydrogène qui est dans l'éthanol, c'est-à-dire dans l'alcool du vin, se combine avec l'oxygène de l'air pour donner d'abord un acétaldéhyde, puis de l'acide acétique, autrement dit du vinaigre. Pour le dire plus simplement : à un moment donné au cours de ce processus, l'alcool se transforme en aldéhyde. Le travail du chimiste consiste à arrêter artificiellement la réaction avant la formation de l'acide acétique pour pouvoir disposer de l'aldéhyde. Cette possibilité n'a été découverte que quelques années avant la guerre, car la parfumerie est tributaire des résultats de la recherche en chimie. Ajouter de l'aldéhyde à un bouquet floral, c'est comme verser quelques gouttes de jus de citron sur des fraises : l'arôme est exhaussé.

— On m'a dit que produire de l'aldéhyde coûte très cher, ce qui augmente beaucoup le prix du parfum.

Ernest Beaux haussa les épaules.

— Nos cinq échantillons sont composés des matières premières les plus chères du monde, alors une molécule artificielle de plus ou de moins ne fait guère de différence. Personne n'a jamais cherché à faire des économies à la cour de Russie, Mademoiselle, et nous non plus. Ni en créant *Le Bouquet de Catherine*, ni en cherchant la recette de l'*Eau de Chanel*.

— L'excellence a son prix, je sais.

Elle sourit.

Puis elle replongea le nez dans le petit tube en verre dont le contenu la fascinait tant. Elle aspira le parfum à plein nez, comme une personne qui étouffe se remplirait les poumons d'air frais. Jamais elle ne serait rassasiée de cet arôme unique. C'était comme si des bulles de champagne explosaient dans son corps, tous ses sens pétillaient. En même temps, le rythme de son cœur s'était calmé, elle se sentait sûre d'elle, calme et sereine.

— C'est exactement ce que j'attendais : un parfum qui ne ressemble à aucun autre. Celui de la femme d'aujourd'hui, le parfum de la modernité.

Quand elle déclara un peu plus tard à Dimitri qu'elle avait enfin trouvé ce qu'elle cherchait, il demanda à tester lui aussi l'échantillon. Elle attendit le verdict avec fébrilité.

— Ça me rappelle l'odeur de la neige fraîche sur les toits de Petrograd, murmura-t-il, plissant le front.

Son regard se perdit dans le lointain, comme si ses pensées le ramenaient soudain aux bals et aux parties de luge de sa jeunesse russe envolée à jamais.

— Vous ne croyez pas si bien dire. Ma source d'inspiration est assez comparable, expliqua alors Ernest Beaux, surpris de la clairvoyance du grand-duc. Quand je faisais mon service dans l'Armée russe blanche, j'étais stationné près de Mourmansk. Je commandais un camp de prisonniers rouges sur la presqu'île de Kola. Jamais je n'oublierai l'odeur des nuits polaires. J'ai essayé de créer un parfum qui rappelle l'aura si particulière de ce crépuscule bleu qui n'en finit pas.

— Et comment y êtes-vous parvenu ? demanda Dimitri.

La jeune femme debout à côté de Gabrielle toussota et baissa les yeux.

— L'association de la rose et du jasmin, avec ajout d'un aldéhyde de synthèse, est déjà ce qui fait la spécificité du *Bouquet de Catherine*. Mais dans le cas de notre échantillon numéro cinq, nous avons en quelque sorte dépassé malgré nous notre vieille formule. (Il jeta un bref regard à sa collaboratrice.) Une erreur de ma préparatrice. Elle s'est trompée dans la dilution d'un des ingrédients du mélange.

Dimitri adressa un regard bienveillant à la malheureuse toute rougissante.

— C'est une chance !

— L'aldéhyde présente un autre avantage, reprit Beaux.

Il se tourna vers Gabrielle.

— Pardonnez-moi, je peux ?

Sans attendre sa réponse, il lui saisit la main, la retourna et déposa quelques gouttes du parfum au creux de son poignet. Surprise, elle se laissa faire sans comprendre où il voulait en venir.

— Attendez quelques instants puis sentez, dit-il. Vous verrez que ce parfum tient sur la peau beaucoup plus longtemps qu'une eau de toilette ordinaire.

Aussi longtemps que le parfum sur le mouchoir de la grande-duchesse Maria Pavlovna, songea Gabrielle.

Dimitri lui souleva le bras et approcha le nez de son poignet dans un geste familier.

— L'effet est encore plus extraordinaire sur la peau que dans le flacon.

Il était visiblement convaincu, lui aussi.

— Je crois que le moment est venu de fêter la naissance de ton *Eau de Chanel*, ma chère Coco.

— Je ne crois pas que je vais lui donner ce nom.

Les mots étaient sortis tout seuls. Elle réfléchit un instant et ajouta :

— J'appellerai mon parfum *Numéro cinq*. Je lance ma nouvelle collection le 5 mai, cinquième mois de l'année. Laissons-lui le numéro qu'il porte et ce numéro cinq lui portera chance.

Elle ne précisa pas que ce chiffre était une des constantes de sa vie depuis qu'elle l'avait découvert dans les motifs du pavement de l'abbaye cistercienne de son enfance. *Le chiffre de Vénus*, pensa-t-elle malgré elle. Et c'était tout ce qui lui importait à cet instant : cinq était le chiffre de l'Amour, la somme indivisible du trois et du deux, du masculin et du féminin.

— Mademoiselle Chanel, le numéro cinq est à vous ! s'écria Beaux, solennel et radieux.

Sa déclaration sonna à l'oreille de Gabrielle comme une formule magique. Elle se crut frappée par la foudre, un éclair de cette lumière polaire, peut-être, dont le parfumeur s'était inspiré pour conférer à son ancienne formule une personnalité nouvelle, une note de tête radicalement moderne.

Chanel N° 5.

Chapitre 10

C'était le petit cercle habituel dont Serge Diaghilev aimait à s'entourer. Une vingtaine de personnes, ses plus grands admirateurs et ses collaborateurs les plus fidèles, rassemblés pour fêter le retour des Ballets russes à Paris. Plus d'hommes que de femmes. Parce que Diaghilev ne s'intéressait guère au deuxième sexe, mais aussi parce que beaucoup de ses invités étaient venus seuls, sans épouse ni maîtresse. Misia nota qu'Olga Picasso était une fois de plus absente et se demanda s'il n'aurait pas été plus simple pour tout le monde depuis le début que Coco tombe amoureuse de Picasso plutôt que de Stravinsky. Ils auraient formé un couple superbe, et Picasso était beaucoup moins cyclothymique que le compositeur. Et puis il avait un domicile fixe. *Voilà un* amour fou* *qui aurait été tout à fait à mon goût*, songea Misia. Ne serait-ce que parce qu'elle ne supportait plus du tout Olga. Et puis Coco trouvait Picasso attirant, elle l'avait entendu de sa bouche…

Misia regarda Stravinsky, à l'autre bout de la table, qui contemplait son assiette d'un œil morne : son menu spécial consistait en quelques tranches de tomates et de pommes de terre crues avec un filet d'huile et de jus de citron. Le garçon du Dôme avait failli s'étrangler en prenant sa commande. Misia s'attendait, non sans une joie mauvaise, à ce que le serveur expédie ce mauvais client à La Rotonde, un restaurant un peu moins chic et s'adressant à des clients au palais moins fin. Mais le Dôme était le point de ralliement de la bohème parisienne depuis des années, les employés devaient s'être habitués à satisfaire les caprices les plus bizarres.

Diaghilev, qui selon son habitude avait choisi Misia comme voisine de table, avait suivi son regard.

— Pas besoin d'un chagrin d'amour pour être d'une humeur massacrante et pour souffrir de crampes d'estomac quand on se nourrit de patates crues, lui murmura-t-il.

Puis il retourna à son imposant plateau de fruits de mer en se léchant les babines.

— Il n'accepte toujours pas que Coco sorte avec un autre.

— C'est un fait. Il n'arrive pas à s'y résoudre.

Diaghilev se concentra sur sa langouste, qu'il décortiquait avec soin pour extraire de la queue recourbée le maximum de chair. Puis il reprit :

— Igor était dans tous ses états quand il a appris en rentrant à Garches que Gabrielle était toujours sur la Côte d'Azur et qu'on n'attendait pas son retour avant plusieurs semaines. Il espérait sans doute se réconcilier avec elle. Ou la tuer. Que sais-je ? En tout cas, il n'a pas l'air de songer au suicide, quand on le voit aussi soucieux de manger sainement...

Misia songea que Diaghilev ferait bien de se soucier lui aussi de manger sainement. Le copieux plat de crustacés qu'il s'apprêtait à engloutir n'était pas très recommandé pour un diabétique. Mais elle s'abstint de le critiquer, ne voulant pas gâcher son plaisir. Un second homme malheureux à sa table lui aurait coupé l'appétit !

— Avez-vous des nouvelles de Coco ? demanda-t-elle.

C'était une façon de reconnaître qu'elle-même n'avait plus de contact direct avec Gabrielle.

— Je m'apprêtais à vous poser la même question.

Il y avait une note de reproche dans la voix de Diaghilev.

— Ne me dites pas que vous ne savez pas comment se porte notre amie ?

— Elle ne me dit rien du tout !

Diaghilev en laissa tomber son monocle.

— Mais c'est une catastrophe ! s'écria-t-il, si fort que plusieurs têtes se tournèrent vers lui. Qui va pouvoir me dire où en est son histoire avec le grand-duc ?

Misia soupira, contrariée de n'avoir à rapporter que des informations de seconde main.

— Vous n'avez pas besoin de moi pour ça, Serge. Tout Paris en parle. On les a vus à Monte-Carlo. D'après ce que je me suis laissé dire, ils sillonnent la côte en voiture. On voit leur cabriolet partout. Et le soir, on les retrouve dans les restaurants chics ou au casino, où le grand-duc perd au jeu les bijoux de la couronne, si tant est qu'il en possède. C'est plutôt l'argent de Coco qu'il joue.

— Vous arrivera-t-il un jour d'approuver un homme avec lequel vous devez partager l'affection de Gabrielle ? (Diaghilev lui adressa un sourire compréhensif.) Il me semble que vous êtes jalouse, *ma chère**. Jalouse de son amant du moment, ou de n'avoir pas pu cette fois jouer les marieuses, je ne saurais dire.

Personne d'autre n'aurait pu se permettre une remarque aussi insolente sans s'attirer la haine de Misia. Mais elle pardonnait tout à Diaghilev, y compris sa perspicacité, qui lui fit monter le rouge aux joues. Elle s'éventa avec sa serviette avant de s'exclamer d'un ton faussement outré :

— Vous êtes un petit polisson, Serge !

— Je sais.

Il eut un bref sourire, mais redevint aussitôt sérieux.

— Du reste, j'ai appris certaines choses qui ne devraient pas manquer de compromettre la nouvelle idylle de notre Coco. Mes compatriotes restés au pays, et qui ont contribué à ouvrir la voie aux Rouges, ont fini semble-t-il par comprendre que les bolcheviks n'étaient pas leurs libérateurs, mais des oppresseurs. La famine règne, une partie de la Marine se révolte. Notre petite mère Russie est bien agitée.

Misia, qui venait de porter sa flûte de champagne à ses lèvres, suspendit son geste.

— Vous voulez dire que les Romanov pourraient remonter sur le trône ?

— On le murmure. Il se pourrait bien que Dimitri Pavlovitch devienne le nouveau tsar, auquel cas il devrait se plier aux règlements de la maison impériale. Un mariage avec Coco serait tout à fait exclu dans ces conditions.

Diaghilev sortit de sa poche le mouchoir de la grande-duchesse et enfouit son nez dans la fine batiste.

— *Honni soit qui mal y pense**, ajouta-t-il en remettant la pochette en place. Ce ne sont que les conjectures d'un petit polisson.

Un mariage imposé par les conventions sociales. *Voilà ce qui va arriver*, se dit Misia. Une fois de plus. Mais Coco supporterait-elle de revivre ce qu'elle avait déjà dû subir avec le mariage de Boy Capel ? Le moment était venu de renouer avec elle, de l'appeler, de voler à son secours, de retrouver sa place de consolatrice. Soudain, une idée lui vint :

— Le père du grand-duc Dimitri a bien fait un mariage morganatique ? Il a épousé en secondes noces la femme qu'il aimait et qui était de condition très inférieure à la sienne.

— Oui, et vous voyez où ça l'a mené ! Le grand-duc Paul Alexandrovitch a été envoyé en exil, et quand il est revenu de Paris, des années plus tard, il n'a pas profité bien longtemps de sa patrie. La révolution a éclaté et les bolcheviks l'ont fusillé en même temps que le demi-frère de Dimitri et beaucoup d'autres membres de la famille. Non, je ne sais vraiment pas s'il faut souhaiter à Coco d'être la maîtresse du futur tsar…

Un mouvement à l'autre bout de la table l'interrompit.

C'était Sergueï Soudeïkine qui, son assiette dans une main et ses couverts dans l'autre, remontait au pas de course la rangée de convives pour se précipiter sur Diaghilev.

— Au secours, maître ! Sauvez-moi ! hurlait-il d'un ton théâtral, pour la plus grande joie de ses amis.

Misia connaissait le peintre au même titre que tous ceux qui, au fil du temps, avaient apporté leur soutien aux Ballets russes ou collaboré à tel ou tel spectacle. Sergueï Soudeïkine avait participé à la conception des décors dès la première mise en scène, huit ans plus tôt. Comme beaucoup de ses compatriotes, il avait fui la révolution en passant par la Crimée. Il était bien naturel que, arrivant à Paris avec sa femme l'année précédente, il ait cherché soutien et hébergement auprès de Diaghilev, d'autant que Vera Soudeïkine avait été autrefois une de ses danseuses, comme Olga Picasso.

— Stravinsky m'a piqué ma côtelette dans mon assiette et l'a dévorée, geignit Soudeïkine, debout à côté de la chaise de Diaghilev. Il ne s'est pas gêné. Et moi, je n'ai plus rien du tout !

On aurait dit un petit garçon qui vient de se faire dérober son jouet préféré.

— Il n'a pas dû pouvoir résister au fumet de la viande rôtie, dit Misia, très amusée.

Elle jeta un coup d'œil en direction de Stravinsky : il paraissait tout requinqué et beaucoup moins sombre qu'un instant plus tôt face à son assiette de tomates et de pommes de terre crues.

— Il a dit qu'il voulait « surprendre » son estomac, gémit Soudeïkine.

— Une sacrée surprise ! s'esclaffa Misia.

Pendant cet échange, Diaghilev avait gardé de silence. Il regardait d'un air songeur la place vide à côté de Stravinsky, à l'autre extrémité de la table. Misia remarqua du coin de l'œil que son regard flottait au-dessus de ses invités, occupés à manger et bavarder gaiement. Au bout d'un moment, il s'arrêta sur Vera, assise à quelques chaises de distance de son mari et de Stravinsky. Bien qu'elle répétât sans cesse que son père était d'origine chilienne, la plupart de ses amis savaient que Eduard Bosse était venu des pays Baltes s'installer à Saint-Pétersbourg. Mais il est vrai qu'elle avait tout à fait le type sud-américain, et malgré son nez beaucoup trop grand c'était une beauté, aussi brune et basanée que Coco Chanel.

— Excusez-moi un instant, murmura Diaghilev à sa voisine de table.

Il remit son monocle en place.

— Je vais demander à Vera de tirer les cartes à Stravinsky. Elle réussira peut-être à le tirer de son humeur morbide. Si elle lui prédit un avenir radieux, il se montrera plus conciliant.

Il repoussa sa chaise et, s'adressant à Sergueï Soudeïkine :

— Asseyez-vous ici, mon ami, et commandez ce qui vous fera plaisir. Vous rendrez ainsi un grand service à la musique.

Misia le suivit des yeux, admirative. Quelle idée charmante ! Elle songea qu'en tant que marieuse elle avait peut-être encore des choses à apprendre de Diaghilev. Avec son sourire le plus suave, elle se tourna vers le peintre et décorateur qui venait de prendre place à côté d'elle :

— Qu'est-ce que vous avez envie de manger ? Si le poisson vous tente, je vous recommande la daurade…

Chapitre 11

Gabrielle serra Dimitri dans ses bras quand ils quittèrent le laboratoire. Elle l'embrassa quand ils furent assis dans la voiture. Elle commanda du champagne quand ils arrivèrent au bar du Carlton sur la Croisette. Et pour un peu, elle aurait uni sa voix à celle de la chanteuse de jazz noire qui entonna ses premiers gospels dès la nuit tombée.

Dimitri parvint de justesse à l'empêcher d'exhiber de manière aussi intempestive son bonheur d'avoir enfin trouvé son fameux parfum. Il l'attrapa, la jeta sur son épaule comme un sac de patates et la transporta, passablement soûle, jusqu'à la Rolls.

Dans la voiture, elle ramena ses jambes sous elle, ferma les yeux et offrit son visage au vent de la course avec un abandon inhabituel. Depuis leur rencontre à Venise, ses sentiments envers Dimitri avaient évolué, mais après la visite fructueuse chez Ernest Beaux, la reconnaissance et la tendresse l'emplissaient tout entière au point que son cœur était près d'éclater. Elle ignorait si c'était de l'amour, mais jamais elle n'aurait rêvé une amitié aussi douce, riche et profonde que celle qui les liait à présent.

C'est avec une impression de bien-être et de sécurité totale qu'elle s'endormit ce soir-là entre les bras de Dimitri dans leur chambre du Riviera-Palace.

Gabrielle voulut retourner plusieurs fois à La Bocca avant qu'ils ne rentrent à Paris, sous prétexte de mener d'autres expériences avec Ernest Beaux afin de parfaire encore cet extraordinaire parfum. Mais si elle demandait régulièrement à Dimitri de l'emmener à Cannes, c'était en réalité parce que son parfum l'attirait comme un aimant. Elle prenait un plaisir infini à inhaler les précieuses essences, à les sentir pénétrer en elle et se déposer sur sa peau, à entrer dans un restaurant toute nimbée de cette aura olfactive. Ses vêtements, ses cheveux en étaient imprégnés, elle pouvait en étudier la moindre nuance, son parfum et elle devenaient indissociables.

Mais le jour vint où il fallut bien se séparer. Dimitri voulait être de retour à Paris à la mi-avril pour l'anniversaire de sa sœur Maria.

Pour Gabrielle aussi, il était temps de mettre un terme à cette longue parenthèse de vacances. Son atelier réclamait sa présence et, avant que ne soit lancée la production de son parfum à l'usine Chiris de Grasse, elle avait encore beaucoup de tâches en perspective qui ne pouvaient être effectuées qu'à Paris. Il lui fallait inventer un flacon et un conditionnement pour son *Chanel N° 5*. Elle aurait certes pu s'en remettre au savoir-faire de tel ou tel spécialiste, mais préférait s'en occuper elle-même. Imaginer un joli flacon et une boîte élégante ne devait pas être tellement plus compliqué que de dessiner une robe ou un chapeau. L'objectif de Gabrielle était d'imprimer sa marque à ce parfum qu'elle avait cherché si longtemps. On devait pouvoir identifier le style Chanel au premier coup d'œil. Elle n'irait chercher conseil auprès de Georges Chiris ou de François Coty qu'en cas d'échec.

Le ciel de Monte-Carlo lui rendit la séparation plus légère : il pleuvait à torrents. Sur toute la côte, le bleu azur avait cédé la place au gris anthracite, le ciel avait disparu derrière les nuages, la Méditerranée offrait une surface miroitante couleur de cendre, parsemée de petites crêtes d'écume blanche.

— Il neige sur les hauteurs, l'informa le groom.

Il descendait à son côté les marches du perron, l'accompagnant jusqu'à la voiture sous un large parapluie.

— Espérons que le temps s'arrangera en cours de route, déclara Dimitri quand ils furent installés dans la Rolls.

Il vérifia l'étanchéité de la capote puis mit le contact et démarra ; les roues patinèrent un instant en projetant des gerbes d'eau. Enfin, il s'engagea sur la route de la corniche à une vitesse raisonnable.

Gabrielle, sans rien dire, regardait ruisseler les gouttes sur la vitre latérale. Les maisons n'étaient qu'une masse grise noyée de pluie, paysage mélancolique au diapason de son humeur. Le départ la rendait si triste qu'elle se sentait au bord des larmes. La fin de ces vacances insouciantes et heureuses l'inquiétait. Certes, il lui restait encore plusieurs jours à passer avec Dimitri, ils s'étaient promis de rentrer par la Provence et la vallée du Rhône en plusieurs étapes, en dormant à l'hôtel. Et rien ne laissait penser que leur liaison n'allait pas se poursuivre lorsqu'ils auraient retrouvé Paris et la vie quotidienne. Pourtant, Gabrielle redoutait que quelque chose – ou quelqu'un – vienne rompre la magie dans laquelle ils évoluaient.

Le paysage défilait : des maisons, des rangées d'arbres, la mer grise et maussade, presque menaçante. Elle avait oublié de demander à Dimitri s'il aimait la voile. Malgré la douceur de l'air printanier, il était trop tôt dans la saison pour louer un yacht et faire une sortie en mer. Son amant aimait en tout cas piloter une voiture. Il se montrait parfois audacieux, mais sa conduite était le plus souvent prudente et sûre, et Gabrielle lui faisait pleinement confiance. Elle lui confiait sa vie ; l'on pouvait entendre cette phrase de plusieurs manières. Cette pensée amena un pâle sourire sur ses lèvres.

Nice, Antibes, Cannes – les panneaux familiers se succédaient et le temps ne s'arrangeait toujours pas. La pluie continuait à tambouriner sur le toit et sur le pare-brise.

Gabrielle était bien au sec, mais il lui semblait que l'humidité s'insinuait dans l'habitacle, pénétrait à travers ses vêtements et dans ses membres. Elle enfouit ses mains dans les larges manches de sa veste. Le paysage ne changeait guère et la couleur dominante restait le gris – mille nuances de gris. Ses paupières devinrent lourdes. Elle somnola un moment, puis sombra.

Elle se réveilla d'un coup, ne sachant pas combien de temps elle avait dormi. Qu'est-ce qui avait pu la tirer du sommeil de manière aussi soudaine ? La conduite de Dimitri était toujours aussi sereine et régulière. La route montait un peu puis redescendait dans des vallons, mais la Rolls progressait sans à-coups sur l'asphalte détrempé. Aucune voiture en sens inverse, pas de camion croisant leur route. Avec ces intempéries, aucun paysan, aucune bête n'était dehors.

Gabrielle jeta un coup d'œil par la vitre latérale. À travers le rideau de pluie, elle distingua des roches semées de bruyère, des vallons ourlés de pins. Au milieu des rochers escarpés aux arêtes vives, les troncs gris clair des eucalyptus se dressaient dans le ciel masqué par la brume. Soudain, elle tressaillit.

— Où sommes-nous ? demanda-t-elle d'une voix blanche.

— Aucune idée, répondit Dimitri d'un ton léger sans quitter la route des yeux. Quelque part sur la nationale 7, un peu avant Saint-Raphaël…

Le cri qu'elle poussa était celui d'un animal pris au piège.

Effrayé, Dimitri freina. La voiture dérapa, mais il contrebraqua et réussit à la remettre dans l'axe et à s'arrêter.

Gabrielle se cramponnait à la boîte à gants. Elle ne criait plus, ne disait rien, regardait fixement la croix érigée au bord de la route, à quelques mètres à peine. Les larmes ruisselaient sur ses joues.

— Coco ?

Elle secoua la tête en silence.

— Mais qu'est-ce qui t'arrive ?

Comment aurait-elle pu expliquer à Dimitri que son cœur venait de lui être arraché de la poitrine ?

Il avait garé la voiture à l'endroit même où le chauffeur de la sœur de Boy s'était arrêté presque un an et demi plus tôt pour montrer à Gabrielle et à Étienne Balsan le lieu de l'accident. Et Gabrielle venait de s'effondrer de nouveau, exactement comme la première fois. Le temps n'y faisait rien. La douleur était revenue, intacte. Il n'y avait aucune différence. Même l'homme présent à ses côtés ne pouvait atténuer le choc. C'était comme si elle venait d'apprendre la nuit dernière que Boy l'avait quittée pour toujours.

Il roule beaucoup trop vite, mais c'est un homme qui aime la vitesse, qui ne fait rien lentement, ne prend pas le temps de réfléchir. Le vrombissement du moteur enchante ses oreilles comme une musique, tantôt scherzo, *tantôt* rondo. *Crissement des disques des freins. Frottement de l'acier contre l'acier, chuintement des pneus sur le goudron. Et soudain la voiture décolle, s'élève dans les airs, fauchant au passage arbres et buissons, elle heurte de plein fouet une arête rocheuse et explose en une énorme boule de feu.*

Dimitri hésita un moment, puis il ouvrit la portière et descendit.

Elle vit la pluie le tremper en l'espace de quelques secondes. Des traînées sombres se formèrent sur le tissu clair de son costume de voyage, des mèches de cheveux dégoulinantes lui barraient le front. Il se dirigea à grands pas vers le mémorial au bord de la route et se pencha par-dessus la petite barrière en fer forgé qui l'entourait. La pluie coulait dans son col, mais il n'y prêta aucune attention tandis qu'il déchiffrait l'inscription gravée dans la pierre :

À la mémoire du capitaine Arthur Capel, victime d'un accident mortel ici même, le 22/12/1919

Gabrielle n'avait pas besoin de voir les mots ni la date. Elle connaissait l'inscription par cœur puisque c'était elle qui avait commandé la plaque à un marbrier. Elle n'en avait jamais soufflé mot à personne, pas même à Misia, qui ne se doutait pas non plus que Gabrielle payait un fleuriste de Fréjus pour qu'il renouvelle régulièrement les fleurs au pied du petit monument. Aujourd'hui, c'étaient des tulipes blanches qui penchaient la tête sous la pluie. Ainsi avait-elle fait aménager pour l'homme qu'elle aimait une seconde sépulture qui n'appartenait qu'à elle, et non à sa veuve. Pourtant, elle ne s'y était jamais rendue jusque-là, pas plus qu'au cimetière Montmartre où Boy Capel était enterré.

Le fragile rempart qu'elle avait réussi à construire autour d'elle pour se protéger de son chagrin venait de voler en éclats. Elle pleurait sans discontinuer tandis que la pluie ruisselait toujours sur le pare-brise.

Quand Dimitri revint s'asseoir à côté d'elle, elle n'arriva même pas à toucher la main qu'il avait posée sur son épaule dans un geste tendre et protecteur. Elle était paralysée, secouée de sanglots et incapable d'autre chose.

Il retira sa main sans rien dire et ses doigts se crispèrent autour du volant. Il baissa la tête. Le désespoir de Gabrielle était communicatif, même si ses raisons à lui étaient différentes.

Bien sûr, il était au courant du rôle qu'avait joué Boy Capel dans la vie de Coco. Elle le lui avait raconté. À présent, elle lui savait gré de sa discrétion. Elle lui était reconnaissante de ne pas lui poser de questions ni se croire obligé de lui donner des conseils. À un moment ou un autre, elle trouverait les mots pour lui dire que tout ce qu'il faisait était bien.

Dimitri finit par se ressaisir. Il se redressa, mit le contact et démarra.

Ils roulèrent jusqu'à Marseille sous la pluie battante. On n'entendait que le crépitement des gouttes sur le toit et le ronron du moteur. Parfois un sanglot étouffé de Gabrielle.

Chapitre 12

— Je suis désolé, murmura Dimitri, les lèvres pressées contre son oreille. Nous aurions dû décider du trajet ensemble. J'aurais dû te demander par où tu voulais passer.

Gabrielle, cramponnée à lui, enfouit son visage trempé de larmes dans le creux de son bras. Il n'y avait rien à dire. Elle ne pouvait qu'essayer de lui faire comprendre qu'il n'y était pour rien et n'avait rien à se reprocher. Elle savait au fond d'elle-même que s'il l'avait prévenue, elle ne l'aurait de toute façon pas dissuadé de prendre la nationale 7. Elle se croyait suffisamment forte pour supporter la vue du lieu maudit où Boy était mort. Quelques heures plus tard, au fond de son lit d'hôtel à Marseille, elle dut bien s'avouer que non.

Le lendemain, ils reprirent la route jusqu'à Aix-en-Provence. Le temps s'était éclairci et le monde avait pris des teintes plus riantes, qui aidèrent Gabrielle à sortir un peu de son abattement. Le paysage était une explosion de couleurs : le vert des pins, le rouge tendre, le blanc et une blondeur de miel. Les arbres fruitiers étaient en fleurs et les herbes sauvages des talus répandaient un parfum capiteux.

Ils se promenèrent main dans la main sous les platanes du cours Mirabeau, prirent une collation au café Les Deux Garçons, admirèrent les façades imposantes des maisons Renaissance et les ruines romaines. Les yeux remplis de belles images et le cœur en paix après une nuit de bonheur partagé, ils partirent pour Arles.

Le feuillage argenté et miroitant des oliviers faisait un toit au-dessus de leurs têtes quand ils entrèrent dans la ville, où tout les émerveilla : les arènes, l'acoustique étonnante de la Rotonde, les vestiges de la cathédrale paléochrétienne, et bien sûr la cathédrale Saint-Trophime, qu'ils avaient gardée pour la fin. Comme si Gabrielle avait deviné l'émotion que cette visite allait susciter en elle.

L'église romane l'éblouit : le portail sculpté, le clocher à section carrée, la nef avec ses colonnes à chapiteaux corinthiens, le cloître accessible par un escalier depuis la nef. La spiritualité qui imprégnait ces murs, ces bas-reliefs, ces vitraux, la ramenèrent vingt-cinq ans en arrière, à l'époque d'Aubazine. Elle se demanda tout à coup si les ombres du passé qu'elle sentait encore peser sur elle ne se dissiperaient pas le jour où elle accepterait enfin de s'y confronter à nouveau.

En ce lieu chargé d'histoire et de spiritualité, elle se sentait en tout cas plus proche de Dimitri que jamais. Ils déambulèrent ensemble dans la nef et les bas-côtés, allumèrent des cierges. Comme quelques jours plus tôt dans la cathédrale de Nice, ils se tinrent la main en regardant danser les flammes. Elle s'apprêtait à lui murmurer à l'oreille combien elle était heureuse lorsque les accents puissants de l'orgue résonnèrent sous la voûte. Les doigts entrecroisés, ils écoutèrent en silence.

Les sons ramenèrent Gabrielle au temps de sa jeunesse. Elle ignorait si elle avait déjà entendu à l'époque *La Symphonie fantastique*, qu'elle n'aurait de toute façon pas reconnue, ignorant tout de Berlioz. Ce qu'elle savait aujourd'hui en matière de musique, elle le devait à Stravinsky. Il y avait certes des chorales à Saint-Étienne d'Aubazine, on y jouait toutes sortes de morceaux, mais elle avait délibérément évacué de sa vie tout ce qui avait un lien avec ce passé honni. Voilà pourquoi, peut-être, elle s'était emballée pour les chansons modernes – et passablement niaises, s'avouait-elle avec le recul – qu'elle chantait à Moulins.

Un vague projet se dessina dans sa tête. Fallait-il le concrétiser ? Une virée en Auvergne ne serait-elle pas aussi ridicule aujourd'hui que l'étaient jadis les ritournelles dont elle régalait les clients masculins des beuglants de Moulins ou de Vichy ? Le grand-duc était-il l'homme auquel elle devait confier les pires aspects de son passé ? Même avec Boy, elle n'était jamais retournée sur les lieux de son enfance et de sa jeunesse. Tout à coup, elle se sentit coupable. Elle n'avait pas ouvert à Boy cette part secrète de son cœur, fallait-il qu'elle la révèle à un autre ? Ce ne serait sans doute pas juste. Elle lâcha la main de Dimitri.

Elle sortit de l'église la tête basse, plongée dans ses pensées.

Leur hôtel se trouvait dans la vieille ville, au bord du Rhône, un étroit bâtiment jaune aux volets bleus. Les chambres d'aspect curieusement féodal de Gabrielle et Dimitri ne communiquaient pas directement, comme ils l'auraient souhaité : il fallait passer par la terrasse. C'est là qu'ils burent une coupe de champagne, à l'heure bleue où le soleil qui s'apprêtait à se coucher de l'autre côté du fleuve éclairait de ses derniers rayons le pont du chemin de fer et baignait d'une lumière violette les tuiles roses des toits.

Ils se rendirent ensuite dans un restaurant où ils dînèrent sans être reconnus et se régalèrent de ratatouille et de carré d'agneau en croûte d'herbes. Chacun picorait dans l'assiette de l'autre, ils se donnaient la becquée par-dessus la table. Le repas fut suivi d'une petite promenade digestive dans les rues à présent désertes. Sur une place, un musicien solitaire jouait des airs de *Carmen* sur son violon.

— Cette musique est née ici, expliqua Gabrielle.

Ils s'étaient arrêtés un instant pour écouter. Elle répéta avec ses mots à elle ce que Stravinsky lui avait appris au sortir d'un concert.

— Ce sont les belles Arlésiennes qui ont inspiré l'histoire de Carmen à Prosper Mérimée, l'auteur du livret de l'opéra de Georges Bizet.

— Je ne les ai vues nulle part, ces *belles Arlésiennes**, déclara Dimitri, et il ajouta avec un sérieux touchant : Je n'ai d'yeux que pour toi, Coco.

Il mérite que je lui ouvre mon cœur, songea-t-elle.

Mais une seconde plus tard, le doute revenait, et la culpabilité de n'avoir pas été assez franche avec Boy. Elle lui avait fait gober comme aux autres l'histoire absurde des deux tantes bourgeoises et très strictes qui l'avaient élevée, du père homme d'affaires parti en Amérique où il avait accumulé une fortune qu'il n'avait pas l'intention de partager avec ses enfants. Pourquoi irait-elle raconter maintenant la vérité à un homme encore plus éloigné d'elle du point de vue social, et qui menait sa vie d'aristocrate avec la légèreté d'un beau papillon ? Qui sait d'ailleurs si leur histoire survivrait à leur retour à Paris, résisterait aux multiples périls du quotidien ?

Gabrielle se remit à ruminer. À présent, ce n'était plus la mort de Boy qui occupait ses pensées. Elle luttait contre elle-même, contre cette attirance de plus en plus forte qu'elle éprouvait pour Dimitri Pavlovitch Romanov. Elle avait cru pouvoir s'autoriser une aventure sans grand rapport avec l'amour, comme tous les hommes en ont une un jour ou l'autre au cours de leur vie, une fête des sens qui ne concerne que le corps et où l'âme n'a aucune part. C'est ce qu'elle avait cherché et trouvé auprès de Stravinsky. Mais Dimitri était autrement attachant, d'une intégrité presque déroutante, et ce qui l'attirait en lui allait bien au-delà de son physique avantageux et athlétique. Il y avait déjà longtemps qu'elle n'attendait plus seulement de lui le plaisir sexuel et un certain prestige social. Il s'agissait d'autre chose, qui n'avait plus rien à voir avec les rêveries d'une fillette naïve tombant amoureuse d'un prince. De retour dans sa chambre d'hôtel, bien que la nuit fût tiède, elle ferma la porte de la terrasse.

* * *

Le lendemain matin, dans la voiture qui roulait vers Avignon, Gabrielle n'accorda pas un regard au paysage qui défilait derrière les vitres. Elle était si préoccupée qu'elle ne remarqua même pas que Dimitri quittait la route principale. C'est seulement lorsqu'il se gara en vue du pont du Gard qu'elle comprit qu'il avait fait un détour pour voir le fameux aqueduc romain. Ils sortirent de la voiture et firent quelques pas sur la rive du Gardon, ramassèrent des cailloux pour faire des ronds dans l'eau.

Gabrielle huma l'odeur presque épicée que dégageait la garrigue alentour.

— On croirait presque mon parfum, constata-t-elle.

Elle était contente d'avoir trouvé un sujet de conversation intéressant et moins dangereux que l'histoire de sa vie.

— En Provence, on ne respire cette odeur fraîche qu'au printemps, ensuite il fait beaucoup trop chaud, déclara Dimitri.

Elle fronça le nez et acquiesça.

— Si je devais caractériser ton eau de toilette, reprit-il après réflexion, je parlerais de clarté, de limpidité. C'est ce que m'évoquent *Chanel N° 5* ou *Le Bouquet de Catherine*, mais aussi les nuits blanches de Saint-Pétersbourg... (Il hésita puis ajouta un ton plus bas :) J'aimerais tant te montrer l'endroit où je suis né.

— Moi aussi, j'aimerais.

Pour ne pas entretenir chez Dimitri la mélancolie dont elle venait tout juste de se débarrasser, elle en revint à son parfum :

— M. Beaux m'a dit que le jasmin qui entre dans la composition de mon *Chanel N° 5* ne pousse que dans le sud de la France, c'est une variété qu'on ne trouve nulle part ailleurs dans le monde.

— Voilà qui va faire monter la facture.

— Je me fiche du prix.

Les arômes précieux et les composants synthétiques allaient alourdir les coûts de fabrication, Ernest Beaux avait attiré son attention sur ce point. Mais elle pouvait se permettre de gâter ses meilleures clientes, puisqu'il s'agirait d'une édition unique, d'une opération publicitaire pour sa maison de couture.

— Tu es la femme la plus incroyable que j'aie rencontrée.

Dimitri lui lissa tendrement une mèche de cheveux derrière l'oreille.

— Je suis juste une banale petite Auvergnate.

La réponse était sortie toute seule, avec pour résultat de la ramener à son idée : il fallait qu'elle emmène Dimitri sur les lieux de son passé.

Quand arriva la fin de la journée, son humeur s'était nettement améliorée. À Avignon, ils prirent une chambre dans le romantique hôtel Europe, aménagé dans un palais du XVIIIe siècle, avec une charmante petite cour intérieure dotée d'une fontaine. Comme tous les touristes, ils commencèrent par une promenade à l'intérieur des remparts et enchaînèrent sur une visite du palais des Papes. Au retour, ils explorèrent le centre historique et la place de l'Horloge, bien que Gabrielle eût déjà mal aux pieds.

— J'ai trop marché sur les vieux pavés ces derniers jours, ces chaussures ne sont pas faites pour ça, soupira-t-elle en regardant ses talons d'un œil critique. Je devrais inventer des chaussures plus confortables.

— Ce ne sont pas les cafés qui manquent. Entrons quelque part et reposons-nous en buvant un verre de vin.

Sur la place bordée de beaux bâtiments des XVIe et XVIIIe siècles, les premiers lampadaires venaient de s'allumer, points dorés posés sur un fond bleu foncé, presque violet. Il y avait du monde dans les rues, des gens qui rentraient chez eux, d'autres qui préféraient comme eux s'asseoir d'abord à une terrasse de café le temps d'un apéritif. Les touristes, encore peu nombreux en cette saison, les imitaient ou flânaient en admirant la tour de l'Horloge, l'hôtel de ville et l'opéra. Sur les marches du parvis, un groupe de jeunes musiciens était en train de s'installer : un accordéoniste, un violoniste et un clarinettiste. Bientôt résonnèrent les premières notes d'un air populaire.

Dimitri sourit.

— S'ils jouaient *Sur le pont d'Avignon*, tu serais prête à danser avec moi ?

Gabrielle regarda ses pieds d'un air tragique.

— Je ne crois pas que j'en serais capable aujourd'hui. À moins que tu me portes.

— L'occasion ne se représentera peut-être plus, dit-il en levant son verre rempli d'un vin du Rhône d'un rouge intense et chatoyant.

— On pourra revenir en Provence quand on voudra…

— Mais ce ne sera plus jamais comme aujourd'hui, Coco, dit-il, mélancolique.

Elle secoua la tête en silence. *Il a raison*, pensa-t-elle. Rien n'est jamais statique. S'ils restaient ensemble, leur relation pouvait s'approfondir. Dans le meilleur des cas, leur intimité grandirait peut-être. Mais pouvait-on parler d'intimité si elle continuait à lui mentir ? Si elle lui révélait son enfance misérable et sa jeunesse douteuse, il aurait honte d'elle et la quitterait aussitôt. Sinon, il le ferait plus tard, ulcéré le jour où il apprendrait par quelque indiscrétion qu'elle lui avait caché la vérité.

À cet instant retentit comme par hasard sur la grande place un air que Gabrielle connaissait mieux que quiconque. Un air qui appartenait à sa vie, qui était indissociable d'elle, au même titre que son style inimitable. Elle ne l'avait plus entendu depuis longtemps, mais les paroles lui revinrent en mémoire aussitôt, la mélodie sortit de sa gorge, ses lèvres articulèrent les mots. Elle se mit à chanter malgré elle. Elle n'avait pas oublié un seul vers :

J'ai perdu mon pauv' Coco
Coco mon chien que j'adore,
tout près du Trocadéro,
il est loin s'il court encore…
Vous n'auriez pas vu Coco ?
Coco dans l'Trocadéro,
Coco dans l'Tro,
Coco dans l'Tro,
Coco dans l'Trocadéro.
Qui qu'a qui qu'a vu Coco ?
Eh ! Coco !
Eh ! Coco !
Qui qu'a qui qu'a vu Coco ?
Eh ! Coco !

L'expression ébahie de Dimitri ne la fit pas taire, pas plus que les visages qui se tournaient vers elle. Elle chantait à mi-voix, mais c'était suffisant pour attirer l'attention des badauds. Elle n'en ressentit aucune honte. Entendre ressurgir cette rengaine d'un autre âge qui avait joué un si grand rôle dans sa vie, et cela le jour même où elle n'avait cessé de ruminer sur son passé, n'était-ce pas un signe ? Elle se mit à chanter plus fort, d'autres voix se joignirent à la sienne, et à la fin du morceau, les applaudissements fusèrent.

— Je n'aurais jamais cru qu'une ritournelle à propos d'un chien enfui puisse créer une ambiance pareille !

Dimitri avait l'air de s'amuser comme un petit fou.

— C'est drôle que ce chien s'appelle justement Coco, et pas Fifi ou Cador. C'est parce que tu portes le même nom que lui que tu connais les paroles sur le bout des doigts, *ma chère Coco** ?

— Non. En fait, ce serait plutôt l'inverse.

— Comment ça ? Je ne comprends pas…

Elle n'hésita qu'un instant.

— Je voudrais te montrer quelque chose, Dimitri. Serais-tu d'accord pour faire un petit détour qui retarderait d'un ou deux jours notre retour à Paris ? (Elle n'attendit pas sa réponse et ajouta :) Je voudrais que tu voies l'Auvergne, la région où j'ai grandi. Tu comprendras comment Gabrielle est devenue Coco.

— J'en serais très heureux.

Il lui prit la main. Elle entrecroisa ses doigts avec les siens.

— Après le dîner, on ira faire un tour sur le pont Saint-Bénézet. Et on dansera, tant pis pour mes pieds. Je te le promets. Tu as raison, il ne faut pas laisser passer l'occasion. Ici, personne ne nous connaît, on peut se permettre toutes les bêtises.

Il était minuit quand ils arrivèrent sur le célèbre pont d'Avignon, mis à mal par tant de crues depuis le Moyen Âge qu'il s'était en partie effondré au fil des siècles. Le pont était trop étroit pour y « danser en rond » comme dans la chanson, sa rambarde dangereusement basse, et comme il se terminait dans le vide, on ne s'y sentait pas très en sécurité, surtout la nuit.

L'éclairage était parcimonieux. Le reflet de la lune se brisait sur les vaguelettes qui clapotaient contre les piliers des quatre arches restantes, les lumières de la ville piquetaient l'eau noire comme autant de vers luisants. Le coassement des grenouilles fut interrompu par le moteur d'une voiture sur la route longeant la rive. Les phares éclairèrent un instant les deux premières arches. Il n'y avait pas grand monde dans les rues à cette heure et personne ne s'aventurait sur le pont. Ils étaient seuls.

Après leur copieux repas très arrosé, Gabrielle trouvait le danger plutôt excitant.

— Attention de ne pas tomber à l'eau ! dit-elle en riant tandis qu'elle effectuait une pirouette.

Elle faillit perdre l'équilibre, tituba. Dimitri la rattrapa de justesse. Il voulut la retenir, mais elle se dégagea et passa son bras sous le sien.

— C'est l'heure du cancan ! s'écria-t-elle.

Elle agita le bras en l'air comme pour diriger un orchestre imaginaire.

— Tu connais *Ba-ta-clan*, l'opérette de Jacques Offenbach ?

Dimitri secoua la tête.

— Jamais entendu parler.

— Alors écoute…

Elle lâcha son bras, se planta devant lui et fit une révérence théâtrale. L'instant d'après, elle lançait les jambes en l'air dans un cancan effréné en entonnant d'une voix un peu éraillée par l'alcool un air du chef de la garde impériale, le félon Ko-Ko-Ri-Ko. Elle n'avait pas plus oublié la chinoiserie musicale d'Offenbach que la chanson du chien Coco, deux de ses morceaux de bravoure du temps où elle chantait.

Son unique spectateur ne ménagea pas ses applaudissements. Elle se jeta contre sa poitrine, hors d'haleine.

— Je te ferai grâce du *kazatchok* pour cette fois, plaisanta Dimitri.

— Je crois que c'est préférable, dit-elle.

Mais elle se ravisa aussitôt et, jetant la tête en arrière, le regarda droit dans les yeux.

— Tu cherches à te défiler. Le *kazatchok* est une danse d'hommes, tu peux le danser seul.

— C'est vrai, admit-il en riant. De même que le cancan est l'affaire des femmes. Mais la valse anglaise se danse à deux.

Gabrielle tressaillit. On ne jouait quasiment pas de valses lentes du vivant de Boy, elles n'étaient redevenues à la mode que tout récemment, mais le mot « anglaise » avait suffi à faire ressurgir le fantôme de son amant.

Dimitri l'entraînait déjà sur un rythme à trois temps et elle se laissa mener, s'accordant à ses pas sans difficulté. Ils n'avaient pas beaucoup d'espace pour évoluer, mais c'était assez pour une danse aussi sage. Pensive, elle écoutait la mélodie qu'il fredonnait doucement à son oreille.

Au bout d'un moment, elle posa le front contre son épaule et s'abandonna à ses rêves, qui la ramenaient malgré elle à l'autre homme, celui avec lequel elle n'avait jamais dansé aussi tendrement. Et jamais plus ne le pourrait.

Chapitre 13

Après une nuit à Lyon, Gabrielle reprit un beau matin le chemin de son passé. Assise à côté de Dimitri dans la Rolls-Royce, elle se demandait encore si elle était mûre pour ces retrouvailles.

Elle n'avait jamais parcouru le Massif central en automobile – faute d'argent à l'époque –, pourtant la route sinueuse lui paraissait étrangement familière. Elle serpentait au milieu de prairies d'un vert tendre où paissaient les vaches Aubrac à la robe fauve. Ici et là une ferme trapue, un ruisseau glougloutant. La température avait nettement fraîchi, les sommets ronds des volcans étaient poudrés de blanc. Gabrielle s'emmitoufla dans son manteau. Il faisait chaud dans la voiture, mais elle frissonnait par une sorte d'automatisme : elle ne se souvenait pas d'un seul jour ici où elle n'ait pas eu froid.

Thiers était une petite ville paisible où les touristes s'aventuraient peu, d'ailleurs la plupart des guides ne la mentionnaient même pas. Paris était bien loin, ses mondanités n'intéressaient guère les habitants. La Rolls attira certes les regards, les voitures de luxe étaient rares par ici, mais personne ne reconnut l'homme au volant ni sa passagère au manteau bordé de fourrure. Gabrielle et Dimitri purent donc se promener bras dessus bras dessous et incognito dans la ville haute. Elle le guida à travers les ruelles tortueuses bordées de jolies maisons à colombages restées presque intactes depuis le Moyen Âge. Les cafés étaient rares, mais les ateliers d'artisanat nombreux, et l'on entendait partout tinter le métal et résonner les marteaux dans les forges. Au confluent de la Dore et de la Durolle, le bruit de l'eau couvrait le grincement de la roue du vieux moulin.

Gabrielle s'accouda au parapet du pont et regarda couler la rivière. Elle s'attendait à être plus émue, ses retrouvailles avec Thiers la laissaient froide. Elle n'éprouvait que de la surprise devant la petitesse de cet univers qui lui avait autrefois paru tellement immense et excitant. C'était le seul lieu de son enfance où elle avait connu quelque temps un sentiment proche de la sécurité, y ayant vécu sous la garde de ses grands-parents. Mais cette parenthèse de douceur n'avait pas duré.

— Il y a beaucoup de forges ici, Thiers est la capitale française de la coutellerie, dit-elle soudain sans regarder Dimitri.

Elle continuait de fixer les petits tourbillons et les couronnes d'écume qui se formaient à la surface de l'eau.

Il dressa l'oreille.

— Ton père faisait le commerce des couteaux et des armes ?

Son intérêt était compréhensible. N'avait-il pas vécu l'essentiel de sa vie comme soldat ? Gabrielle fut tentée un instant d'inventer une nouvelle légende, de déclarer qu'elle avait passé son enfance au château de La Chassaigne, non loin de là, un château médiéval transformé en manoir au XVIIIe siècle. Voilà qui ferait meilleur effet qu'une vieille bicoque de paysans toute de traviole. Ils pourraient même faire une promenade à travers le parc…

Mais elle était venue ici pour affronter la réalité, quoi qu'il dût lui en coûter.

— Ma famille habitait dans un village des environs, mon père n'avait rien à voir avec la coutellerie.

Dimitri, manifestement décontenancé, resta un moment sans répondre.

— Tu es donc née dans la ville des couteaux… (Il ajouta, amusé :) Qui dit couteaux dit ciseaux. Je sais enfin d'où tu tiens ton talent, Coco.

Elle lui sourit, mais ses yeux étaient voilés de tristesse.

— J'ai grandi ici, mais je ne suis pas née à Thiers. Je suis née à Saumur.

— C'est magnifique ! Pourquoi ne me l'as-tu pas dit plus tôt ? J'adore la Loire ! Saumur, son château, ses haras, son vin. Il faut absolument qu'on y aille.

Elle avala sa salive.

— Ma mère venait d'un village près de Saumur, elle était blanchisseuse, articula-t-elle à grand-peine. Comme sa mère avant elle.

— Oh.

Ce fut le seul commentaire de Dimitri. Il scrutait Gabrielle, une expression indéchiffrable sur le visage. Elle se demanda s'il cherchait sur ses traits une preuve qu'elle plaisantait. Mais elle n'était pas d'humeur à rire.

— Mon père a peut-être vendu ici ou là un couteau fabriqué à Thiers, je n'en sais rien. En tout cas, c'était un marchant itinérant, un camelot. Pas un homme d'affaires.

Les nuages dans le ciel s'épaississaient, masquant un soleil déjà timide. La lumière changea, la rivière sous leurs pieds n'était plus bleu-vert, mais grise. Un vent froid se leva qui les fit frissonner tous les deux.

Dimitri replia les bras contre son buste. Au bout d'un moment, il demanda :

— Comment se sont-ils rencontrés ? Tes parents, je veux dire.

Il ne semblait pas vraiment intéressé par la réponse, il cherchait juste à rompre le silence qui s'était installé entre eux avant qu'il ne devienne pesant et lourd de sous-entendus.

— Albert Chasnel était un vaurien. Beau, charmant, drôle. Je crois qu'ils se sont rencontrés dans une foire, c'est là que les gens simples allaient s'amuser à l'époque. Malheureusement, mon père était un voyou de la pire espèce, et surtout complètement irresponsable. Il ne voulait pas se sentir lié et n'a épousé ma mère que sur la pression de ses parents, alors qu'ils avaient déjà deux enfants. Il n'a jamais été là pour nous.

— Tu as donc été élevée par d'autres membres de ta famille, conclut Dimitri.

Son ton neutre inquiéta Gabrielle, sa voix ne révélait rien de ce qu'il éprouvait. Sympathie ? Dégoût ? Elle ne pouvait qu'essayer de le deviner, ou attendre qu'il en dise davantage. Dans le meilleur des cas, il serait sensible à leur communauté de destin au-delà des différences sociales. Le manque d'amour et l'angoisse d'abandon d'un petit enfant sont les mêmes dans tous les milieux. Ils avaient déjà évoqué ensemble cette similitude.

Une bourrasque plus forte fit grincer la roue du moulin, les couronnes d'écume à la surface de l'eau se multiplièrent. Gabrielle enfonça son chapeau cloche sur sa tête. Dimitri, qui ne portait pas de chapeau, se passa la main dans les cheveux. Ils se jetèrent un coup d'œil à la dérobée puis se regardèrent franchement. Tandis que les ombres s'allongeaient, un sourire éclaira soudain le visage de Dimitri. Il prit la main de Gabrielle entre ses doigts.

— Tes parents ont eu combien d'enfants ? demanda-t-il.

— J'ai faim, maman, très faim.

— Tiens-toi tranquille, Gabrielle, tu sais bien que nous n'avons rien. Il faut attendre que papa rentre de voyage. On aura de nouveau de l'argent. D'ici là, tu devras te contenter de ce que je peux trouver. Et c'est tout.

— Juste une tasse de lait, maman, s'il te plaît…

— Non, ma petite Gabrielle. Le lait est pour tes frères. Ta sœur et toi, vous pouvez boire de l'eau.

— Nous étions six. Trois filles et trois garçons, mais mon petit frère Augustin n'a vécu que quelques mois.

Gabrielle passa sa main sur sa joue sans savoir si ce qu'elle essuyait était une larme. Peut-être pas, car il avait commencé à neiger. Des petits flocons voltigeaient dans la lumière grise de cette matinée sinistre et s'écrasaient sur la rambarde du pont – et sur sa peau. Elle pressa les doigts de Dimitri puis les lâcha pour enfoncer ses mains dans les poches de son manteau. Ignorant la trace humide sur sa joue, elle rassembla tout son courage pour lui raconter enfin ce qui lui causait une honte beaucoup plus cuisante que les circonstances de sa naissance.

— Quand notre mère est morte, j'avais douze ans, mes sœurs Julia et Antoinette treize et huit, mon frère Alphonse dix, et Lucien six ans seulement. Notre père a mis les garçons dans un foyer d'accueil, d'où ils seraient plus ou moins vendus comme main-d'œuvre à bon marché. Mes sœurs et moi sommes allées dans un orphelinat de religieuses.

— C'est pour ça que tu as pleuré à Venise.

Ce n'était pas une question, mais une constatation. Spontanée et objective.

— Inutile de m'expliquer la solitude que peut éprouver un enfant. Je sais exactement ce que tu as ressenti.

Elle se contenta de hocher la tête, craignant d'éclater en sanglots si elle ouvrait la bouche et essayait de traduire en mots ce qui se passait en elle. Les souvenirs la submergeaient. Elle pensait à Julia et Antoinette, qui n'étaient plus de ce monde. Quant à ses frères, elle ne savait même pas ce qu'ils étaient devenus. Mais au-delà de son chagrin, la bienveillance de Dimitri, sa compassion l'émouvaient profondément. Elle avait déjà eu l'occasion de constater qu'il méprisait comme elle certains critères sociaux, mais la simplicité, la sérénité avec lesquelles il avait accueilli le récit vrai de son enfance dépassaient ses espérances.

Comme s'il avait deviné ses pensées, il poursuivit :

— À la cour de Petrograd ou à Moscou, j'ai eu l'occasion de rencontrer beaucoup de femmes de la noblesse. À Paris aussi bien sûr, et puis à Londres et dans les autres villes où je suis allé. Mais aucune n'avait un sens de l'élégance et du style aussi affirmé que le tien, Gabrielle. Tu m'épates. Une fille avec ton histoire qui donne des leçons au grand monde. C'est tout à fait remarquable.

La neige tombait plus dru. À travers les flocons qui voltigeaient entre eux, elle le regarda avec une reconnaissance éperdue. Cet homme intelligent et généreux lui était tombé du ciel. Envoyé par le destin, ou peut-être par Boy lui-même, qui sait ?

Il lui rendit son regard.

— On retourne à la voiture ? proposa-t-il au bout d'un moment avec un sourire. Tu voulais aussi aller à Vichy et à Moulins. Nous devrions nous mettre en route avant d'être engloutis sous la neige.

— Il n'y a pas de risque, assura Gabrielle.

De fait, la neige ne tenait pas. Les flocons ne laissaient sur la chaussée qu'une pellicule mouillée et poisseuse, les pavés luisaient d'un éclat bleu métallique comme celui des lames de couteaux qu'on fabriquait à Thiers.

— Mais allons-y tout de même. Tu as raison. Tout a été dit.

En tout cas pour l'instant, songea Gabrielle.

* * *

En dehors de la ville, en revanche, la neige tenait. Les roues de la voiture laissaient des traces foncées sur le tapis blanc. Dimitri roulait avec prudence et concentration. Il se taisait, et ce silence plaisait à Gabrielle. Elle savait qu'il ne devait rien à la confession qu'elle venait de faire, qu'il était juste dû à la météo hivernale de ce mois d'avril. Un silence nécessaire, et qui ne pesait pas.

La sérénité de Dimitri l'étonnait tout de même. Il semblait à peine surpris, comme s'il avait déjà compris que sa légende ne tenait pas la route. Tandis qu'elle tentait de creuser la question, le ronronnement régulier du moteur et le va-et-vient monotone des essuie-glaces la berçaient. Au soulagement d'avoir dit la vérité succéda une fatigue de plomb. Ses paupières devinrent lourdes et elle s'endormit...

La voix familière la réveilla :

— *Bonjour, Mademoiselle** ! (Dimitri secouait doucement son bras.) Nous sommes arrivés à Vichy.

Gabrielle massa entre deux doigts la racine de son nez pour dissiper un mal de tête dû à la mauvaise position dans laquelle elle avait dormi. Incrédule, elle regarda à travers la vitre latérale constellée de gouttes de pluie et reconnut effectivement la façade néobaroque du casino et sa pelouse soigneusement tondue. Sur le chemin de graviers qui traversait le parc dit « des Sources » s'étaient formées des flaques que les visiteurs contournaient plus ou moins habilement. Les messieurs et les dames élégamment vêtus tenaient au-dessus de leurs têtes des parapluies noirs. Ils se dirigeaient d'un pas décidé vers le hall des Sources, au fond du parc, vaisseau de verre et de fonte où plusieurs buvettes proposaient aux curistes des gobelets d'eau thermale. Gabrielle n'était plus venue ici depuis quinze ans, mais gardait un souvenir assez vif de ce lieu qui ne devait pas avoir beaucoup changé.

Vichy était la plus grande station thermale de France et accueillait en été la haute société parisienne. L'engouement datait de Napoléon III et ne s'était jamais démenti, même après la Grande Guerre. Gabrielle ne cessait d'en entendre parler à Paris, et la fascination de ses amies ricochait sur elle comme les gouttes de pluie sur la carrosserie de son automobile. Ce n'était pas encore la haute saison, mais il y avait déjà beaucoup de monde. Il leur suffirait vraisemblablement de mettre un pied hors de la voiture pour être reconnus. Au moins Dimitri, car de nombreux aristocrates fréquentaient Vichy.

— On descend de voiture ? demanda-t-il avec un entrain un peu forcé qui dissimulait mal une tension sous-jacente.

Craignait-il désormais que la présence de Gabrielle à ses côtés ne le compromette ? Cette idée la fit paniquer.

Elle tenta de se raccrocher à ses premières impressions, à Thiers, après ses aveux. Au souvenir de sa douceur, de sa compassion. Ce trajet de trente-cinq kilomètres, qu'elle avait passé pour l'essentiel à dormir, avait-il changé quelque chose ? Il n'avait tout de même pas pu se transformer en l'espace d'une heure en un snob de la pire espèce ?

À moins que… ? Se trompait-elle sur son compte ? Comment aurait-il pu réagir autrement à Thiers ? Il ne pouvait tout de même pas la laisser tomber de but en blanc.

Un petit démon se mit à grignoter l'âme de Gabrielle, lui susurrant que Dimitri Pavlovitch Romanov était un homme non pas serein et posé, mais tout simplement dépourvu d'émotions. Son éducation princière faisait qu'il ne la jetait pas hors de son véhicule, il était même assez aimable pour la ramener jusqu'à Paris – c'était d'ailleurs dans son propre intérêt –, mais pour le reste, leur histoire s'arrêtait là. Il la regardait de haut depuis qu'il savait d'où elle sortait. Qu'aurait-il pu faire d'autre ? Elle-même n'avait que mépris pour son enfance. Ce n'était pas pour rien que la vérité lui faisait honte.

Elle attrapa son sac, en sortit son étui à cigarettes.

— Je crois qu'il est inutile qu'on sorte de voiture. Vichy n'est pas si importante pour moi. De toute façon, ce n'aurait été qu'une brève halte avant Paris. Allons plutôt à Moulins. C'est presque sur la route.

À peine avait-elle parlé qu'elle se demanda pourquoi elle proposait à Dimitri ce détour par Moulins. Son séjour dans cette petite ville avait été un jalon important de sa vie, certes, mais le mettre au courant de cette partie de sa biographie avait-il encore un sens ? Devait-il savoir, voulait-il vraiment savoir ce qui s'était passé là et lui avait valu le surnom de Coco ? Si ses premières révélations l'avaient choqué, tout était perdu. Aller jusqu'au bout ne changerait plus rien. Sauf pour elle. C'est pour elle qu'elle irait à Moulins, et non pas pour montrer quoi que ce soit à Dimitri.

Au lieu de démarrer, il lui donna du feu et s'alluma une cigarette.

— Qu'est-ce qui se passe, Coco ?

Elle tira une bouffée.

— Je suis désolée, je me suis trompée. Il n'y a rien d'autre à Vichy qu'une ou deux boutiques de modistes dont les vitrines m'ont autrefois donné l'envie de créer mes propres chapeaux. Pas la peine de marcher sous la pluie pour voir ça.

Dans le fond, ce n'était pas faux. Les premiers jalons avaient été posés à Moulins. Dans le cadre plus huppé de Vichy, elle avait espéré faire une carrière de chanteuse d'opéra ou de music-hall, devenir rien moins qu'une nouvelle Mistinguett. Elle n'avait pas assez de talent, mais ce n'était pas son échec en tant que chanteuse qui la rendait si mélancolique. À Vichy, son amie l'avait quittée, la meilleure amie qu'elle ait jamais eue. Non, Misia n'était en rien comparable à Adrienne. L'histoire de Gabrielle et d'Adrienne avait commencé à Thiers : Adrienne Chasnel était sa tante, mais Gabrielle la considérait comme sa sœur. C'était la fille cadette de ses grands-parents, la sœur de son père, et elles avaient presque le même âge. Après les années à Aubazine, elles s'étaient revues à Moulins, et c'était comme si le soleil s'était levé dans la vie de Gabrielle.

— J'aimerais bien qu'on m'invite à prendre le thé, disait Adrienne en considérant d'un air rêveur la pauvre table de la fondation Notre-Dame. Comme une dame distinguée.

— Comme une vieille dame distinguée, tu veux dire, avait plaisanté Gabrielle.

Mais la mine sérieuse de son amie l'avait intriguée.

— Qui se fait inviter à prendre le thé, à part les vieilles dames distinguées ? avait-elle demandé.

— Les messieurs élégants. Ceux qui ne travaillent pas. Ils sont beaucoup plus beaux que ceux qui travaillent.

Gabrielle avait ouvert de grands yeux.

— Ils ne font rien du tout ?

— Oh, ils s'occupent. Dis-toi toujours qu'il vaut mieux fréquenter un monsieur qui ne travaille pas plutôt qu'un homme qui exerce un métier rémunéré. Mais bon, tu découvriras bien par toi-même quels sont ceux qui sentent bon.

— C'est ici, à Vichy, que j'ai vu pour la première fois ce qu'est le style.

Gabrielle sourit, mais en pensée elle ne se trouvait pas devant le parc des thermes de Vichy ; elle était à Moulins avec Adrienne.

— C'est pas croyable ce que les femmes portaient sur la tête en ce temps-là. On aurait dit des gâteaux à la crème.

— Dommage que nous n'allions pas vérifier par nous-mêmes si le goût des modistes de Vichy s'est amélioré depuis. Les hommes ont le coup d'œil, tu sais, quand il s'agit des chapeaux pour femmes, fit Dimitri avec un clin d'œil.

Sa bonne humeur était un effort manifeste pour dissiper la mélancolie qui s'était installée entre eux.

— Ton bon goût n'est pas une raison suffisante pour se tremper les pieds, répondit-elle.

Elle se sentait soulagée d'avoir trouvé un sujet dont elle pouvait parler sans courir le risque de fondre en larmes, comme lorsqu'il était question de son passé.

— Ces chapeaux étaient très bien réalisés du point de vue technique. Il n'y avait rien à redire. Ils correspondaient aux critères de la mode de l'époque. Des espèces de roues de charrette bourrées de tulle, de fleurs en tissu, de plumes et d'oiseaux. Mon Dieu, ces oiseaux ! Des fleurs et des oiseaux partout, dans des matériaux invraisemblables.

— Je me rappelle encore très bien les chapeaux de la tsarine Alexandra. Ma tante aussi portait ce genre de couvre-chef, on aurait dit qu'elle avait toute une forêt sur la tête.

Il avait parlé avec naturel et spontanéité, mais la mention du titre, du statut de sa parente, fut comme un coup d'épée qu'il infligeait à Gabrielle sans le vouloir.

— Pour moi, ces échafaudages hors de prix n'ont jamais été une marque d'élégance. La classe, c'est de savoir renoncer à tout ça, tu comprends ?

S'il fut conscient de la pique, il n'en laissa rien voir et sourit.

— Alors tu es venue à Paris et toutes les femmes sont tombées amoureuses de tes chapeaux.

Elle lui sourit à son tour.

— Ça n'a pas été aussi rapide ni aussi facile, mais en gros, c'est à peu près ce qui s'est passé, oui. J'ai fait la connaissance d'une comédienne, Émilienne d'Alençon, dans un château à Royallieu, au nord de Paris. Elle aimait mes créations, elle les portait sur scène et quand elle sortait dans le monde. Ses amies les ont remarquées et n'ont pas tardé à vouloir les mêmes.

Elle baissa la vitre et jeta son mégot incandescent dans une flaque.

— Les choses continuent de la même manière, au fond. Pourquoi crois-tu que je laisse mes mannequins porter gratis mes plus belles robes ? Les princesses et duchesses de ton pays sortent le soir beaucoup plus fréquemment que moi, et elles évoluent dans un milieu huppé. Quand elles sont vues dans un restaurant, à une réception ou dans un bal, c'est l'équivalent d'un défilé de mode. Elles se promènent, elles s'amusent, et elles me font en même temps de la publicité.

— C'est très malin. Tu es une excellente femme d'affaires, Coco. Mais tu devais m'expliquer pourquoi on t'appelle Coco. J'attends toujours.

Malgré tout ce qu'il avait vu et vécu, s'intéressait-il encore vraiment aux détails de sa vie ? Il avait l'air si gai, si ouvert, qu'elle voulut de toute son âme le croire. Il était temps de chasser le petit démon.

— Je te raconterai ça à Moulins. C'est là-bas que l'histoire a commencé.

* * *

Moulins avait mal résisté aux assauts du temps. L'enduit des belles façades moyenâgeuses s'écaillait, la petite ville semblait assoupie, et la météo désastreuse n'expliquait pas tout.

— Autrefois, c'était une ville de garnison, expliqua Gabrielle tandis que la voiture parcourait les rues silencieuses longeant la berge de l'Allier. Les nombreux régiments qui s'y sont succédé depuis le XVIIIe siècle apportaient de la gaieté et de l'animation. Sinon, c'est une ville plutôt tranquille.

— Qu'est-ce qui t'a amenée ici ? voulut savoir Dimitri.

— Les religieuses d'Aubazine m'ont remise entre les mains des dames de la fondation Notre-Dame de Moulins. Personne d'autre ne voulait prendre en charge une orpheline de dix-huit ans.

La manière dont on l'avait traitée à l'époque l'ulcérait encore aujourd'hui. Elle décida de ne pas tout raconter à Dimitri. Elle ne lui dirait pas que, accueillie par charité, elle n'avait pas le droit d'être habillée comme les autres filles qui vivaient dans ce foyer aux frais de leurs parents, qu'elle devait manger à une autre table et exécuter les basses besognes. Mais au moins, elle avait ainsi pu quitter Aubazine. Et cela aurait été pire si on l'avait envoyée dans une ferme pour la faire travailler dans les champs. Aussi ajouta-t-elle d'un ton plus serein :

— Les dames de la fondation m'ont donné de l'instruction, le gîte, le couvert, et puis… (Sa voix se fit encore plus douce.)… et puis j'ai retrouvé Adrienne. C'était la meilleure chose qui puisse m'arriver.

Dimitri leva un sourcil.

— Adrienne ? Qui est-ce ? Je ne te connais pas d'amie de ce nom.

— C'était ma tante. La sœur de mon père. Nous avions presque le même âge et c'était un peu ma troisième sœur.

— C'était ?

Gabrielle poussa un profond soupir.

— Adrienne n'est plus de ce monde. Comme mes sœurs Julia et Antoinette. Comme ma mère. Je suis la dernière des Chasnel. Il ne reste plus que moi. Pour l'instant. Notre destin est apparemment de mourir avant l'heure.

Il se taisait, peut-être impressionné par cette dernière phrase. Peut-être pensait-il à sa propre mère, disparue à vingt et un ans. Il n'en laissa rien paraître, conduisant d'une main sûre mais sans but précis à travers les ruelles étroites de la vieille ville.

Comme le silence devenait pesant, Gabrielle le rompit :

— Ne t'inquiète pas ! J'ai bien l'intention de ne pas me laisser faire, et le mauvais sort…

Elle poussa un cri.

— Attention !

La voiture venait de se déporter sur la droite dans un étroit virage en pente. Dimitri écrasa le frein et réussit à s'arrêter avant de heurter un réverbère. Projetée en avant, Gabrielle eut le réflexe de se retenir au tableau de bord.

— Si tu continues comme ça, la malédiction des femmes Chasnel va encore frapper.

Il n'eut pas l'air de trouver ça drôle. Les muscles de sa mâchoire se crispèrent. Il ne fit aucun commentaire, passa la marche arrière et recula doucement pour remettre la voiture sur la chaussée.

Elle s'en voulut, trouva son humour noir déplacé. Ils avaient parcouru une très longue distance depuis le début de leur voyage et c'était le premier incident.

— Tu m'as magnifiquement conduite, dit-elle pour se rattraper.

— Je ferai mon possible pour te maintenir en vie, répondit-il sans sourire.

La Rolls avançait très doucement à travers la ville, mais Dimitri tourna soudain à droite et se gara au bord du trottoir.

— Descendons et continuons à pied.

— Il pleut.

— On a un parapluie.

— Je risque de m'enrhumer, plaisanta-t-elle.

— Tu n'en mourras pas.

Comme par hasard, le ciel se dégagea d'un coup et un rayon de soleil se réverbéra sur le capot, éblouissant les deux passagers.

— C'est un signe, non ? Descendons.

— J'espère qu'on mange toujours aussi bien au Grand Café.

Dimitri prit le parapluie par précaution, mais n'eut pas besoin de l'ouvrir, il ne pleuvait plus. La chaussée mouillée luisait comme du plomb sous le soleil, des reflets colorés miroitaient dans les flaques. La ville semblait sortir lentement de sa torpeur : des ouvriers en bleu de travail et des employés en costume convergeaient vers un café-tabac pour l'apéritif, deux écoliers en blouse grise se faisaient gronder par leur mère parce qu'ils pataugeaient dans l'eau, une femme se hâtait, son panier à provisions sous le bras, une jeune fille à chapeau cloche et tête brune de garçon manqué sortait d'une boutique…

Gabrielle se revit au même âge, sauf qu'à l'époque elle avait les cheveux longs remontés sur la nuque et une robe sensiblement plus longue. Mais la passante inconnue lui apparut comme son double, celle qu'elle aurait pu être aujourd'hui si les choses avaient tourné autrement.

— Allons rue de l'Horloge, proposa-t-elle, voir si la maison Grampayre existe encore. C'était une mercerie. Adrienne et moi y travaillions comme vendeuses. La soie, la dentelle et les rubans étaient très demandés, à l'époque. Ainsi que les retouches. Je passais des heures derrière ma machine à coudre. Tous les pantalons de Moulins ont dû me passer entre les mains.

Elle prit conscience du double sens de sa phrase et eut un petit rire. Dimitri ne releva pas.

— Et aujourd'hui, ce sont les robes et les pantalons de Paris qui sortent de tes mains, constata-t-il.

— Pas tous, objecta-t-elle en souriant.

— Non, pas tous. Mais beaucoup.

Elle acquiesça, fière du présent, mais ses pensées étaient toujours tournées vers le passé. Elle songeait à Étienne Balsan, dont elle avait refait les ourlets de pantalon et changé les boutons un nombre incalculable de fois dans l'arrière-boutique de la maison Grampayre. Il était stationné à Moulins dans le cadre de son service militaire. Mais elle n'avait pas l'intention de parler à Dimitri de l'homme qui, depuis son château de Royallieu, lui avait ouvert le chemin de la capitale. Si quelque ami bien intentionné ne lui avait pas déjà relaté cet épisode, le grand-duc n'avait pas besoin d'en savoir plus sur ses amants de l'époque. Ni sur Étienne, qu'un héritage avait rendu très riche, ni sur les autres officiers qui n'avaient pas seulement croisé sa route à la mercerie, mais la rejoignaient aussi discrètement dans sa chambre. Gabrielle n'avait pas honte de cette liberté grisante qu'elle éprouvait alors et que beaucoup auraient qualifiée de dévergondage, si ce n'est pire. Mais parler de ses prédécesseurs à l'amant du moment n'est jamais une bonne idée.

— Vous avez des chevaux de course, monsieur ?

— Oui. Et même beaucoup. Et je possède aussi des chevaux de polo.

— Vous en avez de la veine !

Gabrielle feignait l'enthousiasme alors qu'elle ne connaissait strictement rien aux chevaux. Elle tendait au client la veste d'uniforme dont elle venait de recoudre un bouton. Étienne était resté debout à côté d'elle à la regarder manier l'aiguille. C'est là qu'il lui avait parlé de sa passion.

— Ça vous dirait d'assister à l'entraînement, mademoiselle ?

— Oh oui, ce serait chic !

Ils s'étaient donné rendez-vous pour le lendemain. Gabrielle n'était encore jamais allée jusqu'aux prés qui longeaient la rive opposée de la rivière. Pour quoi faire ? Elle était contente d'être en ville, la vie à la campagne était justement ce qu'elle avait fui. Mais ici, ce n'était pas comme dans son village natal : l'herbe qui descendait vers la rive était tondue avec soin, les barrières des enclos étaient d'un blanc éclatant, des chevaux élancés à la robe luisante paissaient tranquillement au soleil. La scène dégageait une telle impression de richesse et de raffinement que Gabrielle avait poussé un profond soupir. Quel beau spectacle ! Les pur-sang menaient ici une vie plus douce que celle des orphelins d'Aubazine ou d'ailleurs.

— Ce que vous avez sous les yeux, je peux en profiter à longueur d'année chez moi, à Compiègne, avait dit Étienne en la prenant par les épaules. Et vous ? Ça vous plairait ?

À ce moment-là, elle ne savait pas encore que son invitation n'était pas sérieuse, que c'était juste la situation qui lui dictait ces mots. Et elle ne savait pas non plus qu'elle déciderait un beau jour de le rejoindre dans sa maison au nord de Paris. Elle savait juste que vivre à la campagne de cette façon-là pourrait la rendre heureuse.

Le temps semblait s'être arrêté. Dans la grand-rue commerçante de Moulins, rien n'avait changé. Gabrielle passait devant les vitrines familières au bras de Dimitri, fascinée et un peu troublée. Elle s'arrêta devant la maison Grampayre, renversa la tête en arrière et désigna la petite lucarne quelques étages au-dessus de la boutique.

— C'est là-haut que nous habitions, Adrienne et moi. Ce fut notre premier petit royaume, ensuite nous nous sommes trouvé une chambre dans un autre quartier.

— Pourquoi cette Adrienne vivait-elle à Moulins, et pas à Thiers ?

L'argent, pensa Gabrielle, *tout est toujours une question de moyens.* Sa tante et compagne était mieux pourvue.

— Mes grands-parents ont confié leur fille cadette aux dames de la fondation Notre-Dame parce que cet institut avait bonne réputation. Ils payaient pour Adrienne si bien qu'elle était mieux considérée que moi, qui étais admise par charité. Pourtant, nous nous sommes rapprochées dès le premier instant. Nous nous sommes même produites en duo, nous chantions.

— Ici, à Moulins ?

Dimitri la regarda avec des yeux ronds, incapable d'imaginer qu'il pût y avoir un cabaret dans un trou pareil.

— Bien sûr. (Gabrielle rit.) Où serions-nous allées, sinon ? Paris, pour nous, c'était aussi loin que la lune.

— Ce patelin n'était donc pas si endormi que ça.

— Tout le monde se retrouvait au Grand Café. Enfin, surtout les officiers de la garnison. Il n'y avait pas tellement d'endroits pour s'amuser, ici, et je présume que ça n'a pas changé. Le Grand Café a une très belle salle avec beaucoup de tables, le téléphone était déjà installé il y a vingt ans, il y avait de hauts miroirs et des nappes. Adrienne et moi assurions l'animation musicale.

— Je comprends. Vous chantiez *Qui qu'a vu Coco*, n'est-ce pas ? devina Dimitri.

— Oui. Aussi. Cette chanson est devenue ma marque…

Elle s'interrompit, laissa remonter les souvenirs.

— De même que celle de Ko-Ko-Ri-Ko. (Elle le regarda dans les yeux.) Et c'est ainsi que Gabrielle est devenue Coco.

— Jacques Offenbach n'a-t-il pas composé aussi un opéra-comique qui s'intitule *La Jolie Parfumeuse* ? La musique jalonne ta vie, *ma chère**. (Il lui prit le bras.) Il fallait que je connaisse l'endroit où est née *Coco Chanel*. Mais maintenant, pour être franc, je meurs de faim.

* * *

Ils atteignirent Paris tard dans la soirée. Entre-temps la pluie s'était remise à tomber, ou plutôt une neige mouillée dont les lourds flocons les accompagnèrent jusqu'à la capitale. Dimitri arrêta la voiture place Vendôme, devant l'entrée du Ritz. Le portier accourut avec un parapluie et ouvrit la portière, mais Gabrielle ne semblait pas vouloir descendre.

— Je ne veux pas être seule, dit-elle à Dimitri. Pas après toutes ces semaines avec toi. Tu restes avec moi cette nuit ?

— Cette nuit et autant de jours que tu le souhaiteras.

Elle acquiesça d'un air grave. La voix de Dimitri était étrangement solennelle. Pourtant, elle éprouvait une sensation bizarre, comme si une ombre pesait sur elle.

Une ombre qui tardait à se dissiper, même lorsqu'elle fut dans ses bras un peu plus tard.

Chapitre 14

Le surlendemain, la voiture emmenait Gabrielle et Dimitri à Bel Respiro. Non qu'elle eût l'intention de s'installer à Garches. La proximité de son atelier demeurait un argument imparable en faveur du Ritz. Mais elle avait envie de retrouver ses chiens, et les souvenirs de Boy. Et puis il fallait bien qu'elle affronte un jour ou l'autre Igor Stravinsky.

Mais son ex-amant n'était pas là, ainsi que le lui apprit Joseph dès qu'ils se furent salués. Elle en fut soulagée.

Apparemment, rien n'avait changé dans sa maison de campagne depuis son départ dans le Midi : Ekaterina Stravinsky passait ses journées au lit, son mari brillait par son absence, et leurs enfants couraient comme des fous à travers la maison et le jardin boueux tandis que le couple de domestiques faisait marcher la maison, astiquait les lustres et époussetait la bibliothèque. Pourtant, Gabrielle était mal à l'aise, comme si elle n'était pas la bienvenue à Bel Respiro alors qu'elle se sentait presque chez elle dans les hôtels où elle avait séjourné avec Dimitri. Ses hôtes n'y étaient pour rien, pas plus que le dévoué couple Leclerc, bien sûr, ni même le nouvel homme qui venait d'emménager chez elle. C'était en quelque sorte l'esprit du lieu qui la dérangeait. En fait, cela avait toujours été le cas : elle avait cherché Boy entre ces murs, et ne l'avait pas trouvé.

Face au miroir de la salle de bains, elle lisait la tristesse dans ses yeux. Son incapacité à surmonter la perte de cet homme était absurde. Elle s'apitoyait beaucoup trop sur le passé alors que l'avenir lui ouvrait tant de possibilités, tant de choses à faire. Elle avait enfin trouvé la formule de son parfum, mais ne devait pas s'arrêter là : maintenant il fallait le faire découvrir au monde, le lancer. Et puis elle avait un compagnon adorable, ses amis se réjouissaient de la revoir, à commencer par Misia, bien sûr. Elle n'était pas seule. Alors pourquoi se sentait-elle si mal ?

Enfin, elle prit une décision, mais au moment de passer à l'acte ses mains se mirent à trembler. Elle eut beaucoup de mal à se calmer.

Débarrasser la tablette à côté du lavabo, en supprimer tout ce qui avait appartenu à Boy, lui apparaissait comme un sacrilège. Elle avait fait de cette étagère une sorte de sanctuaire regroupant les objets personnels qu'il avait autrefois laissés à La Milanaise : un rasoir, un blaireau, un flacon de son eau de toilette préférée, une savonnette Yardley et un peigne. Tout était là, à portée de main, comme s'il allait revenir d'un instant à l'autre. Elle avait également sous les yeux un vieux nécessaire de voyage, l'article de toilette typique d'un maître de maison qui ne peut pas s'être absenté pour toujours. Faire de la place dans cette salle de bains pour les affaires d'un autre lui paraissait horrible. C'était comme si elle avait voulu effacer à jamais de sa vie le souvenir même de Boy Capel. Elle reconnaissait l'absurdité de cette pensée, mais elle attachait une grande valeur sentimentale aux petites choses. Elle se fichait complètement des richesses matérielles, bijoux ou meubles précieux qui ornaient son salon.

Prise d'un violent accès de désespoir, Gabrielle leva la main pour balayer les affaires de Boy, les jeter par terre, les chasser de sa vie une fois pour toutes.

Mais elle s'interrompit au milieu de son geste.

Le bras encore levé, elle croisa son regard dans la glace et vit une femme aux yeux hagards. Cette folie destructrice avait-elle la moindre chance d'éradiquer les souvenirs douloureux qui l'assaillaient ?

À chaque objet qui lui restait de l'homme aimé était rattachée une anecdote, un événement qu'ils avaient vécu ensemble. Elle aurait beau les détruire au lieu de s'y accrocher, elle n'effacerait pas pour autant ces moments-là de sa mémoire. Le sentiment d'avoir sacrifié ce qui le maintenait vivant pour elle ne ferait que la rendre plus triste encore.

Elle saisit d'une main précautionneuse la petite trousse en cuir. Ce fut comme un réflexe : elle la pressa contre son cœur puis la reposa sur le large rebord du lavabo. Ce nécessaire de toilette avait accompagné Boy pendant des années au fil de ses voyages, mais pas le dernier. Elle ignorait à quel moment il l'avait remplacé par une trousse neuve.

Par la porte entrebâillée, Gabrielle voyait Arthur Capel emballer ses affaires. Elle avait pris l'habitude d'être attentive à tout ce qui se passait au château de Royallieu. Rien ne lui échappait. Elle tenait à en apprendre le plus possible sur les hôtes d'Étienne. Elle n'était pas particulièrement curieuse de nature ; ce qui l'intéressait, c'était le style des dames et le goût des messieurs de la haute société. Elle voulait s'en imprégner, absorber tout ce qu'elle pourrait tirer de cette élite inaccessible afin d'en faire son miel. Le séduisant Anglais aux yeux verts, transparents et profonds comme un lac de montagne, s'apprêtait visiblement à partir. Elle avait eu un pincement au cœur.

Délicatement, du bout du pied, elle avait poussé la porte qui s'était ouverte en grand. Gabrielle chercha des yeux un domestique mais, curieusement, ce gentleman faisait ses bagages tout seul. Son nécessaire de toilette à la main, qu'il s'apprêtait à fourrer dans son sac, il s'était retourné, surpris, vers l'intruse.

— Vous nous quittez ? avait demandé Gabrielle histoire de dire quelque chose.

Elle s'en était aussitôt voulu de n'avoir rien trouvé de plus intelligent.

— Oui.

Il avait soutenu son regard.

— Vous partez quand ?

— Je prends le premier train demain matin.

— Dans ce cas, il faut que j'aille faire mes bagages.

Elle avait pivoté sur ses talons sans autre commentaire.

Boy n'avait rien dit.

Le lendemain matin, ils se retrouvaient à la gare.

Gabrielle défit la boucle et ouvrit la pochette en cuir. L'inoubliable arôme citronné lui monta aussitôt aux narines : *Mouchoir de Monsieur*. Quand Boy avait rejoint la petite bande d'Étienne, cette création de Guerlain était très prisée des noceurs. Il en restait un peu au fond du flacon en forme d'escargot qui, comme plusieurs autres récipients de métal ou de verre de différentes formes et contenances, était encastré dans un support de velours rouge. Il y avait là sa brosse, son rasoir mécanique et une série de lames. Seul le logement censé contenir sa montre était vide. Cette absence serra le cœur de Gabrielle. Elle n'en était pas surprise, Boy devait porter sa montre au poignet à la seconde où les aiguilles de sa vie avaient cessé de tourner. Pour détourner la douleur, elle sortit un à un les flacons, les examina brièvement et les remit en place.

Soudain, elle retint son souffle.

Elle avait dans la main un petit flacon de pharmacie en verre blanc avec un col étroit, fermé par un bouchon rond. Elle ne savait pas du tout à quoi il avait pu servir, il ne s'en dégageait pas la moindre odeur. Elle regretta de ne pas avoir prêté attention à l'usage que Boy en faisait : y conservait-il un médicament, une teinture, une lotion pour les cheveux ? La ligne générale lui plut, la sobriété, les contours anguleux associés à la rondeur du bouchon. L'ensemble était élégant et plutôt original. Un flacon joli et discret, fait pour un contenu précieux.

Elle décida de mettre de côté sa découverte et la posa sur la petite étagère sous le miroir. Puis elle referma le nécessaire de toilette et le remit là où elle l'avait pris. Elle demanderait à Joseph de trouver une table d'appoint ou autre chose pour ranger les affaires de toilette de Dimitri. La salle de bains était assez grande pour y ajouter un meuble. Pour accueillir un nouvel homme. Pas question de toucher à ce qui avait appartenu à Boy.

Seul le petit flacon qu'elle avait récupéré trouverait place ailleurs. Elle sortit de la salle de bains en l'emportant.

Chapitre 15

Un petit coup discret à la porte, Gabrielle dit « Entrez ! », et Ekaterina Stravinsky apparut dans le salon.

Surprise, Gabrielle leva le nez de la pile de papiers en équilibre instable sur ses genoux. Elle était assise sur le canapé, un crayon à la main. Le flacon de pharmacie ayant appartenu à Boy était posé devant elle sur la table, à côté d'une tasse de thé et d'une assiette de petits sandwiches que Marie avait eu la gentillesse de lui préparer. Elle dessinait des esquisses de flacons et d'étiquettes. Il fallait qu'elle achève ses croquis le plus vite possible, elle avait déjà perdu trop de temps à voyager depuis qu'elle avait arrêté son choix sur l'échantillon numéro cinq d'Ernest Beaux. Fabriquer un conditionnement était long, lui avait-on expliqué chez Chiris à La Bocca. François Coty lui avait dit à peu près la même chose, si elle s'en souvenait bien. Aussi s'était-elle mise au travail immédiatement après sa découverte du flacon dans la salle de bains, et elle n'avait pas envie d'être dérangée. Mais une visite de la femme d'Igor Stravinsky était trop inhabituelle pour qu'elle puisse montrer son agacement.

Même si elle ne quittait guère sa chambre, Ekaterina avait l'air en bien meilleure forme. L'ancienne danseuse était par nature une femme délicate, mais elle paraissait beaucoup moins fragile que lorsque Gabrielle l'avait vue pour la première fois. Elle avait toujours le teint un peu pâle, mais la peau moins transparente qu'un an auparavant. Ses cheveux ramassés en une longue tresse enroulée autour de sa tête lui donnaient même un certain éclat. La bonne cuisine de Marie et le chauffage généreux avaient permis à la femme de Stravinsky de se requinquer un peu. À quoi il fallait ajouter les consultations chez un pneumologue – dont Gabrielle payait les honoraires –, qui avaient manifestement donné des résultats. Elle faisait cependant plus que son âge ; elle avait deux ans de plus que Gabrielle.

— Puis-je vous parler quelques instants ?

Gabrielle rassembla ses croquis et les posa sur la table, le crayon par-dessus. Elle se sentait mal à l'aise. Ekaterina allait-elle lui parler d'Igor ? Son mari et elle étaient cousin et cousine, ils se connaissaient depuis toujours. Il avait dit à Gabrielle ne rien cacher à sa femme. Venait-elle trouver Coco pour lui vanter les mérites de son mari et plaider sa cause ? Gabrielle se dit une fois de plus qu'elle n'aurait jamais dû s'embarquer dans une liaison avec le musicien. Avec cet homme-là, tout devenait compliqué et beaucoup trop fatigant.

— Asseyez-vous donc, dit-elle en parfaite hôtesse. Voudriez-vous du thé ?

— Je ne voulais pas vous déranger…

Ekaterina, gênée, se triturait les mains.

— Vous l'avez fait, dit Gabrielle avec un sourire. Alors autant nous mettre à notre aise.

— Oui. Eh bien…

Ekaterina n'arrivait manifestement pas à terminer ses phrases. Elle s'assit néanmoins sur le coin d'un fauteuil.

Gabrielle prit la petite cloche sur la tablette au pied du canapé et sonna Joseph. Elle commanda une seconde tasse et des petits sandwiches pour sa visiteuse, sans lui demander si elle en voulait. Quand le domestique se fut éloigné, Gabrielle croisa les mains sur ses genoux, signifiant par là qu'elle était tout ouïe. Il ne faisait aucun doute que la conversation s'annonçait délicate.

— Je me réjouis que vous veniez me tenir compagnie, commença-t-elle comme l'autre ne disait rien, et non sans un petit coup d'œil de regret en direction de ses croquis.

Ekaterina hésita, puis les mots sortirent tout seuls :

— Je préfère que vous appreniez les changements de ma bouche plutôt que par un tiers. M. Stravinsky devait vous mettre au courant, mais vous l'avez raté. Il est parti pour Paris hier.

Parler lui coûtait. Elle avait du mal à respirer.

— Eh oui. C'est dommage, dit Gabrielle, soulagée que la confrontation soit remise à plus tard. Mais une autre occasion de… nous expliquer se présentera certainement très bientôt.

— Oui. Bien sûr. Très bientôt.

La malade mit sa main devant sa bouche pour tousser.

On voyait bien qu'Ekaterina était bouleversée. Et au moment même où Joseph apportait un plateau avec une tasse à thé et une assiette de sandwiches, Gabrielle devina pourquoi.

La pauvre femme redoutait de perdre son toit. Comme si Gabrielle allait la mettre à la porte avec ses enfants pour la simple raison qu'elle avait préféré un autre homme à Stravinsky.

Gabrielle renvoya le domestique d'un geste et se pencha vers la théière pour remplir la tasse de sa visiteuse. Elle attendit qu'Ekaterina trouve les mots pour exprimer sa crainte, mais rien ne vint.

Au bout d'un moment, ce fut elle qui rompit le silence :

— Vous êtes toujours la bienvenue sous mon toit, Ekaterina.

— Pardon ?

La femme d'Igor semblait déconcertée.

— Rien n'est plus éloigné de mes intentions que de vous jeter dehors simplement parce que…

— Oh, non ! s'écria Ekaterina, consternée.

Elle agitait les bras, ses mains virevoltaient comme des papillons, et elle faillit renverser son thé.

— Non, non, non. Jamais je ne vous soupçonnerais d'une telle bassesse. Personne ne nous a manifesté autant de bonté que vous depuis que nous avons dû quitter la Russie.

Troublée de s'être trompée, Gabrielle attendit la suite en silence.

— M. Stravinsky… Igor… Il aime une autre femme !

Après cette révélation, Ekaterina s'effondra comme si elle avait économisé toutes ses forces en vue de ce moment et que son aveu les avait épuisées d'un coup.

Gabrielle était stupéfaite. La nouvelle la prenait complètement au dépourvu. Elle s'était attendue à ce que, leur histoire terminée, Igor retourne auprès de sa femme. C'était un homme qui avait le sens de la famille, il le lui avait répété maintes fois. Qu'il se trouve aussi vite une nouvelle maîtresse la choquait. Elle le ressentait comme une trahison. Non vis-à-vis d'elle-même, mais d'Ekaterina, de ses enfants – et aussi de l'hospitalité qu'elle lui accordait, au bout du compte. Il s'attendait peut-être à ce qu'elle accueille une personne supplémentaire sous son toit ? Son étonnement se mua en colère.

Un silence pesant régnait dans le salon. On n'entendait que le léger tintement de la porcelaine, la respiration sifflante d'Ekaterina, les aboiements d'un chien quelque part dans la maison, le tic-tac de la pendule sur la cheminée. Pour Gabrielle qui appréciait tellement le silence harmonieux entre deux êtres, celui-ci était une véritable épreuve d'endurance. Son impatience prit le dessus.

— De qui s'agit-il ? demanda-t-elle enfin. Je connais cette dame ?

Les joues pâles d'Ekaterina rougirent.

— J'imagine que vous avez dû vous rencontrer. M. Stravinsky est tombé amoureux de Vera, la femme de Sergueï Soudeïkine. Il veut qu'elle divorce.

Ces derniers mots furent accompagnés d'un léger râle. Ekaterina étouffa sa toux d'une gorgée de thé puis reprit :

— Mme Soudeïkine lui a tiré les cartes. Elle dit que les cartes ne mentent pas. Et c'est vrai, je le crois aussi. Les cartes disent qu'ils sont destinés l'un à l'autre – jusqu'à la mort.

— Il y a de grandes chances pour que les cartes ne mentent pas, murmura Gabrielle, touchée.

Elle était extrêmement superstitieuse, mais dans ce cas précis, elle n'avait pas trop envie de croire à l'intervention de puissances supérieures. Elle soupçonnait plutôt Vera Soudeïkine d'avoir aidé les cartes. Elle était certainement tombée sous le charme du compositeur et voulait se l'attacher par tous les moyens. Et Gabrielle connaissait suffisamment Stravinsky pour savoir qu'il était tombé dans le panneau. D'un autre côté, une personne débordante de joie de vivre comme Vera était une meilleure partenaire pour lui que sa grabataire de femme. Gabrielle avait rencontré Vera Soudeïkine une ou deux fois chez Diaghilev, une créature séduisante pour qui l'âme slave n'avait pas secret. Mais aussi une femme qui savait ce qu'elle voulait.

— Peut-être que les cartes mentent, après tout, déclara soudain Gabrielle. Il ne faut jamais se fier à un seul avis.

Un fin sourire passa sur le visage d'Ekaterina.

— M. Stravinsky s'est mis en tête que nous allions tous vivre ensemble…

— Oh !

Faisant fi de l'exclamation de Gabrielle, l'épouse d'Igor poursuivit :

— Il ne peut pas se passer de ses enfants. Et il est si correct avec moi. Il ne voudrait pas m'abandonner.

Manquerait plus que ça, pensa Gabrielle furibonde. Tandis qu'elle se demandait où diable dans cette maison elle pourrait bien caser Vera Soudeïkine, et surtout si elle souhaitait encourager ce *ménage à trois**, Ekaterina continuait à parler. Mais Gabrielle était trop occupée par ses propres pensées pour écouter ce monologue proféré d'une voix haletante. Un nom familier lui fit soudain dresser l'oreille.

— Qu'est-ce que vous allez faire à Biarritz ?

Ekaterina la regarda d'un air surpris.

— Je pourrais avoir encore un peu de thé ? demanda-t-elle d'une voix rauque.

— Je manque à tous mes devoirs. Pardonnez-moi.

Gabrielle se hâta de la resservir.

Ekaterina avala aussitôt une gorgée puis reprit, cette fois d'une voix claire et ferme :

— M. Stravinsky souhaiterait que nous allions tous nous installer à Biarritz. Il dit que le climat de là-bas sera meilleur pour mes poumons.

— Vous songez à *déménager* ?

— Igor veut trouver une maison sur la côte atlantique pour les enfants, pour moi et pour sa nouvelle compagne. Vous comprenez cela, n'est-ce pas ? C'est un homme qui a le sens de la famille.

Quelle surprise. Il s'en était passé, des choses, pendant son absence. Son ancien amant faisait des projets avec une autre femme, et qui plus est avec la bénédiction de son épouse. Les décisions étaient prises dans la joie et la bonne humeur et allaient tout à fait dans le sens des intérêts de Gabrielle. Pourtant, elle eut un peu de mal à retrouver son sang-froid. C'était une bonne chose qu'Ekaterina lui ait fait part de ces « changements ». Si c'était venu de Misia, elle ne l'aurait pas cru. Et même dans la bouche de Stravinsky, elle n'y aurait pas vraiment ajouté foi, y voyant plutôt les manigances d'un homme amoureux. Vue par Ekaterina, l'histoire prenait une autre dimension.

Gabrielle se pencha et saisit les mains froides de sa visiteuse.

— Je vous remercie de votre franchise et je vous souhaite tout le bonheur possible. Si vous avez besoin de moi, Ekaterina, je suis là. Vous pouvez compter sur moi.

— Il y aurait bien quelque chose...

Ekaterina baissa les yeux.

— Oui ?

— Le chèque...

Elle semblait avoir perdu d'un coup toute son assurance. Elle déglutit.

— Je sais que vous faites tous les mois un chèque à M. Stravinsky. Serait-il possible que vous continuiez à lui accorder votre soutien ? Je veux dire, après notre déménagement à Biarritz.

Gabrielle sourit.

— Je ne suis pas attachée à l'argent, et puis j'en ai beaucoup. Ne vous inquiétez pas, je ne vous oublierai pas, ni vous ni Igor.

Ekaterina se leva d'un bond et tomba à genoux devant une Gabrielle effarée.

Chapitre 16

Maria Pavlovna Romanov n'arrivait pas à comprendre que son frère puisse passer toutes ces semaines à roucouler dans le midi de la France pendant qu'une nouvelle révolution se déchaînait dans son pays. De Berlin à Londres, on ne parlait dans les cercles de l'émigration russe que des troubles qui sévissaient déjà depuis février. Suite aux famines et au mécontentement causés par le gouvernement bolchevique, les ouvriers s'étaient mis en grève et les marins de Kronstadt, à une vingtaine de kilomètres de Petrograd, s'étaient révoltés. Les insurgés exigeaient de nouvelles élections, la liberté de presse et de réunion, la suppression des privilèges accordés aux membres du Parti, un partage équitable des ressources alimentaires, la possibilité pour les artisans de créer leur propre petite entreprise, et pour les paysans la libre disposition de leurs terres.

La révolte des marins avait certes été réprimée dans le sang par l'Armée rouge, mais à Paris un espoir fou s'était emparé des réfugiés ; même les plus sceptiques rêvaient d'un retour possible en Russie. On parlait de remettre les Romanov sur le trône, d'une royauté parlementaire sur le modèle de la Couronne britannique. C'était le moment pour Dimitri de faire valoir ses droits, et il voyageait avec Coco Chanel. Ses partisans étaient contraints de patienter jusqu'à son retour à Paris.

Maria ne détestait rien tant que l'inaction. Huit ans auparavant, la passivité de son mari de l'époque l'avait poussée à provoquer un scandale. Elle avait divorcé du prince Guillaume de Suède, quitte à être séparée de son fils Lennart, âgé de quatre ans. Jamais elle n'avait été du genre à garder les bras croisés comme d'autres princesses. À Stockholm, elle avait arraché à son beau-père le roi l'autorisation d'entrer dans une école d'arts décoratifs, avait étudié le dessin, et la photographie n'avait plus de secret pour elle. De retour à la cour du tsar, lorsque la Grande Guerre avait éclaté, elle s'était aussitôt rendue sur le front comme infirmière. Malgré plusieurs mauvaises expériences, elle croyait toujours à l'amour et, peu de temps avant que n'éclate la révolution d'Octobre, elle avait épousé le prince Sergueï Mikhaïlovitch Poutiatine. Mais là encore, le mariage avait été malheureux ; en tout cas elle n'avait pas obtenu ce qu'elle espérait. Elle avait mis au monde un fils qu'elle avait dû abandonner lui aussi à ses beaux-parents pour fuir à Bucarest, et qui était mort peu après. Avec son époux, elle avait gagné Londres, puis Paris, où Sergueï s'était révélé incapable de s'adapter à la réalité et de gagner sa vie. Maria avait dû vendre ses bijoux pour survivre, s'était mise à coudre et à broder chaque fois qu'elle trouvait une acheteuse. Elle ne gagnait pas beaucoup d'argent, mais dans l'adversité son dynamisme demeurait son plus sûr atout.

Dimitri était revenu à Paris juste à temps pour fêter avec un petit cercle d'amis le trente et unième anniversaire de sa sœur, mais elle n'avait pas trouvé l'occasion de lui parler. Il fallait pourtant qu'elle le prenne à part, lui raconte qu'il n'était pas le seul à être pressenti comme nouveau tsar : on évoquait aussi son cousin Kyrill Vladimirovitch et son oncle Nikolaï Nikolaïevitch. Il ne devait pas être au courant, car le cercle d'artistes français dans lequel il évoluait depuis quelque temps se désintéressait de tout cela et de la politique en général. Les plus conservateurs des émigrés russes misaient sur Kyrill, certainement en partie à cause de l'ambition légendaire de feu sa mère. Cependant, les exilés plus modernistes voulaient voir Dimitri sur le trône. Il allait de soi pour Maria que son frère devait prendre contact avec ses partisans dans les plus brefs délais et manifester ses prétentions au trône.

Tandis qu'elle marchait dans Paris sous un soleil enfin printanier, cherchant des yeux un taxi pour se rendre au Ritz où elle avait rendez-vous avec Dimitri, elle songea qu'on devait la prendre pour une paysanne plutôt que pour une grande-duchesse. Elle n'avait jamais appris à relever ses cheveux en un chignon seyant ni même à s'habiller toute seule. Privée de femme de chambre depuis sa fuite de Petrograd, elle ne se souciait plus du tout de son apparence, ne se regardait jamais dans un miroir. Se coiffer et se vêtir étaient devenus une corvée, elle faisait le minimum, consciente que son manque de coquetterie détonnait dans son milieu.

D'ailleurs, son apparence semblait décourager les chauffeurs de taxi parisiens : aucun ne s'arrêtait pour la prendre. Elle avait beau agiter le bras, ils répondaient par un haussement d'épaules et passaient leur chemin. Sans doute craignaient-ils qu'elle n'ait pas de quoi payer la course. S'ils avaient su !

Elle avait dans sa poche les perles de sa grand-mère. Maria avait réussi à mettre discrètement la main sur les longs colliers de la tsarine Maria Alexandrovna et à les sortir du pays comme si ces joyaux étaient les siens. Mais contrairement à ses propres bijoux, elle ne s'était pas résolue jusque-là à monnayer ce précieux héritage. Le moment était venu, estimait-elle, de remettre les perles des Romanov au futur tsar. Dimitri pourrait avoir besoin de ces colliers pour financer ses aspirations au trône.

Enfin, une voiture s'arrêta. Elle monta.

— Alors on va où, ma petite mère ? demanda le chauffeur de taxi avec un fort accent slave.

Maria fut saisie de se voir ainsi apostrophée. Il fallait décidément qu'elle s'occupe un peu moins de politique et un peu plus de sa mise.

— Emmenez-moi au Ritz, place Vendôme, dit-elle avec toute l'arrogance impériale dont elle était capable.

— *Boje moï* !

Le chauffeur, dont Maria n'avait vu jusque-là que la nuque, se retourna.

— Mon Dieu ! (L'homme fit le signe de croix orthodoxe.) Votre Altesse impériale, c'est une fierté pour moi de vous y conduire.

— Merci beaucoup, répondit Maria, avant d'ajouter après un bref silence : On se connaît ?

La réponse était évidente. Si le Russe l'avait reconnue dans le rétroviseur et dans l'accoutrement où elle était, c'est qu'ils avaient dû se rencontrer au moins une fois dans le passé. Les photos d'elle qui circulaient la montraient dans toute sa gloire princière.

— Oh oui. J'ai même eu l'honneur de danser avec vous à l'occasion d'un bal au palais Alexandre, à Tsarskoïé Selo. Et puis nous nous sommes revus en 1915 au lazaret de Pskov. Vous m'avez sauvé la vie.

À sa grande honte, Maria ne se rappelait pas du tout le visage creusé de rides profondes de cet homme charmant. Mais pour ne pas le décevoir, elle hocha la tête.

Il la regarda dans les yeux.

— Je suis le prince Paul Nikolaïevitch Soliachine. Mais ça ne se voit pas au premier coup d'œil.

Pour moi non plus, ça ne se voit pas au premier coup d'œil, songea la grande-duchesse. Elle continuait cependant à fouiller dans sa mémoire et, tout à coup, elle eut la vision d'un héros juvénile et radieux. Quelle tristesse de voir que l'émigration avait vieilli à ce point son compatriote. Elle le compara malgré elle à son frère, resté si beau et si charmant.

— Oui, confirma-t-elle d'une voix douce, je me souviens de vous, prince Soliachine. Mais maintenant, il faut y aller, sinon je vais être en retard à mon rendez-vous.

Tandis qu'il appuyait sur l'accélérateur, elle se demanda quel pourboire donner à un homme qui faisait partie de son monde. De son ancien monde.

Chapitre 17

La première visite fut naturellement celle de Misia. Quand la nouvelle du retour de Coco se répandit, son amie se présenta – sans s'annoncer, comme toujours – à son atelier. Elle ne dit rien de sa récente intervention dans la vie privée de Gabrielle et fit comme si le télégramme à Stravinsky n'avait jamais existé. Gabrielle eut la bonté d'enfouir le sujet sous le tapis. De toute façon, Misia aurait de nouveau nié, Gabrielle n'avait aucun doute là-dessus. Alors à quoi bon en parler ? Elle serra son amie dans ses bras comme si de rien n'était.

— Je veux tout savoir, susurra Misia de sa voix flûtée.

Elle jeta son manteau sur l'accoudoir d'un fauteuil avec un geste élégant et désinvolte.

— Il faut que tu me racontes tout ! Sur ton voyage et sur ton grand-duc.

— Assieds-toi, je t'en prie, dit Gabrielle en souriant, mais Misia s'était déjà assise.

— Comment va Dimitri Pavlovitch ?

Gabrielle prit place à côté de son amie sur le canapé et alluma une cigarette.

— Bien, j'espère.

Elle souffla quelques ronds de fumée.

— Il est parti à Berlin où il doit rencontrer d'anciens militaires de haut rang. J'ignore pourquoi les généraux russes se sont tous exilés en Allemagne. En tout cas, c'est là-bas qu'ont lieu depuis des semaines les discussions à propos d'une réorganisation de la Russie.

— Est-ce que ça veut dire qu'il a annoncé son intention de monter sur le trône ?

Les yeux de Misia pétillaient d'excitation.

— Oui. Bien sûr, il l'a fait.

Misia frappa dans ses mains.

— Mon Dieu, quand je pense que c'est moi qui t'ai aidée à choisir ses cravates le jour où tu lui en as acheté toute une collection chez Hermès ! Tu te souviens ? *Des cravates en soie pour le tsar* – voilà qui ferait un titre original pour mes mémoires.

— Tu as de ces idées, Misia !

Gabrielle éclata de rire. À cet instant, elle lui pardonnait une fois de plus ses intrigues.

— Tu m'as manqué.

— Six semaines de vacances. Il y a de quoi devenir folle. Tu as dû t'ennuyer à mourir, non ?

— Mais non.

Le rire de Gabrielle se mua en un sourire rêveur.

— Non, vraiment pas. Voyager avec Dimitri est un plaisir. Nous nous entendons très bien. Nous nous complétons, même, d'une certaine façon. C'est un ami merveilleux.

— Pas plus ? (Misia semblait déçue.) Je voulais justement te parler de la tenue que j'ai l'intention de porter pour son couronnement. Qui pourrait bien être aussi *ton* couronnement ! Il t'a déjà fait sa demande en mariage ?

— Arrête avec ces sottises !

— Donc, il ne l'a pas encore faite. Eh bien, il devrait. On n'a encore jamais vu une femme comme toi au palais d'Hiver, Coco. Ça va être du tonnerre !

Dimitri était parti à Berlin si brusquement que Gabrielle n'avait pas eu le temps d'envisager avec lui les conséquences des consultations qu'il s'apprêtait à avoir. Et s'il était désigné comme le successeur du malheureux Nicolas II ? L'idée de devenir sa femme l'avait certes effleurée pendant leur voyage, mais sans doute lui était-elle inspirée par l'atmosphère romantique et insouciante de la Côte d'Azur. À Paris, le quotidien avait repris ses droits, et elle avait retrouvé sa place. Elle n'attendait rien de Dimitri à présent, et surtout pas une demande en mariage.

— Nous verrons quelles nouvelles il rapporte de Berlin, dit-elle pour tempérer l'enthousiasme de son amie. S'il est parti aussi vite, c'est parce qu'il n'est pas le seul prétendant au trône. Un cousin ambitieux nommé Kyrill s'est mis en travers de son chemin. Lui vit en Allemagne. Il a épousé une princesse Saxe-Cobourg-Gotha, et il a trouvé refuge avec elle chez ses beaux-parents à Cobourg. Il n'est pas aussi loin de Berlin que Dimitri.

— Après l'assassinat du tsar, ma tante Maria Pavlovna n'avait qu'une idée en tête : voir son fils aîné prendre la succession, avait expliqué Dimitri à Gabrielle dans la voiture qui les emmenait à la gare de l'Est.

Il allait prendre le train pour Berlin et elle avait tenu à l'accompagner. Des adieux émus sur un quai, une scène romantique à laquelle elle n'avait pas envie de se dérober.

— Kyrill s'est même battu un temps au côté des Rouges. Il est certes regrettable que tante Maria n'ait pas vécu assez longtemps pour voir les développements actuels. Elle en aurait été très heureuse, mais elle m'aurait aussi rendu la vie encore plus difficile.

Gabrielle avait tiqué en entendant ce nom.

— Maria Pavlovna ? avait-elle répété, songeuse. Tu veux dire la grande-duchesse, celle qui était très liée à Diaghilev ?

— Et qui lui avait offert un mouchoir parfumé, oui.

Dimitri avait souri malgré les soucis qui l'accaparaient.

— Celle dont nous avons parlé à Venise. C'est grâce à ma tante que tu as découvert Le Bouquet de Catherine.

— Les rapports familiaux chez les Romanov sont un véritable sac de nœuds, dit Misia en riant. Toutes ces intrigues, ces mésalliances. Notre ami Marcel pourrait en faire un roman, s'il acceptait d'y consacrer un peu de son temps perdu.

Elle n'était pas mécontente de son bon mot. Un nouveau volume de la *Recherche* venait de paraître et elle ne perdait pas une occasion de montrer que l'actualité littéraire n'avait pas de secret pour elle.

— Les histoires de l'ancienne Russie me fascinent. J'envisage même de faire quelques emprunts à la culture slave pour ma prochaine collection. Des tuniques de cosaques, des broderies, ce genre de choses.

— Mais pas de pompons, par pitié, gémit Misia avec une moue sceptique. Je n'imagine pas trop ce que tu vas pouvoir tirer de tout ce folklore, mais bon, ce n'est pas la première fois que tu en parles. On verra bien, ce sera la surprise. N'empêche que ta prochaine collection est prévue dans un an. Dieu sait ce qui se passera d'ici là. Et pour l'instant, tu as d'autres chats à fouetter, si je me souviens bien. Ne devais-tu pas rencontrer le parfumeur des Romanov à Cannes ? Où en est ton *Eau de Chanel* ? As-tu avancé dans ton projet ?

— Oh oui !

Gabrielle écrasa son mégot dans un cendrier, se leva et se dirigea vers son secrétaire.

Elle ouvrit un coffret et en sortit la fameuse fiole au liquide d'un jaune doré. Des étoiles brillaient dans ses yeux noirs tandis qu'elle contemplait le précieux nectar. Elle remua délicatement le petit tube en verre avant de l'apporter à Misia et d'ôter le bouchon. Aussitôt se répandirent les fragrances suaves et épicées de son parfum.

— *Mon Dieu** ! s'exclama Misia. Quels arômes ! Coco… c'est merveilleux !

Gabrielle hocha fièrement la tête. Elle déposa une infime goutte de l'essence sur le poignet de Misia puis approcha son nez du petit flacon et inhala profondément le mélange unique de quatre-vingts ingrédients. Elle pouvait humer l'échantillon des milliers de fois sans se lasser, découvrait chaque fois une nouvelle nuance. C'était comme la rencontre infinie de ses sens avec la perfection absolue.

— Puis-je te le présenter ? dit-elle, solennelle. Voici *Chanel N° 5*.

— Un numéro en guise de nom ? marmonna Misia, déconcertée.

Elle tenait son bras devant son visage pour permettre au parfum de se déployer dans toute sa plénitude.

— Pourquoi pas, après tout ?

Elle n'insista pas, visiblement prête à accepter la décision de Gabrielle, et préféra aborder un autre aspect de la question.

— Tu ne vas pas commercialiser un parfum aussi exceptionnel dans ce banal flacon de pharmacie. Ce ne serait pas très romantique. Ni élégant. L'effet est plutôt dissuasif.

— Bien sûr que non, dit Gabrielle.

Elle reboucha la fiole et la remit en sûreté dans son abri obscur.

— J'ai fait plusieurs croquis en m'inspirant d'une petite bouteille qui faisait partie du nécessaire de voyage de Boy. Les verreries Brosse travaillent déjà dessus.

Elle alla chercher dans son coffret la trouvaille qu'elle avait faite dans la salle de bains. Misia s'approcha et lorgna avec curiosité par-dessus son épaule.

— Voilà qui est original ! dit-elle en découvrant le flacon rectangulaire avec son bouchon rond. Très sobre et élégant. Différent de tout ce qu'on a l'habitude de voir. En matière de parfums et de cosmétiques, on en est resté au style Art nouveau. C'est une idée remarquable, Coco. Tu vas à contre-courant de ce qui se fait, une fois de plus. C'est ta marque de fabrique !

— Je n'ai pas oublié ce que François Coty m'a dit : un parfum n'est pas seulement fait pour être senti, mais pour être vu. Sa parole est d'or.

— Confieras-tu la fabrication au Napoléon de l'industrie cosmétique ?

— Non. Même si je le voulais, c'est impossible. Ernest Beaux, mon parfumeur, travaillait chez Rallet à Moscou et il est maintenant directeur technique chez Chiris. Pour être franche, je crois qu'une petite fabrique sera mieux adaptée à mes besoins. La quantité de *Chanel N° 5* que j'ai l'intention de produire ne justifie pas les services coûteux d'une entreprise de la taille de celle de Coty.

— C'est très sage. (Misia hocha la tête.) Tôt ou tard, le charmant François te ferait perdre ton autonomie. Coty est un despote, c'est indéniable. Un dictateur aimable, certes, et intelligent. Il faut lui accorder ça. D'ailleurs, tu devrais suivre tous ses conseils.

— J'en ai bien l'intention.

Misia pencha la tête de côté.

— Et l'emballage ? demanda-t-elle d'un air finaud. Il te faut une boîte en carton pour ce joli petit flacon, avec une inscription, un dessin.

— En tout cas, je ne veux pas d'un motif du genre « jeunes filles tenant un alambic entre les mains ».

— Tu devrais t'y mettre sans tarder. La fabrication de l'emballage sera aussi longue que le travail des verriers.

— Je sais, confirma Gabrielle dans un soupir.

Elle remit le précieux flacon dans son coffret et referma le couvercle avec soin.

À peine eut-elle les mains libres qu'elle s'empressa d'attraper son briquet et ses cigarettes. Elle en proposa une à

Misia, qui se contenta de secouer la tête, occupée qu'elle était à humer le parfum sur son poignet.

— Je n'ai pas la moindre inspiration, hélas, finit par avouer Gabrielle après quelques bouffées. J'ai beau me creuser la tête, rien ne vient.

— Hum, fit Misia, qui avait fermé les yeux pour mieux se concentrer. Quelles sont les fleurs qui entrent dans la composition de ton *Eau de Chanel* – pardon, je veux dire de ton *Chanel N° 5* ?

— Le jasmin...

Gabrielle allait poursuivre son énumération, mais Misia l'interrompit.

— Parfait ! Ce sont des fleurs blanches. Je pense qu'il faut que le carton le soit aussi. Avec le nom écrit en noir...

— Blanc. Noir. Ce sont mes couleurs.

— Justement. L'association de ces deux couleurs est caractéristique de ton style. Tu as même fait peindre les volets de ta maison en noir, et la façade en blanc...

— Noir et blanc, répéta Gabrielle, songeuse. Mais est-ce vraiment séduisant ? François Coty m'a toujours dit qu'un parfum devait séduire...

— Oh oui, pour ce qui est de séduire, ton parfum séduit, dit son amie, rassurante.

— Il parlait aussi de l'emballage, Misia. (Gabrielle fronça les sourcils.) Noir sur fond blanc. Je ne suis pas tout à fait sûre, mais... Oui, ça pourrait marcher. À condition que ça ne ressemble pas à une boîte de médicaments. Si on utilise un carton haut de gamme et une typographie assez chics, ce sera parfait.

Elle sourit à Misia à travers la fumée de sa cigarette.

— Et la perfection, c'est exactement ce qu'on cherche. Encore une phrase de notre ami.

— *Chanel N° 5*... Coco Chanel... *Chanel N° 5*, répétait Misia à mi-voix, comme pour elle-même.

Soudain elle leva les yeux.

— As-tu encore les manuscrits de Catherine de Médicis ?

— Bien sûr. Ce n'est pas le genre de documents dont on se défait.

— Examine-les de nouveau. Je crois me souvenir d'avoir vu quelque part le monogramme de la reine. Je ne sais plus très bien où, mais je suis certaine que ses armes figurent sur un des papiers. Sinon, il faudra qu'on fasse un tour au Louvre. Ou bien une tournée des châteaux de la Loire où elle a résidé. On trouvera bien un…

— Misia ! s'écria Gabrielle, effarée de voir son amie s'emballer une fois de plus. Je ne comprends pas où tu veux en venir. Explique-toi, s'il te plaît, avant de m'envoyer je ne sais où.

— Je veux parler du monogramme de Catherine de Médicis. Si je me souviens bien, il est formé de deux C entrelacés. Le C qui est l'initiale de son nom. Et du tien.

Gabrielle haussa le sourcil.

— Tu es sûre ?

— Ces vieux manuscrits, tu les conserves ici ou à Garches ?

Gabrielle désigna l'armoire d'un geste vague.

— Vérifions ça tout de suite, dit Misia avec un sourire de conspiratrice. Si nous trouvons là-dedans une idée pour ta marque, tu n'auras pas dépensé en vain six mille francs pour ces vieux grimoires jaunis.

Chapitre 18

Tandis qu'un air de printemps soufflait sur Paris, que les marronniers étaient en fleur et que les cygnes faisaient la course avec les péniches sur la Seine, Gabrielle restait assise toute la journée derrière son bureau. Elle allait si peu à Bel Respiro qu'elle ne vit même pas fleurir les lilas. C'est tout juste si elle prit conscience des festivités pour le centenaire de la mort de Napoléon.

Il fallait honorer les commandes qui avaient suivi la présentation de sa collection le 5 mai dans ses locaux de la rue Cambon. Il y avait du travail, des essayages. Les clientes défilaient toute la journée, les livreurs apportaient du tissu que des coursiers faisaient aussitôt suivre, avec les patrons correspondants, aux nombreuses couturières à domicile que Gabrielle employait dans les environs de Paris. C'étaient des va-et-vient incessants : toutes les femmes voulaient être parées pour les vacances d'été et même avant, pour briller lors des ultimes premières de la saison théâtrale.

Gabrielle imaginait toutes ces élégantes parfumées répandant sur la ville un nuage de *Chanel N° 5*, une cloche odorante de jasmin, de roses et d'ylang-ylang… Il fallait aussi qu'elle mette au point son projet de boîte et négocie avec les cartonneries et les imprimeurs – que de choses à régler ! Elle adressa dans la foulée un télégramme passablement excédé à l'administration de la maison Chiris pour demander où en était la production. Sa vie quotidienne était une machinerie épuisante et répétitive. Elle en venait parfois à se demander si elle n'aurait pas mieux fait de confier la fabrication de son parfum à François Coty plutôt que de tout faire toute seule, ou presque.

Dimitri était un compagnon charmant, mais tellement occupé par l'avancement de ses propres affaires qu'il n'avait guère de temps à lui consacrer. Quand ils prenaient un dîner rapide au restaurant du Ritz ou dans la suite de Gabrielle avant d'aller se coucher tôt, il lui parlait surtout de ce qu'il avait appris de ses rencontres avec d'autres exilés :

— Les nouvelles qui affluent de la patrie font état d'une sécheresse dévastatrice après un hiver très rude. Les greniers à blé de la Volga et du sud de la Russie sont apparemment touchés. Les famines se succèdent. Nous sommes tous désespérés et réduits à prier pour nos frères et sœurs restés au pays.

— Oui. Mais plus ton peuple souffre, plus tes chances de retour augmentent, non ?

— Cela dépendra de la manière dont l'opinion mondiale réagira à la situation. Vingt millions de gens n'ont plus rien à manger. Les réformes économiques de Lénine n'y ont rien changé. Si mes informations sont exactes, il ne lui reste plus d'autre solution que de demander une aide alimentaire internationale pour sa prétendue république soviétique. C'est le seul moyen de lutter contre la misère. Si les États-Unis, l'Empire britannique et la France mettent à leur soutien certaines conditions politiques, comme le retour de la famille du tsar, ce sera déjà un grand pas en avant. Mais l'idée que ma réussite se fasse sur le dos des ouvriers et des paysans me déplaît terriblement.

Gabrielle découpait son poulet rôti sans rien dire. Elle refusait d'imaginer ce que serait l'avenir de Dimitri, et donc le sien. La pensée qu'il puisse retourner en Russie pour y monter sur le trône la faisait paniquer.

— La question de la succession au trône n'est pas réglée, Coco, dit-il comme s'il avait lu dans ses pensées. Les partisans de Kyrill Vladimirovitch sont d'avis que la Couronne et les communistes peuvent exercer le pouvoir côte à côte. Moi et les miens sommes partisans d'une monarchie parlementaire de type anglais. Il y a aussi le *zemski sobor*, une sorte de parlement russe de tradition très ancienne, qui plaide en faveur de notre oncle Nikolaï Nikolaïevitch. Les différents groupes se disputent, ce qui ne fait que nuire au projet.

— Autrement dit, la question n'est pas près d'être tranchée, résuma Gabrielle.

— On peut le supposer.

Le statu quo se prolongera donc encore quelque temps, pensa-t-elle avec soulagement. Et ce fut d'un ton léger qu'elle reprit :

— Je pourrais peut-être t'aider à ma manière, en incluant quelques éléments slaves dans ma prochaine collection. Tu te rappelles, je t'en ai déjà parlé lorsque nous étions sur la Côte d'Azur.

Elle voulait lui faire plaisir en s'intéressant à sa culture, mais aussi donner un signal : la maîtresse du futur tsar décrétait que le folklore russe serait désormais *à la mode**.

— Je vais me mettre au travail et concrétiser mon projet dès que possible. Il faut juste que je trouve une brodeuse.

— Mais tu en as déjà une, répliqua Dimitri avec une belle spontanéité. Maria, ma sœur, a des doigts d'or. Elle est celle qu'il te faut.

Gabrielle se souvenait que Dimitri avait déjà évoqué à plusieurs reprises le talent de sa sœur, mais la perspective de mettre la grande-duchesse à contribution l'inquiétait. Si le travail de Maria n'était pas à la hauteur des exigences de la maison Chanel, comment Dimitri réagirait-il ? Le jugement d'un homme, et qui plus est d'un frère, était-il objectif et fiable en matière de couture ?

Tandis qu'elle réfléchissait à la meilleure manière de le dissuader, il poursuivit sur sa lancée :

— Il faut que tu connaisses Maria. Depuis le temps que je le dis. Je vais organiser une rencontre dans les prochains jours.

Gabrielle hocha la tête. Inutile de s'opposer à sa détermination.

* * *

Lorsque Maria Pavlovna franchit le seuil de son atelier, Gabrielle eut un coup au cœur. Elle gardait le vague souvenir d'une jeune femme qui évoquait moins une princesse qu'une paysanne de retour des champs, mais le spectacle était encore pire que ce à quoi elle s'attendait. Dans le décor chic de la rue Cambon, la sœur de Dimitri avait carrément l'air d'une souillon. Ni son physique ni sa tenue ne correspondaient aux canons de la maison.

Pourtant, Maria n'avait pas perdu tout intérêt pour la beauté et l'élégance, Gabrielle le comprit dès les premières minutes. Tandis qu'elle lui faisait visiter l'atelier, la grande-duchesse examinait avec attention les modèles terminés, écoutait ses explications, posait les bonnes questions. Il y avait une telle admiration dans ses yeux quand elle caressait du bout des doigts les tissus drapés sur les mannequins de couturière, que Gabrielle n'eut plus aucun doute : elle avait affaire à une femme de goût. Et Maria avait beau ne pas se coiffer et être fagotée comme l'as de pique, Gabrielle la trouva immédiatement sympathique.

Elles s'installèrent dans son bureau et elle expliqua son projet à sa visiteuse autour d'une tasse de thé. Elle souhaitait s'inspirer de la *roubachka*, cette tunique toute simple et parfois brodée que l'on porte en Russie depuis des siècles.

— J'ai conscience que ces blouses amples et ces vêtements taillés larges ne sont pas ce que mes clientes s'attendent à trouver chez moi, mais j'ai envie de tenter l'expérience, déclara-t-elle en conclusion.

— La *roubachka* s'accorde très bien avec vous et avec votre style, répondit Maria avec fougue. C'est un vêtement sobre, dépouillé, qui ne gêne pas les mouvements de la personne qui le porte. Il suffit de bien choisir le motif de la broderie pour éviter le risque de kitsch.

Gabrielle sourit. La sœur de Dimitri avait employé les bons termes, elle comprenait ce qui faisait l'élégance discrète de ses collections.

— Pourriez-vous me faire parvenir quelques échantillons ? demanda Coco. J'aimerais bien voir quel genre de motifs brodés vous imagineriez pour mes blouses. Je vais vous montrer tout de suite mes propres croquis…

Elle s'interrompit. Pouvait-elle parler ainsi alors qu'elles se connaissaient à peine ? Donner des directives à Maria était peut-être déplacé, ou prématuré, pourtant les mots lui brûlaient la langue.

Ce fut Maria qui reprit :

— L'avantage quand on est une fille de haut rang, c'est qu'on vous apprend à manier l'aiguille. Quand j'étais petite, je ne me doutais pas qu'un jour viendrait où coudre serait plus utile pour moi que tous les livres que me faisaient lire mes gouvernantes.

Gabrielle lui jeta un regard étonné.

— Vous aimez lire ?

— Et comment ! Mlle Hélène et Miss June m'ont enseigné la littérature française et anglaise. Quand je suis partie pour la Suède, j'avais plus de sept cents livres dans mes bagages, plus tard il y en a eu encore davantage. La perte de ma bibliothèque est un des souvenirs les plus tristes de ma vie en Russie.

Gabrielle fut tentée de demander à Maria pourquoi son frère n'avait pas bénéficié de la même éducation. Mais elle préférait ne pas parler de son amant avec sa sœur, et d'ailleurs elle croyait connaître la réponse. Maria avait grandi au palais Alexandre, Dimitri dans une école de cadets. On y inculquait aux pensionnaires des valeurs militaires, mais la culture ne devait pas être une priorité.

— Ma collection n'est pas négligeable non plus, dit Gabrielle en désignant les rayonnages de livres sur le mur du fond. Vous pouvez venir consulter ma bibliothèque, si cela vous tente. Et servez-vous, prenez ce qui vous intéresse.

— C'est très généreux de votre part, mademoiselle Chanel.

— Coco. Mes amis m'appellent Coco.

La sœur de Dimitri se leva du canapé pour embrasser Gabrielle sur les deux joues.

— Je serais ravie d'être votre amie, Coco, dit-elle en se rasseyant. Je vous admire beaucoup. Et moi, je m'appelle Maria.

Gabrielle l'avait à peine écoutée : lorsque sa visiteuse l'avait serrée dans ses bras, un léger parfum lui était monté aux narines, qu'elle n'avait pas remarqué plus tôt.

— Qu'est-ce que vous portez comme parfum ? demanda-t-elle à brûle-pourpoint.

— Oh, vous ne le connaissez pas. Il s'appelle *Le Bouquet de Catherine*. Il a été créé autrefois pour la famille du tsar.

— Dois-je comprendre que vous possédez encore un flacon d'origine ?

Maria acquiesça, surprise par la question de Gabrielle.

— Oui. Avec un petit reste de parfum au fond. Je ne l'utilise que dans les grandes occasions. Il vous plaît ?

C'est mon parfum, maintenant, faillit dire Gabrielle, mais elle se retint. Elle repensa avec un certain amusement aux efforts désespérés qu'elle avait déployés pour trouver la formule. Il aurait suffi qu'elle interroge la sœur de Dimitri…

— Oui, répondit-elle enfin. Il me plaît beaucoup.

— Ce parfum est l'un des rares souvenirs qui me restent de notre ancien monde, avoua Maria.

Gabrielle reconnut dans sa voix la tristesse et la nostalgie qui étaient aussi celles de Dimitri. Maria baissa les yeux sur sa robe.

— Du côté des biens matériels, il ne reste plus rien, comme vous pouvez le constater.

Gabrielle décida d'exprimer franchement sa pensée :

— Je sais que vous avez tout perdu, mais il ne faudrait pas que votre apparence vous trahisse à ce point. Il me semble que c'est une grossière erreur d'afficher partout votre statut de réfugiée. Vous n'attirez pas la sympathie. Au contraire, les gens vont vous éviter.

À la grande surprise de Gabrielle, Maria ne parut pas choquée. Elle abonda même dans son sens.

— Autrefois, j'étais complètement dépendante des services de ma femme de chambre. Et puis il y a eu la guerre, et je n'ai plus eu de temps à consacrer à ma toilette. Maintenant, je ne pense aux vêtements que lorsque j'exécute des travaux de couture pour d'autres. Mais vous avez raison, ce n'est peut-être pas le bon état d'esprit.

— Si vous voulez avoir du succès sur le plan professionnel, il faut que vous présentiez bien. C'est la règle numéro un.

— Je vous remercie pour ce conseil.

Gabrielle vit dans son regard franc et confiant qu'elle était sincère. Mais elle devinait aussi que la sœur de Dimitri n'avait pas la moindre idée de la manière de s'y prendre pour mettre ce conseil en pratique.

— Si nous nous revoyons, je pourrai vous aider à améliorer un peu votre apparence, proposa Coco. Je peux vous montrer comment vous habiller et vous maquiller de la façon la plus avantageuse. Même une dame qui n'a jamais appris à prendre soin d'elle peut arriver à se débrouiller sans femme de chambre.

Mon Dieu, mais qu'est-ce que je suis en train de raconter ? se dit soudain Gabrielle. *J'ai devant moi la petite-fille du tsar de Russie et c'est moi, la fille d'un camelot, qui lui explique ce qu'elle doit faire. Pourtant il faut bien que quelqu'un s'en charge.*

— Ne m'en promettez pas trop, l'interrompit Maria. Je risque de venir vous voir tous les jours.

— Vous serez la bienvenue. Surtout si vous n'oubliez pas d'apporter vos échantillons de broderies.

Les regards des deux femmes se croisèrent et elles éclatèrent de rire. *Elle a de l'humour*, songea Gabrielle, rassurée. Et sa pensée suivante fut pour Misia : la pauvre ! Son amie n'allait pas apprécier d'avoir une concurrente.

Chapitre 19

— Qui aurait cru qu'un Suédois puisse s'enthousiasmer pour un truc pareil ? murmura Gabrielle.

Dimitri avait du mal à s'arracher au spectacle extravagant qui se déroulait sur la scène. Des danseurs se détendaient comme des ressorts, bondissaient, se pliaient en deux. Leurs costumes moulants et bariolés se fondaient dans un décor haut en couleur. Les corps s'enchevêtraient au son de la musique dissonante et provocatrice de six jeunes compositeurs qu'on désignait comme « Le Groupe des six ». Le livret de Jean Cocteau ajoutait à ce ballet spectaculaire une note littéraire. Dimitri regarda Gabrielle sans comprendre.

— Le mécène de la troupe est un industriel suédois, expliqua-t-elle à mi-voix.

Dimitri haussa un sourcil, perplexe.

— Maria dit que les Suédois sont le peuple le plus ennuyeux du monde, précisa Gabrielle.

— Tu parles beaucoup trop avec ma sœur, gémit-il avant de reporter toute son attention sur la scène.

Mais Gabrielle le vit esquisser un petit sourire matois.

Elle était tiraillée entre l'admiration et le dégoût, la loyauté et la franchise. Le mécène et collectionneur d'art suédois Rolf de Maré avait fondé un an plus tôt une troupe qu'il avait baptisée Les Ballets suédois et qui visait à concurrencer directement Les Ballets russes. Non seulement de nombreux anciens collaborateurs de Serge Diaghilev avaient trouvé là un nouveau terrain d'action, mais le but avoué était de copier le style Diaghilev. Gabrielle avait d'abord été furieuse, mais ce qu'elle découvrait sur la scène du Théâtre des Champs-Élysées la ravissait malgré elle. Les danseurs en majorité suédois et danois débordaient d'énergie, et surtout, le livret de son ami Jean Cocteau était enthousiasmant. Le résultat supportait avantageusement la comparaison avec Diaghilev. Bref, *Les Mariés de la tour Eiffel* lui plaisait. Aucun doute ne subsistait plus quand éclatèrent les applaudissements finaux.

Ce n'était pas la première fois que Gabrielle songeait au bonheur qu'elle aurait eu à participer à une production comme celle-ci en créant des costumes. Mais tandis qu'elle se rendait en coulisse pour féliciter Cocteau après le spectacle, ce désir la submergea. Des odeurs lui montaient aux narines, mélange de peinture, de poussière, de transpiration, de maquillage, et du parfum beaucoup trop sucré de la première danseuse. Ce qui l'aurait écœurée dans un autre contexte produisait à présent sur elle un effet irrésistible – vivifiant, stimulant, inspirant.

— Coco !

Jean Cocteau lui fit signe d'approcher. Il était comme toujours tiré à quatre épingles et très beau, avec sa haute silhouette longiligne et son opulente chevelure brune. Pourtant, Gabrielle ne doutait pas que cette première décisive avait fait perler quelques gouttes de sueur sous le col de sa chemise blanche immaculée, parfaitement repassée et empesée. Il conversait avec Picasso, qui avait l'air d'un paysan grossier à côté de lui.

— *Chérie** !

Cocteau la serra dans ses bras. Elle l'embrassa sur les deux joues.

— Toutes mes félicitations ! C'était un spectacle magnifique.

— Si vous tenez encore un peu à l'amitié de Diaghilev, vous devriez garder votre opinion pour vous, grogna Picasso. Je suis sûr qu'il est terré chez lui, à attendre les premiers échos que vont apporter les espions qu'il a parmi le public. Il va avoir le cœur brisé.

— Ne vous moquez pas de Serge, répliqua Gabrielle en agitant le doigt d'un air faussement menaçant. Pourquoi n'y aurait-il pas de place à Paris pour deux excellentes troupes de danseurs ? Les créateurs de mode y sont bien plus nombreux, et il y a beaucoup de bons peintres.

— Ah bon ? Vous croyez ? (Picasso secoua la tête.) Enfin, si vous voulez parler des décors, je reconnais qu'Irène Lagut a fait du bon travail. Encore que. Elle aurait été bien meilleure si elle avait consenti à m'écouter.

— Tu lui en veux encore de ne pas t'avoir épousé ? gloussa Cocteau. Pablo – il y a quatre ans ! De nos jours, c'est une éternité.

— Si Irène avait accepté ma demande, je ne serais pas marié avec Olga.

Cocteau se pencha vers Gabrielle et lui murmura à l'oreille, assez fort pour que Picasso l'entende :

— Son mariage le tue.

— Olga est là ? demanda poliment Gabrielle.

Ses yeux parcoururent la foule des techniciens, artistes et visiteurs qui se pressaient au milieu d'un chaos d'objets : éléments de décor, housses d'instruments de musique, costumes abandonnés n'importe où, fleurs déjà à moitié flétries et outils variés. La ravissante femme de Picasso n'était nulle part.

— Il est content quand il peut lui échapper.

— Absurde ! tonna Picasso, visiblement atteint dans sa fierté de mâle. Et votre prince, mademoiselle Coco, il est où ? dit-il pour changer de sujet.

Elle le gratifia d'un sourire radieux.

— Dimitri Pavlovitch m'attend au foyer.

— *Mon Dieu** ! Ces Russes amoureux, des vrais pots de colle. Ça doit être ce qu'on appelle *l'âme slave*.

— Parle pour toi, tout le monde n'est pas comme Olga, dit Cocteau, lui renvoyant sa pique.

Il prit Gabrielle par le bras.

— Viens, ma chère, abandonnons notre malheureux ami. Les problèmes conjugaux des autres sont d'un ennui… Allons plutôt saluer Georges Auric. Son ouverture n'est-elle pas divine ?

Sur ces mots, il l'entraîna dans la cohue. Lorsqu'ils furent hors de portée des oreilles du peintre, il ajouta tout bas :

— Picasso adorait Irène Lagut, autrefois. Ils auraient dû se marier. Si Olga a réussi à le traîner jusqu'à l'autel, c'est parce qu'elle ne lui a pas permis de la toucher avant. Tu savais ça ? C'était une chose très nouvelle et excitante pour Pablo, mais qui lui a fait prendre une mauvaise décision, c'est évident.

Quand Gabrielle jeta un coup d'œil par-dessus son épaule, elle vit Irène Lagut rejoindre Picasso. Non seulement c'était une très belle femme, mais son métier de peintre la mettait en quelque sorte sur un pied d'égalité avec son ancien maître et amant, ce qui ajoutait à son charme.

Gabrielle se demanda malgré elle si Irène aurait fait une meilleure femme qu'Olga pour Picasso. Cocteau en était persuadé. *Être la femme d'un génie n'est pas une sinécure*, songea Gabrielle. Elle savait d'expérience qu'une femme a toujours intérêt à se donner l'air un peu plus soumise qu'elle ne l'est. Ce qui peut aussi créer des malentendus, comme elle l'avait vécu avec Stravinsky. Elle pensa à Ekaterina. Russe comme Olga, épouse d'un génie elle aussi – et pareillement prisonnière d'un mariage qui rendait tout le monde malheureux. C'était peut-être une question de mentalité. La faute à *l'âme slave*…

Elle en était à ce point de ses réflexions quand vint le moment de saluer Georges Auric, compagnon actuel d'Irène Lagut ainsi que le lui apprit Cocteau. Tandis qu'il la présentait aux autres membres de la troupe, Gabrielle continuait à songer à l'amour avec son cortège de bonheur et de souffrance. Elle pensait à Boy, qu'aucun homme ne remplacerait jamais. Pas même Dimitri.

— *Mon ami**, excuse-moi, je te prie. Je ne voudrais pas faire attendre Dimitri trop longtemps, dit-elle à Cocteau, profitant d'une pause au milieu des étreintes, congratulations et petits baisers échangés du bout des lèvres. On se voit tout à l'heure à la fête.

— Je t'accompagne au foyer, se hâta de répondre Cocteau, posant déjà un bras possessif autour de ses épaules.

— Mais les danseurs vont te chercher partout si tu...

— Ils attendront. Je veux te parler d'une chose qui ne souffre aucun délai. Plus tard nous n'en aurons plus l'occasion.

Il la guida d'un pas décidé à travers les couloirs bondés à l'éclairage beaucoup trop cru, jusqu'à la salle de spectacle à présent silencieuse. L'immense demi-cercle de fauteuils garnis de velours rouge – il y en avait près de deux mille – paraissait étrangement désert. Les lumières de la salle étaient encore allumées, mais le plateau déjà plongé dans l'obscurité. Dans l'air flottait une étrange atmosphère de bonheur et de soulagement, teintée déjà de nostalgie et du déchirement des adieux, une atmosphère quasi palpable pour Gabrielle et qui correspondait parfaitement à ce qu'elle éprouvait elle-même. Chaque spectateur ou presque, à la fin d'un spectacle réussi, n'est-il pas envahi par cette félicité vaguement mélancolique ? La troupe était soulagée d'avoir donné le meilleur d'elle-même, et l'on sentait flotter l'espoir que cette joie se répète. Une idée qui suscitait chez Gabrielle une émotion presque aussi vive que l'odeur des coulisses.

— As-tu le temps de lire ma prochaine pièce ?

— Quelle question !

Gabrielle rit et sa voix résonna à travers l'espace ; un auditeur des derniers rangs aurait sans doute pu l'entendre.

— Tu sais bien que je le prendrai, quelles que soient mes obligations.

Elle ajouta in petto qu'il n'avait pas besoin de faire autant de simagrées. Ce n'était pas la première fois qu'il lui donnait un manuscrit à lire en lui demandant son avis.

— Je suis très impatient de savoir ce que tu penses de mon adaptation de l'*Antigone* de Sophocle. Ton avis compte beaucoup pour moi.

— Je m'en réjouis, Jean. Je te promets de la dévorer de la première à la dernière ligne. Ce sera sans doute ma lecture de vacances – à moins que ce ne soit une histoire un peu sinistre pour la plage ?

Il parut surpris.

— Tu repars déjà en vacances ?

— Pourquoi pas ? demanda-t-elle, étonnée de sa réaction. Il n'y a plus personne à Paris en juillet et août. Nous avons travaillé comme des fous, Dimitri et moi, depuis notre retour. Nous avons bien droit à quelques jours de détente.

— Dans ce cas, on se verra à Cannes et on reparlera de tout ça !

Cocteau paraissait enchanté.

— Ce ne sera malheureusement pas possible. J'ai loué une maison à Arcachon.

Elle avait pris sa décision sur un coup de tête. Dimitri s'absentait si souvent pour s'occuper de ses affaires de succession au trône qu'elle se sentait un peu abandonnée. Passer ses soirées en solitaire ne l'avait jamais dérangée, mais ces dernières semaines avaient été riches en événements dont elle aurait aimé parler avec lui. Non qu'elle eût besoin de ses conseils. Elle était assez grande pour prendre ses décisions professionnelles. Mais c'était bon de pouvoir lui raconter ce qui l'occupait, parler, communiquer. Lui dire que son parfum et sa collection russe prenaient tournure, que les broderies de Maria étaient fantastiques et qu'elle lui avait passé commande d'une blouse. Gabrielle avait envie de partager beaucoup de choses avec Dimitri, pas seulement son lit de temps à autre. C'est la raison pour laquelle elle était partie quelques jours à Berlin avec lui. Ils avaient logé princièrement à l'hôtel Adlon, mais sur le fond ça n'avait pas été une bonne idée : les réunions entre exilés politiques et généraux leur avaient laissé encore moins de temps à passer ensemble qu'à Paris. Aussi avait-elle décidé de leur trouver un lieu de vacances assez éloigné de ceux de la plupart de leurs connaissances. Mais face à Cocteau, elle garda ces explications pour elle.

— Qu'est-ce que tu vas faire à Arcachon ? bougonna Cocteau, déçu. À part les huîtres et un casino qui n'arrive pas à la cheville de celui de Monte-Carlo, il n'y a rien du tout, à Arcachon.

— C'est précisément ce que je recherche, dit-elle, et elle ajouta avec un sourire encourageant : Mais rien ne m'empêchera de lire ta nouvelle pièce.

— J'espère bien. Finalement, je crois que je vais te demander de dessiner les costumes.

— Oh !

Gabrielle mit quelques secondes à se remettre de sa surprise. Elle essaya de ne pas montrer combien cette proposition l'excitait.

— Tu crois sans doute que j'ai du temps à revendre ? dit-elle, faisant la fine bouche. J'ai un parfum à lancer, une collection à présenter, les jours filent et je ne sais plus où donner de la tête.

— Tais-toi, Coco, susurra Cocteau en déposant un baiser sur sa joue. J'ai lu dans tes yeux que tu ne désires rien tant que travailler pour la scène. Et je ne vois pas quelle meilleure créatrice de mode je pourrais trouver pour mon spectacle.

Gabrielle en resta sans voix. Son ami l'avait percée à jour.

— D'ailleurs, c'est Picasso qui va créer les décors. Il a déjà dit oui. Si vous ne vous entre-tuez pas, ce sera une collaboration très fructueuse. J'en suis convaincu.

— Si on ne s'entre-tue pas..., répéta Gabrielle, sceptique.

Elle était dégrisée. Son entrée dans le monde du théâtre s'annonçait plus compliquée qu'elle ne l'avait imaginée. Elle avait un grand respect pour Picasso en tant qu'artiste, elle trouvait l'homme séduisant, mais elle tenait à conserver l'usage de son sens critique et à ne pas perdre une once de sa liberté en le fréquentant. Si Stravinsky lui avait appris une chose, c'était bien la nécessité de tenir tête à un génie. Sur ce point, il était à craindre que Picasso ne se montre aussi rétif qu'Igor.

— Vous vous compléterez, affirma Cocteau.

— Il faut que j'y réfléchisse, murmura Gabrielle.

— Je te fais porter mon manuscrit rue Cambon dans les jours qui viennent. (Cocteau frappa dans ses mains.) Voilà, tout est dit, maintenant allons faire la fête. Viens, passons par-là, cette porte qui mène au foyer ne devrait pas être fermée.

Elle le suivit en silence, pensant toujours à Picasso.

J'aime ses tableaux, se disait-elle, *pourquoi n'aimerais-je pas l'homme ?* Ils se connaissaient déjà un peu ; en travaillant ensemble, ils pourraient peut-être même devenir amis.

Chapitre 20

La villa blanche qui portait le nom bizarre d'Ama Tikia donnait directement sur la baie d'Arcachon, à cent mètres à peine de la grande plage de sable du Moulleau. À marée basse, les locataires jouissaient d'une vue superbe sur la mer qui scintillait comme de l'or liquide pendant la journée et se couvrait de reflets rouge sang au coucher du soleil. Quand la marée montait, les hautes vagues venaient battre contre le mur du jardin et passaient même par-dessus. Des petits bateaux croisaient le long de la côte et les pêcheurs acceptaient pour quelques centimes d'emmener des passagers faire une virée au large.

Chaque matin, Gabrielle et Dimitri se faisaient conduire à la rame jusqu'à leur emplacement favori, près des bancs de sable, et ne rentraient que pour midi. Le couple de domestiques de Gabrielle et le fidèle gaillard au service de Dimitri tenaient la maison et leur préparaient un déjeuner léger. Après une sieste réparatrice, ils prenaient un cocktail à l'ombre sur la terrasse, Gabrielle passait quelques heures à lire (elle avait apporté quelques livres en plus de la pièce de Cocteau) ou avec son carnet de croquis. Ils allaient régulièrement en promenade avec les chiens de Gabrielle, et se séparaient de temps à autre quand Dimitri était tenté par une partie de golf. Ils passaient la plupart des soirées à la maison, dînaient parfois au restaurant au Moulleau ou allaient en décapotable au casino d'Arcachon, plutôt rarement pour eux qui aimaient le jeu. Jamais ils ne voyaient d'amis ni de connaissances.

Gabrielle s'étonnait que le temps passe si vite. Quand elle avait loué la maison, elle s'était montrée prudente sur la durée du séjour. Elle n'imaginait pas pouvoir s'évader une fois encore de son quotidien pendant des semaines sans que son atelier ni ses amis lui manquent. Malgré sa nostalgie des longues conversations avec Dimitri, cette solitude à deux lui apparaissait aussi comme une épreuve. Quand allaient-ils commencer à s'ennuyer ? À ne plus se supporter ? Pourtant, cette appréhension se dissipa aussi vite que la lumière du soleil après le bref crépuscule méditerranéen. Ensemble, ils se suffisaient à eux-mêmes, et c'était plus que Gabrielle n'avait osé espérer. Les jours s'écoulaient, et elle prolongea finalement la location. Deux mois. Jamais elle n'avait pris de si longues vacances.

Quand arriva le jour de son anniversaire, la longue parenthèse de repos tirait à sa fin. Ce n'était pas seulement l'agenda de Gabrielle, mais aussi la météo qui annonçait l'automne. Le 19 août, la vague de chaleur s'acheva sur une nuit presque fraîche, le ciel devint plus limpide, d'un bleu clair quasiment transparent. Il restait à peine deux semaines, elle devait être de retour le 31 comme les écoliers et employés de bureau.

La perspective du lancement de son parfum lui donnait presque hâte de se replonger dans le tumulte du quotidien. Elle regarda autour d'elle la chambre sobre aux murs chaulés. Quitter cet endroit ne serait pas facile. La vente de Bel Respiro était une des nombreuses tâches qui l'attendaient. Il fallait qu'elle s'y attelle pour de bon, qu'elle cherche un acquéreur et se trouve une résidence en ville où elle pourrait s'aménager une pièce comme celle-ci, lumineuse et aérée.

Misia lui avait signalé un bien à louer tout près de son propre appartement, rue du Faubourg-Saint-Honoré, mais

Gabrielle n'avait pas jugé bon de fixer une date de visite avant son départ en vacances. Rien ne pressait. Depuis le déménagement des Stravinsky, la maison de Garches ne l'intéressait plus. Elle ne s'y était jamais sentie vraiment chez elle, et sans la présence des enfants ni la musique, le silence était pesant. Tout aurait été différent si Boy avait vécu, bien sûr. Mais dans la situation actuelle, cette maison n'était plus qu'une pièce insignifiante dans le grand puzzle de sa vie. Elle s'étonna que ces réflexions désabusées lui viennent justement le jour de son anniversaire. Trente-huit ans. Il ne s'agissait plus seulement de faire des projets, c'était aussi l'heure des bilans.

Nue sous le drap mince, elle s'étira. Une légère migraine rendait ses tempes douloureuses. Sans doute le champagne qu'ils avaient bu sans modération la nuit précédente. À minuit, Dimitri avait emporté sur la plage le seau à champagne et les verres, ils s'étaient assis sur le sable et avaient trinqué à son anniversaire. Rien qu'eux deux, le va-et-vient des vagues et le cliquetis des mâts des voiliers amarrés aux bouées non loin du rivage, le clair de lune et quelques crabes. Pas de bougies magiques, pas d'orchestre, aucun ami de la bande. Juste deux êtres qui avaient plus de choses à se dire qu'ils ne l'imaginaient. Ç'avait été un moment merveilleux, mais trop alcoolisé, sans aucun doute.

Le parfum épicé des pins entrait par la fenêtre, la brise salée de l'océan faisait ondoyer les rideaux. Une faible odeur de café monta aux narines de Gabrielle. Marie devait être en train de préparer le petit déjeuner.

La perspective d'un bon moka la revigora. Elle rabattit le drap en agitant les jambes et s'assit dans le lit. Mais au moment où elle posait les pieds par terre, un mal de tête si violent l'assaillit qu'elle dut se rallonger.

On frappa à la porte et le bruit se répercuta aussitôt dans son crâne.

— Entrez !

Sa voix était moins ferme que d'habitude, presque un gémissement. Elle remonta le drap sous son menton.

La porte s'ouvrit à la volée. Gabrielle ne vit d'abord qu'un chariot avec une nappe damassée, un service à thé pour deux personnes en porcelaine et en argent. Puis elle aperçut Dimitri à demi caché derrière un énorme bouquet de roses rouges. Il lui apportait lui-même son petit déjeuner au lit. L'héritier du tsar dans le rôle du serviteur, c'était assez incongru. Mais sa tenue vestimentaire l'était plus encore. Un peignoir blanc et rien dessous, visiblement. Ses sandales de bain claquaient sur le parquet tandis qu'il s'avançait avec un air cérémonieux.

Elle eut peine à réprimer son rire.

— Qu'est-ce que tu fabriques ?

— Je te souhaite un bon anniversaire, *ma chère**.

Il amena le chariot contre le lit et entreprit d'en déplier maladroitement les rabats.

— Pourquoi les domestiques font-ils ça en deux temps trois mouvements alors que ça nous donne tant de peine ? marmonna-t-il dans sa barbe.

La table enfin déployée, il se redressa, s'approcha d'elle et se pencha pour l'embrasser.

— *S dnem rojdeniya !* dit-il. Tous mes vœux, Coco, je te souhaite bonheur et succès pour l'année à venir, et aussi beaucoup d'amour.

Elle referma les bras autour de son cou.

— Que tu m'apportes le petit déjeuner au lit, c'est déjà le couronnement de cette journée ! On ne peut rêver un plus beau matin d'anniversaire.

— Je me suis mis Piotr et Joseph à dos. (Dimitri se releva en riant.) Tous deux sont absolument outrés que j'aie la prétention de te servir. Seule Marie s'est montrée compréhensive. Je l'ai entendue murmurer je ne sais quoi à Joseph à propos de prince et de romantisme…

Tandis qu'elle riait avec lui, Gabrielle constata avec surprise que son mal de tête n'était plus si terrible.

Dimitri approcha deux chaises de la table improvisée, souleva le couvercle de la cafetière, si bien que la chambre fut envahie d'une délicieuse odeur de moka torréfié, et remplit les tasses non sans répandre quelques gouttes à côté.

— Viens ici, Coco, avant que le café refroidisse, dit-il sans la regarder.

Il avait les yeux fixés sur la cloche argentée qui recouvrait une des deux assiettes. Son peignoir de bain lui donnait une allure vraiment comique.

— Je remercie Votre Majesté impériale, plaisanta Gabrielle.

Elle se redressa en riant, avec précaution cette fois pour ménager son crâne. Elle tira le drap à elle et l'enroula autour de son corps comme une toge. Puis elle s'approcha, considéra la corbeille de croissants, le beurrier et l'assortiment de confitures, caressa du bout des doigts les roses parfaitement écloses.

— Tu as merveilleusement organisé tout ça, dit-elle.

Elle ne voulait pas seulement rendre hommage aux efforts de Dimitri. Elle était sincèrement touchée. Elle voulut s'asseoir, mais il la retint.

— Non. Pas là. Ton couvert est celui-ci.

Il s'écarta pour lui faire de la place. Étonnée, elle obtempéra. Dimitri ne l'imita pas et resta debout à côté d'elle. En attente, semblait-il.

De plus en plus déconcertée, Gabrielle commença par boire une gorgée de café. Elle sentait sur elle le regard de Dimitri et se demanda ce qu'il attendait. Sans doute qu'elle regarde ce qui se cachait sous la cloche de service. Marie avait-elle préparé pour ce jour exceptionnel un petit déjeuner à l'anglaise, avec œufs brouillés et bacon, qu'il fallait tenir au chaud ? Les Russes aussi avaient coutume de manger dès le matin ces nourritures roboratives qu'un estomac français était bien incapable de digérer à une heure pareille. Et un repas bien gras n'était pas non plus ce qu'on pouvait imaginer de mieux pour lutter contre la gueule de bois. La seule pensée du bacon grillé lui donnait envie de vomir, sans parler des relents de graillon qui n'allaient pas manquer de se répandre. C'est pourquoi elle hésita encore un moment avant d'affronter la surprise culinaire et prit une deuxième gorgée de café.

— Tu ne veux pas t'asseoir, Dimitri ? demanda-t-elle, sa tasse à la main.

— Je ne suis pas pressé.

Il attendait manifestement qu'elle regarde ce qu'il y avait dans son assiette. Gabrielle ne comprenait pas ce que des œufs frits, du bacon et des saucisses, ou encore des blinis et quelques pirojki pouvaient avoir de si important pour lui, mais elle ne voulut pas le laisser plus longtemps sur des charbons ardents. S'il tenait tellement à ce qu'elle en mange, il fallait au moins qu'elle essaie.

Elle posa sa tasse et souleva la cloche d'argent.

Elle faillit la laisser retomber aussi sec.

Sur la porcelaine, un carré de soie blanche, un lit de pétales de roses et, lové au cœur de cet écrin, un très long collier de perles. Ou plusieurs.

Gabrielle n'aurait su le dire, mais peu lui importait. Il y avait là une petite montagne de perles d'un blanc crémeux aux reflets rosés, scintillant sous la lumière de mille nuances pastel. Pas besoin d'être un spécialiste pour se rendre compte qu'il s'agissait d'un bijou extrêmement précieux. Gabrielle en resta sans voix.

— Bon anniversaire, Coco. Tous mes vœux de bonheur, répéta Dimitri à voix basse.

Gabrielle effleura le cadeau d'un doigt précautionneux comme si elle avait peur de voir les perles tomber en poussière.

Mais non, elles étaient bien réelles, et le cœur faillit lui manquer.

D'habitude, elle ne faisait pas grand cas des bijoux. Les colliers, boucles d'oreilles et autres bracelets n'avaient à ses yeux qu'un rôle décoratif, ils n'augmentaient en rien la valeur de celle qui les portait. Elle avait une préférence pour les bijoux fantaisie. Mais cela n'avait pas toujours été le cas. Jeune fille, elle succombait comme les autres à la fascination des diamants.

Boy n'offrait pas de cadeaux à Gabrielle. Du moins pas comme Étienne et les amis de sa bande avaient coutume d'en faire à leurs maîtresses, ainsi qu'elle avait pu l'observer à Royallieu. C'étaient ce qu'ils appelaient leurs « présents du matin ». Des objets précieux que l'élue du moment exhibait avec fierté : plumes d'autruche, cols de fourrure ou bijoux. Boy semblait ne pas accorder beaucoup d'estime aux femmes qui se laissaient décorer ainsi comme des sapins de Noël.

Gabrielle ne savait pas trop comment interpréter ce traitement spécial. Certes, la sobriété lui paraissait préférable à tout cet étalage. Pourtant, une petite voix démoniaque lui susurrait parfois qu'elle ratait quelque chose. Son cœur avait battu d'autant plus fort le jour où, un an environ après le début de leur amour, Boy lui avait déclaré :

— Je vais te faire un cadeau, d'accord ?

— Bien sûr ! avait-elle répondu, tiraillée entre la curiosité, la joie anticipée et une légère inquiétude.

Le lendemain matin, il avait posé un petit coffret de cuir rouge sur son oreiller. Quand elle l'avait ouvert, elle avait été presque aveuglée par l'éclat de l'objet calé dans son écrin de velours.

— C'est magnifique, avait-elle murmuré dans un souffle.

— C'est un diadème, avait précisé Boy en souriant. Il est à toi.

Gabrielle n'avait jamais vu de diadème. C'est tout juste si elle savait à quoi un tel objet pouvait servir.

Plus tard, une connaissance lui avait expliqué comment fixer cette petite couronne sur un chignon. Mais Gabrielle avait les cheveux courts. Comment faire tenir le diadème ? Et dans quelles occasions le porter ? Elle avait tout de même essayé de se familiariser avec cet étrange bijou, s'était exercée en cachette devant sa glace jusqu'à ce qu'elle parvienne à le mettre en place sans qu'il glisse en arrière ou lui retombe sur le front. Et puis elle avait enfilé une robe du soir pour que le tableau soit complet.

— Tu as envie de sortir ? avait demandé Boy, surpris. Pour quoi faire ? Nous sommes si bien à la maison.

Le diadème était retourné dans son coffret et Gabrielle s'était pliée au désir de solitude de son bien-aimé. Il n'y avait pas eu de second cadeau. Elle était heureuse avec Boy. Avec ou sans bijou précieux.

Gabrielle était fascinée par la sobre élégance de ces perles. Rien à voir avec les colifichets clinquants dont se paraient les femmes en société dans l'espoir d'être plus belles. Ces perles possédaient une magie particulière, comme si chacune d'elles était aussi vivante que l'huître qui l'avait abritée. C'était beaucoup plus qu'une parure, elles irradiaient tout ce qu'une femme peut attendre d'un bijou.

— C'est le collier de ma grand-mère.

— Pardon ?

Gabrielle, arrachée à ses pensées, regarda Dimitri avec des yeux ronds. Elle avait bien entendu, mais elle ne comprenait pas.

— Ce sont les perles dites « des Romanov », Coco. Elles ont appartenu à la tsarine Maria Alexandrovna, la mère de mon père.

Dimitri hésitait à poursuivre, passait d'un pied sur l'autre. Le silence de Gabrielle semblait le déconcerter. Il s'attendait manifestement à ce qu'elle soit folle de joie devant l'immensité du cadeau.

Mais Gabrielle ne bougeait pas.

Pour un homme aux ressources financières aussi limitées que les siennes, les roses à longue tige constituaient à elles seules une énorme dépense. Elle en était consciente. Si elle avait attendu un cadeau de sa part, le bouquet lui aurait amplement suffi. Mais elle n'attendait rien. Les moments d'harmonie parfaite étaient plus précieux pour elle que n'importe quel geste. Le bonheur ne s'achète pas, Boy le lui avait appris. Dimitri la choyait par sa présence, sa tendresse et son affection complice. C'étaient les plus beaux cadeaux que pouvait offrir une relation amoureuse.

— Je… je… ne peux pas accepter, balbutia-t-elle.

Il parut consterné.

— Les perles ne te plaisent pas ?

— Oh mon Dieu, si ! Bien sûr qu'elles me plaisent.

À la réflexion, ce collier correspondait même parfaitement à son style. Sur ce point, Dimitri avait eu la main heureuse. Non seulement c'était un cadeau d'une générosité extrême, mais il l'avait très bien choisi. Et pourtant, elle ne pouvait l'accepter.

Il pouvait tirer de la vente de cette parure une somme considérable, même si la valeur matérielle de ce bijou n'était pas l'essentiel. Les bijoux de sa grand-mère étaient un bien idéal, d'une haute valeur symbolique, et pas seulement pour lui, sans doute aussi pour tous les monarchistes en exil. Leur signification dépassait tout ce que Gabrielle pouvait imaginer. Elle ne le savait que trop.

— Je ne peux pas accepter, répéta-t-elle sans le regarder.

Elle devinait l'expression qui se peignait sur son visage et préférait ne pas être témoin de sa déception. Et puis elle ne voulait pas non plus qu'il lise la joie dans ses yeux. Car c'était tout de même une idée merveilleuse de sa part que de lui offrir un tel joyau comme cadeau d'anniversaire.

— Ce sont les bijoux de la Couronne russe, n'est-ce pas ? demanda-t-elle.

— Eh oui, c'est ça.

Dimitri paraissait soulagé, mais son rire était teinté de colère.

— Ne t'en fais pas, les bolcheviks nous ont tellement spoliés que nous ne sommes plus à un bijou près. Sans compter que celui-ci appartenait en propre à la tsarine. Elle aimait ces perles, et ce serait affreux pour moi de les savoir au cou de la maîtresse d'un commissaire communiste ou entre les mains d'un prêteur sur gages. Ma grand-mère était une femme exceptionnelle…

Il fit une pause et reprit d'une voix emplie de douceur :

— C'est la raison pour laquelle ces perles doivent revenir à une femme exceptionnelle.

Comme elle luttait pour cacher son émotion, il prit le collier, constitué de plusieurs longs rangs de perles, et le lui passa autour du cou avec une grande délicatesse. Ses doigts effleurèrent la zone sensible des clavicules, ce qui, s'ajoutant à la légère pression du bijou sur sa peau, la fit frissonner.

Étrangement, le contact des perles n'était pas froid du tout, au contraire : elles avaient pris instantanément la chaleur de son corps. Les porter lui donnait un sentiment de plénitude inouï.

— À l'Ermitage, la partie du palais d'Hiver qui était déjà aménagée en musée du temps de mon arrière-grand-père, il y a un tableau de la tsarine Maria Alexandrovna où elle porte ces perles. J'aimerais tant pouvoir te le montrer.

Elle leva la main en silence et lui saisit les doigts. Elle les porta à ses lèvres et les embrassa un par un. Un geste qui en disait plus long que tous les mots.

— Je garde cette image de mon aïeule dans mon cœur, dit-il en la soulevant pour la prendre dans ses bras. De même que je n'oublierai jamais la vision que j'ai de toi ce matin.

D'un seul coup, les précieuses perles n'eurent plus aucune importance tandis qu'il cherchait sa bouche et lui donnait un long baiser passionné.

Chapitre 21

— D'où tiens-tu ces perles ?

Après une nouvelle séparation de plus de deux mois, Misia n'avait même pas pris le temps de lui dire bonjour. Au lieu de la serrer dans ses bras comme Gabrielle s'y attendait, son amie la tenait à distance, les mains plaquées sur ses épaules, la repoussant presque. Elle avait les yeux braqués sur le collier que Gabrielle portait sur une robe-housse toute simple en coton noir.

— Elles sont fantastiques !

— Ça oui. On peut le dire.

Gabrielle effleura le collier du doigt.

— Et d'où les tiens-tu ? Même chez Cartier on ne trouve pas un bijou pareil.

— Sans doute pas. Tu as raison.

Gabrielle sourit et ajouta, baissant la voix :

— C'est Dimitri qui me les a offertes. Mais ne va pas le crier sur les toits, s'il te plaît.

Gabrielle s'en voulut aussitôt de n'avoir pas tenu sa langue. Misia allait considérer sa requête comme une bonne raison de faire le contraire. Mais elle voulut croire cette fois à la discrétion de son amie. Exceptionnellement.

Misia ouvrit de grands yeux.

— Ne me dis pas que ce sont les fameuses perles des Romanov !

Gabrielle se tut, ce que Misia considéra comme une réponse. Elle en eut le souffle coupé.

— Mon Dieu, Coco, mais tu ne peux pas te balader dans ta boutique avec ça au cou comme si c'était un bijou fantaisie !

— Où veux-tu que je le porte, sinon ici ?

Contrairement à d'habitude, Gabrielle recevait son amie dans sa boutique. La plupart du temps, elle se tenait dans l'atelier ou dans son bureau du premier étage. Elle avait appris très tôt qu'il valait mieux pour ses affaires qu'elle se montre le moins souvent possible à ses clientes et laisse à ses vendeuses le soin de conseiller ces dames. Face aux employées, personne n'essayait de marchander, tandis qu'avec Mlle Chanel, on ne se gênait pas. Elle était toujours étonnée de voir quelles ruses les gens les plus riches employaient pour quémander une réduction à la commande d'une robe ou pour faire baisser la facture au moment de payer. Aujourd'hui, elle n'était donc pas là pour s'occuper des clients, mais pour examiner la décoration de la boutique et voir comment elle allait présenter les petites boîtes blanc et noir de *Chanel N° 5*.

Comme Misia ne disait rien, Gabrielle ajouta :

— J'ai entendu dire que les perles perdent leur éclat si elles ne sont pas régulièrement en contact avec la peau. Je ne vais tout de même pas laisser ces merveilles ternir au fond de leur coffret.

Misia pouffa.

— Qui t'a raconté un truc pareil ?

— Maria Pavlovna, répondit Gabrielle en toute simplicité.

— Elle doit s'y connaître, fit Misia d'un ton pincé.

La jalousie lui avait fait oublier d'un coup son admiration.

La sœur de Dimitri était venue la veille à l'atelier pour présenter à Gabrielle la blouse qu'elle avait brodée. Gabrielle fut éblouie : la grande-duchesse travaillait mieux qu'une brodeuse professionnelle, sa blouse était une véritable œuvre d'art. Elle s'empressa de lui commander d'autres modèles. Leur conversation roula sur la couture et la mode ; Maria ne manqua pas de remarquer le collier et reconnut les perles de son aïeule. Gabrielle, assez mal à l'aise, s'attendait à des protestations. Mais au lieu de revendiquer quoi que ce soit, la grande-duchesse déclara que Dimitri avait eu raison de les lui offrir.

— Tout autre usage n'aurait été qu'une perte supplémentaire, ajouta-t-elle.

Gabrielle ne comprit pas ce qu'elle entendait par là, mais ne posa pas de question.

Dans une tentative pour amadouer Misia, Gabrielle changea de sujet.

— Les premiers flacons de mon parfum viennent juste d'être livrés...

La manœuvre réussit.

— Je veux les voir tout de suite ! s'écria son amie. Montre-les-moi vite !

— Suis-moi à l'étage. Je voulais de toute façon fêter ça avec une coupe de champagne, ce sera bien mieux si on la boit ensemble.

Sur le bureau de Gabrielle, un carton ouvert débordait de papier de soie blanc comme une fontaine de neige en hiver. Elle avait aussitôt déballé les spécimens : les petites boîtes blanches à l'inscription noire, les jolis flacons rectangulaires remplis d'un liquide ambré. Cinq boîtes de *Chanel N° 5* que Gabrielle avait posées à côté du carton. Elle en prit une et la tendit à Misia.

— C'est pour toi. Ce n'est pas encore Noël, mais j'aimerais que tu sois la première à porter mon parfum.

— Mais *c'est* Noël, Gabrielle !

Misia rayonnait. Elle se laissa tomber dans un fauteuil, la précieuse petite boîte à la main, la tourna et la retourna avant de soulever le rabat, sortit délicatement le flacon de son emballage et l'examina longuement.

Appuyée contre son bureau, Gabrielle observait son amie. C'était un plaisir de la voir apprécier à ce point son cadeau. À quelques détails près, elle n'avait pas été impliquée dans l'élaboration du parfum, et son jugement importait beaucoup à Gabrielle, d'autant qu'il lui fournirait une indication sur la réaction future de ses clientes. Elle tripotait avec une nervosité croissante les rangées de perles qui lui descendaient presque jusqu'à la taille.

— Ces angles un peu arrondis sont une très bonne idée, commenta Misia, qui scrutait toujours le flacon de verre.

Elle leva enfin les yeux vers Gabrielle.

— Très élégant. Et sans aucun chichi. C'est génial ! Comment es-tu arrivée à ça ? La fiole de la trousse de voyage de Boy avait des angles droits, si je me souviens bien.

— C'était un soir au Ritz, raconta Gabrielle. J'étais seule, occupée à faire des croquis de flacons. De temps en temps, je regardais par la fenêtre, et j'ai tout à coup pris conscience que la place Vendôme était de forme octogonale. C'est ce qui m'a donné l'idée de modifier le modèle original dans ce sens.

Misia ôta le bouchon et déposa une goutte de *Chanel N° 5* au creux de son poignet, juste sur la veine.

— Je connais déjà le parfum, mais j'avoue que je ne me lasse pas de le respirer.

— Eh bien voilà. Tu es la première à en profiter.

Gabrielle s'alluma une cigarette en souriant. L'enthousiasme de Misia n'était pas seulement un soulagement pour elle, c'était aussi une grande joie personnelle. Et une garantie de succès. Elle savait que Misia ferait tout pour vanter son parfum dans les cercles qu'elle fréquentait. Ce serait la meilleure des publicités.

— Il serait dommage pour ce parfum que tu te contentes de l'offrir à tes clientes, Coco.

Le regret dans la voix de Misia était sincère. Gabrielle soupira.

— Je crains que les frais de fabrication ne soient trop élevés pour qu'on puisse imaginer une vente en boutique. *Chanel N° 5* est vraisemblablement le parfum le plus cher du monde à l'heure qu'il est.

— Oui, mais c'est le meilleur.

Misia reboucha le flacon sans le remettre dans sa boîte.

— Tu devrais tenter le coup, Coco. La question du prix n'est pas si importante. Tu ne manqueras pas d'acheteuses. Regarde toutes ces Américaines qui voyagent en Europe et dépensent leurs dollars à tort et à travers. À ta place, je ne laisserais pas le monopole des parfums de luxe à cet Anglais, Edward Molyneux, je crois.

— Je le connais. Il essaie de copier mes modèles, mais ça ne me dérange pas.

Gabrielle secoua la cendre de sa cigarette dans une coupelle de cristal.

— Il veut aussi lancer un parfum ? demanda-t-elle d'un air détaché.

— Il l'a baptisé *Numéro cinq*, dit Misia d'un ton lourd de sous-entendus avant de rectifier aussitôt : c'est peut-être plus un hasard que de l'espionnage industriel. D'après ce que je sais, l'atelier de Molyneux se trouve au 5 de la rue Royale.

— C'est exact. Je devrais peut-être lui lancer un défi. À celui dont le parfum a le plus de succès. Ce serait amusant, tu ne crois pas ?

— Ce ne sera possible que si tu commercialises toi aussi ton parfum.

— Hum…

Gabrielle tira sur sa cigarette, pensive. Les réflexions de Misia valaient toujours la peine qu'on s'y arrête. D'un autre côté, Coco ignorait totalement comment s'y prendre pour lancer une eau de toilette sur le marché, la mettre en vente dans les rayons spécialisés des grands magasins. Elle avait rencontré à plusieurs reprises le propriétaire des Galeries Lafayette, Théophile Bader, mais elle ne pouvait pas aller le trouver la bouche en cœur pour lui proposer d'ajouter sur ses présentoirs ce nouveau produit si coûteux. Et même si elle le faisait, elle ne savait pas du tout quelles conditions exiger, comment négocier avec lui. Boy aurait su, lui. Mais elle était seule. Livrée à elle-même.

— Pour être franche, Misia, tu es trop entreprenante pour moi.

— Parles-en à François Coty. Il saura te dire comment t'y prendre.

— Oui, mais en contrepartie, il voudra produire *Chanel N° 5*. Je dois trouver un autre moyen, en tout cas pour commencer. Je vais y réfléchir.

Misia fit la grimace. Elle brandit le petit flacon comme un trophée.

— Faire cadeau de ça, c'est vraiment du gaspillage.

— Je viens de te dire que j'allais y réfléchir.

— Oui, eh bien dépêche-toi. (Misia se tut un instant puis lâcha :) Il y a tant de choses auxquelles tu dois réfléchir, Coco ! À commencer par la vente de Bel Respiro. Débarrasse-t'en une bonne fois pour toutes. C'était un achat absurde. J'étais contre dès le début, rappelle-toi. J'ai pris pour toi un rendez-vous avec le comte de Pillet-Will au 29, rue du Faubourg-Saint-Honoré. C'est une grande maison, et il voudrait louer l'appartement du rez-de-chaussée. Il faut que tu le visites.

— Tu m'en demandes vraiment trop, aujourd'hui, Misia.

— Le jardin s'étend jusqu'aux espaces verts de l'avenue Gabriel, insista son amie.

Gabrielle retint son souffle. Elle avait connu le bonheur dans une des maisons chics de l'avenue Gabriel. À l'époque, elle ne connaissait pas encore Misia, mais elle lui avait parlé par la suite des heures merveilleuses vécues là en compagnie de Boy. Retrouverait-elle dans cette rue une proximité avec lui qu'elle n'avait jamais eue dans sa villa de Garches ? Le souvenir de l'amour de sa vie serait-il plus vivant dans cet immeuble cossu du 8e arrondissement ?

D'un seul coup, elle se sentit renvoyée à cette affreuse nuit où Étienne Balsan avait débarqué à La Milanaise porteur de la terrible nouvelle. Elle n'avait pas oublié une seule minute de ces terribles heures. Ni tout ce temps, ensuite, où elle était restée prostrée dans son chagrin, ne supportant plus la maison où ils avaient vécu ensemble. Sa vie avait changé depuis, mais le ressenti était toujours le même. Elle le constatait avec une évidence aussi incontestable que son nom tracé en lettres noires sur le flacon de parfum que Misia brandissait toujours.

Perdue dans ses pensées, Gabrielle jouait avec les perles de son collier. Rien ne comptait plus à ses yeux que le souvenir de Boy. Elle visiterait cet appartement. Seule. Sans Misia – et sans Dimitri.

Chapitre 22

Six semaines plus tard, Dimitri ouvrait la porte de la terrasse. Une porte à deux battants avec des vitres à croisillons, typique des hôtels particuliers du XVIIIe siècle à Paris. Il sortit dans le jardin automnal, depuis longtemps défleuri. Malgré les immeubles étroits et uniformes qui faisaient barrage tout autour, d'épais bancs de brouillard stagnaient sur les pelouses, s'accrochaient comme de la ouate aux branches dénudées des tilleuls. Les feuilles mortes que le concierge n'avait pas encore balayées crissaient sous ses pieds.

Gabrielle était derrière lui, tout près, et la fumée de sa cigarette se perdait dans la brume.

— Eh bien ? demanda-t-elle. Elle te plaît, ma nouvelle maison ?

— Que dire, Coco ? Tu sais toi-même qu'elle est magnifique. Et puis ce petit parc en pleine ville. Un cadre idéal pour une femme de goût.

— C'est plus petit que Garches, bien sûr, mais c'est suffisant pour moi et mes chiens, les domestiques et les amis. Il y a aussi assez de place pour mes livres, et je sais où caser mes paravents Coromandel. Où dois-je t'aménager ton salon, tu y as déjà réfléchi ?

Ils venaient d'effectuer une visite circonstanciée des enfilades de pièces, avaient admiré les moulures des plafonds, les corniches de marbre et les parquets marquetés. Par contre,

Gabrielle détestait les lambris, mais elle n'avait pas le droit de les enlever. Il n'y avait encore aucun meuble nulle part, aucun tableau au mur, aucune lampe. Certains recoins étaient plongés dans l'obscurité, surtout à cause de l'heure tardive et du temps gris, mais il ne faisait pas sombre au point que Dimitri ne puisse décider où il souhaitait prendre ses quartiers. L'aile située derrière la cuisine était même suffisante pour y loger Piotr en plus des Leclerc. Pourtant, il tardait à répondre.

Au bout d'un moment, il prit sa main, la serra.

— Écoute, Coco, murmura-t-il, je ne vais pas emménager ici.

Le vent du nord fraîchit d'un coup, des feuilles s'envolèrent et s'engouffrèrent dans le manteau ouvert de Gabrielle. Elle sentit le souffle froid sur sa peau, comme si elle ne portait pas de robe en dessous.

— Mais où vas-tu habiter, sinon ?

— Chez Maria, chez Sergueï. À l'hôtel. Je ne sais pas encore.

Il se défilait ; à l'évidence, il avait peur de dire la vérité. Il tournait autour du pot comme un gamin à qui sa mère veut faire avouer une bêtise.

— Peut-être que je vais partir quelque temps en Amérique.

Gabrielle frissonna. Elle serait volontiers rentrée se réchauffer, mais elle craignait de rompre le contact avec Dimitri si elle lâchait sa main. Tant qu'elle sentait son corps près du sien, tout allait bien. Il voulait partir en voyage. Être seul quelque temps, peut-être. Eh bien soit, qu'il le fasse. Elle savait qu'il avait beaucoup de mal à affirmer son droit au trône. Dimitri n'était ni un diplomate ni un politicien, il n'avait jamais appris à se battre pour un héritage qui lui était dû. Avait-il déjà perdu ? Elle se doutait qu'il ne s'agissait pas que du titre de tsar, mais ne voulait pas se l'avouer.

Ils se taisaient, mais sans cet accord muet qui les liait d'ordinaire.

Gabrielle sentit que l'harmonie entre eux venait de se briser. Les éclats de ce bonheur silencieux se plantèrent dans son cœur et elle se félicita d'avoir à la main sa cigarette, sur laquelle elle se mit à tirer frénétiquement. La nicotine emplissait ses poumons et calmait ses nerfs.

— Chez moi, il y aura toujours de la place pour toi, répondit-elle enfin.

Elle inhala de la fumée, souffla, inhala, souffla.

— La maison est assez grande.

Ce fut comme s'il lui tordait le cœur entre ses doigts.

— Je voudrais rester ton ami, Coco, et ne pas être obligé de te quitter un jour à cause d'une autre.

Pourquoi fait-il ça ? se demanda-t-elle.

— La vie sépare ceux qui s'aiment…, reprit-il à mi-voix.

Pourtant sa main se cramponnait à elle, comme si elle était l'ancre dont il avait besoin pour ne pas être emporté.

— Aucun différend ne pourrait nous séparer, n'est-ce pas ?

— Sans doute, murmura-t-elle.

— Ce serait contraire aux règles des Romanov, poursuivit-il comme si elle n'avait rien dit. Je ne peux pas aller contre et t'épouser.

Il parlait comme s'il cherchait à se convaincre lui-même.

Elle fut si surprise qu'elle lui retira sa main. Ils n'avaient jamais parlé de mariage. Bien sûr, elle s'était parfois demandé comment ce serait d'être une vraie princesse. Sa boutade dans la cathédrale russe de Nice en témoignait. Mais jamais dans leurs conversations ils n'avaient évoqué un futur qui aille au-delà des intérêts politiques de Dimitri ou des succès professionnels de Gabrielle. Ils avaient même ri de bon cœur lorsque, à leur retour d'Arcachon, le bruit avait couru à Paris qu'ils s'étaient mariés en secret. Jamais elle ne se serait doutée que *lui* ait pu envisager une seconde de légaliser leur union.

Tandis qu'il s'enfonçait dans un silence pesant, elle repensa à leur retour de la Côte d'Azur, au printemps. Pourquoi avait-elle donné à cet homme des informations sur sa vie qu'elle avait cachées à tous, même à Boy ? Savait-elle déjà au fond d'elle-même que son passé n'avait aucune importance pour Dimitri parce que son avenir non plus ne le concernerait pas ?

Son infériorité sociale n'était pas le seul problème. Elle ne pourrait pas donner de descendance à la maison des Romanov. Elle ne pouvait plus avoir d'enfant : dans sa jeunesse, à Vichy, elle était tombée entre des mains inexpertes. C'était la première fois depuis longtemps qu'elle se remémorait cet avortement. Elle n'en avait jamais parlé à Dimitri ; peut-être considérait-il de toute façon que son âge était déjà un obstacle. Pourquoi fallait-il toujours que son passé la rattrape ?

— Je voudrais rester ton ami, mais je ne suis pas un homme pour toi.

Le désespoir dans sa voix se reflétait sur son visage.

— Quand mon cousin Kyrill Vladimirovitch a épousé la princesse Victoria-Mélita de Saxe-Cobourg-Gotha, ce mariage a fait scandale. Elle était pourtant la petite-fille de la reine Victoria et correspondait donc aux exigences de ma famille. Mais Victoria Feodorovna, ainsi qu'elle s'appelle maintenant, était divorcée du grand-duc Ernst-Ludwig von Hessen-Darmstadt, ce qui rendait les choses très compliquées, d'autant que Kyrill et elle étaient cousins au premier degré. Après leur mariage conclu en secret, le tsar a retiré à Kyrill tous ses privilèges royaux. Même s'il a dû ensuite faire machine arrière et lui redonner sa place dans l'ordre de succession au trône, ce précédent scandaleux et d'autres du même genre sont restés dans les mémoires. Ils continuent à peser quand il s'agit d'organiser l'avenir de notre pays.

Elle l'écoutait à peine, les noms bourdonnaient dans sa tête. Elle revivait sa douleur d'autrefois, l'hémorragie qui avait failli l'emporter. Étienne Balsan était le père de cet enfant qu'elle n'avait pas eu, et à l'époque elle n'avait pas hésité une seconde à s'adresser à une faiseuse d'anges. Pour rien au monde elle n'aurait voulu infliger à quiconque son destin de bâtarde. Naître hors mariage était une tare bien trop lourde à porter. Les larmes lui montèrent aux yeux.

— Tu as apporté beaucoup de bonheur dans ma vie, disait Dimitri. Plus que je n'ai jamais osé en espérer. Je t'en serai reconnaissant à jamais.

La cigarette de Gabrielle était presque entièrement consumée ; elle lui brûlait les doigts, ce qui la ramena à la réalité. Elle jeta le mégot par terre et l'écrasa du pied, le regard braqué vers l'extrémité du jardin perdue dans la brume. Là où se trouvait l'avenue Gabriel. Là où elle avait vécu les années les plus heureuses de sa vie. La perte de Boy pesait plus lourd que toutes les autres. Il l'avait laissée plus démunie et seule qu'elle ne l'avait jamais été. Si Dimitri partait, ce ne serait pas aussi douloureux. Elle avait ses amis. Elle n'avait pas besoin d'un homme. D'un amant peut-être, mais elle en trouverait un. Il ne serait pas comme Dimitri Pavlovitch, c'est sûr. Mais était-ce si grave ?

— Partons, dit-elle d'une voix étouffée qui la surprit elle-même.

— Je suis désolé, Coco.

Elle ignora ses excuses.

Elle se détourna lentement pour rentrer dans l'appartement et parvint à se ressaisir. Il la suivit, le dos courbé et la tête basse. Quand elle referma la porte de la terrasse derrière lui, elle bavardait déjà d'un ton léger, comme si son salon était rempli des invités qu'elle ne manquerait pas de convier pour sa pendaison de crémaillère. Ses mots résonnaient entre les murs vides.

— Je reviendrai dans les prochains jours avec Misia et José Sert. Nous parlerons de l'aménagement intérieur.

Je me fie entièrement à leur goût à tous les deux. (Elle pivota sur elle-même.) À ton avis, Dimitri, où faut-il que j'installe le piano ?

Pour l'instant, il n'y avait pas de place entre eux pour des propos plus personnels que cette question anodine : où caser un piano à queue ?

Le cœur de Gabrielle cognait dans sa poitrine en à-coups douloureux, mais Dimitri ne pouvait pas le savoir.

Quatrième Partie

1922

Chapitre 1

Les vacances de Noël furent une réussite. Gabrielle passa les fêtes à Cannes avec ses amis. Elle rentrerait début janvier au moment où la Croisette serait investie par les politiciens : les Premiers ministres et présidents du Conseil de France, de Grande-Bretagne, de Belgique et d'Italie et leurs délégations, ainsi que le ministre des Affaires étrangères allemand. Elle ne voulait rien savoir de la conférence qui les réunirait ni de l'épineux problème des réparations de guerre que l'Allemagne devrait payer aux Alliés. Pas plus que de la famine qui avait fait plus de un million de morts dans la soi-disant république soviétique de Russie. Elle avait exclu de sa vie tout ce qui se rapportait à la situation mondiale.

La politique avait contribué à détruire sa relation avec Dimitri Romanov, qui se battait toujours pour son droit au trône avec la même opiniâtreté, mais avec de moins en moins de succès. Rien ne devait lui rappeler l'existence du grand-duc et même Maria évitait de prononcer le nom de son frère quand elle venait à l'atelier Chanel, presque tous les jours à présent. Gabrielle lui parlait de beaucoup d'autres choses qui lui tenaient à cœur. Car il y avait plus extraordinaire encore que les motifs dessinés puis brodés par Maria avec une maestria éblouissante : le lancement fracassant de *Chanel N° 5*.

Passant outre aux conseils de Misia, Gabrielle avait finalement suivi son idée initiale : offrir le parfum en cadeau de Noël à ses meilleures clientes, mais de façon plus ciblée encore qu'elle ne l'avait prévu au départ. Une bonne partie des cent flacons de la première édition avait été mise de côté pour être vendue plus tard dans sa boutique. À présent, elle attendait les réactions depuis la Côte d'Azur où elle avait cherché refuge. Elle redoutait les commentaires négatifs, et surtout, elle était bien décidée à se montrer le moins possible. Si les premières utilisatrices de son parfum n'avaient pas la possibilité de lui faire part directement de leurs impressions, elles en parleraient d'autant plus volontiers autour d'elles. Le nom de la nouvelle création de la maison Chanel serait bientôt sur toutes les lèvres.

Elle invita ses plus proches amis parisiens et Ernest Beaux à dîner au restaurant du Carlton. En attendant que les politiciens envahissent Cannes, la fine fleur de la société était réunie là. Toutes les tables étaient occupées et le maître d'hôtel devait sans cesse ajouter des chaises pour accueillir les nouveaux arrivants, car les gens venaient en bande ou se retrouvaient plus ou moins par hasard. Des femmes de tous âges en robe du soir circulaient dans la salle à la recherche de leur chevalier servant ou pour aller se repoudrer aux toilettes. C'étaient elles que Gabrielle visait.

Elle sortit discrètement de son sac le petit flacon qu'elle avait apporté et vaporisa généreusement son parfum en direction des clientes qui passaient devant sa table. Les infimes gouttelettes restèrent quelques secondes en suspension comme une cloche argentée au-dessus d'elle, avant de se propager lentement vers les tables voisines tel un délicat nuage odorant. Elle avait espéré que personne ne remarquerait son manège, mais c'était compter sans Misia, à qui rien n'échappait.

— Mon Dieu ! s'écria-t-elle, horrifiée, si fort que plusieurs têtes se retournèrent. Comment peux-tu gaspiller un produit aussi précieux ?

Ernest Beaux, à qui revenait l'honneur d'être le voisin de table de Gabrielle, lorgna d'un air inquiet le fond de sa coupe de champagne.

— Ne vous inquiétez pas, je veille à ce que rien ne retombe dans les verres, murmura Gabrielle avec un sourire amusé.

Elle avait attendu pour mettre son plan à exécution que les assiettes aient été débarrassées après les hors-d'œuvre. Malgré son peu d'objectivité, elle avait tout de même conscience que *Chanel N° 5* n'était pas l'assaisonnement idéal pour accompagner les langoustes...

Le parfumeur secoua la tête.

— Une bonne odeur ne s'harmonise pas toujours avec un bon goût, curieusement. Puis-je vous demander ce que vous êtes en train de faire, Mademoiselle ?

Gabrielle leva sa main qui tenait le flacon et pressa la pompe. Le parfum s'engouffra dans le sillage d'une jeune femme en robe du soir, dos nu et épaules découvertes, qui passait justement au bras d'un monsieur en smoking. La dame s'immobilisa une seconde, tourna la tête, fronça le nez. Puis elle s'éloigna en murmurant quelque chose à son compagnon.

— Fais attention, on va te mettre à la porte, avertit Misia.

— Mais que diable faites-vous ? redemanda le parfumeur, interloqué.

— J'applique ce que François Coty m'a enseigné, répondit Gabrielle.

Sa cible suivante fut une dame d'un certain âge qui venait de prendre place à la table derrière la leur, au milieu d'un groupe assez nombreux, visiblement des membres d'une même famille. Tous parlaient assez fort. Parmi les amis de Gabrielle, en revanche, régnait un silence total. Six paires d'yeux suivaient son manège, surpris, amusés – et dubitatifs.

Gabrielle se pencha un peu pour expliquer, à voix si basse qu'il était clair que ses propos ne s'adressaient qu'à ses amis :

— Je n'ai pas oublié l'histoire qu'il m'a racontée. Il débutait sa carrière et essayait de convaincre le directeur du Printemps de commercialiser son eau de toilette *La Rose Jacqueminot*. Sans succès. Jusqu'au moment où il a jeté par terre un flacon de parfum qui s'est brisé sur le parquet. L'odeur s'est répandue dans le magasin et les clientes se sont arrêtées pour demander quel était ce parfum. Elles voulaient toutes en acheter. Le succès a été fulgurant.

— Vaporise encore une ou deux bouffées et tu en seras au même point, affirma José Sert. Ne te retourne pas, Coco, presque toutes les femmes tendent le nez et regardent dans ta direction.

— Coco est le point de mire parce que ce soir encore elle est ravissante, susurra Jean Cocteau à l'autre bout de la table. Ta robe fait sensation, surtout avec ces rangs de perles.

Gabrielle porta machinalement la main à son cou.

— C'est surtout mon collier qu'on admire, affirma-t-elle, modeste. Je réfléchis à une ligne de bijoux fantaisie. Je voudrais faire exécuter des copies de ces perles.

— Les émigrées russes et toutes les Américaines richissimes vont se ruer dessus, dit Misia. Tu imagines : une imitation des perles des Romanov !

— Mais où allez-vous chercher toutes ces idées magnifiques ? demanda Ernest Beaux.

— Et surtout, où trouves-tu le temps de *réaliser* toutes ces idées magnifiques ? soupira Jean Cocteau. Dois-je te rappeler, ma Coco chérie, que tu m'as promis les costumes de mon *Antigone* ? Quand diable vas-tu pouvoir t'en occuper, avec tout ce que tu fais par ailleurs ?

— Ne t'inquiète pas pour Coco, assura Sert. Pour l'instant, j'ai l'impression que si problèmes il y a, ils sont plutôt du côté de Picasso et des décors.

— Ne dis pas ça. La première est prévue pour la fin de l'année.

— Si Olga continue à le pressurer comme elle le fait, sa créativité va en pâtir. Elle l'a obligé à aller passer les fêtes à la campagne avec elle et l'enfant, à jouer les bons pères de famille. Picasso ! Je te demande un peu !

Sert se tordait les mains.

Cocteau hocha la tête.

— Je me suis laissé dire qu'elle l'enfermait carrément.

— Je ne l'imagine pas supporter pareil traitement, commenta Gabrielle.

— Chut ! fit soudain Misia, tout excitée. La petite-fille de la vieille dame de la table à côté – petite-fille ou je ne sais quoi, en tout cas la jeune femme… Elle vient de se lever, on dirait qu'elle vient vers nous.

Elle parlait sans regarder Gabrielle et en s'efforçant de ne pas paraître trop indiscrète.

— Soit elle vient se plaindre que tu as aspergé sa vénérable bonne-maman d'un parfum dangereusement érotique, Coco, soit elle veut connaître le nom de ce parfum.

— Alors, à votre avis ? Elle va faire quoi ? On parie ? demanda Cocteau que ce petit jeu commençait visiblement à amuser.

Mais Sert joua les rabat-joie :

— Vous allez tous tenir votre langue. Nous ne dirons évidemment à personne qu'il s'agit de *Chanel N° 5*. La frustration attise le désir.

Les sept convives – Gabrielle, Ernest Beaux et Yvonne Girodon, les Sert, Jean Cocteau et son ami Raymond Radiguet qui n'avait pas dix-huit ans – retinrent leur souffle. Ils attendaient impatiemment que la dame s'approche. Mais Misia devait s'être trompée, car elle se dirigea vers la sortie. Un soupir déçu parcourut la tablée. Cependant, la jeune femme s'arrêta soudain et pivota sur ses talons. C'était une très jolie personne aux cheveux bruns coupés à la garçonne, en robe de soie bleu pâle, autour du cou un pendentif avec une superbe aigue-marine.

— Pardonnez-moi de vous aborder ainsi. Nous nous demandions... (Elle désigna d'un geste la table voisine.)... ce que pouvait être ce parfum. Il sent merveilleusement bon. Et je crois que ça vient d'ici.

Elle eut un petit sourire gêné.

Cocteau agitait discrètement l'index en faisant les gros yeux à son compagnon.

— Un parfum ? répéta Sert d'un air pénétré. Je ne sens rien.

— Moi je le sens, intervint Gabrielle avant d'ajouter d'un air innocent : Mais j'ignore absolument de quel parfum il peut s'agir.

L'inconnue fut visiblement déçue.

— Dommage. (Elle haussa les épaules.) Excusez-moi de vous avoir dérangés.

Puis elle s'éloigna en direction des lavabos.

Cocteau fut le premier à retrouver sa langue.

— Je n'aime pas du tout la manière dont tu regardes cette jeune femme, dit-il à son ami sur le ton du père qui gronde son enfant.

Et, se tournant vers les autres :

— Raymond est un méchant garçon. Je crois bien qu'il aime les femmes.

Sa plaisanterie détendit aussitôt l'atmosphère et tout le monde éclata de rire.

* * *

Ce fut probablement Misia qui vendit la mèche, car le nom du parfum fut bientôt sur toutes les lèvres. Gabrielle avait vaporisé dans le restaurant le contenu d'un flacon entier ;

elle ne doutait pas d'avoir ainsi alimenté les conversations de ces dames, rassemblées autour des lavabos du Carlton pour se repoudrer le nez. Son amie nia une fois de plus. Mais cette indiscrétion-là causerait beaucoup moins de dégâts que le télégramme envoyé à Stravinsky dix mois plus tôt.

De fait, l'information avait circulé, et les Parisiennes de retour des vacances de Noël accouraient en nombre à la boutique de Gabrielle pour s'enquérir du fameux parfum. Rue Cambon, elles tombaient sur des clientes qui avaient eu l'occasion de humer les précieux effluves dans leur cercle d'amies et qui, n'ayant pas eu la chance de bénéficier du cadeau de la maison Chanel, tenaient à acheter ce que d'autres avaient obtenu gratuitement.

Gabrielle était assise en haut de l'escalier qui menait de la boutique à l'étage. C'était sa place favorite chaque fois qu'elle voulait pouvoir observer discrètement ce qui se passait au rez-de-chaussée. La courbe que décrivait l'escalier lui permettait de voir sans être vue. Elle s'installait là pour suivre les défilés, un cendrier, un briquet et un paquet de cigarettes à portée de main. Elle regardait évoluer les mannequins et prenait la vraie température de l'assistance : les clientes, ne se sachant pas observées, exprimaient avec franchise leur admiration ou leurs critiques. Aujourd'hui, Coco était à son poste pour voir l'accueil réservé à son *Chanel N° 5*.

Elle avait donné pour consigne de mettre les clientes sur le gril. Il n'était pas question de poser d'emblée sur le comptoir la petite boîte blanche aux lettres noires. L'exclusivité avait la cote. Le coût de la vie ne cessait d'augmenter, mais pour les riches clientes le prix ne comptait pas, ce n'était pas le critère du luxe. Seul importait l'exceptionnel. Et la frustration attisait le désir, Gabrielle était d'accord sur ce point avec José Sert.

— Mlle Chanel n'envisage pas du tout pour l'instant de vendre *Chanel N° 5*, expliquait la belle comtesse caucasienne engagée depuis peu à la boutique.

Sa voix claire et sonore montait jusqu'aux oreilles de Gabrielle en haut de ses marches.

— Ce n'est pas possible, piaillait la cliente. Je ne peux plus me passer de ce parfum. Mon flacon a disparu de la salle de bains. Je suis sûre que c'est la comtesse Ladurée qui me l'a fauché quand elle est venue prendre le thé hier.

— Pensez-vous que Mademoiselle devrait tenter d'obtenir de son fournisseur quelques flacons supplémentaires ? demandait la vendeuse, qui récitait gentiment le texte qu'elle avait appris.

— Mais bien sûr ! Je vous l'ai dit, il me faut absolument ce parfum.

— Je vais voir ce que je peux faire. Veuillez patienter, madame, je reviens dans un instant.

Gabrielle ne comptait plus le nombre de fois où sa vendeuse avait monté les marches et, arrivée à mi-hauteur, hors de vue de la cliente, avait adressé un petit sourire complice à sa patronne avant de faire demi-tour et de redescendre annoncer la bonne nouvelle : elle était autorisée à vendre un flacon, à titre tout à fait exceptionnel. L'heure de la fermeture était encore loin et les gérants des filiales de Deauville et de Biarritz avaient déjà appelé pour faire état d'une forte demande de leurs clientes. Et on était hors saison.

C'est un triomphe, jubilait Gabrielle en allumant sa énième cigarette. Elle essaya en vain de souffler quelques ronds de fumée.

Fini de s'amuser. Elle allait envoyer un télégramme à Ernest Beaux. Il était urgent d'accélérer la fabrication et d'augmenter les quantités. Et puis elle devait aussi se concentrer sur sa nouvelle collection. Ses modèles d'inspiration slave allaient y apporter une touche esthétique tout à fait inédite et sa présence à l'atelier était requise. Et si ce soir elle ne s'écroulait pas dans son lit après cette journée exténuante, elle avait l'intention de crayonner encore quelques esquisses pour une première série de bijoux fantaisie. Jean Cocteau allait sans doute se fâcher tout rouge quand il saurait qu'elle remettait à demain les croquis pour les costumes de sa pièce. Ou à après-demain. Alors que la première était prévue pour la saison à venir.

Malgré toutes les tâches et obligations qui l'attendaient, elle prit le temps de finir tranquillement sa cigarette. Observa une cliente qui quittait la boutique sur un petit nuage, son précieux achat serré contre son cœur. En vit une autre entrer d'un pas décidé avec la même requête. Un souffle d'air froid s'engouffrait à l'intérieur chaque fois que la porte s'ouvrait, mais chaque nouvelle cliente réchauffait le cœur de Gabrielle. Elle écrasa son mégot dans le cendrier à côté d'elle et se leva. Il était temps de relancer la production de *Chanel N° 5*.

Tu vois, Boy, murmura-t-elle. *On a réussi.*

Chapitre 2

Le court trajet du taxi à sa porte suffit pour que Gabrielle ait les pieds trempés. La neige s'était transformée en boue dans la rue Saint-Honoré, que le gel probable de la nuit transformerait en patinoire. Il faisait un froid glacial et elle espérait que Joseph n'avait pas lésiné sur le chauffage, y compris dans les pièces où elle se tenait moins souvent. Le souvenir des engelures de son enfance n'était jamais loin. Pas plus au pensionnat que chez sa mère il n'y avait assez de bois ou de charbon pour chauffer convenablement. Elle avait eu froid. Plus jamais ça. Elle se l'était juré.

L'appartement était beaucoup trop vaste pour elle seule, mais Gabrielle avait fait aménager toute une série de chambres d'amis dans les pièces qu'elle destinait à l'origine à Dimitri. Toutefois, comme la plupart des gens qu'elle fréquentait étaient parisiens, presque personne n'utilisait jamais ces lits. Pierre Reverdy dormait parfois chez elle, un poète triste qui l'adorait en silence depuis des lustres et ne se lassait pas de lui dédier ses poèmes. Elle lui avait cédé pour tenter d'oublier le grand-duc. Mais cet homme n'offrait qu'une maigre consolation – quand elle couchait avec lui, elle ne faisait qu'accroître le chaos de ses sentiments.

Elle ouvrit la porte d'entrée d'un geste las. Un frisson la parcourut, montant de ses pieds gelés jusqu'à sa nuque.

Un bain chaud s'imposait. Ensuite, elle prendrait un dîner léger et irait se coucher avec un peu de lecture. Tout Paris ne parlait que de *La Garçonne*, le nouveau roman de Victor Margueritte ; elle comptait l'extraire toutes affaires cessantes de sa pile de livres à lire. L'histoire d'une jeune femme trompée par son fiancé et qui décide dès lors de mener une vie libre et indépendante. *Toute ressemblance avec des personnes réelles*..., songea Gabrielle avec ironie.

— Mademoiselle Chanel !

La voix du comte Pillet-Will interrompit le cours de ses pensées.

Il se tenait dans la pénombre du vestibule, au pied de l'escalier qui menait à l'étage, comme s'il l'avait attendue avant de monter. Son attitude était celle d'un maître de maison qui reçoit des hôtes. Il avait visiblement du mal à se faire à son rôle, celui d'un monsieur qui s'est cantonné au premier étage de son hôtel particulier pour louer le reste de l'espace habitable. Comme si tolérer chez lui la présence d'une étrangère était un geste d'une grande mansuétude. Il semblait avoir oublié qu'elle lui donnait un gros chèque tous les mois en échange de son « hospitalité ».

— Oui. Que puis-je pour vous ? répondit-elle avec un sourire enjôleur.

— Je ne peux tolérer ces dérangements incessants. Hier soir, on a joué du piano chez vous jusqu'à une heure indue, et une musique atroce, par-dessus le marché...

— Le pianiste était Igor Stravinsky, le coupa-t-elle.

Les rapports entre le musicien et elle s'étaient en quelque sorte normalisés. Ils se traitaient avec respect, et la force de persuasion de Diaghilev y était pour beaucoup, elle le reconnaissait volontiers. Stravinsky était venu la voir la veille pour lui apporter un cadeau : une icône qui, disait-il, la protégerait pour toujours.

Mais le nom du célèbre compositeur n'impressionna pas le moins du monde le comte Pillet-Will, qui poursuivit sur sa lancée comme si elle n'avait rien dit :

— Aujourd'hui un homme est venu hurler et tambouriner devant chez vous pour qu'on le laisse entrer. J'ignore pourquoi votre domestique ne lui a pas ouvert, j'imagine qu'il avait ses raisons. Mais je dois vous dire, mademoiselle Chanel, que je ne suis pas disposé à supporter de nouveau le tintamarre d'hier soir ou un comportement comme celui de ce monsieur.

— Joseph devait être sorti promener les chiens, dit Gabrielle, cherchant une explication. En tout cas je n'attends personne ce soir. Soyez rassuré. Bonne nuit, monsieur le comte.

Elle se hâta de se détourner afin de ne pas donner à son logeur l'occasion d'énumérer d'autres manquements dont elle se serait rendue coupable.

Elle fit en pensée le tour de ses amis. Qui pouvait bien venir faire du grabuge devant sa porte ? Ça ne ressemblait pas à Dimitri, même s'il était rentré de voyage plus tôt que prévu et avait voulu la revoir.

Joseph avait apparemment reconnu la voix de sa patronne. Il lui ouvrit avant qu'elle ait eu le temps d'appuyer sur la sonnette. Elle entra, accueillie par la délicieuse chaleur qui régnait dans l'appartement et la douce lumière orangée de la lampe du vestibule. Joseph se hâta de lui prendre son manteau sur lequel la neige fondue faisait comme des gouttes de rosée.

— Nous avons un visiteur, Joseph ? demanda-t-elle en ôtant ses chaussures sans même s'asseoir.

Son domestique la regarda d'un air surpris.

— Non, Mademoiselle, pas que je sache.

À cet instant même, la sonnette retentit. Quelqu'un devait tenir son doigt collé sur le bouton, car le son était strident et continu. Gabrielle se dit avec effroi que le propriétaire, au premier étage, ne pouvait que l'entendre. Les chiens, qui se tenaient dans l'aile où était la cuisine, se mirent à aboyer. Le bruit était assourdissant.

Joseph s'apprêtait à aller voir qui sonnait avec autant d'impatience, mais elle l'arrêta d'un geste.

— Laissez, dit-elle.

Elle ouvrit elle-même.

La sonnette se tut.

— Bonsoir, Coco. Je suis déjà venu tout à l'heure, mais il n'y avait personne.

Gabrielle regardait avec des yeux ronds l'homme qui se tenait devant elle.

Il était plutôt bien habillé, quoique assez négligé par ailleurs. Une mèche de cheveux trempés lui barrait le front, ses yeux noirs la transperçaient au-dessus de son nez un peu fort. Sa phrase sonnait comme un reproche : il paraissait tout à fait sûr de lui et de son bon droit.

— Picasso !

Elle était tellement éberluée qu'elle ne trouva rien d'autre à dire.

— Vous êtes mon salut, Coco. Je deviens fou, Olga me rend claustrophobe. Je peux rester chez vous.

Ce n'était pas une question, mais une affirmation.

Picasso avait un regard hypnotique. Son pouvoir d'attraction était si fort qu'elle se remit à trembler, mais pas de froid, cette fois. Elle se sentait brûlante. Elle ignorait si elle pourrait supporter une nouvelle fois la présence d'un génie dans sa vie, et ne voulait pas être de nouveau entraînée dans les turbulences d'une crise conjugale.

Renvoie-le, lui souffla une petite voix intérieure. *Referme immédiatement cette porte !*

Gabrielle fit un pas de côté.

— Entre.

Postface

À propos des personnes évoquées dans ce livre :

Gabrielle Coco Chanel (1883-1971) ne se maria jamais, mais entretint de nombreuses relations amoureuses avec des hommes de renom. Elle créa en 1926 la fameuse « petite robe noire » qui lui valut au début beaucoup de louanges, mais aussi des critiques : « Mlle Chanel veut maintenant que le monde entier pleure Boy Capel avec elle », pouvait-on lire dans un journal de l'époque. Mais le triomphe de cette robe ne se démentit pas, suivi en 1954 par celui de l'ensemble en tweed gansé immortalisé sous le nom de « tailleur Chanel ». Elle fit bel et bien exécuter une copie des perles des Romanov, et aujourd'hui encore on associe volontiers le collier de perles aux robes et tailleurs Chanel. Elle quitta son appartement du 29 de la rue du Faubourg-Saint-Honoré en 1934 pour retourner s'installer dans une suite du Ritz, où elle mourut multimillionnaire. La maison de couture se trouve toujours rue Cambon. Coco Chanel a tenu jusqu'à sa mort à ce qu'on l'appelle « Mademoiselle ».

Misia Sert (1872-1950) divorça en 1927 de son troisième mari José Maria Sert (1874-1945) afin de donner à celui-ci la possibilité d'épouser son élève et maîtresse géorgienne Isabelle Roussadana Mdivani (1906-1938), qui s'était attribué le titre de « princesse » après avoir fui la Russie soviétique. Selon certaines sources, la jeune femme aurait sciemment sapé la relation entre Misia et Sert, qui restèrent en contact mais ne se remirent jamais en couple après la mort précoce d'Isabelle. Misia demeura jusqu'à la fin de sa vie la meilleure amie de Coco Chanel. Le monde de l'art se souvient d'elle comme de la muse éblouissante et fantasque du Tout-Paris de la Belle Époque.

Serge Diaghilev (1872-1929) resta l'imprésario des Ballets russes jusqu'à sa mort. Le succès international de la troupe ne l'empêcha pas de vivre dans un manque d'argent chronique et de dépendre du soutien de ses amis et mécènes. Il passa ses dernières années à Venise et mourut dans le plus grand dénuement, entre les bras de Misia Sert. Coco Chanel paya son enterrement et sa tombe dans le secteur orthodoxe du cimetière San Michele. Les Ballets russes ne lui survécurent pas. Deux ans plus tard naquit la troupe héritière, les Ballets russes de Monte-Carlo, qui fut à son tour à l'origine du New York City Ballet en 1948.

Igor Stravinsky (1882-1971) continua à bénéficier des allocations mensuelles de Coco Chanel pendant de nombreuses années. Il resta en France jusqu'à la mort de sa femme, en 1939, puis épousa sa compagne Vera Soudeïkine (1888-1982) et émigra avec elle aux États-Unis, où il ne se sentit jamais vraiment chez lui. Il est considéré aujourd'hui comme un des compositeurs les plus influents du XXe siècle. Il a été inhumé à Venise aux côtés de Serge Diaghilev conformément à ses vœux (de même que sa veuve après lui).

Dimitri Pavlovitch Romanov (1891-1942) épousa en 1926 la riche héritière américaine Audrey Emery (1904-1971). À cette date, son renoncement au trône de Russie était déjà acté : son cousin Kyrill Vladimirovitch (1876-1938) se proclamait depuis 1924 « empereur de toutes les Russies » en exil. Comme la très bourgeoise Audrey ne correspondait pas aux exigences de la famille Romanov, Kyrill lui accorda le titre de princesse Romanovska-Ilinska. Son fils Paul Ilinski (1928-2004) devint le chef de la maison de Holstein-Gottorp (d'où sont issus les tsars de Russie depuis Pierre en 1726) et fut maire de la ville américaine de Palm Beach, en Floride, de 1993 à 2000. Dimitri divorça d'Audrey en 1937. Souffrant de tuberculose, il passa les dernières années de sa vie dans un sanatorium de Davos, où il mourut. Sa tombe se trouve dans la chapelle royale du château de Mainau sur le lac de Constance.

Maria Pavlovna Romanov (1890-1958) réussit à s'implanter dans le monde de la couture grâce au soutien de Coco Chanel. Elle fonda à Paris la société Kitmir, spécialisée dans la broderie, dont le succès lui valut une médaille d'or à l'exposition des Arts décoratifs de 1924. Divorcée de son second mari en 1923, elle partit aux États-Unis en 1930, plus tard en Argentine. C'est seulement après la Seconde Guerre mondiale qu'elle se rapprocha de son fils, Lennart Bernadotte (1909-2004), auprès duquel elle vécut jusqu'à sa mort au château de Mainau.

François Coty (1874-1934) divorça de sa femme Yvonne en 1929. Il s'intéressa un temps à la politique et prit en 1922 le contrôle du journal *Le Figaro*, lui donnant une ligne résolument de droite. La multinationale américaine qu'il a créée est aujourd'hui encore une des plus grandes entreprises de beauté au monde. Coty possède plus de soixante-dix marques parmi lesquelles Hugo Boss, Calvin Klein et Chloé.

Ernest Beaux (1881-1961) devint en 1924 chef parfumeur des Parfums Chanel, l'entreprise fondée par Pierre Wertheimer. Après *Chanel N° 5*, il créa d'autres parfums moins célèbres, dont *Cuir de Russie* en 1924, *Bois des îles* en 1926 ou *Mademoiselle Chanel N° 1* en 1946. *Chanel N° 5* est bien une recréation, affinée, du *Bouquet de Catherine* ou *Rallet N° 1*, cela ne relève pas de la légende. Le rôle exact des aldéhydes de synthèse dans le caractère exceptionnel de ce parfum n'a jamais été vraiment éclairci.

La liaison amoureuse entre **Pablo Picasso** (1881-1973) et Coco Chanel reste assez peu connue, bizarrement. Mais quand on lit de près les souvenirs de Gabrielle, les indices sont là. Elle fit aménager la chambre la plus lumineuse de son appartement de la rue du Faubourg-Saint-Honoré pour son ami peintre, ce que leur travail commun sur l'*Antigone* de Cocteau, dont la première eut lieu en décembre 1922, ne suffit pas vraiment à justifier. Il est établi aussi que le mariage de Picasso avec Olga (1891-1955) traversait à cette époque une crise très grave. Des recherches historiques plus récentes ont montré qu'il ne rencontra Marie-Thérèse Walter (1909-1977), qui est considérée comme la cause officielle de sa séparation d'avec Olga, qu'en 1925. Avant cette date, on ne lui prête que de brèves liaisons.

Jean Cocteau (1889-1963) était l'un des plus proches amis de Coco Chanel. Il a même été plus tard son voisin au Ritz lorsqu'il s'y est installé à son tour. Chacun sait qu'il fut un artiste d'exception, à la fois poète, graphiste, dessinateur, dramaturge et cinéaste, élu à l'Académie française en 1955. Bisexuel affirmé, il est connu notamment pour sa longue relation avec l'acteur Jean Marais. Cocteau aurait aussi eu dans les années 1930 une liaison avec la princesse Natalia Pavlovna Paley, demi-sœur de Dimitri Pavlovitch Romanov (issue du second mariage de son père).

* * *

La vie de Coco Chanel est tissée de légendes. Elle ne fut pas la dernière à enjoliver son enfance et sa jeunesse de détails soigneusement orchestrés, mais dont la véracité ne résiste pas à l'examen. Il en va de même pour ce qui concerne le lancement de *Chanel N° 5*. Mlle Chanel a pris grand soin de dissimuler nombre de faits sous un épais manteau de mystère. C'était pour elle un moyen d'accroître la curiosité envers son parfum – et sa personne. Toutes sortes d'histoires circulent donc à propos des origines de Gabrielle Chanel et de la naissance du plus célèbre parfum du monde.

Quand on m'a demandé d'écrire un roman sur « Mlle Coco et l'eau de l'amour », j'ai bondi de joie. Je pensais au début que ce serait facile, que son parcours était amplement documenté. Erreur ! Après avoir lu la neuvième biographie de Coco Chanel, j'ai compris qu'il existait apparemment très peu d'informations auxquelles je puisse me fier aveuglément.

Un exemple parmi beaucoup d'autres montre à quel point ma recherche a pu se révéler problématique. J'ai lu dans une biographie que c'est sa rencontre avec la grande-duchesse Maria Pavlovna, née princesse Maria de Mecklembourg-Schwerin, qui a permis à Gabrielle de découvrir le parfum *Le Bouquet de Catherine*, et que cette rencontre a eu lieu pendant le séjour à Venise que j'évoque dans le livre. C'est impossible, car la grande-duchesse est morte en exil en France en septembre 1920.

J'ai donc abordé l'histoire de Gabrielle Chanel sous un autre angle et me suis plongée dans les ouvrages consacrés aux personnes de son entourage : Misia Sert, Igor Stravinsky, Pablo Picasso et ses femmes, François Coty, Maria Pavlovna Romanov, etc. Un tableau a commencé à se dessiner qui, associé aux éléments à peu près attestés de la vie de Gabrielle, est à la base de mon intrigue. Partant de là, j'ai travaillé en m'appuyant sur des données et des faits historiques incontestables.

Mais là aussi, je voudrais citer deux points importants sur lesquels on ne peut rien affirmer avec certitude : la date du rapprochement entre Gabrielle et Dimitri Pavlovitch Romanov reste incertaine – a-t-il eu lieu lors d'un dîner à Paris, à Biarritz ou à Venise ? Je me suis tenue à l'hypothèse qui m'a paru la plus logique. Ce qui est sûr – Dimitri le raconte dans son journal –, c'est qu'ils sont devenus amants en février 1921 et sont partis en voyage sur la Côte d'Azur. On souligne toujours que le lien unissant Gabrielle et Dimitri n'était pas un grand amour, mais plutôt une amitié profonde, basée sur une grande compréhension mutuelle. Il n'en reste pas moins qu'elle a rarement partagé aussi longtemps l'intimité d'un homme. Elle partait en vacances avec Dimitri et n'a montré les lieux de son passé à personne d'autre, pas même à Arthur Capel. Ces sentiments qu'on prétend modérés n'étaient-ils pas plutôt entravés par le rang social et la position politique de Dimitri, et peut-être aussi par la culpabilité de Gabrielle d'aimer un autre homme que Boy ? Nous ne le saurons jamais et ne pouvons que bâtir nos propres hypothèses.

La date précise à laquelle Gabrielle est allée voir Ernest Beaux à Cannes n'est pas établie. Était-ce en 1921 ou dès 1920 ? Les données historiques plaident en faveur de 1921, la maison Chanel cite aujourd'hui encore cette date comme étant celle de la naissance de *Chanel N° 5*. Ernest Beaux lui-même hésite, dans ses souvenirs il évoque parfois 1922, ce qui paraît peu probable. En tout cas, il n'a pas pu rencontrer Gabrielle dès 1920, car à cette époque elle ne séjournait pas encore sur la Côte d'Azur avec Dimitri. Or il paraît certain que c'est le grand-duc qui a présenté sa maîtresse au parfumeur.

Mon roman ne prétend pas établir la vérité définitive, j'espère seulement qu'il est aussi proche du vrai que possible. Cependant, je me suis vue contrainte de minimiser certains événements dans le cadre de mon intrigue ou de les déplacer un peu, pour obéir à des nécessités dramaturgiques. Car ce livre est et demeure un roman. Il n'est pas un document et ne prétend pas l'être. C'est pourquoi je vous demande pardon, chères lectrices et chers lecteurs, si vous trouvez encore une erreur ici ou là.

Que s'est-il passé ensuite ? La marche triomphale de *Chanel N° 5* s'est poursuivie en 1922. La demande a bientôt été telle que la petite usine de Chiris ne fut plus en mesure d'assurer la production. Gabrielle ne voulait pas limiter la diffusion de son parfum à ses boutiques, elle tenait absolument à ce qu'il soit vendu dans les *grands magasins**. Il lui fallait pour cela un partenaire. Par l'intermédiaire de Théophile Bader, elle a rencontré les frères Wertheimer, qui jusque-là fabriquaient et commercialisaient des produits cosmétiques. Leur entreprise, Bourjois, était au début des années 1920 la plus importante du secteur en France. Au grand dam de François Coty, Coco a vendu à Pierre Wertheimer la majorité de sa ligne de produits, plus tard tout le secteur cosmétique, et après la Seconde Guerre mondiale Chanel couture. Aujourd'hui encore, la maison Chanel appartient à la famille Wertheimer.

Il va de soi que je suis moi-même une grande fan de *Chanel N° 5*. Je suis aussi une ardente admiratrice de Gabrielle et de son style de vêtements. Je n'ai malheureusement pas la silhouette idéale pour porter ses robes, que je ne pourrais de toute façon pas m'offrir. Pourtant, mon rapport à la haute couture ne se limite pas tout à fait à l'admiration distante.

Ma mère était mannequin dans les années 1950 et savait d'instinct reconnaître les beaux vêtements. Plus tard, elle est devenue cliente du créateur de mode Claus Leddin, à Hambourg. Si j'y repense, je me rends compte que j'ai passé plus de temps dans son atelier à assister à des essayages que dans ma chambre d'enfant. J'étais fascinée par l'univers de la haute couture, même si je ne l'ai jamais connu qu'en spectatrice. Je n'ai jamais voulu dessiner et coudre une robe moi-même, je n'avais ni la patience ni l'habileté nécessaires. Claus Leddin, le créateur de mode de mon enfance et de ma jeunesse, qui a dessiné ma première robe du soir quand j'avais six ans, a commencé à créer des tissus dans les années 1970, entre autres pour la maison Chanel. Mais ce n'est pas le seul lien indirect. Un de mes plus proches amis était le journaliste aujourd'hui disparu Rudolph Kinzel, qui fut comme un père pour moi. Il avait toujours entretenu des liens étroits avec la mode. À Paris, il avait été un ami de jeunesse de Christian Dior, et plus tard un ami un peu plus âgé de Karl Lagerfeld. Le récit pittoresque de ses expériences m'a accompagnée presque toute ma vie. C'est aussi lui qui m'a permis de réaliser en tant que jeune reporter une interview de Karl Lagerfeld.

Avant et pendant mon travail sur ce livre, j'ai naturellement visionné les films et les documentaires relatifs à la vie de Coco Chanel. C'est seulement en cours d'écriture que j'ai réalisé que mon récit commençait exactement au moment de sa vie où se termine le film d'Anne Fontaine *Coco avant Chanel*, avec l'envoûtante Audrey Tautou. C'est un pur hasard, ou alors mon subconscient m'a joué un tour. Mais le fait est que l'histoire du parfum *Chanel N° 5* commence par la fin d'un grand amour qui n'aurait jamais dû se terminer.

Remerciements

Pour finir, je voudrais remercier ma merveilleuse agente. Un grand merci également à Stefanie Werk, chez Aufbau Verlag, avec qui j'ai travaillé et pataugé de temps en temps dans un certain nombre de hauts-fonds. Je remercie ma famille pour son soutien et son amour, sans lesquels je n'aurais jamais pu écrire un livre comme celui-ci. Et je remercie tout particulièrement mon mari pour le flacon de *Chanel N° 5*.

Imprimé en France par CPI
en décembre 2020
N° d'impression : 161081

Composition et mise en pages
Nord Compo à Villeneuve-d'Ascq

Fleuve Éditions
92, avenue de France
75013 Paris

R14417/01